大都义侠

DADU YIXIA

门岩 著

作家出版社

图书在版编目（CIP）数据

大都义侠/门岿著. –北京：作家出版社，2016.7
ISBN 978 – 7 – 5063 – 8883 – 2

Ⅰ.①大…　Ⅱ.①门…　Ⅲ.①长篇小说 – 中国 – 当代
Ⅳ.①I247.5

中国版本图书馆 CIP 数据核字（2016）第 077798 号

大都义侠

作　　者：门　岿
责任编辑：陈晓帆　袁艺方
装帧设计：天行云翼·宋晓亮
出版发行：作家出版社
社　　址：北京农展馆南里 10 号　　邮　　编：100125
电话传真：86 – 10 – 65930756（出版发行部）
　　　　　86 – 10 – 65004079（总编室）
　　　　　86 – 10 – 65015116（邮购部）
E – mail：zuojia@ zuojia. net. cn
http：//www. haozuojia. com（作家在线）
印　　刷：三河市华业印务有限公司
成品尺寸：152 × 230
字　　数：260 千
印　　张：20.75
版　　次：2016 年 7 月第 1 版
印　　次：2016 年 7 月第 1 次印刷
ISBN 978 – 7 – 5063 – 8883 – 2
定　　价：39.00 元

人物谱

王著：字子明，绰号"小孟尝"。

高枫：高和尚，法号一宁。

金经贵：北海双鹰之一、真金太子替身。

崔澍：东宫宿卫总管。

张易：字仲一，枢密副使。

秦长卿：宫廷宿卫。

焦而荣：宫廷宿卫。

王六甲：泥塑王。

王一阳：面人王。

翠娥：王一阳之女、高枫未婚妻。

王天立：本名王天丽，高枫情侣。

杜善夫：名士。

卫义：撼林虎，太行五虎之一。

贾交：笑面虎，太行五虎之二。

裴平：震山虎，太行五虎之三。

雷宏：三啸虎，太行五虎之四。

凌风：飞天虎，太行五虎之五。

孙石栋：七宝山寨主。

连天英：平安客栈老板。

梁进之：大都警巡院判官。

忽必烈：蒙古大汗、元朝开国皇帝。

真金：燕王、太子。

安童：丞相。

伯颜：元帅。

廉希宪：中书省官员。

许衡：国子祭酒。

和礼霍孙：侍卫、将军、政府官员。

焦德裕：省官。

崔斌：省官。

王恽：省官。

高觿：东宫护卫头目。

侯克中：盲诗人。

马可·波罗：意大利旅行家。

匿赞马丁：西域商人。

阿合马：中书省官员。

忽辛：阿合马长子，大都总管。

苫思丁：阿合马侄子，绰号小魔王。

巴乌拉：阿府管家。

哈喇鲁：阿府侍卫，绰号草原飞狐。

阿拉丁：阿府侍卫，绰号西域雪雕。

萨卜拉：阿府侍卫，绰号沙漠饿狼。

麦阿利：阿府侍卫，绰号雪山雄麌。

引住：阿合马小妾。

黑沙铁牛：河西二怪之一。

黄沙螳螂：河西二怪之一。

扎马拉丁：大都提领。

阔不花：大都警巡院使。

斡赤斤：遂州达鲁花赤。

纳米丁：益都总管。

吴谷奇：益都富豪。

吴正：捕头。

目录
CONTENTS

1

密旨宣召

　　宫廷侍卫秦长卿从察罕脑儿行宫骑马出来，在驿路上没有跑多远，刚过牛群头驿站就遇上一场暴风雨。狂风怒吼，乌云翻滚，驿路两边的树木被吹得东倒西歪，倾盆大雨直下了有一个时辰，然而却还没有消歇的意思。秦长卿一路放开缰绳，一面咒骂着鬼天气，一面不断打马急奔。狂风暴雨击打着他的斗笠，撕扯着他的蓑衣，雨水冲击着他的面颊，从能钻进去的所有隙缝流到他的前胸后背，使他的肌肤一阵阵冷得打颤。尽管驿路有避雨的房舍客栈，他却不敢停留。独石驿站的人看见他从门前奔驰而过，都指点着他说，这么大的雨，这个人也不知道避一避，是不是缺心眼儿啊。驿站的人哪里知道秦长卿怀揣急旨限时送到，他哪里敢耽搁一分一秒啊。幸好，奔过赤城站风雨逐渐消停，他在雕窠站换了匹马，谢绝了驿站站长的招待，立即迎着和煦的夕阳继续向中都（后来改称大都，即现在的北京）一溜烟似的狂奔而去。

　　十三世纪中叶，在亚洲东方崛起的蒙古汗国经历了成吉思汗、窝阔台汗、贵由汗、蒙哥汗，到第五任大汗忽必烈之时，其国策则向汉法倾斜，接受了许多汉人传统的儒家治世方略。

　　忽必烈虽然推行汉法，但是其他许多蒙古贵族大臣却不情愿，因为他们放纵惯了，无法无天惯了，到中原来却要受什么礼法限制，他们甚感不自在，对忽必烈行汉法不是阻挠就是破坏。这期间，在公元1262年2月，也就是忽必烈登基为大汗的第三年，山东地方诸侯李璮联合中书平章王文统发动了一场军事叛乱。虽然这场叛乱很快被镇压下去，但是却给蒙古守旧贵族指责忽必烈任用汉人推行汉法提供了口实。这场叛乱也给忽必烈内心留下很深的阴影，尤其中枢机构，他那么信任的平章王文统，职掌实际行政大权，竟然也参与叛乱，事过之后，实在令他心有余悸。

白天忧虑必然导致夜晚多梦。连着好几天忽必烈所做的梦都很恐怖，常常是大喊"救命"，不是自己被吓醒，就是被同床共枕的皇后察必摇醒，醒来往往大汗淋漓，心头扑通扑通跳个不停。有一天忽必烈被察必摇醒后，揉揉眼，擦了擦汗，问："什么时候了？"察必坐起身，看了看滴漏，说："大概丑时已过了吧。"忽必烈霍地坐起来就穿衣服，自言自语道："不睡啦。"察必劝说道："陛下这些日子太劳累了，天一亮又会有许多事找陛下。还是再歇一会儿吧。"忽必烈跳下地，伸伸胳膊，踢踢腿，对察必说："要睡，你自己睡吧，朕当这个皇帝可不能总睡觉。不然，脑袋掉了都不知道怎么回事。"察必说："不要一朝被蛇咬，天天怕井绳。我看陛下这几天总有些疑神疑鬼的，自己劳累自己。十个指头不一般齐，人也一样，总不能个个都是李璮。"忽必烈站在床前，望着察必，想了想，说："你说得也有道理。可是我觉得还是要多加防范，决不能再出第二个李璮。"

察必见忽必烈没有再睡的意思，就也下床点亮油灯，招呼侍女侍奉忽必烈梳洗。她一面穿衣，一面不经意地说："天下很大，人才众多。蒙古人、回回人、汉人都可以用，相互取长补短，正如烧菜，五味调和方成佳肴。"忽必烈眼睛猛地一亮，一把将察必搂在怀里，亲吻着。对于忽必烈突如其来的亲热，察必毫无精神准备，她推开说："陛下都快五十的人了，还这么说疯狂就疯狂。"忽必烈放开察必，抑止不住自己的兴奋，大声说："嘿，我的好皇后，你不知道，你的话让朕多高兴。想不到朕想了好久的问题，让你一个烧菜倒给我解决了。"

察必不明白，问："解决什么了？"忽必烈兴奋地挥舞着他的双手，话语像连珠炮似的说着："阿合马这小子，朕原以为他不懂汉人的孔孟之学，不懂治国之道，没有什么大用。谁知朕让他清点燕京货库时，他却提出立和籴所，将仓库里的货物买卖，赚了一大笔钱，真的是一把理财好手。朕又叫他领中书左右部，总管财赋，他干得也不错。只不过他太爱专权，想不要中书省过问他的事。中书左丞张文谦就反问朕（他模仿着张文谦的口气）说：'分制财用，古有是理；中书不预，无这种道理。若中书不问，天子将亲莅之乎？'是呀，中书再不管着点，就得朕亲自去管他了。朕哪管得过来！可是他到底是个人才。王文统去了，可以有阿合马。这是咱自家的心腹，是决不会背叛朕的。"

察必将一件袍子给忽必烈披上，不以为意地说："瞧陛下高兴的，阿合马不过是我娘家陪嫁过来的一个小厮，洒扫庭除、看家护院是他的本分。他出身西域不花剌那地方的一个商家，做买卖有天生的精明。要论治国安民，恐怕未必是一把好手。陛下怎能太抬举他？"忽必烈来回踱着小步，猛地站住脚，反驳察必说："不，李璮被除掉前，阿合马就说过汉人诸侯权力太重，早晚要生事端。王文统被诛后，他又说回回人虽会投机钱物，不像汉人秀才竟敢造反。"

察必不同意阿合马的说法，她的美丽的大眼睛直视忽必烈，声音很轻，但是话语却很坚决。她对忽必烈说："不能将汉人、回回人这样笼统而论。回回人就都忠心？汉人秀才就个个造反？陛下当最清楚，有多少汉人秀才为咱蒙古国出过谋划过策，忠心耿耿。要不是有他们，恐怕陛下也难以顺利登基。"忽必烈搔着头皮，避开了察必明亮的目光，不得不赞同说："是呀，是呀，不过汉人秀才们的肚肠花花转转太多，头脑里的鬼点子一个又一个。

我真不知道对他们到底怎么样才好。"

察必笑着说："陛下怎么忘了，您不总念叨成吉思汗的一句名言——理乱丝者断以刀，节乱发者束以绳，治乱国者齐以法吗？"忽必烈像顿开茅塞似的，他激动地一把又将察必搂在怀里。察必这回没有挣脱，只是说："陛下又来了，简直还像一个大孩子，动不动就撒欢似的。"忽必烈兴奋地亲吻着察必的额头，说："我就是大孩子，就撒欢，谁让上天把你赐给了朕！"忽必烈感激地望着驯顺地依偎在自己怀里的美丽的女人说："你真是朕的好皇后，上天把你赐给朕是朕最大的幸福。今天不知是怎么啦，你就好像天上的启明星，总是给朕有益的启示。朕太谢谢你了，太谢谢你了。"察必从忽必烈怀里挣脱出，双臂搂着忽必烈的脖颈说："我不明白，我不过是重复你常说的话罢了。"忽必烈哈哈笑着，在察必皇后的额头上又轻轻亲了一下，推开察必的臂膀，说："今天再不睡了，朕一场噩梦，你几句启示，已足够朕要好好想想下一步到底该怎么走了。"

于是忽必烈就酝酿着实行一种更加强调蒙古族绝对统治地位的官僚制度。在至元二年（1265）就正式规定在各级军政机构中以蒙古人为达鲁花赤，以汉人为总管，以回回人为同知。当时汉人在蒙古政权中地位最高的有两个人，一个是刘秉忠，一个是史天泽。而刘不过是个高参的角色，史天泽却是地方诸侯起家，出将入相，身兼万户、元帅、中书右丞相数个军政要职，握有实权。机敏过人的史天泽从征讨李璮回开平（即上都）以后，就嗅察到忽必烈的情绪有些不对。他马上意识到自己擅自做主处死李璮已引起忽必烈的怀疑，继而他又风闻由李璮事，朝中蒙古人议论汉人诸侯权势太重，他立即联想到自己一门从父亲史秉直起，父子兄弟叔侄，除死于兵事外，还有十数人在官。或为万户，或为总管，皆事一方之政，必遭人嫉。史天泽既已意识到忽必烈皇帝已有疑心，不如自解权柄。所以一天他就主动向忽必烈说："兵民之

权，不可并于一门。陛下若想改变旧况，请自臣家开始。"忽必烈一听，正中下怀，欣然同意。于是一天之内史家被解除兵权者达十七人。

由史天泽带了头，忽必烈就下了一道圣旨："各路总管兼万户者，只理民事，军政勿预。诸路管民官，理民事；管军者，掌兵戎；各有所司，不相统摄。"他将地方军民分治，把军队的领导权和调动权全集中到中央。又下令禁止民间私造、私藏兵器，规定违令者处死。接着又开始改组中书，加强蒙古人和回回人的力量。加任蒙古人线真为中书右丞相、塔察儿为中书左丞相。任命维吾尔人廉希宪为平章政事。随后，他又想任命阿合马为平章政事。但是还没有等他任命，有人就把阿合马的秽行揭露出来了。

原来阿合马在任职中书左右部领事时，专管财赋，也就是说他掌管国家的财政赋税大权，因为阿合马能保证宫廷的开支和连年作战的军用支出，忽必烈常夸赞阿合马善于理财。对于阿合马借助手中的权力假公济私、中饱私囊、贪污受贿等等恶劣作为，忽必烈是一点儿都不知道。俗话说要想人不知，除非己莫为。久之，有了解内情的人就向忽必烈举报了阿合马的贪污行径。忽必烈半信半疑，下令中书省审查。可是一般蒙古贵族都接受过阿合马的贿赂，那真是"吃人的嘴短，拿人的手短"，所以谁也不愿意接受审查阿合马的任务。一个个不是推诿自己他事繁忙，就是说自己身体欠佳。忽必烈在上都竟然找不出一个主审阿合马的人，他不由得非常恼火，就特别命令廉希宪从中都（即大都）立刻回上都审理阿合马案。秦长卿怀揣的密旨就是忽必烈传唤廉希宪的急令。

廉希宪是维吾尔人，其家世代跟随成吉思汗、窝阔台汗直到忽必烈汗，功勋卓著，随着金朝灭亡，其家遂定居于燕京（即中都）。其父布鲁海牙官拜廉访使时廉希宪恰好出生，所以布鲁海牙就令其子以"廉"为姓。廉希宪自幼熟读儒家典籍，因而被人

们戏称为"廉夫子"。他的行事处处遵循儒家教诲。他九岁时，其家奴盗窃他家马匹逃亡，布鲁海牙大怒，依照当时蒙古国律法，盗马者将被处死。廉希宪则向其父苦苦乞求，说人命可贵，不当杀戮。因而那盗马的人得以免死。可是有两个家奴喝醉酒后竟然大骂廉希宪不是东西，廉希宪却不依不饶，他说那两个家奴是以为他年幼可欺，必须教训教训他们，让他们懂得礼法，知道长幼尊卑。忽必烈在藩府时，廉希宪还年少，即侍奉在忽必烈左右，深受忽必烈信任。后来廉希宪被派往地方任职，为官清廉，治绩显著，因而就被升职到中枢部门为官。忽必烈征召廉希宪时，廉希宪正为他的母亲服丧守孝。

秦长卿日夜急驰到达中都，在偌大的廉府却找不到廉希宪的身影，经询问才得知廉希宪从他母亲去世后一直住在南郊墓地。秦长卿只好马不停蹄奔往南郊。远远看见一片坟茔，秦长卿见到有一处新坟，墓旁搭了一间草庐。秦长卿下马，把马拴在土路边上的一棵树干上，他匆匆走到那座草庐旁，大声问："廉平章廉大人可在庐内？"秦长卿连问两声，从庐内走出一个小厮，打量了一眼秦长卿："你是何人？"秦长卿马上说："请小哥转告廉大人，本差奉忽必烈大汗命令，疾驰一昼夜，给廉大人送来一道密旨。"小厮说"我家大人正在悲苦涕泣，哪有心思接什么密旨。"他的话音刚落，胡须满腮身材高大的廉希宪穿着一身丧服从庐内钻了出来，斥责小厮道："你怎可对上差无礼！"然后他向秦长卿跪下，说："臣廉希宪恭接圣旨。"秦长卿把皇封密旨双手交给廉希宪，廉希宪恭恭敬敬接过，读罢，站起身，下意识地擦了擦眼，长叹一口气，对秦长卿说："既是圣旨急宣，臣只能立即奉命。"于是廉希宪回府草草收拾了行装，偕同夫人马上跟随秦长卿上路。

到了上都，廉希宪换上官服，立即拜见了忽必烈。忽必烈叮嘱廉希宪一定要查清事实，秉公而断，不要有任何顾虑。

廉希宪细致阅读了控告阿合马贪污的无名诉状，做好审理的

准备后，就在中书大厅集聚当时中书省的官员史天泽、线真、塔察儿、耶律铸、赵璧、粘合南合、赛典赤、张文谦等人开始审问阿合马。廉希宪虽然在中书官职不是最高，但他是奉皇命审案，所以居中而坐，其他人列坐左右。阿合马被传唤进入大厅，一屁股坐在那些中书要员的对面，态度十分傲慢。那时他三十多岁，头戴蒙古无檐毡帽，身穿红色长袍，腰系镶黄杏红丝质宽腰带，脚穿一双高腰轻底乌皮靴。白皙面皮，颧骨高耸，眼窝深陷，灰蓝色的眼珠，打量对面一班人之后，把脖子一仰，脸一歪，从鼻孔里哼了一声，算是与对面同僚打了招呼。当时他不仅官居中书左右部首领，而且兼开平府（即上都）同知。他依仗是皇后察必身边之人，自幼侍奉忽必烈，深得忽必烈信任，全不把这一班丞相、平章、左右丞放在眼里。廉希宪奉忽必烈之命推审却一丝不苟，哪管你是什么皇亲国戚。他瞪了一眼一身傲气的阿合马，大声问："阿合马，你可知罪？"阿合马瞟了一眼廉希宪，嘿嘿冷笑了两声，反问说："我罪从何来？自我领左右部以来，兴铁冶，铸农器，收盐利，输谷粟，哪一件不是利国兴邦之事。连陛下都夸赞我办事有功，你们怎可听凭小人诬告，鸡蛋里头挑骨头。所有的事我都向陛下申讲明白，已得谅解，你们还审个什么鸟蛋！"说着他挥舞右臂，伸出食指，向对面的官员指指点点。廉希宪看阿合马的态度，听阿合马的言语，不由气从中来，一拍几案，叫道："阿合马，功是功，过是过。今天不是叫你摆功，而是问你有何罪错！"

史天泽也说："你既和陛下申讲明白，也不妨对我们大家说清。我们也是奉陛下之谕审理。"阿合马对史天泽说："什么叫贪污，你们去查账去！账目清楚，说我贪污，要拿出证据来，总不能红口白牙信口胡说！你当丞相的怎么能人云亦云？"他又对线真说："你以为你们当丞相的和陛下一样吗？别太看大了自己！有些话我能对陛下说，就是不能对你们说。要想知道怎么回事，你们自己问陛下去！"廉希宪说："阿合马，你敢藐视中书省？凭此我就可以给你治罪!"阿合马摇头晃脑哈哈一笑:"廉夫子,你忘了费寅告你与商挺响应李璮叛乱,陛下亲自审你们了?"此话一出,众人都大惊失色。虽然人们不知忽必烈如何审的廉希宪,却都知那一案件的同案人赵良弼被审被关押的冤状。在大殿上忽必烈逼问赵良弼,廉希宪和商挺是否要在陕西举兵响应山东李璮叛乱,赵良弼叩头流血以性命担保廉、商二人对朝廷忠贞不二。经过多日审查才弄清费寅是诬告,廉、商、赵等一帮官员都是清白无辜的。也正由此廉希宪才由宣抚使革职后被提升为中书平章。可是阿合马在众人面前提及此事,无疑是有意当众羞辱廉希宪。饱经风霜的廉希宪却哈哈大笑:"阿合马,今天却是我奉命审问你,你少扯闲篇。我只问你,你倒是招还是不招?"

阿合马灰蓝的眼睛戏谑地瞪着廉希宪,略带嘲讽般地反问:"我不招,你又能把我怎么样?"廉希宪当时也三十多岁,身高体壮,火气旺盛,他闻言,霍地从座位上站起来,左手捋着自己的络腮胡须,右手指着阿合马,说:"我教你认识认识藐视公堂该当如何!"他大喝一声"来人,将阿合马拉出去,杖打四十!"众人面面相觑,有的欲言又止,最后谁也没有说话。阿合马大叫大嚷起来:"你敢!你敢!"他压根儿也没有想到廉希宪竟敢对他施用刑法。侍役们听到廉希宪吩咐,看着廉希宪坚决的神情,都不敢怠慢,立即将阿合马拉扯下去。阿合马跳着脚叫:"廉老二,你等着看,我饶不了你!"廉希宪有兄弟十人,他排行第二。阿合马呼"廉老二"是对廉希宪的蔑称。廉希宪不理睬阿合马的大呼小叫和对自己的蔑视,说:"今天我就先教训教训你,让你知道什么是王法!"阿合马被重重打了四十大棍。廉希宪与众中书官商议,决不能让阿合马这么专权跋扈地统领左右三部。就禀告忽必烈撤销左右三部,其事归中书直接管辖,对阿合马的账目进行全面清查,以后再行审问处理。

2

蓄意报复

　　忽必烈虽然急命卫士秦长卿召来廉希宪审问阿合马，又亲自叮嘱廉希宪要秉公审理，但是他内心却希望审问没有结果。他原本以为廉希宪跟随他多年，廉希宪又知道阿合马从小跟随自己，自己对阿合马无限信任，叫他来审阿合马一定会多方维护，将大事化小，小事化了。他所谓要廉希宪秉公审理不过是要廉希宪照顾阿合马的托词。谁知廉希宪办事特认真，阿合马又特傲气，两个人算是较上了劲。结果阿合马被杖打一顿，还惹得众大臣都对阿合马气愤不过。廉希宪代表中书众臣强烈要求把阿合马撤职，忽必烈没有料到会是这种结果。他只能在心里埋怨廉希宪太刚直，暗地里责备阿合马太不会做人。阿合马却辩白说因为忽必烈对他特别赏识，特别信任，中书官员早就对他心生嫉妒，不把他撤职中书官员总不心甘。忽必烈告诉阿合马他不能因为保他的官得罪所有的中书大臣。阿合马哭丧着脸，表示服从忽必烈的处置。忽必烈好言好语安慰阿合马：他必须给足中书大臣们面子，必须同意廉希宪所请。等稍稍平息了众大臣的怨气，他会再起用阿合马的。阿合马于是暂时赋闲在家，他心中却恨死了中书大臣，特别是那个廉希宪。他发誓一定要报杖打之仇。

　　中书左右三部被撤销，所有的权力全收归中书大臣，阿合马所在的部门没有了，也就意味着阿合马被撤职了，这使得中书大臣们高兴了一阵子。没过几个月，忽必烈召见廉希宪说："官吏不守法就会贪污，民众失去家业就会逃亡。民力凋敝，财政拮据，这种问题存在好久了。自卿等为相，朕可以不再担心这些事情了。"自从阿合马被挂起来以后，中书大臣似乎喘气都顺当了。忽必烈称赞中书大臣办事得力，廉希宪自然高兴。但是他切记不能居功自傲。所以他回答忽必烈说："陛下像尧、舜一样圣明，臣等却未能以皋陶、稷、契之道赞辅治化，以致太平，心中多怀愧疚。今日小治未足陛下称誉。"忽必烈说："唐有魏徵而有贞观之治，我朝能有这样的人吗？"廉希宪说："忠臣良臣，哪朝哪代都有，就看人主用与不用了。"忽必烈说："人心难测。譬如丞相史天泽，近来有人对朕讲，他亲党布列中外，威权日盛，渐不可制……"廉希宪不待忽必烈说完就道："陛下听何人胡言？是否阿合马又跟您胡说八道……"忽必烈说："也不用谁胡言，只史天泽自己敢擅杀李璮一事，就足以可证。"廉希宪说："陛下要怎样？"忽必烈原先微笑的面庞突然冷若冰霜，说："朕要下旨罢免史天泽，交中书鞫问！"廉希宪扑地跪在地上，急切地大声说："此事万望陛下三思！天泽事陛下长久，知天泽者无如陛下。始自潜藩，天泽多经陛下任使，他将兵牧民，悉有治效，陛下知其可付大事，用为辅相。小人一旦有言，陛下当熟察其心迹，果有肆横不臣事乎？今日陛下信臣，故臣得预此旨；他日有议论臣者，臣也会遭到猜疑。臣等备员政府，陛下之疑信若此，臣等怎能安心从事？如罢免天泽，臣亦乞请罢免。"忽必烈见廉希宪激情陈词，不觉默然良久，说："卿先退下，容朕再想想。"廉希宪退出大殿后，被风一吹，才知道自己刚才不自觉地已经浑身大汗，他赶紧用手抹去脸上的汗水，长出了口气，心想史天泽一门十七人已经交出军权，还要对史天泽穷究不已，帝王心机真不可测。

　　转天朝会，廉希宪仿佛在朝堂看见阿合马的身影一闪，但是随即就不见了。他心中疑惑阿合马，他来做什么？莫非陛下又要给他官做？朝会后，忽必烈将廉希宪单独留下，和颜悦色地对廉希宪说："朕已经想过，天泽事无对讼者，就暂且作罢吧。"廉希宪刚要谢忽必烈明察公正，忽必烈却又说："今又有人密告四川都元帅钦察谋反，朕欲命中书急派使者，奉朕诏书诛之，卿先去拟旨来报。"廉希宪一时张口结舌，他惊讶得无言回答，只得暂时应允。在他离开忽必烈时，偶然回头却见阿合马似乎就在大殿，但是阿合马为官前一向是忽必烈家的杂役，他尽管一时心中产生许多猜疑，究竟不能再回转身询问。

廉希宪回家后回想朝中之事，心中甚是烦躁，坐立不安。他的夫人看他两天来情绪一直不稳，饭食不香，夜卧不宁，就问他怎么回事。以前因有人心怀忌妒，借小人费寅诬告，煽风点火，说廉希宪在陕西曾响应山东李璮叛乱，因而被解职进京接受审查，那时夫人就曾劝廉希宪："咱赤胆忠心，天地神明为证，不怕任何审查。越审查，陛下会越明白咱是什么人。就是查不清，至多不做什么官。我和你逍遥于五柳庄上，倒乐得清闲自在。"眼下夫人坐在桌旁，看着廉希宪一言不发愁眉不展的样子，就猜测着问："难道又有人诬告不成？这个官干脆辞掉算了。老这么战战兢兢过日子，还不如当个老百姓！"廉希宪本来不想说，看着夫人关心他，替他着急的样子，就叹一口气说："从李璮叛乱发生以后，陛下最近对谁都怀疑起来。前两天怀疑丞相史天泽对他有二心，要撤史天泽的职，让我顶了回去。今天又说钦察要谋反，让我起草诏书，马上派使者去诛杀。我是发愁这诏书没法写。"夫人本来正抱着她心爱的波斯猫坐在椅子上和丈夫说话，这时她双手抓住猫的两条前腿，把猫举到自己眼前，好像在质问那波斯猫说："你怎么这么多疑？平日我们那么爱你、敬你，到头来你还怀疑我们对你不忠不诚，我们还爱你作甚？"说着她把波斯猫掼到地下，波斯猫冤枉地"喵，喵"叫了两声，识相地赶紧钻到桌子底下，舔自己的皮毛去了。夫人接着不无伤心地说："那史天泽对陛下多忠心呀，他要文有文，要武有武，东征西杀，立了多少功。人家要有二心还等到现在。再说那钦察元帅，你是最了解的，一直在川陕跟你合作，为扑灭那里的叛乱，保一方安宁出了多少力。"廉希宪唉了一声："正因为这样，我才不好说。钦察的事我都知道，他俘虏的宋朝官员张炳震、王政，两人都因他们老母年高，钦察报告我是否放还，我看他们孝心可悯，都同意了。实际上也是向宋朝宣示我朝大度，对他们施行感化之策。这都是过去的事了，好像现在又有人把这事翻腾出来，密告钦察勾结宋朝要反叛。其背后还是矛头指我。陛下要我写诏书杀钦察，实际是要看我是不是和钦察同伙。"夫人一听就更急了，拍着桌子大声说："这官咱不做了！谁经得起老这么没头没脑地怀疑。"波斯猫吓得刺溜从桌下蹿出，奔到里屋的床上，躲在被子上，卧在一个角落，一双眼睛警惕地审视着气愤的女主人。廉希宪唉声叹气地说："现在不是做不做官的问题，而是要被抄家杀头的问题。把这事一定得弄清楚。"夫人斩钉截铁地说："要这样，诏书你一定不能写！不能冤枉钦察元帅。更不能自己往人家设计好的圈套里钻。"廉希宪说："是呀，诏书我肯定不写，明天又少不了看陛下的怒色。"夫人说："怕什么，我看陛下还不至于糊涂到是非不分的地步！"

　　转天，忽必烈一见廉希宪，却开口就问："诏书可曾写好？"廉希宪心里已做好准备，郑重其事地说："没有。"忽必烈立即板起了脸，说："朕看你是根本不想写！"廉希宪也挺起胸，毫不气馁，说："对了，臣就是不想写。"忽必烈说："朕看你越来越倔强。过去你在我王府时，什么事都随和。朕当了皇帝，你为臣子，倒一再顶撞抗旨，朕看你真不知自爱。"廉希宪一只手抚弄着自己的大胡子说："王府事轻，天下事重，臣若屈从陛下，天下即受害，并不是臣不知自爱。"他看忽必烈绷着脸不说话，就缓了口气说："钦察是一方元帅，且不说臣以前禀报陛下，他为保一方平安有过多少功劳，陛下对他有过多少赏赐，只说现今陛下接到小人密报，仅以一方之词就要我起诏书，派人诛杀。果真如此行事，多少忠鲠之士将不寒而栗？哪有不审就诛的道理。倘若陛下当初听信费寅之词，不加审问，臣与商挺不早成了刀下之鬼。此事至少应把钦察召回，与讼者廷对，如果钦察真的有罪，可广告天下以服民心，再诛杀也不迟。"忽必烈理屈词穷，却突然扑哧一笑："好，好，就依卿言，朕先派人去审问调查。看调查回来你怎么说。"廉希宪有心追问一句，如果调查结果是有人再次诬告，又当如何，可是话到嘴边他又咽了回去。他知道帝王是永远没有过错的，也永远不能承认有过错的。因为帝王是大汗，是天子，是万岁，帝王的话永远是真理，句句是真理。

调查结果自然是所讼全无实据。钦察不仅没有反叛，而且在保卫边疆安宁方面又立有新功。忽必烈得知这一结论后，不再追究廉希宪，甚至调查结果也没有通知廉希宪。可是廉希宪从具体出外调查的人那里已经知道了结果。他原本想忽必烈怎么也得告诉他，后来忽必烈久久不提此事，廉希宪就也想不追究了，只要事实证明钦察无辜，自己无辜就可以了。可是他的夫人却提醒他："伴君如伴虎，时时事事得小心。如若同僚是豺狼，必须怀有猎人心。否则自己脑袋掉了，还不知怎么回事，那就甚可悲哀了。费寅诬告，最后还处置了费寅，总算有个说法，对诬告者有个警戒，这一回怎么连谁诬告都不查一查呢？你不觉得事情蹊跷吗？"廉希宪也觉得夫人的话很有道理，就去问忽必烈钦察的事情调查结果如何。忽必烈不愧是帝王，他永远都有道理。他告诉廉希宪钦察无罪有功，他已经发出奖赏。讼者虽然是道听途说，但是那完全是出于对大蒙古国的一片忠心，对朕忠诚才无所顾忌地直言相告。此人消息不实，但忠心可嘉，忠诚可喜，也应奖励。廉希宪顺着忽必烈的话说："是啊，难得此人如此忠心耿耿。不知此人官居何职，是否应当给他加官进爵啊？"忽必烈没有听出廉希宪话里带刺，反而很高兴，说："卿也以为应该给此人加官进爵吗？那太好了。朕告诉你，此人就是阿合马。朕打算任命他为中书平章，与你同僚，将来你们携手共事，是朕最高兴的了。阿合马这个人毛病很多，但是他有一个最大的优点，就是他对朕忠心耿耿。他应当是朕最放心的鹰犬。你比他学识多，修养高，朕真心希望你能与他联手治理国家。"忽必烈都这样说了，廉希宪真不知道还能说些什么，所以他只有沉默。

看到廉希宪对他任命阿合马为平章政事的事不加反驳，不久忽必烈就宣布了对阿合马的任职。尽管中书大臣很惊讶，但是没有人反对。天下是皇帝的天下，他要任命谁为他治理，那是皇帝的权力，他人根本无权反对，就是反对也没有用。阿合马高高兴兴到中书省上任了。

阿合马原以为到中书以后他可以大权独揽，史天泽虽然名义是右丞相，是他的上司，但是对南宋的战争连年不断，史天泽根本无暇待在中书省。耶律铸是左丞相，也是他上司，可是其人性情柔和，不会出头反对他的。其他两个蒙古人丞相线真和塔察儿都是王爷心性，乐得轻闲自在。同僚廉希宪是个刺头，但是说起机敏来他比自己差多了。他正为自己能把持朝廷高兴，忽必烈却又委派两个人来当他的上司。一个是忽必烈的外甥安童，为右丞相；另一个是忽必烈的外甥女婿，即安童的妹夫伯颜，为左丞相。这使得他背地里不知骂了忽必烈老爹老娘几百遍。对安童、伯颜两人阿合马没有交往过，不过也早有耳闻。忽必烈既然任命他们为丞相，他们也必然不是等闲之辈。他暗自叮嘱自己，对这两个人要察言观色小心侍奉。

原来安童是成吉思汗的名将木华黎的四世孙，他的父亲拔都儿也是一位名将，可是在为忽必烈争夺帝位的战争中不幸身亡。安童的母亲是察必之姐，1260年忽必烈即位后就将安童召为宿卫长。当时安童才十三岁。安童人虽年幼，却早熟，不与一般大的

孩童玩耍，行事说话皆似老成之人。忽必烈早就有心起用安童，只是怕他年幼不孚众望。阿合马被安排到中书任平章政事，那是自己亲信，这时再安排安童为右丞相，忽必烈想有阿合马为依靠，安童办起事来就会顺当得多。况且安童已经十八岁，出落得一表人才，忽必烈几次在不同场合考查安童处事应变能力，都很满意。所以在李璮事件发生后，他就决意提拔安童为中书右丞相。但是安童毕竟缺少历练，所以忽必烈又从远征西域的弟弟旭烈兀那里要来伯颜，任命伯颜为左丞相，以为安童的臂膀。伯颜是蒙古八邻部人，他的曾祖即侍奉成吉思汗，祖父和父亲都是断事官。他跟随父亲在西域成长，经历过血与火的考验。公元1264年，伯颜二十九岁时被旭烈兀派到忽必烈处奏事，忽必烈慧眼识英才，立即将伯颜留在了中原。闲来忽必烈与伯颜细论国事，伯颜阅历广博，又有实际战争经验，谈吐与见解皆高于一般蒙古大臣。忽必烈对伯颜就更加喜爱。遂令伯颜娶安童之妹为妻。忽必烈对安童说："卿妹为伯颜妻，亦无愧你的氏族。"婚礼由忽必烈亲自主持，其排场之浩大、景象之热闹、喜宴之豪华，自非一般人家可比。转年，即1265年8月，忽必烈即任命安童、伯颜双双为丞相。

安童平步青云，一下子登上一人之下万人之上的高位，却毫无少年得志张狂骄傲之态，凡事都谦虚谨慎，多方听从老臣意见，尤其尊重汉人儒臣。这一点忽必烈也非常赞赏，自己暗地高兴没有看错人。

安童小伯颜十二岁，对年长自己的妹夫很敬重。他很希望与妹夫联手把蒙古国治理得井井有条、欣欣向荣。他在接到诏命后，对伯颜说："陛下如此信任我们，我们行事必须对得起陛下，对得起祖宗，对得起大蒙古帝国。"伯颜对于忽必烈的提拔更是感激涕零。他爽快地说："好兄弟，我无二话可说，只有肝脑涂地以报陛下的知遇之恩。不过我只长于带兵打仗。若叫我驰驱万里，拼杀疆场，我不敢说百战百胜，至少也会不辱使命。这立于朝廷，与各个官僚周旋却非我所长，我想这处理内政之事，还是兄弟多多偏劳吧。"安童沉吟了一刻，觉得伯颜说的都是实话，他刚刚从西域回中原，很多事情他并不熟悉。可是自己对治理中原也无经验。汉人与蒙古人、西域人有很多地方是不同的。光他们一千多年的历史就够人学习一阵子了。陛下雄心勃勃一定要一统天下，占领中原全部土地，只是早晚的事。伯颜有可能会被陛下派往与宋人作战的前线，自己却要坐镇朝廷为陛下分忧。他想了想，对伯颜说："我也得找人帮忙。"伯颜很赞成，鼓励说："办什么事都不能单枪匹马，一棵树再大，也成不了树林。事业要靠众人协助才能成功。就如同打仗，光有元帅，没有士兵，什么仗也打不了。你想找谁帮忙，我帮你去请！"继而他又说："陛下嘱咐我们凡事多倚重阿合马，说阿合马是自家人……"安童挥挥手，打断伯颜的话，说："这个阿合马成事不足，败事有余，我很了解他，不过是个见利忘义的商人而已，治理国家决不能倚重这样的人。"伯颜有些疑惑不解。安童说："来日方长，日久即见人心。我们拭目以待吧，早晚你会明白阿合马是什么样的人。"

3

安童礼贤

安童知道妹夫伯颜是想真心实意地帮助他，可是他也知道妹夫久居西域，对中原人并不熟悉。要想物色人选辅助自己还得靠自己和姨夫忽必烈挑选。于是安童对他所知的人在心中掂量了好久，最后他找到忽必烈说："而今西方虽定，江南未附，臣以年少，被陛下委以重任，深恐四方有轻朝廷之心。"忽必烈听后，深邃的眼睛直望着安童，满怀信心，鼓励说："朕已深思熟虑，再没有比卿更合适的人选了。"安童见忽必烈对他十分倚重，也十分感动，顺势就提出让中原老成之士为他的辅佐。忽必烈倒也不感到意外，他很感兴趣地问："卿以为哪个人可以辅佐你呀？"安童说："知人无如陛下，臣听说许衡其人忠直可嘉。"忽必烈从心里佩服安童的选择，一字一顿说："许衡是一老成人。"接着他好像又有些犹豫，说："不过他和王文统不合，早已辞官回乡。要是卿以为他可以做你的辅佐，朕就下一道诏书命他前来入省议事。"安童说："那就谢陛下了。"谁料诏书至，许衡竟以身体有病为辞，拒不应诏。忽必烈叫安童另外再物色人选，安童却说不要别的人。忽必烈说："许衡不来有什么办法？"安童道："我亲自去请。"忽必烈倒有些意外，心想小小年纪也懂得礼贤下士了，不错，不错。他笑着说："你就试试吧。不过我告诉你，许衡这个人太倔强，很不好请呢。"为了保护安童，忽必烈要派一个护卫队跟随，安童都谢绝了。忽必烈担心他的安全，安童却说他没有做过对不起人的事，世上还没有他的仇人。他又没有金银财宝，强盗也不会打他的主意，所以他没有什么可怕的，也不用什么人保护，他只带一个贴身小厮服侍起居就可以了。忽必烈却说那怎么可以，安童要不带护卫，他就下令叫沿路官员站站接待，让地方官负责保护。安童一听，更加不安。他对忽必烈说："陛下对臣的一片关爱，臣没齿难忘。但是臣为丞相一事未成，却要官员千里接待保护，使地方不胜烦扰，这是没有立功先自毁形象，陛下意为护我，实则害我，臣恳求陛下就让臣一人千里单骑走一遭，千万不可滋扰地方！"忽必烈看安童年纪不大处处从社稷出发，很是感动。最后他依了安童，既不派护卫队，也不给地方下令，同意安童微服私访，但是他坚持派他的带刀侍卫秦长卿同行。安童在宫中任宿卫时与秦长卿即相识，他知道秦长卿不仅武功好，人品也好，年龄也相差不多，所以很高兴接受秦长卿相随。

十月寒天，朔风凛冽，安童只带一个小厮，**扬鞭奋蹄**，直奔中书省南部怀庆府河内乡。秦长卿则在其后紧紧护随。虽然说原来两人都任忽必烈护卫，可是安童那时就是宿卫长，现在安童更是右丞相，所以秦长卿总是恭恭敬敬行事，以护卫为己任，从不多说多道。一路上安童也是自顾自想着自己的心事，顾不得欣赏田野牧歌山川美景。尽管小厮几次指点名胜风景，安童却只一心想尽快请到辅佐他安邦定国的贤臣，无心赏玩。小厮终究是孩子心性，好几次气得嘟噜着嘴，嘟囔着说："人家当宰相的跟班好处多多，吃喝玩乐样样占先，跟你这个傻丞相，只会赶路受罪，一点都不得玩。"安童没听清小厮嘟囔什么，秦长卿可听得清清楚楚，他申斥小厮说："你跟上安丞相是你的福气。你当跟随大官吃吃喝喝玩玩乐乐是好事啊，凡是当官吃喝玩乐的都不是花自己的钱。不是受贿就是索贿，一旦被人检举，没有一个好结果。到那时树倒猢狲散，才知道还是跟着清官好，不用担惊受怕。"小厮只是伸伸舌头做个鬼脸，把坐骑打了一鞭，任马儿撒欢似的跑开了。他们三人从大都路经保定路、真定路、顺德路、广平路到了彰德路，行程已达千余里，过了卫辉路就是怀庆路了。偏偏这时进入隆冬天气，过了安阳，天空就彤云密布，寒风越刮越紧，不一刻竟飘飘扬扬飞起了雪花。他们越往前骑，雪越紧越密，地上已经白成一片，面对粉妆玉裹的世界，三个人似乎都很兴奋。安童忽然记起王安石的诗句，不由得高声吟诵起来：

　　万户千门车马稀，行人却返鸟休飞。玲珑翦水空中堕，的皪装春树上归。

秦长卿也来凑趣，不知他哪年哪月竟背得几首唐诗，此时竟也扯着嗓子高喊起来：

　　上清凝结下乾坤，为瑞为祥表致君。日月影从光外过，山河形向静中分。

安童听秦长卿喊罢，连声说："好一个'山河形向静中分'！长久以来我只知道你武艺了得，我不知你还会背诵唐诗！"秦长卿笑呵呵地回答："我只是瞎背，谁知道那是谁的诗啊。"安童却说："练武人能背诗，就很难得了。"这时前面隐隐约约出现一座庙宇的轮廓，安童问："快到汤阴了吗？"秦长卿说："应该是了。"安童说："这雪越下越大，今天咱们就住在汤阴吧。前面这座庙宇应当就是文王庙了，我们既路过应当前去拜祭一番。"秦长卿说："也好。"小厮却小声说："一路风景好的地方那么多，不去玩赏，下着大雪，却去逛庙！"秦长卿申斥他说："你要再这么多废话，我看你是该回家歇着去了。"

三个人把马拴在庙门外，进入庙内只见几株古柏郁郁苍苍，树枝上的白雪使那古树添加了几分俏丽。庙祝不知跑到哪里去了，整个庙宇静悄悄，没有一个人影。他们进入庙内，只见光线昏暗，蛛网粘连，尘土厚集，正中文王的塑像金漆彩绘已经斑驳陆离，看来这里香火断绝已久。当下安童面向那塑像拜了三拜，说道："他日我朝兴旺一统天下，一定为文王再重塑金身，愿大王保佑我朝百年兴旺。"也许文王真有灵验，也许忽必烈王朝气数有限，以后忽必烈建立大元朝果真也只有百年光景。不过这是后话。当时安童拜毕，转身就要离去，这时却从大庙屋顶飘落一张白纸。三人都没看见白纸从哪里飞来。小厮接着那纸，见上面写有几行字，自己不认得，就递给了安童。秦长卿凑近去看，只见纸上写道：

> 安丞相，我跟你一路，知道你是一心为国为民的贤相。我受人之托前来行刺，竟不忍心下手。今后只能漂泊江湖。愿安丞相前途珍重。

秦长卿猛听得文王塑像后面发出轻微的声响，他转身抬头就见一个人影飘出大庙后门。他急追上前，待他冲出大庙后门，蹿过庙墙，只见那人已经远去。其步履如飞，绝不是一般身手。他察看近处的雪地，竟然看不到那人明显的足迹，可见那人轻功极其高超，已达到踏雪无痕的地步。秦长卿望着那人的背影在远处很快消失，心中惘然若失。回到大庙前门，秦长卿对安童说没有追上。安童说："他不会让你追上的。看来有人对我当丞相是极为不满啊。"秦长卿问："会是谁收买的刺客呢？"安童说："多行不义必然会自我暴露。"说着三人上马直奔汤阴县城。经过文王庙一场虚惊，秦长卿倍加小心起来，在客栈他把安童的卧房仔细检查过后，他和小厮商定两人在外间屋轮流值夜，实际他几乎一夜没有合眼。所幸平安无事。

他们在承恩站山阳古城附近又拜祭了汉献帝的陵墓，当安童在陵墓前肃立之时，小厮又嘟嘟囔囔向秦长卿发泄他的牢骚说："大雪天，拜扫什么亡国皇帝的坟墓，真不知道咱这安丞相心里都想的是啥！"秦长卿说："你要是明白喽，你不也就当丞相啦？"安童拜祭后对秦长卿说："前车之覆，后车之鉴。惟愿我朝能够避免宫廷内乱。可惜为君之道、为臣之道，并不是每一个君臣都很清楚。"秦长卿遇到这类话题他是一句也搭不上来的，只好扭转话题，告诉安童今晚在清化镇安歇，明天早上就可以到达怀庆路河内了。安童自然高兴。小厮却说："我的老天爷，总算快到了！"

当他们转天到达河内乡时，只见大街上人群熙攘，街道两旁在雪地上摆摊的小贩的叫卖声一个比一个声高。原来正赶上初一十五的大集。安童他们只好勒紧马缰，放慢速度。小厮大声吆喝着，让人们给让让路。街上的人们望着马上的安童，窃窃私议："这么漂亮的公子哥儿，准是京城里来的。不知是上谁家还是路过的……"人多，走不动，安童他们都只得下马而行。秦长卿紧紧跟随。小厮向人打听许衡的住处，一个老者告诉他们，穿过集市，走到村头，再向前走一里路，就是沁北村，村里有一处庄舍，门前有一株古槐树，那就是许衡先生的家了。安童向老者谢过，老者问："是来向许先生求学的？"小厮"嗯"了一声。老者说："这可找对了老师。去吧，许先生可是个有大学问的人。远近几百里都有人来向他问学啊！"

知道要请的人就在附近，安童放心了，看看时近晌午，安童对秦长卿说："我们找个地方吃完饭，再去许先生家不迟。"小厮听闻连声叫好，说："今天起个大早，我肚子早饿了。"他们找了一个店面宽敞的饭店，小厮说："相爷，就这里吧，穷乡僻壤那里能找到像京城那样的饭店啊。"秦长卿也说："这里就不错了。"安童抬眼看看那座两层楼的饭店，店门上方挂着一个金字牌匾，牌匾的边框不少地方还有积雪。安童看着牌匾上"大名饭店"几个字，点点头说："也好，就这里吧。"安童三人将马匹拴到门口的拴马桩，立刻就有伙计向前支应。小二见来了客人，忙不迭地向店内引领。安童看见店内食客众多，不由得说："买卖好兴旺啊！"店小二忙说："承蒙爷夸奖，我们这个'大名饭店'确确实实大名在外，十里八乡赶集的人，无不夸赞咱店里的饭菜香啊！"安童大略环顾了一眼，称赞说："环境也还干净，就是太拥挤了。"秦长卿忙问小二："还有雅间没有？"小二说："那爷们就楼上请吧。"说着他向楼上喊道："楼上请，三位爷，要清净雅间！"话音刚落，从楼上就下来一个穿着整齐干净的小二迎接安童他们上楼。秦长卿走在最后，在楼梯拐角处，他无意向楼下一望，不由得"咦"了一声。安童闻声停住脚步，问秦长卿："怎么？"秦长卿两眼紧盯着店小二迎接进店的一个人，用手指给安童看，小声说："丞相，你看那人像谁？"安童不由得也惊异地"唉"了一声，连声说："太像了，太像了！"小厮顺着他们的眼光看去，只见一个魁伟的年轻人，头戴斗笠，身披大氅，器宇轩昂，跟着店小二在楼下找座位。他不明白安童他们惊奇什么，就问："相爷，怎么了？你们认识那个人？我把他请上来吗？"安童对秦长卿说："天下竟有如此相像之人，不亲自眼见，我是绝对不信的。"他对小厮说，"往前走，没有你的事！"说着三人上楼到雅间叫了饭菜。小厮一直不明白刚才在楼梯看见了什么人，他又不敢问安童，就悄悄向秦长卿打听。谁知秦长卿竟也叫他少打听与己不相干的事。说是不叫小厮打听，秦长卿自己也好奇那是一个怎样的人。看那打扮分明是江湖中练武之人，那人一身正气，恐怕是一位行侠仗义的豪杰。他自己心里想着，实在是有结交之意。可是眼下有公务在身，又怎能独自下楼去呢。他盼着吃完饭下楼时能再与那人相见。

　　饭后，他们下楼，秦长卿四处打量，那个魁伟青年早已不知去向。他心里甚是懊悔，心想不知还会再相见否。他自顾想着自己的心事，跟着安童，按着原先老者的指点，顺着铺满厚厚积雪

的乡间小路，奔驰到沁北村。果然在村里望见有一处庄舍，门前有一株枝丫虬盘的古槐。因为是隆冬季节，树叶已经全部落尽，越显出树干和枝丫的遒劲怒张。而那枝丫间的点点积雪却又给古槐增添了许多魅力。他们远远下了马，缓缓走到那幢庄舍，越过矮土墙，只见院内有两个孩童在堆雪人。庄舍的柴门没有关，小厮站在门口，问那两个小孩："许衡先生是住在这里吗？"两个孩童跑到门口，说："你们是找我爷爷的吗？他不收学生了。京里要他去做官呢！"安童笑着直往院里走，两个小孩问："你认识我爷爷？"安童也不答话，他在一间青砖瓦房前站住脚，只听从屋内传出朗诵诗歌的声音：

> 莫怪新贫压旧贫，贫来尤觉此心真。
> 自怜孤力膺邪议，常欲幽居远市尘。
> 千里烟霞山障晓，一竿风月野桥春。
> 凭谁寄问乡间老，我去何人愿卜邻。

两个小孩抢先推开屋门，高叫着："爷爷，爷爷，有三个学生不听话，自己闯进来啦。"安童只好跟随小孩跨进门槛。迎面一个三十多岁的男子从里屋走出，向安童双手一拱："家父身体不适，望公子他日再来。"小厮不高兴地说："他日再来？你说得容易！我们千里迢迢而来，就让我们吃闭门羹吗？"那男子面有难色，打量了一眼安童，他看安童仪表堂堂，甚是不俗，猜不出来者是什么身份。他迟疑了一下，说："这冰天雪地，也难为你们不远千里而来。这样吧，若不嫌弃，就在敝舍暂歇一宿。只怕粗茶淡饭，公子难以下咽。"小厮还要说什么。安童一挥手，小厮把话咽了回去。安童说："敢烦相公，前去禀告令尊大人，只说京师安童特地前来求见。"安童话音刚落，只听一个响亮的声音从里屋传出："不知丞相驾到，有失远迎！师可，快请丞相进屋！"许师可回身一看，许衡已从屋里迎出，他赶忙上前搀扶，问："爹，谁是丞相？"许衡向安童行礼说："小儿不知丞相亲自光临寒舍，多有冒犯，许衡这里赔礼了。"许师可见父亲对安童十分恭敬，马上乖觉地跪地向安童请安。两个小孩从里屋探出头来，相互做着鬼脸，趁人们不注意，赶紧跑走了。

安童被让到厢房上座，秦长卿和小厮在外面守候。许师可捧上了茶，也退了出去。安童环视了屋宇一周，说："许先生好清贫啊。难为您自安如此。"许衡说："丞相不闻'达则兼济天下，穷则独善其身'，贫富于我何忧之有。"安童说："在下亦闻'明士进亦忧，退亦忧，先天下之忧而忧'，我知先生不忧贫富，当忧天下百姓，未必常自得其乐耳。"许衡默默不语，他没想到这个年轻的丞相确实不一般。心说：木华黎、拔都儿有后也。这大概是天赐蒙古国的福分。安童见许衡不说话，就又说："陛下令我为相，我自忖我有何德何能？所以在陛下面前推荐先生为我辅佐。昨听说先生以病为由不赴征召，我心内如焚，所以特地千里拜请先生，愿先生有以教我。"安童的虔诚、稳重、虚怀若谷，使许衡预感此人必将是国家的栋梁。他推心置腹同安童进行了一番长谈，向安童全面讲述了他的治国主张。他讲道："从前代历史考察，北方民族占有中夏者，必行汉法乃可长久。所以北魏、辽、金历时最长。不能行汉法者，皆乱亡相继。史册俱载，昭然可考。假使我们国家长居朔漠，就没有必要说这些了。陆行宜车，水行宜舟，反之则不能行；幽燕食寒，蜀汉食热，反之则必有变。以是论之，现今我国家当行汉法无疑也。然万世国俗，累朝勋旧，一旦驱之下从臣仆之谋，改就亡国之俗，其势有甚难者。我曾经想过好长时间，寒之与暑，固为不同，然寒之变暑，始于微温，温而热，热而暑，积百有八十二日，而寒始尽；暑之变寒，其势亦然，是亦积之之验也。如果能逐渐地、一点点慢慢改动，待以岁月，心坚而确，事易而常，未有不可变者。此在丞相劝陛下尊信而坚守之，

不杂小人，不责近效，不恤流言，则政治之功，也许可以成就。"安童静静地听完许衡的话，说："先生所教甚是。行汉法，确为治国之首要也。"许衡看安童同意他的看法，又说："中书之务，不胜其烦，然其大要在用人、立法二者而已。然人之贤否，未知其详，固不可得而遽用也。然或已知其孰为君子，孰为小人，而复患得患失，莫敢进退，徒曰知人，而实不能用人，于治国又有什么好处！治理民众，根本在于律法也。人法相维，上安下顺，而宰执优游于廊庙之上，不烦不劳也。已仕者当给俸以养其廉；未仕者当宽立条格，俾就叙用。则失职之怨少可舒矣。外设监司以察污滥，内专吏部以定资历，则非分之求渐可息矣。再任三任，抑高举下，则人才爵位略可平矣。政治稳定，其他科举兴教、经济工商等事亦不可缓，当依次为之。"

安童佩服地拍手说："妙，妙，先生对治国之事了如指掌，真丞相当先生莫属也！"许衡连连摇手，说："议与行，不是一回事。当今之国非如丞相出身者难以号令也。史天泽为相，虽功高才大，然难以为用，必不久远。陛下自李璮变乱后，心思多变，疑虑丛生，汉人已难处中书机要，行汉法而治国，必如丞相者。天降丞相乃国之大幸也。"安童说："我祖宗三世，戮力报国，至我亦不能辱没家世。先生高才，实不应蛰居草野，埋没山林，我恳请先生与我一起回朝，常相扶助，请先生为社稷计，为苍生计，三思之！"说着他离开坐席，向许衡深深一拜，说："安童为苍生、为社稷，恳请先生出山！"由于安童动作迅速，许衡未来得及拦阻，就实实受了一拜，安童再拜就被许衡拦住，说："难得丞相一片诚心……"

4

恶毒心怀

　　许衡有感于安童的真诚和情谊，把家事嘱咐了儿子一番，就同安童一起回到京师。安童报告忽必烈他请来了许衡。忽必烈从秦长卿那里已经知道了，就问："卿以为许衡其人如何？"安童答："我原以为他略高于一般汉臣，深谈之后方知乃有十倍百倍之别。"忽必烈说："以前有人就和朕说过许衡有相才，看来名不虚传。卿告知他，让他明天来见我。"然后忽必烈又详细询问了安童一路的情况，特别关心问起他所遇到的刺客情形。然后他恨恨地说："天下竟有人敢派刺客刺杀我新任命的丞相。这个人胆子也太大了。"忽必烈问安童派刺客的人会是谁？安童说不知道。忽必烈又问安童是否有仇人，是否当宿卫时得罪过什么人，安童都说没有。忽必烈说："那么派刺客的人不是冲着你，而是冲着朕了。这事绝不算完，我一定得叫人追查清楚。说不定这个人就是埋藏在我身边的祸害！"

　　转天许衡拜见忽必烈。忽必烈赐许衡就座，语重心长地说："安童尚幼，少历练，未更事，愿卿善加辅佐。卿有何建言，当先禀告朕，朕将为其择定。"许衡说："安童聪敏，且有执守，告以古人所言，悉能领解。臣不敢不尽心力。但虑其中有人离间之，则难行；外用势力纳入其中，则难行。臣入省之日浅，所见仅此。

对于建言大计，臣将上疏陛下，他日呈上，供圣览。"

从忽必烈那里回来后，许衡用了好几天的工夫，把他对治国的一些想法和建议写成了奏章呈交给忽必烈。内里除了和安童讲过的治国当行汉法与中书之要务外，还讲述了为君之道。他写道："孔子曰：'为君难，为臣不易'，为臣之道，臣已告之安童矣。至为君之难，尤陛下所当专意也。夫人君不患出言之难，而患践言之难。知践言之难，则其出言不容不慎矣。……奈何为人上者多乐舒肆，为人臣者多事容悦。容悦本为私也，私心盛则不畏人矣；舒肆本为欲也，欲心盛则不畏天矣。以不畏天之心，与不畏人之心，感合无间，则其所务者皆快心事耳。快心则口欲言而言，身欲动而动，又安肯兢兢业业，以修身为本，一言一动，熟思而审处之乎？……人君处亿兆之上，操予夺、进退、赏罚、生杀之权，不幸见欺，则以非为是，以是为非，其害有不可胜概也。……大抵人君以知人为贵，以用人为急。用得其人，则无事于防矣。既不出此，则所近者争进之人耳，好利之人耳，无耻之人耳。彼挟其诈术，千蹊万径，以蛊君心，欲防其欺，虽尧、舜不能也。……人君处崇高之地，大抵乐闻人过，而不乐闻己之过；务快己之心，而不务快民之心。贤者必欲匡而正之，抉而安之，如尧舜之正，尧舜之安而后已，故其势恒难合。……大禹圣人，闻善即拜，益犹戒之以'任贤勿贰，去邪无疑'，……修德、用贤、爱民三者而已。此谓治本，本立，则纪纲可布，法度可行，治功可必。否则爱恶相攻，善恶交病，生民不免于水火，以是为治，万不能也。"此外他还讲述了兴学重教、农工商并举以及安民乐土种种问题。忽必烈阅后，对许衡心悦诚服。他以为国政有安童、许衡主持大局，他多少可以安枕无忧了。

可是，安童在忽必烈的支持下，依靠许衡的帮助，主持中书省事，大力推行汉法，几年下来，眼见国家治理甚有成效，这可更惹恼了阿合马。他悔恨自己当初看错了人，白花了许多银两，安童单枪匹马外出，又是微服私访，那是一次千载难逢的行刺机遇，那个刺客的功夫又远远在秦长卿之上。可恼那个刺客竟然找到机会不下手，反而却逃之夭夭。幸好他没有供出自己派遣。这个安童别看他小小年纪，倒是满有心计，再加上他请来的什么许衡，忽必烈竟对他们言听计从，中书真就成了安童的天下。我阿合马虽然是中书平章，这几年可是尝够寄人篱下的滋味了。还不如过去统领左右三部，呼风唤雨自由自在呢。阿合马越琢磨越觉得长此以往安童在中书地位就会越来越稳固，他就得永远在安童之下。他越想越不甘心，就鼓捣痛恶汉人汉法的蒙古权臣在背后"捅了安童一刀"。正如许衡所担心的，那些蒙古贵族状告中书省自安童执政以后，不按祖宗章法办事，一切尽依汉儿章程，因此政事大坏，一切都乱糟糟，蒙古大臣动辄得咎，办事左右掣肘，什么都是汉法、汉法怎么怎么，简直乱了套！他们告诫忽必烈说："别忘了我们是蒙古人，是我们蒙古人打的天下！"他们在大殿之上不顾忽必烈的颜面，以亲王地位、世袭特权和家族功勋为资本，要挟忽必烈必须严惩中书行汉法的官员。忽必烈虽然心仪汉法，也知道治理中原必须执行汉法的道理，但是面对蒙古贵族的责难他又觉得安童他们走得太快、太远，给他带来麻烦。所以这时他早已忘掉许衡所说的"为君之道"，他听了蒙古几个亲近大臣的诉说，受了蒙古贵族们的责问后，窝了一肚子火，也不调查，也不推问，立即勃然大怒，当着那些蒙古贵族大臣的面，下令对中书大臣们主张行汉法的要统统问罪。阿合马闻讯偷偷地高兴，以为这下子他就可以扳倒安童了。他没有想到忽必烈还没有昏庸到丧失理智的地步。当中书左丞姚枢知道忽必烈大怒要处罚中书所有行汉法的官员时，他毫不畏惧，犯颜直谏，写了一封奏书呈递给忽必烈。忽必烈慢慢阅览姚枢的奏章，愤怒急躁的心情才逐渐平静下来。姚枢的奏疏言道：

　　太祖开创，跨越前古，施治未遑。自后数朝，官盛刑滥，民困财殚。陛下天资仁圣，自昔在潜，听圣典，访老成，日讲治道。如邢州、河南、陕西，皆不治之甚者，为置安抚、经略、宣抚三使司。其法，选人以居职，颁俸以养廉，去污滥以清政，劝农桑以富民。不及三年，号称大治。诸路之民望陛下之拯己，如赤子之求母。先帝陟遐，国难并兴，天开圣人，缵承大统，即用历代遗制，内立省部，外设监司，自中统至今五六年间，外侮内叛继继不绝，然能使官离债负，民安赋役，府库粗实，仓廪粗完，钞法粗行，国用粗足，官吏迁转，政事更新，皆陛下克保祖宗之基、信用先王之法所致。

　　今创始治道，正宜上答天心，下结民心，睦亲族以固本，建储副以重祚，定大臣以当国，开经筵以格心，修边备以防虞，蓄粮饷以待歉，立学校以育才，劝农桑以厚生。是可以光先烈，成帝德，遗子孙，流远誉。以陛下才略，行此有余。迩者伏闻聪听日烦，朝廷政令日改月异，如木始栽而复移，屋既架而复毁。远近臣民不胜战惧，唯恐大本一废，远业难成，为陛下之后忧，国家之重害。

　　忽必烈细想姚枢所言头头是道，他的怒气就渐渐消解。忽必烈没有坚持下令问罪中书大臣。由此阿合马对忽必烈也心生怨恨。于是他转动他的鬼脑筋，打起忽必烈的长子燕王真金的主意。真金是忽必烈的大皇后即正宫娘娘察必所生，真金出生时忽必烈二十九岁，正是他欲有为天下与子聪和尚（即汉人谋士刘秉忠）热烈讨论治国之术的时候。也就是在那个年代忽必烈开始在藩府搜罗四方名士，集聚人才，接受儒家学说，学习汉人治国之道，为他以后登上皇帝宝座打下了牢固的根基。真金自幼受到那些汉人儒士的影响，特别是在他的汉人老师窦默和王恂的辅导教诲下，他对汉人学术佩服之极，对汉人治国之术佩服之极。待他成长为一个青年，简直就是一个标准的儒生了。从中统三年（1262）真金二十一岁即被册封为燕王兼中书令。在中书任职的汉人官吏像史天泽、张文谦、姚枢、商挺以及心仪汉法的廉希宪、耶律铸等人得到忽必烈的赞许，同时也得到真金的有力支持。所以安童任丞相以后执行汉法治国的策略，忽必烈是后盾，在中书真金则是实际的支持者。阿合马也深深明白这一点。所以他恶毒地想从忽必烈和真金的父子关系上打开缺口。

真金与其父亲忽必烈对待阿合马的态度截然不同。真金一向厌恶阿合马的奸诈，从没给过阿合马好脸色。阿合马比真金年龄大十好几岁，却能伸能屈。真金越讨厌他，他见了真金越加恭顺，就像个哈巴狗一样媚颜媚态。无论真金怎样冷淡他，训斥他，他从来也不表现出一丝一毫的懊恼，总是低声下气，连连赔笑。他越是这样，真金却对他越厌恶。

有一次在上都打猎，忽必烈与真金各带鹰犬弓箭奔向不同方向。阿合马为奉承真金，竟不随忽必烈，而紧随真金。他的理由也很堂皇：他要保护皇子。忽必烈为此对阿合马竟大加赞许。那时真金已经知道阿合马诬陷史天泽、廉希宪，攻击安童执政等事，他对阿合马早就憋着一肚子的怒气。只是碍于父皇的面子，他又没有抓住阿合马的具体过失，所以他对阿合马一直采取不加理睬的态度。真金见他跟了自己打猎，就像对下等奴才那样呼喝他，使唤他，阿合马竟一任驱使，面无难色。真金射中了一只野兔，野兔带箭而逃，真金叫阿合马去追，阿合马二话不说，驰马加鞭，终于把野兔追获，献给了真金。真金却连看也不看，令军士收下。阿合马与真金并马而行，没话找话，说："殿下精力充沛，正值盛年，何不修密宗大法，此乃极乐之事。要知道汉人女郎别有一番风味……"他的话还没有说完，真金挥起手中的角弓就向阿合马打去。阿合马猝不及防，重重挨了一弓，帽子被打落在地，脸上也被打破。他本能地抖动缰绳，跑开了。真金大声怒斥他说："父皇就让你这样辅国吗？"他怒气难消，驰马追赶，还要再打阿合马。东宫赞善王恂赶紧策马追上。阿合马倒也乖觉，不想拍马拍到了马蹄上，他见真金追来，就慌忙翻身下马，跪在草地上，大声喊："奴臣有罪，请殿下息怒！请殿下多保重玉体。如果殿下打了罪臣高兴，也请殿下不要自己动手，吩咐军士责打罪臣就是了。"王恂也喊道："殿下不要跟他这种人生气！"真金到了阿合马跟前，扬起了弓，却没有打下，他呵斥阿合马说："起来！我父皇和母后待你不薄，为的是要你忠心报国，不是叫你专行邪术。做人要做正人君子，不要净做些蝇营狗苟的事情。"阿合马连连点头，找到自己的帽子戴上，尽量想盖住脸上的伤痕。

打猎结束，真金与忽必烈会合，忽必烈发现了阿合马脸上的伤，问是怎么啦，阿合马遮掩道："是不小心让马踢着了。"真金很生气地说："你真无耻！你何不告诉父皇是我打的！"忽必烈问怎么回事，真金让忽必烈问阿合马，阿合马连忙说："是奴臣有罪，该打。"忽必烈看着真金与阿合马两人的神色，不再追问，心里只觉得他们像小孩子打架，很好笑。谁知诡诈的阿合马却对忽必烈说："海都和昔里吉连年困扰北疆，臣观察殿下英明神武，正可前往防卫剿叛，以立盖世之功。"忽必烈马上严肃起来，称赞阿合马说："你说得是一个很重要的事。我正想亲自前往教训教训那几个不知天高地厚的毛头小子。真金要能代我前往更好了。真金，你意下如何？"真金也正想立功疆场，马上答应说："孩儿愿往。"

原来忽必烈做了蒙古大汗以后，他的弟弟阿里不哥和他的伯父窝阔台汗的子孙（如海都）、他的哥哥蒙哥汗的子孙（如昔里吉）都有人不肯臣服，连年发动叛乱，对忽必烈汗国的北疆和西北边远地带进行骚扰抢掠。边境不宁一直使忽必烈很头疼。阿合马抓住忽必烈的疼处，推出真金去北边实在是恶毒的一石二鸟、借刀杀人之计。可惜精明的忽必烈和单纯的真金都没有识破阿合马的阴谋。至元七年（1270）秋真金就真的北上到称海（今蒙古西部和新疆北阿尔泰山一带）巡行了。阿合马心里暗笑，他心说，谁要得罪我，就试试看。

挤走了真金，阿合马在中书更加飞扬跋扈。他把矛头再次对准安童。从至元三年（1266）阿合马以中书平章政事兼制国用使司事，他一直专管国家财利及转运，大权独揽。同时也干尽假公济私的勾当。朝臣王磐将转运司横征暴敛为害百姓的事禀告安童说："方今害民之吏，转运司为甚，以至税人白骨，应将其撤销，以苏民力。"安童就将转运司危害百姓的事呈告了忽必烈，忽必烈为表示对安童的支持，马上批准撤销了转运司。阿合马更感到他行事处处掣肘，他对汉人儒臣深深怀恨在心。他不止一次发誓：非得把安童整倒不可。

阿合马翻来覆去想到安童是忽必烈一手提拔的，是忽必烈的亲外甥，忽必烈怎么会把安童撤职呢，如果把安童撤职不等于忽必烈自己打自己嘴巴吗？所以他琢磨上次忽必烈在大殿大发雷霆，向蒙古大臣表示一定要严惩中书官员，甚至要撤销中书省，其实忽必烈未必是想真撤销中书，那不过是做样子给蒙古大臣和王亲贵族们看罢了。所以他想自己必须改变策略。

阿合马想来想去，他想暂时扳不倒安童，何不将安童架空，或与安童分权并立。于是他先向忽必烈建言：安童执政声望日高，可位列三公。继而又使人建言立尚书省，明确提出以阿合马为统领，将尚书省与中书省进行合并，以加强管理。忽必烈听了这些建言很高兴，还以为阿合马这些建言是对安童的褒奖，是有利政府工作，就将这些建言交付中书省公议。忽必烈却没有料到对于阿合马的建言，中书官员们竭力反对。

在中书省议事大堂，安童转述了阿合马的建言，问阿合马转述得是否正确，让阿合马进行补充。阿合马奸笑说："安丞相述说的意思很对，我觉得安丞相声望日隆，理应位在三公。我想诸位不会有反对意见吧？"谁知他话音刚落，参政商挺首先一拍桌子，大声说："安童是国家柱石，假若把他推到三公位置，是崇以虚名而实夺其权，此建言断不可行！"他的话一针见血，令人警醒。紧跟着翰林王磐更进一步指出："如果要建尚书省，合并中书省，就以右丞相安童总领最为便当，不然还不如依旧。三公既不预政事，则不应虚设。"国子祭酒许衡接着补充说："中书佐天子总国政，各院、司之事俱应呈报中书。还要什么另立尚书省！"

参政张惠却表示支持阿合马的建言："阿合马一心为国，政绩卓著，未尝不可总理国政。安童究竟年少，办事多从汉人之说。"平章张易却紧跟着质问张惠："张参政是否汉人？你的意见能否听从？"引得众人一片哗笑。张易说："不在于汉人、蒙古人、色目人，要在于意见对社稷、苍生是否有利。"众人连声赞同。人们于是议论起安童和阿合马行事谁功劳更大更多，然而这个问题却纠缠不清。人人各说自己的道理，相互僵持不下。这时有几个在中书办事的人员手拿一份推荐阿合马为丞相的上言书，挨个让人签名。他们看翰林王鹗年龄最大，就首先让王鹗签名。王鹗把塞到他手中的笔生气地扔到地上，高声说："吾以衰老之年，无以报国，让吾举任此人为相，吾死都不会安心。"说完，他拂袖而起，要离会而去，被众人劝止。但阿合马所策划的让人联名举荐他为丞相的事，也因大多人的拒绝而告吹。另立尚书省的建议也没有得以通过。阿合马由此更加痛恨中书省的汉人儒士。他想，咱走着瞧，别看你们现在一个个都扬眉吐气，早晚叫你们一个个哭爹叫娘。

5

院判巡街

　　阿合马在朝中之所以能够耀武扬威、横行霸道，根本原因在于忽必烈是他的后台。阿合马善于欺瞒，凡是忽必烈所列的开支他都一一满足，所以他给忽必烈的印象是一个能干的人，能聚敛钱财的人，别人说阿合马理财手脚不净中饱私囊，忽必烈都以为是他人嫉妒阿合马的才干和能力，反而他更加信任阿合马。特别是忽必烈一心要拿下南宋统一中国，派他的亲信伯颜主持伐宋战争，阿合马能够保证军需供应，忽必烈对阿合马更是欣赏不已。他以为阿合马只保证军需一项功劳就可以抵他百样过错。阿合马也深深摸透忽必烈的心思，所以在战争供应上他毫不含糊，除此之外他可就为所欲为了，简直可以说到了无法无天的地步。不仅是他自己在朝中打击异己结党营私，卖官鬻爵贪污受贿，就是他的子弟爪牙也都狐假虎威，横行街市。

　　阿合马有一个侄子叫苦思丁，苦思丁父亲去世早，他自幼跟随阿合马生活。因为苦思丁乖巧伶俐，因此他很得阿合马喜爱。阿府里的人都把苦思丁看作阿合马的儿子一般奉承。苦思丁不喜读书，阿合马也不让他读书，所以苦思丁除了舞枪弄棒就是和阿府一帮喽啰胡混。到了十五六岁，就被阿府的走卒引诱到花街柳巷迷上了嫖赌生涯。阿合马虽然喜爱他乖巧，给他的银子却是有

数的。苦思丁在几个恶奴的撺掇下随即开始了在街市明抢豪夺的生活。对苦思丁的胡作非为阿合马却不管不问。一来二去苦思丁抢掠的胆子就越来越大。这当中虽然有时候苦思丁不长眼，抢错对象，触及到某个官宦，人家找到阿合马，阿合马也都会给他摆平。所以基本上苦思丁无所顾忌，已成为京师街头一害，人送外号"小魔王"。眨眼间苦思丁已经二十岁出头，长得倒是不丑，甚至可以说外貌相当漂亮，可是恶习形成已经难改。快过年了，苦思丁寻思自己怎么也得弄点外快，也好把年过得像个样。另外怎么过年也得给伯父阿合马送点像样的礼物。所以他疾声一呼，喽啰奴仆一帮人立刻聚集到他身旁。俗话说近朱者赤，近墨者黑，那些人跟随苦思丁时间长了，也都忘了什么是道义什么是廉耻，都只会一味地为虎作伥。听说苦思丁要去街上"采办"年货，那些人一个个全都眉开眼笑，他们心里明白谁也不会空手而归。就在苦思丁带领一帮人大摇大摆走上京师繁华的年市大街上时，宫廷卫士秦长卿和他的朋友阿鲁浑也到了年市大街。

秦长卿在卫队中有两个好友，一个是汉人焦而荣，一个是蒙古人阿鲁浑。他们三人彼此年龄、性格相仿，脾气相投，经常在一起喝酒、练武、玩耍。三人中秦长卿武功高超，他的擒拿术令阿鲁浑羡慕至极。焦而荣的剑法精熟，挥舞起来可以使水泼不进，令秦长卿和阿鲁浑惊叹不已。阿鲁浑则箭法精奇，那百步穿杨的本领直叫秦长卿和焦而荣羡慕得了不的。平时偶有空闲，三人就相约，或步行或骑马，或到旷野，或去丛林，彼此演练武艺，相互指点，或就马齐驱打猎，然后笼起篝火烧烤猎得的飞禽走兽，边吃边喝，吃饱喝足以后，三人也许还会放声高歌。阿鲁浑歌声嘹亮，秦长卿则嗓音沙哑，焦而荣则只管吹笛。尽管他们唱得不怎么合拍，但是三人都一样高兴。

这一天秦长卿交完班，换过衣服，就去找他的好友阿鲁浑。因为头两天阿鲁浑就约好他去玉仙楼观看名优刘耍和新排演的杂剧《敬德降唐》。据说这是杂剧班头关汉卿的新作。快过年了，乡下人进城购买年货的人很多，剧班为了多些收入，也就根据情况加排了一些新剧，增加了演出的场次。秦长卿穿着一身青莲紫袄裤，套一件花斑豹皮坎肩，腰扎牛皮带，外披墨绿撒花翻毛斗篷，头戴武生盔，英姿飒爽兴致勃勃，他找到阿鲁浑，问："今儿个焦而荣能来吗？"阿鲁浑说："焦而荣忙他的事呢，他老爹从西夏回京述职，给他说了一门亲事，今天他要去相亲。走，咱俩到街市上遛遛，找个干净酒馆，喝几盅去！"秦长卿哈哈笑着打趣说："是不是看着焦大哥相亲，你也想老婆喽？"阿鲁浑当胸捶了秦长卿一拳，说："你没事才想老婆呢！咱吃点东西再去看戏。"两人嬉笑着走出宫门。阿鲁浑穿的是蒙古服便装，皮帽、皮袍、皮靴，腰扎金花宽腰带，清一色的赭黄，很是鲜亮，更显得他健壮威武。两个人也不骑马，信步向热闹的招风坊走去。一路上两人说说笑笑，只见大街上各种买卖商家都在尽己所能招揽生意，店铺广告花花绿绿各式各样。虽然天气寒冷，由于接近年根儿，街上南来北往的人并不少，特别是年货摊前更是熙熙攘攘。

走到十字街口，阿鲁浑对街角一个卖艺的很感兴趣，他拉住秦长卿，指点着卖艺人临街竖立的各样兵器，要看看那卖艺的汉子怎么耍动那把分量沉重的长把大刀。那汉子四十上下，不顾寒冷，竟然光着膀子，将那写有"青龙偃月刀"字样的大刀如飞一般抡转起来，围观的人吓得纷纷躲闪，但又都不忍离去。有些人则毫不畏惧，站在原地连连鼓掌叫好。秦长卿一看就知是花架子功夫，表演起来甚是好看，可是真打起来，毫无用处。那刀看着敦实，其实分量并不沉重。他不愿破坏人家的买卖，也不愿扫别人的兴致，就拉阿鲁浑走，说："到别处看看。"阿鲁浑却恋恋不舍，正在他们要离开时，突然一伙人从西街一头纷纷奔逃过来。有的人还连喊带叫："快逃啊，小魔王又出来啦！"奔逃的人流迅速冲到卖艺人处，有些观看卖艺的人，不明所以，也纷纷跟着人流奔去。一刹时，街上一片慌乱。卖艺人停止了表演，扯住大刀，直喊"晦气"。

　　秦长卿两人还没明白怎么回事，只见一小队人马像旋风一样冲了过来。马上的人个个横眉立目，耀武扬威，明明在人流众多的大街，他们却像奔驰于无人之境。不少人马背上已经驮满了顺手抢掠的各种物品，有的马背上还驮着青年女子。女子啼哭中夹杂着绝望的求助声："救命呀！"一匹马上一个衣着华丽的公子哥儿搂着一个年轻女子，恶狠狠地对那女子斥责说："你再哭，再喊，老子立即叫你见阎王！"秦长卿见那公子哥儿面皮白皙，高鼻梁，蓝眼珠，知道一定又是哪家贵族少爷。他看看阿鲁浑，两人心照不宣：这种事太多了。有权有势的贵族每到一地，烧杀抢掠的事，他们已经司空见惯。所以他们只是避在路边，呆呆地望着，一队凶神恶煞过后，紧跟着是十几个蓬头乱发的汉人百姓，他们奔跑着，追赶着前面的马队，呼天抢地，捶胸顿足，哭叫着："这是什么世道啊，青天白日抢劫我们的东西！""我可怜的女儿啊，我要跟你个小魔王拼命！""这还有王法吗？我的好女儿哟，可疼煞娘喽！"

　　秦长卿听着满街的哭喊，心里很不是滋味。他正要拉阿鲁浑离开，却只见刚才过去的马队又从东面奔了回来。有的还喊："快回家报告相爷呀！""快调集人马来捕捉江洋大盗！"紧跟着那公子哥儿也奔了回来，怀里却依然搂着那个女子。奔回的人马和追赶他们的百姓正好相遇，徒手的百姓在路边抓起什么就是什么，他们似乎已经将生死置之度外，拦截回奔的马队，跟马队展开了混战。卖艺人的武器，刀枪剑戟，都被百姓一抢而光。卖艺人似乎也对小魔王恨之入骨，竟也趁乱卷进厮杀之中。在混战中秦长卿发现被那队人马称为"江洋大盗"的竟是两个武林高手。小魔王的一帮人都不是他们的对手。他们好像很懂擒贼先擒王的道理，一直纵马追逐那个公子哥。跟随公子哥的人也知道他们宁可自己丧命也得保护主子安全，如果主子受伤，他们也不得好活。他们倚仗人多，又加上众多百姓夹杂中间，两个武林高手似乎一下子也还接近不了那公子哥。可是公子哥的处境危险那是再清楚不过的。混战正激烈时，又有一队人马奔了过来，为首的是阿合马的两个护卫。秦长卿认识他们，一个是草原飞狐哈喇鲁，一个是西域雪雕阿拉丁。他听说这两个人的功夫非同一般，他想那两个武林高手恐怕遇上对手了。

哈喇鲁和阿拉丁同时高喊："公子爷，不要怕，我们来啦！"那个公子哥将马上的姑娘推下地，对身边一个奴仆说："一定给我带回府！"他自己却赶紧拍马向两个护卫那里蹿去。众百姓见到小魔王来了助手纷纷散开去了。这一下子就使两个武林高手被包围在十字街当中。两人背对，一人使刀，一人使钩，各自拉紧马缰，紧张地望着包围他们的人，时刻准备应对来自各处的挑战。草原飞狐好像觉得被包围的两个人已是他们囊中之物，就不紧不慢地说："爷爷不杀无名之辈。快快报上你们的姓名，说说为何追杀我家小爷？"头戴斗笠身着一身黑衣的魁伟青年厉声问道："你们是什么人，凭什么你们在光天化日之下，公然抢劫民众财物，抢劫良家妇女？"那年轻人话语明显带有山东口音，他一抬头，秦长卿不由得"啊"了一声。这不就是那个在大名饭店所遇到的人吗？几年不见，他怎么来到京城？阿鲁浑问秦长卿："你认识那个人？"秦长卿摇摇头。只听哈喇鲁呵呵大笑几声，说："原来是只土包子，你们连遇到的是什么人都不知道，管得是哪门子闲事！"另一个头戴皮帽，反穿羊皮大袄的人，嗓门洪亮，大声说："告诉你，爷爷坐不改姓，行不改名，人称太行五虎的震山虎裴平就是你爷爷我。我管你奶奶的是什么人，路不平就有人踩，你们欺压百姓，爷爷我就要管，还要管到底！"说到这，他回首望望，继续说："我这位兄弟半路杀出，拔刀相助，在下谢过，大丈夫行走江湖，你就通个姓名，吓煞这帮野猪。"裴平说话无意，谁知触犯了西域雪雕的大忌。大凡穆斯林最忌讳人家骂他是猪。所以裴平话音刚落，跟他一起战斗的年轻人还没来得及说话，阿拉丁就气势汹汹催马，挥舞着他手中的月牙刀，向裴平砍来。局势马上改变，裴平在马背上一个镫里藏身，躲过一刀，立即挺身挽钩直上，打马向前，与阿拉丁捉对厮杀起来。穿黑衣的青年也不说话，挥刀直奔哈喇鲁。哈喇鲁挥舞蒙古刀相迎，两刀碰撞，发出当当当的声响。十字街头立刻成为厮杀的战场。

哈喇鲁与黑衣青年刀对刀，你劈我砍，旗鼓相当势均力敌。他们动作敏捷，变化莫测，因此想帮哈喇鲁的人一时也无法插手。阿拉丁的月牙刀对裴平的钩镰枪明显处于劣势。裴平一把钩镰枪使得十分轻灵娴熟，或刺或挑或扎或戳，一如喜鹊登枝，一如蜻蜓点水，一如青龙腾跃；点点寒光，似飞荧，似流星，闪闪烁烁，阿拉丁不由得有些手忙脚乱。但是他自有补短之技，原来他腰间挂有丈二长索，在他躲过裴平一钩后，立即从腰间扯下金皮索，使出平日套马的绝技，向裴平头上抛去。裴平未曾见过这种兵器，直觉得亮晶晶一条链索从空中落下，他下意识地用钩镰枪去挑，却让金索套个正着，金索头是个环扣，钩镰枪一挑，环扣一收紧，阿拉丁打马力扯，裴平手中的钩镰枪即被阿拉丁扯去。阿拉丁见一招得手，回马抢刀就要劈向赤手空拳的裴平。

正在这时，又有一队人马呼喊着奔驰过来。眼尖的人早已看见那是京都警巡院的兵马。因为那些兵马都打着"警"字大旗。街上所有的人都迅速让路，警巡院判梁进之奔驰到街中心，大声吆喝道："什么人如此大胆？青天白日在京城械斗厮杀！统统给我拿下！"阿拉丁正待要一刀砍下，听到警巡院判的呼喝，他不得不收住刀，跳下马，向梁进之跪见，说："末将是阿合马相府护卫首领阿拉丁，闻听家人禀报有劫贼抢掠我家公子苫思丁，所以我们特地赶来搭救公子。非是我等有意扰乱京城。请大人明察。"秦长卿和阿鲁浑一听在大街横行的公子哥儿原来竟是臭名昭著的苫思丁，不由得都"呸"了一口。尤其秦长卿想，若早知道是这个害人精作怪，我就该助那两个武林高手一臂之力。众百姓们看警巡院官兵出头维持秩序，就纷纷出来指证苦思丁在大街公然劫掠的罪行。一时喊冤之声又充斥街头。裴平因为没有武器，被警巡院士兵拽下马，捆绑了，一时也轮不上他说话，就冷眼看着梁进之，意思是看你是秉公而断还是官官相护。那黑衣青年与哈喇鲁正打得难解难分之时，猛地听人喊："警巡院来啦！"他陡地一扯马缰，调转头，操着明显的山东口音，说："今儿爷不奉陪，改日再跟你一比高低！"竟趁哈喇鲁一愣神之间，策马向城东狂奔而去。哈喇鲁欲追，警巡院兵马已到，他也只能下马跪迎，向梁进之自报身份。他心想逮着了一个裴平，不怕他的同伙飞上天。梁进之为了尽快恢复城市的秩序，就迅速把苦思丁、阿拉丁、哈喇鲁、裴平，还有一些自愿跟随作证的百姓与阿合马府的家丁、护卫一起带回警巡院。

警巡院和兵马司是京师职掌民事治安的部门。警巡院侧重民事，兵马司则侧重抓捕盗贼，另有司狱司专管监狱囚犯。这些部门都隶属于京师总管府。警巡院有达鲁花赤和院使各一员，判官则是其属下。梁进之世居燕京，为官宦人家。到梁进之父辈则为金朝医官，和关汉卿其父为好友。金朝末年，关、梁两家世交，皆以医术高超名世。关汉卿继承家业，仍然业医，但是他除了应值诊病，对仕途毫无兴趣。闲来就在街市行走，与歌儿舞女为伴，甚至一有工夫就写些小曲，写些剧本让那些歌儿舞女演出。长此以往很多人不但知道关汉卿医术高明，还都知道他是一个曲作高手。京都街市一提关汉卿，很少有人不知道其人的。梁进之受家庭管教影响，虽然也通医术，但是自幼功名心重，他听说金朝故旧有不少名士都投奔忽必烈，连大名士，他妻舅杜善夫的好友元好问都拜谒了忽必烈。所以他在二十几岁蒙哥大汗时就进入蒙古在燕京的地方政府，早早就步入官场。但是进入官场以后他才知

道蒙古贵族对治政一窍不通，他们只知道喝酒女人骑马射箭抢掠钱财。什么王法、礼仪、道德，他们还不如中原一个小孩子懂得多。跟他们共事遇到明白一点的还好，他能听你解释分说，遇到糊涂虫，那是毫无道理可讲。再加上一些西域人贪财，更是心狠手辣，只知道搜刮民脂民膏，哪知道为民造福。他从内心觉得这个蒙古王国不会长久。更让他痛苦的是在那个大染缸里要想洁身自好真是太难太难了。所以他非常羡慕妻舅杜善夫就是不肯应召，不肯为官，落得一身清闲自在，有时就写写曲子寄给杜善夫发发牢骚。但是杜善夫远在山东，又对京城情况知之不多，杜善夫的安慰也难以使梁进之解渴，所以关汉卿就成为他的知己好友。受关汉卿影响，他偶尔也涉足杂剧，以排遣自己心中的愤懑。

本来梁进之巡街名义上是想巡查京师新城建设情况，实际也是听说玉仙楼刘耍和在上演关汉卿的新作《敬德降唐》，他一来想看看剧场上演情况，给好友站脚助威，二来也想看看好友新作有什么优长，自己也学习一二。因为他正在构思《于公高门》杂剧，想借古讽今，他要看看好友在这方面有什么可以借鉴。可是他还没有到玉仙楼，竟遇到街头的械斗，作为城防官员，他不能不管，不得不管。押着那一干人回到警巡院，梁进之只好报告院使阔不花。他想遇到阿合马府上人的案子，处理起来麻烦可就不可预料了。但是再麻烦，也得处理，也得对得起良心。别人怕阿合马我可不怕。我倒要看看他阿合马家人是什么变的。我就不信他们权大还能大得过法吗？

6

小孟尝君

目睹街市一场风波，秦长卿和阿鲁浑都没有心思去玉仙楼了。阿鲁浑想知道梁进之会怎样处理这事。因为他也听说苫思丁在大街飞扬跋扈不是一天两天了，百姓们早就对他恨之入骨，这一回恐怕新账老账，百姓们会一起跟他算。汉人有句俗话说"善有善报，恶有恶报；不是不报，时辰未到"，这一回大概他已经恶贯满盈，该遭报应了。可是阿合马会善罢甘休吗？阿合马权倾朝野，正势焰熏天。梁进之，一个汉人院判，能顶得住阿合马的势力吗？所以他极想知道事情的发展。他邀请秦长卿一起去警巡院做目击证人，要看梁进之如何审案。秦长卿却一心想弄清那个黑衣青年是什么人，他到京城有何公干？他想向城东一直跟踪下去。于是他对阿鲁浑说："阿鲁浑兄，你去警巡院好了。我们为了陛下，为了江山，也为了对得起自己的良心，应该张明正义。如果任凭阿合马之流的子弟横行霸道，任意抢掠民财民女，百姓不满，陛下的江山就不会稳固呀。你去可要做好证，做公证。你是蒙古人，做证比别人会更有分量。我想先看看跑走的黑衣青年到底是什么人。"他看见街上有刚才混战中失去主人的马匹，跑过去牵了马缰，一跃而上，挥手向阿鲁浑致意，就向城东追了下去。

秦长卿快马加鞭顺着东大街一路追寻，直到城门也没见那人

的踪影。他向城门的卫兵出示了自己宫廷护卫的腰牌，询问那些卫兵是否看见一个穿一身黑衣，戴黑色皮帽，披黑色斗篷，骑一匹黑马的壮士跑出城。卫兵们却连连摇头说从来没有见过这种打扮的人出城。秦长卿跳下马，一只手牵着马缰，一只手用马鞭搔着自己的前额，他顺着大街向西溜达着，同时琢磨着，那个家伙会跑哪儿去？他到底是什么人？他来京城干什么？看样子他不像是刺客寻仇，也不像是闲逛旅游。他分明是江湖侠士一流，那么他来京城受何人指示？意图又何在？特别是他那极为特殊的相貌，实在令秦长卿一见之后难以忘怀。所以他一定要把这个人的来历弄明白。可是这个人怎么又失踪了呢？"难道他没有出城？"这个想法突然钻进他的头脑，他用马鞭敲着自己的脑袋说："对，他在京城一定有没办完的事，所以他绝不肯轻易出城。一定是他看没有人追他，他又返回京城里面什么地方了。"秦长卿为自己理清了一个思绪暗自高兴。然而，不一会儿，他又烦恼起来：京城那么大，街道那么多，又不知道他到京城干什么来，上哪里去找他呢？秦长卿看看日到正午，肚子似乎也咕噜咕噜叫了起来，他走到一个十字街口，才发现一趟街很热闹，刚才匆匆忙忙竟然没有注意。他在一个包子铺前正想买一些充饥，他从怀里掏钱的工夫，一个人也牵着马停在这个包子店前，叫喊着："伙计，快，给俺称一斤肉包子！"话语明显带着山东口音。

秦长卿心想这人语音好熟，但是他也不管先来后到，真不客气。他瞟了一眼那人，不由得"咦"了一声，心想，这才是"踏破铁鞋无觅处，得来全不费工夫。"他目不转睛地打量着，目光竟有点发呆。那人发现秦长卿奇异地望着他，就问："怎么啦？你看什么，俺又不认识你！"这时伙计给那人称好包子，包裹好，那人交了钱，就要离去。秦长卿却拦住说："兄弟，几年前我在怀庆路见过你，而今你来到京师，咱们又得相见，可见我们彼此很是有缘。你来京师有什么要紧事？在下愿意给你帮忙。"那人却不客气地挥手叫秦长卿让开，说："谁从怀庆路来？我又不认识你，谁要你帮啥忙。闪开！"秦长卿躲了一下，但是并没有完全让开，他又仔细打量那人说："在家靠父母，在外靠朋友。多一个朋友多一条路，天下朋友还有嫌多的吗？我只是觉得你跟一个人非常像。"那人一听这话，赶紧问："是吗？你在哪里见过他？"秦长卿说："这里不是说话的地方，你跟我来。"那人迟疑了一下，说："好，看你能怎样！"他跟在秦长卿后面，两人骑马到了通惠河边，远远望见一面酒旗迎风招展。秦长卿说："我们就到那家酒楼坐坐，为的是图其幽静，方便说话。"那人说："我即跟了你来，你怎么安排，随你的便。"到了酒楼，两人把马拴在门前，由酒保伙计照应着，他们进去，要了临河楼上一个清静的小阁子。别看这个酒楼规模不很大，但是却很雅致。由于它位于皇城脚下，一般闲杂人很少到这个酒馆来。凡是来者总是有些身份地位的。连酒楼的名字"聚英楼"据说还是当今翰林学士王鹗给起的。因为秦长卿一心要结交这位不知名姓的朋友，所以他特地挑选了这样一个所在。

一个相貌周正的酒保侍奉秦长卿两人脱去外衣，将刚才黑衣人买的包子用托盘盛了，放在桌上。待他们落座，立即又送上了热茶。然后试探性地问道："两位客官可要青州从事还是平原督邮？"他这是试探来客的文化层次，如果听不懂，他就会另外问："请问客官要什么酒？"秦长卿见过世面，立即告诉酒保："你不必咬文嚼字，只给我们拣好酒上就是。"后来他一想好酒品牌不少，还是点一种，于是他要了"甘露醇"两斤，烧鹿肉、糟羊蹄、炒鸭舌、醉紫蟹四个酒菜，说："麻利点，快上。如果酒、菜不对我们的口味，我们再换。"酒保答应着，猜不透来者是什么身份，不敢怠慢。酒保离开后，那人对秦长卿说："萍水相逢，劳驾破费，不知兄台有何见教？"秦长卿说："朋友以诚相待。我是宫廷护卫秦长卿。"那人一听稍微有点不安，他略微皱了皱眉，呷了口茶，嘴唇动了动，却终于没有说话。两道黑炭一般的浓眉微微簇起，

乌漆似的眼珠一动不动地盯着秦长卿。秦长卿继续说："我在河内乡大名酒楼一看见你，就想与你相识，谁知在河内机缘不巧，你我失之交臂。苍天又让我们在京师相会。"接着他讲述了他随安童丞相去请许衡的经过。听着秦长卿讲述，那人并不插话。因为他心里已经明白了八九分：对方肯定是认错了人。不过他将错就错继续问："为什么你要与我相交呢？"秦长卿率直地说："我看你是一个壮士，我担心你会遇上危险。"那人更不明白，疑惑不解地望着秦长卿。这时酒和菜上来了，酒保说："两位爷慢用。"说完知趣地退出了阁子。

　　秦长卿给那人满上酒，说："兄弟不必对我心存戒备。我跟你实说吧，因为我曾侍奉过皇子燕王真金，现在护卫当今陛下，我一眼看见你，差一点就把你当成燕王真金，你们俩长得太像了，简直就像双胞胎。兄弟又像是江湖中人，因为你的相貌奇特，你也就会处于危险中。"那人举起酒杯，说："感谢兄长关爱，我敬兄长一杯。"说完他把杯中酒一饮而干，连声说："好酒，好酒。"然后他又问秦长卿："我和燕王长得相像，怎么就有危险呢？"秦长卿长叹一声，举起酒杯也一饮而干，那人说："兄长若有难言之隐，就不必说了。"接着他咬了一口鹿肉，说："既然兄长喜欢结交小弟，我看你虽在官府办事，也是一个豪爽之人。我告诉你我叫金经贵，我有个孪生兄弟叫金纬贵，我们是北海人，自幼在海边长大，习武不文。因我们的师傅渔阳真隐在我们兄弟二人的前胸后背各刺展翅飞翔雄鹰一只，因此人们送我们兄弟一个绰号'北海双鹰'。"秦长卿更加惊讶，连声感叹："你是孪生！这么说当今有两人和燕王面目相像了。真是巧而又巧！"他想了想，忽然问金经贵："刚才你说你从山东来，那么我在大名饭店遇到的到底是你呀，还是你的孪生兄弟？"金经贵莞尔一笑说："你遇到的是我的兄弟纬贵。我们兄弟两人按照师叔通天寨主的吩咐分南北两路寻找我们的一个师弟。无论找到与否我们约定在京师大庆寿寺塔前相会。"秦长卿关切地问金经贵可否找到了师弟,可否和兄弟相会。金经贵多少有些不好意思:"我在京师已经盘桓数日,盘缠都快用完,却还一直没有打探到师弟的消息。我心内甚是着急,就盼着快点能和纬贵相会。"

秦长卿和金经贵又对饮了几杯。秦长卿主动表示他愿意帮忙找寻,接着他又补充一句:"当然,如果你觉得没有什么不妥的话。"金经贵想了想,觉得师弟小孟尝王著为人光明磊落,没有什么不可对人言讲的,就对秦长卿说明他要找的师弟姓王,名著,字子明,绰号"小孟尝",山东益都云门山人,今年十八九岁。人生得细皮嫩肉、白白净净,说话细声细语,待人接物温文尔雅,一看就知道是一个公子哥儿,但是他最得我师叔喜爱。秦长卿听得很感兴趣,不断给金经贵满酒,希望他一直讲下去。金经贵既然讲开了头,只好把他此行的原本始末从头说给秦长卿。

王著家原为益都云门大户,其祖上曾仕辽金,到其父习武厌文,一直跟随山东诸侯严实、严忠济父子行军作战,然而却不幸英年殁于军中,只留下一子,就是王著。其家累代积留,广有房产地亩。王著自幼跟随乡先生学习,先生看王著甚是聪颖,就又请了名儒元好问的弟子王恽帮他辅导。有一天乡先生让各个学生述说自己的志愿,王著即对先生朗朗说:"自幼及老,故人相见,心无愧疚,可以说'我一世为公而无私'者,就是我。"先生惊愕不已,问他你为什么这么想。他说:"我家乡有范知府'先天下之忧而忧',有欧阳知府'与民同乐',我们能不以先贤为楷模吗?"因此乡先生到处夸说王著志气非凡,所以王著自幼在益都一带就颇有名气。更难得的是别看他出身富家,却没有纨绔习气。他年少丧父,立志自强。早熟使得他不同于一般儿童,为人行事极其老成。有一年胶东那一带大旱,地里庄稼颗粒无收。男女老少离乡背井到外乡乞讨,从益都到济南饿殍满地,可是在云门乡却没

有饿死一个人。那是因为王著不顾家族人反对，将家中所有存粮全部周济了乡民，到麦收前几日青黄不接的时候，他家存粮业已全部施舍干净。他竟把自己家田产出售，换回粮食，使全乡里的人安然渡过难关。那一年他才十一岁，作为小主人主持家务，俨然已有大家风范。所以人们送他一个美名："小孟尝君"。山东一带一提"小孟尝"无人不知。他又喜欢结交江湖侠客，他乡路人遇有难处，但凡找到"小孟尝"，无不得到应有的接济。因此黑白两道，无论官府，无论江湖中人都对他肃然起敬，愿意与他交往。

王著父亲的死，使王著母亲不愿王著再走习武道路，一心想让王著通过读书诵经步入官场。所以除了乡先生和王恽教读，王著的生母去世，其继母遵循丈夫旨意，督促王著也甚紧张。可是李璮在益都的叛乱给王著很大刺激，他感到只习文不学武，难以自立，更难以保护家乡不受侵扰。于是他就拜当地有名的武学前辈佛光寨的通天寨主俞国栋为师，还组织他的家丁一起习武。通天寨主和金经贵、金纬贵的师傅渔阳真隐有同门兄弟之谊，所以金氏兄弟才称呼王著为师弟。王著身体文弱，但是意志顽强，尽管他练习武功进展缓慢，可是他不急不躁，学一点会一点，根基打得甚是扎实。他的师傅对他抱有厚望。王著为人谦恭，对武林中人甚为钦敬，一有机会就向同道切磋学艺，因此交了不少武林朋友。可是他的志向在于建功立业，不想隐迹山林。因此他十七岁时经人推荐到了益都县衙就做了书吏。王著原想进入官场以后，可以为民造福，以步范仲淹、欧阳修后尘。可是接连发生的事，使他甚为失望。

因为李璮叛乱，忽必烈怀疑汉人对他不忠，所以大量起用蒙古人和西域人。当王著做书吏时，益都达鲁花赤蒙古人哈鲁是个纯粹的武夫、色鬼、酒徒，任何政事都不闻不问。总管纳米丁是阿合马的走卒，是一个只认钱财不管事理的人。偏偏益都府懂蒙古话的人就纳米丁一人。于是大权就被纳米丁掌握。可以说在益都纳米丁一手遮天，干尽罪恶勾当。王著多次与纳米丁争执，无奈手中无权，只能隐忍。

益都有一富豪吴谷奇多年行贿纳米丁，两人遂成为莫逆。吴谷奇倚仗纳米丁撑腰，又豢养一批打手，经常鱼肉乡里为非作歹。他看到云门寺院的二十亩良田甚是肥沃，竟不顾一切强占为己有。僧人不敢直接和吴谷奇争执，就把吴谷奇告到官府。方丈惠弘大师还亲自把状纸递交到哈鲁手中。惠弘眼看哈鲁拿着状纸翻过来倒过去看了几遍，还点头向他微笑，他以为自己打官司必胜无疑。因为举国上下都重佛礼佛，就连皇帝忽必烈都拜佛教大师八思巴为国师，皇族子弟俱受佛戒，那富豪吴谷奇竟敢强占寺院田亩，还大打出手，他真是吃了豹子胆！作为书吏王著记录该讼状，不管佛教地位如何，就事件本身，他也以为惠弘官司必胜。可是最后判案结果却令他极为震惊：惠弘和尚当众被从官厅揪出，扔进大街中央熊熊燃烧的大火中。后来王著才知道，吴谷奇听说惠弘大师把他告下后，他竟再次厚赂纳米丁，两人定下了狠毒之计：纳米丁对哈鲁说，惠弘大师眼见天气久旱无雨，他心生慈悲，为了一方民众免除旱灾之苦，他愿意自焚，以感动上天降下甘霖。那一天哈鲁接了惠弘的诉状，翻来倒去地看，实在是装样子，因为他一个汉字不认识。他对着惠弘微笑，不过是因为他看惠弘一会儿一念佛号觉得好笑。后来纳米丁向他"解释"了惠弘诉状的意思，他觉得很新鲜，有意思，非常同意，说立即执行，他亲自监督。纳米丁已料到会是这样。所以吴谷奇早就在大街中央点燃了火堆，并招揽众人说："大家来看，云门寺的惠弘大师许愿献身为益都求雨了，大家快来看啊！"街上的人还都以为惠弘真是为一方民众献身求雨，都感动得涕泪交流。不少人跪在大街，念着佛号，向着熊熊大火叩头。吴谷奇和纳米丁则相互挤眉弄眼得意洋洋。哈鲁只顾看着街上的场景傻笑。王著弄清事情真相后，跑到

大街气愤地质问纳米丁，纳米丁却劝他少管闲事。他去跟哈鲁说，哈鲁却一句也听不懂。气得他只有咬牙切齿，指着纳米丁说："蒙古国让你们这些人当官，真是瞎了眼！我早晚要给惠弘大师洗清冤枉。"

哈鲁看着王著气愤的模样，问纳米丁王著喊什么，纳米丁马上编造说王著担心惠弘和尚一个人献身，上苍不肯开恩降雨，也想献身大火。哈鲁马上表示很好，说："如果他也献身，我会上书忽必烈陛下，给他表彰。"纳米丁奸笑着，王著气得指着纳米丁，对哈鲁嚷着："他胡说八道！应该把他扔到大火中。"纳米丁对哈鲁大声说："他非常愿意献身，叫我把他投入火中。我想还是由府里的兵丁成全他吧。"哈鲁马上命令蒙古兵抓王著，气得王著大骂："一帮混蛋！"可是几个如狼似虎的蒙古兵已经扑向了他，并且很快抓住了他。纳米丁看着他导演的恶作剧，笑得前仰后合。眼看王著就要被投入火中，大街上的人们却沸腾了。尽管他们很多人不知道发生了什么事，但是他们许多人认识王著，许多人受过王著的恩惠。王著是他们心目中敬仰的人、崇拜的人。他们看见王著被蒙古兵扭起胳膊，似乎在向火中推，王著虽然有武功，却架不住几个身强力大的蒙古兵的挟持，他只能拼力挣扎着。原本跪拜的人们纷纷起立，涌向蒙古兵，有人高喊："放开小孟尝！不许抓他！"人们要从蒙古兵手中抢夺王著。眼看就要酿成一场纠纷，哈鲁赶紧问纳米丁人们要干什么，纳米丁不得不说实话："他们不让王著献身。"哈鲁糊里糊涂，连忙叫蒙古兵放了王著。说："好了，好了，烧一个和尚也够了，再烧也没有好看的了。"说完，他竟自带着蒙古兵走了。纳米丁和吴谷奇等人一看后台没了，也赶紧溜之乎也。王著则在人们簇拥下也离开了大街。

王著等人还没有走多远，一个方脸壮汉骑着枣红大马迎面奔来，到了王著等人面前，他立刻跳下马背，大声说："贤弟，愚兄来晚一步，让贤弟受惊了。"说着他向人们拱手作揖说："我飞天虎凌风谢谢各位乡亲父老啦!"他像抱小孩子一样,一把将王著抱上他的马背。然后飞身上马,在马背上抽了一鞭,枣红马立刻放开四蹄狂奔起来。一会儿就从人们的视线中消失了。

金经贵讲完这些,呷了口酒,指着桌子上的包子,说:"都凉了,让酒家给咱再热热吧。"秦长卿马上说:"怪我,大概你早饿了,我却一直让你空着肚子喝酒。"秦长卿叫酒保热包子,同时又点了一个热汤,要了两个烧饼。

7

"黑狼"报主

　　酒保把热好的包子端了上来，秦长卿看着金经贵狼吞虎咽两口一个包子，吃得津津有味，他也吃了一个烧饼。然后深为关心地问："到底后来怎样呢？"金经贵喝了口汤，润润嗓子，才继续讲述。

　　从那天以后我们那里的人再也没有看见过王著。王著的老管家找到通天寨主，请他帮助寻找，通天寨主让他的徒弟和喽啰四下里找寻，都没有消息。通天寨主找到自己的师兄——金氏兄弟的师傅，请师兄帮助打探王著的消息。因为王著是通天寨主的关门弟子，通天寨主又没有儿子，所以通天寨主对王著就像父亲待儿子那样。几天来找不到王著，通天寨主饭食无味，夜不能眠，消瘦了许多。金氏兄弟的师傅本来与世无争，靠几亩田园、几条渔船，安分守己过日子，也教导他的弟子练武只为强身，至多用于自卫。他绝没有利用武功博得封侯荫子的想法，也不鼓励他的徒弟踏进名利场。通天寨主却不然，他总是教导他的弟子杀富济贫，行侠仗义，抱打不平，建功立业。他尤其欣赏王著的为人处事，总说别看王著在他的弟子中年纪最小，将来一准最有出息，能够干出一番事业的就是王著。所以他对王著到县衙做事很支持。他不赞成他师兄的消极处世，他以为人生在世要话就活个轰轰烈烈，不能无声无息。因此两个师兄弟平常很少往来。通天寨主找他师兄帮忙时，被他师兄狠狠埋怨了一通："这就是你叫你徒弟掺和官场的结果。建什么功？立什么业！到头来还不都是衰草荒野，烟消云散。就是秦皇汉武又怎么样？还不都被人编成话本传说。他们的功业又在哪里？"通天寨主见他师兄不说帮忙还尽力数落他，一甩手就要走，说："你不帮忙拉倒！我就不信我自己就找不着我的徒儿。"金氏兄弟的师傅看他师弟真急了，这才说："我不为你，为着我那师侄王著，也得管，这个忙也得帮！"金氏兄弟两个虽然跟王著没有什么来往，但是对王著的名字却十分熟悉，也听说过他的行事，就想亲自结交这个师弟。所以他们就跟师傅说他们愿意跑遍天涯海角把那个小师弟王著找到。他们原想既是飞天虎凌风把王著接走，找着凌风，自然王著也就有了下落。谁知道找寻一个人那么难。凌风本来就是一个飞天虎，真的像天马行空一样，他的踪迹还真是飘忽不定。金经贵他们一会儿打听说凌风回太行山了，一会儿又听说他上少室山了，又有人说他上五台山了。金氏兄弟找到太行山寨，太行山寨寨主卫义却说凌风还在山东，真是让人摸不清头脑。半年多了，就是追寻不到。凌风、王著两人就像从人间消失似的，金经贵都快没有信心了。可是不找着王著他们也没法子跟师傅交代。最后金经贵与兄弟金纬贵决定分头寻找，金纬贵带着他心爱的黑狼狗走南路，金经贵独身一人走北路，约定到年底两人在京师相会。

金经贵讲到这里十分懊恼，因为他东奔西跑还是什么消息也没有打听到。他说："就看我兄弟他是否找到什么线索了。"他情绪快快，两眼望着窗外冰冻的河面，一股寒风吹得冰面上的枯枝打着滚向前狂奔，不知谁家的孩子不怕寒冷在冰面上滑着自制的小冰排相互追赶嬉戏。他心中实在后悔向师傅讨来这个吃尽苦头的差事。

秦长卿安慰金经贵，王著既然是被朋友救去，估计不会有什

么大碍。他对金经贵说："现在最担心的应当是你自己的处境。"金经贵不以为意，他说他在京师无亲无故，没有得罪什么人，也没有什么仇家，顶多就是刚才因为见很多人围打一个壮士，那些人又不像好人，抢了人家的东西和姑娘，那壮士是气愤不过，他也是觉得在天子脚下京师城里有人还敢为非作歹，也太不像话，所以才出手相助。在厮打中，那壮士自报家门才知道那人是太行五虎之一，他正想完事跟那人打听飞天虎下落，谁知来了官兵。他问秦长卿："你是说官兵为刚才的事要来抓我吗？"秦长卿摇摇头，这才告诉金经贵一些宫廷秘事。

阿合马是当今陛下的大红人，几乎大权独揽，可是他和燕王真金是死对头，真金不久要被立为太子，几乎已是板上钉钉，是公开的秘密，所以阿合马明白一旦真金当政，他绝无好果子吃。他明里不敢对真金怎么样，甚至还装得毕恭毕敬，可是他内心却恨不得真金早死。真金被派到北边巡视，半年后回到京师，燕王府里接连发生了好几起刺客夜袭的事件，人们都猜测是阿合马主使，就是没有抓住证据。秦长卿对金经贵说："你和燕王相貌出奇的相似，万一被阿合马的人当成燕王，被他们抓获，就难保遭遇不测。尽管你可以声明你不是燕王，这也不难查清，但是你倘若落在阿合马的人手中，就是不死也得被扒下一层皮。他们一个个都是雁过拔毛的主儿。"金经贵从来没有听人讲述过这些事，他听得又新奇，又惊讶。更不知道自己兄弟俩竟然会与当今皇子面貌相像，还因为这样的相貌会有危险。他觉得不可思议，也有点半信半疑。

秦长卿却很认真地说："我一看到你兄弟，就觉得他是个好汉，就想告诉他这些话，想让他多加小心。现在遇到你，所以我劝你也尽早离开京师这个是非之地。"金经贵却低头不语。秦长卿猜想到金经贵一来没有和兄弟会面，二来也没有找到王著，恐怕回家也不好和师傅交代，三来恐怕对自己的话未必全信。他想了想，就对金经贵说："如果你一定要待在京师，最好找一个比较安全的落脚之地。这样吧，我介绍你认识我的一个朋友，你去住在他那里最好。"金经贵犹豫了一刻，觉得秦长卿并无恶意，再加上自己已经处于进退两难之地，也只有听秦长卿安排，但是萍水相逢就要麻烦人家，内心多有不安。秦长卿好像看出金经贵的心思，站起身，说："跟我走吧，不用不好意思。我这个朋友叫焦而荣，他的爷爷和父亲都在山东当过官。"金经贵一听马上想起一个人："他的父亲是不是叫焦德裕？"说着他也离开了座椅。

秦长卿问："你认识焦德裕？"金经贵摇头说他只是听说过。李璮叛乱平定以后，来了一个官员处理益都后事，人们都说那个官老爷为人公正，武艺了得，他就叫焦德裕，后来做了他们那里的元帅府参议。几年前他调到了京师。秦长卿说："正是此人。他来京后官任漕运使。又调出京，到西夏按察司任职。这两天刚回京述职，可能又有别的委派。他的家在京师，儿子焦而荣跟我一起在宫里做事，我们关系很好，你到那里没事可以跟他们父子研讨武功。焦德裕为人英勇果敢，剑法尤其高超，焦而荣性情甚是豪爽，自幼跟他父亲学武，可谓青出于蓝而胜于蓝。你们只要相见就会成为好友。"金经贵觉得秦长卿给自己安排的这个去处很不错，他从内心感激秦长卿，认为秦长卿虽为官身，可是一身侠义，非常可交。当即改称秦长卿为秦大哥，盛赞秦长卿有秦叔宝的遗风。秦长卿却连说："兄弟言重了，我哪能与隋唐英雄秦琼爷相比。"

包子没有吃完，依秦长卿就不要了，可是金经贵却把剩下的全包好，又揣在自己怀里。秦长卿结完了账，出了酒楼，在前引路，两人骑马直奔丽正门外，要到老城光泰门里焦德裕宅第。当他们刚刚西行到离大庆寿寺不远处时，突然路边蹿出一只精瘦的黑狗向他们连连狂吠。秦长卿毫不在意，以为城外野狗见人狂叫，不足为奇。可是金经贵看见那条狗一直瞪着他，站在原地冲他一直叫个不停，那叫声分明带着许多悲哀和凄凉。他马上意识到这莫不是兄弟金纬贵所豢养的那条"黑狼"？他试着叫了声"黑狼！"那狗立刻转为呜呜咽咽不再大叫了。他又招呼了一声"黑狼"，跟着吹了一声响亮的口哨——这是兄弟俩招呼"黑狼"的信号。那狗竟然直向金经贵扑过来。金经贵跳下马，黑狗就把两条前腿搭在金经贵的肩上，把鼻子和嘴凑近金经贵的脸颊，喉咙里发出阵阵委屈的呜咽声。金经贵学着弟弟的手势，爱抚地抚摸着"黑狼"的头和脖颈。他敏锐地察觉到"黑狼"接受他的抚摸时，浑身一阵阵战栗。他低下头这才看到"黑狼"头上、后背都有血痕，黑紫色的血迹斑斑可见。"黑狼"似乎眼泪汪汪望着金经贵，有多少话语要向他倾诉，可是它就是不会说人的话语呀。

秦长卿看见金经贵下马，那只黑狗竟亲热地偎依在金经贵身上，他回过马来，站在金经贵面前，疑问地望着金经贵。金经贵说："肯定是我弟弟的狗，名字叫'黑狼'。我弟弟救过这只狗的命，是我弟弟看到一帮恶少毒打一只小黑狗取乐，他赶走了那些恶少救下了'黑狼'。并把'黑狼'养大。后来我家半夜失火，我和弟弟睡得很熟，毫不知觉，是'黑狼'狂叫，并撕咬开我们的被子，才把我们弄醒。我们刚跑出屋，屋顶就塌落了。要不是'黑狼'，我们兄弟俩都得葬身火海。所以从那以后我弟弟更特别珍爱它，几乎形影不离。只是为什么这只狗独自跑到这里来了，还受了伤，我猜不透。莫非我弟弟已经到了京师，而且来过大庆寿寺？"他注视着黑狗，黑狗也注视着他。他猛然想起怀里还有包子，马上掏出来，送给黑狗，黑狗从金经贵手里叼了一个，把腿放到地上，几乎没有咀嚼就把包子吞到肚子里，然后又扬起头。金经贵把包子放到地下，全给了狗。秦长卿望着黑狗说："既然这只狗是你弟弟养的，有了这只狗，找到你弟弟就不难了。"金经贵不无担心地说："但愿苍天能让我们兄弟俩很快见面。"他看黑狗把包子已经吃了个干干净净，就和秦长卿说："这只黑狗只有跟着我了。"他又对那黑狗说："'黑狼'，跟我走吧！"那只黑狗嗷嗷两声做了应答。于是秦长卿就带着金经贵和那只黑狗直奔他的朋友焦而荣家。可是黑狗看他们骑马向南，却不跟着走。它先是在他们两人后面汪汪大叫，而后又奔到金经贵马前，拦住金经贵的去路，冲金经贵叫个不停。秦长卿回过头来，问金经贵怎么了，金经贵也不明白。他望着黑狗问："你拦着我，不让我走，你要干什么？"那黑狗似懂人话，它点点头，扭动脖颈，转身向前走两步，回身似乎等待金经贵跟他走。金经贵好像懂得黑狗的意思，催动马跟在黑狗后面向西走。黑狗不再叫，只是在前面跑着，不时回头看看金经贵跟着没有。

金经贵只得跟秦长卿说："我兄弟养的这只狗最有灵性，它一定要带我到一个地方去，可能金纬贵就在那里。或许黑狗在大庆寿寺就是按我兄弟的意思在那里等我呢。"秦长卿半信半疑，天下还有这么聪明的狗。他只好暂时先跟着，看看到底会发生什么事。黑狗把他们带进顺承门，向西跑了一段路，又折向北，顺着金水河跑，看得出黑狗越跑越激动，它的步伐越来越快，气息越来越大，眼睛里的凶光越来越强烈。金经贵还不明白，秦长卿却已经猜到黑狗要把他们领到哪里去了。前面不远分明就是阿合马的宅第。也就是说金纬贵很可能已经被阿合马的人抓了起来。现在黑狗领他们直奔那里，当然它是要援救自己的主人，可是它哪里会知道人世的险恶。秦长卿不害怕阿合马，更不怕阿合马府邸的下人，可是决不能让金经贵再被抓去。他于是勒住马缰，招呼金经贵说："你停下。我告诉你不能再向前走。"金经贵不明白，但是勒住了马缰绳。黑狗看两人停下了，它却急不可待，在他们马前跳来蹦去，往前走几步，回头看两人不动，它就又跳回来，向金经贵蹿上去，咬金经贵的裤脚，低声嗷嗷叫，那意思很明显：你快跟我走啊！

秦长卿告诉金经贵前面就是阿合马府邸，让他们见到你不好。

究竟有什么不好，秦长卿也说不清。可是黑狗一再扑咬金经贵，使金经贵内心产生一阵阵不祥的预感，莫非自己的兄弟遇到什么麻烦。要不然黑狗不会这么急躁不安。这么一想，他就放开了缰绳。马儿紧跟黑狗向前跑了不远，就看到一座金碧辉煌的建筑。黑狗也是沉不住气，还没到大门前就开始狂叫起来，并且径直奋不顾身地向门前一个人扑咬过去，任凭金经贵大声招呼它，"黑狼，黑狼!"同时吹响了刺耳的口哨，可是黑狗竟充耳不闻，不管不顾，一味向那人撕咬。秦长卿认得那人就是阿合马的护卫"草原飞狐"哈喇鲁。哈喇鲁体格健壮，高大魁梧，突然遭到黑狗的袭击，他初始有些惊慌，后来就使出他的蒙古拳脚功夫和黑狗厮打起来。黑狗似乎是一定要咬死哈喇鲁才肯罢休，所以它张开大嘴，一排排尖牙利齿，狠命地撕咬，伴随着它的利爪乱抓乱扯，哈喇鲁的锦衣已经好几处被撕裂，有的破衣片被寒风吹上了天。尽管哈喇鲁使尽浑身力气，可是黑狗就像磁石一样牢牢粘在了哈喇鲁身上，任哈喇鲁怎么捶打，黑狗就是一直向哈喇鲁的脖子撕咬，绝不后退。眼看哈喇鲁被黑狗纠缠得已经筋疲力尽，黑狗把哈喇鲁已经扑倒在地，就要咬住哈喇鲁的喉管，这时门前一直想帮哈喇鲁却插不上手的护卫，有人挥起手中钢刀向黑狗砍去，黑狗后背没有长眼，就是长眼，它恐怕也不会躲避，因为它一心要咬断哈喇鲁的喉咙。结果黑狗的嘴刚刚触及到哈喇鲁的脖颈，它自己却被背后砍来的一刀为主人尽忠身亡。它与哈喇鲁并排躺在地上，哈喇鲁的脖子上的伤口流着血，已被吓昏过去。黑狗的身上淌着血，它的眼睛里似乎还有述不尽的委屈。

金经贵和秦长卿目睹动人心魄的一幕，他们都明白金纬贵一定被哈喇鲁伤害了，黑狗就是用它的生命诉说了它主人的遭遇和冤屈。它在用它的行动告诉它主人的亲人一定要给它的主人报仇。金经贵眼睛里充满了泪水。他也很想冲上前，一刀砍杀那个已经处于昏迷状态的哈喇鲁。但是他这个人做事一向光明磊落，严守武林信条，他绝不会杀害一个手无还手之力的人，他要人被杀，死也死得明白。况且他还不知道弟弟到底发生了什么事，所以他没有出手。他只是在心里说："好兄弟，哥哥一定会为你报仇。好'黑狼'，我也一定会为你报仇！"这时阿合马府邸的护卫似乎也注意到金经贵他们，秦长卿对金经贵说："快走！"金经贵随即跟随秦长卿调转马头奔驰而去。

8

高枫其人

　　阿鲁浑眼看秦长卿打马向东追赶黑衣人去了，他只得跟随警巡院一干人，一直到警巡院门口，他眼看那些人全进了衙门，他不便贸然跟进，就决定回宫换身衣服再来拜会警巡院使阔不花。

　　梁进之把一行人带到警巡院后，向院使阔不花汇报了大街上殴斗的情况。阔不花听了，指示说："阿合马是当朝权贵，不看僧面还得看佛面，当维护的自当维护一下。"梁进之心里很别扭，但是毫无办法。院使的意思明明白白是让他袒护苦思丁，那就得判那个裴平犯有抢劫罪。然而他对阿合马家人依仗权势胡作非为的事已经听说很多了，没想到今天竟然犯在自己手里，众百姓诉讼苦思丁抢掠之事谅非诬告。可是若判苦思丁有罪，阿合马岂肯罢休。他左右为难，所以迟迟不登堂审理。正在这时书吏来报他的好友关汉卿来访。梁进之心想我没有去看成他写的戏，他倒找上门来了。正好让老朋友给出出主意，看这案子该怎么料理才好。连声说："快快有请！"说着他亲自走到前堂迎接。

　　梁进之迎出来，看到关汉卿和他的市井好友杨显之一起向他挥手，他赶紧跑上前说："什么风把两位哥哥一起吹来，快请里屋坐！"梁进之在前面领路，身材魁梧的关汉卿和清瘦的杨显之紧随其后。梁进之把两位朋友领到后堂，衙役上了茶，梁进之才问：

"两位哥哥怎么恁地清闲？"关汉卿只是品茶不语，杨显之却沉不住气，着急地说："是我拉汉卿来找你的。在十字街发生的事，已经传遍了京城。我的一个朋友面人王，他的女儿今天和他一起在街上捏面人，想趁年根底下多赚几个过年钱，谁料想'小魔王'苦思丁一眼盯上了面人王的女儿翠娥，就叫人把翠娥抢到他的马上，百般轻薄。后来听说有两个好汉抱打不平，又遇到阿合马的护卫，双方打斗，这一干人都被你系到了警巡院。我想看能不能救我那朋友的女儿出去，翠娥可是有了婆家的人啊。"梁进之点点头，说："我正为审理此案发愁呢，两个哥哥正好帮我出出主意。"关、杨两人听梁进之述说他左右为难的情况后，关汉卿立即表态说："咱当官就得替小民做主，就要像大宋朝的包拯包青天一样，敢于为民申冤。你要是与那些贪官赃官沆瀣一气，我看，你这个官不做也罢。"杨显之着急地对梁进之说："当前首要是救我朋友的女儿翠娥，趁你还当官，赶紧下令，把她放了吧。"梁进之想了想，看着杨显之，说："我拘押的一干人里可没有什么年轻姑娘呀。"杨显之一听就急了，站起来，指着梁进之，喊着："怎么没有？难道我的朋友还骗我不成！"关汉卿把杨显之按在座位上，劝道："显之，你也太着急了。案子还没开审，进之怎么知道拘押的都是什么人啊？"杨显之欲言又止，只是连连摇头，叹气不止。

这时有个衙役跑了进来，大声喊着："老爷，老爷，忽辛大人气冲冲直奔进来了，我们拦也拦不住，老爷赶紧到前面大堂去看看吧。"梁进之对关、杨两人说："糟了，他肯定要插手这个案子。我先去前面看看。你们等等我。"

梁进之还没走到前堂，忽辛却已奔进二堂。忽辛在京都总管府任职，总管府是警巡院的上级衙门。忽辛官阶比梁进之高，所以，尽管梁进之比忽辛年纪大许多，依礼梁进之应该恭迎忽辛。可是忽辛看见梁进之从里面出来，也不容梁进之打招呼，他就铁青着脸，当胸一把揪住了梁进之，厉声喝问："你把我兄弟关到哪

里去了？快给我放人！"梁进之不由得也怒视忽辛，说："你放手！都是朝廷命官，你不会有话好说！"忽辛犹豫了一下，慢慢松了手，却进一步威胁道："你胆子不小啊，竟敢关押我兄弟！你马上给我把人放了则已，若不然……"梁进之毫不畏惧，问："怎样？"忽辛说："我，我一把火，把你这警巡院烧喽！"梁进之嘿嘿笑了两声，左手抚平胸前被忽辛揪皱的衣襟，右手指着警巡院的建筑，说："哈，你烧啊，这警巡院又不是我家开的。我怕你不成？我看你敢！"忽辛气焰被遏制住，转而质问梁进之："苦思丁到底怎么了？他被人追杀，你怎么反把被追杀的人关了起来？"梁进之知道忽辛是阿合马最宠爱的长子，他也不想把事态闹大，就缓和语气说："忽辛大人要想问明事因，不妨我们一起审理此案。"忽辛气呼呼地说："那就快审，把那个杀人贼立即处死！"

　　警巡院大堂，梁进之和忽辛并排坐在主审席上，两旁衙役列队侍候。梁进之想先让百姓说话，忽辛却要先审盗贼。梁进之只好先命押裴平上堂。裴平被捆绑着推到堂上，忽辛立即厉声质问："大胆毛贼，竟敢光天化日之下，公然抢劫追杀当朝官宦子弟，我看你是吃了豹子胆啦。你赶快交代你的罪行，供出你的同伙！不然我叫你死无葬身之地。"裴平一听火冒三丈，跳着脚嚷道："你奶奶的，你是那家的狗官，把不是当理说。我吃饱撑的，没事追杀什么官宦子弟！你不问青天白日那个小坏蛋抢掠百姓财物和妇女，在街上横行霸道，无法无天，却来追问爷爷我犯什么罪。我告诉你我什么罪也没有！不信你把那当街百姓找来问问。"忽辛一拍几案，说："真是反了你了，竟敢在大堂上公然顶撞本官，我看你是活得不耐烦了。你先给我跪下说话！"裴平却大呼："爷爷生来只跪父母天地，你是什么东西，一个乳臭未干的小儿，想叫爷爷我给你下跪，你休想！"忽辛陡地从座位上站起，奔到裴平面前，两眼冒着凶光，直瞪着裴平，逼问："你跪不跪？"裴平越加昂首挺胸，对忽辛不屑一顾，坚定地说："爷爷就是不跪！"说时迟，那时快，还没等梁进之说话，忽辛从腰间拔出刀来，用足力气，劈向了裴平。裴平一个躲闪不及，竟倒在血泊之中。梁进之惊惶地走近裴平，眼见裴平已一命呜呼。他气得揪住忽辛的衣袖，结结巴巴地斥责他："你，你，你怎么可以在公堂之上，不，不经审理，就，就擅自杀害人命！你你你，真是目无王法……到，到极点。"忽辛把胳膊一甩，挣脱了梁进之的揪扯，蛮不讲理地说："人，我杀了，你想怎样？我告诉你，立刻给我把苦思丁交出来！本来掌京城盗贼奸伪鞫捕之事是兵马司的事，你警巡院仨鼻孔多出一口气，你管得着这事吗？"梁进之义正词严地反驳忽辛："我身为警巡院的判官，职掌京城民事纠纷，此事正当本官治理。你身为总管府官员横出一腿，干涉本官问案，你才是狗拿耗子呢！如今你又无辜杀人，我要立即申报上司，捉你归案。"忽辛轻蔑地说："爷爷等着你来捉拿，给你根鸡毛还真当令箭啦。你真不知而今是谁家天下！今天你不交出苦思丁是吧？"梁进之斩钉截铁地说"决不交！"忽辛恶狠狠地说："好，好，今天你不放人，我会让你把人乖乖给我送回府的。咱们走着瞧。"说完，他拂袖而去，临走还踹了裴平的尸首一脚。

　　关汉卿、杨显之在后堂偷偷窥视了刚才的一幕，忽辛走后，他们急忙走出安慰梁进之。梁进之命衙役收拾裴平的尸体，同时对杨显之说："我带你去看羁押的人，你看有没有你要找的翠娥。"十几名百姓都是中年和老年人，根本就没有翠娥的身影。杨显之更加惊慌了，他对关汉卿说："说不定翠娥已经被苦思丁弄进相府去了。这样那孩子恐怕再也无出头之日了。她的未过门的女婿高枫就要从山西回来成亲，这可怎么好？"关汉卿劝慰杨显之赶紧给他的朋友面人王去送信，看能否再想别的办法。他们商量着向梁进之告了别。临走关汉卿意味深长地拍着梁进之的肩膀，说："好兄弟，有得必有失啊。你好自为之。"

　　从警巡院出来，关汉卿送杨显之去面人王那里报信。一路

8
高枫其人

上他问杨显之，高枫是怎样一个人，面人王是怎样将女儿翠娥许配高枫的，杨显之于是向关汉卿讲述了高枫的不幸身世和传奇经历。

　　高枫其实并不真的姓高，多少年来他一直不知道父母是何人。他之所以叫高枫，是因为有一个姓高的山西平遥商人在太行山里一条满是红叶的山谷里捡到了他。当时那商人带着自己的商队向燕京路行进，商人骑马走在最前面。突然他的马停止不前，商人很是不解。正在他疑惑之际，猛听得不远，从地面传来一阵婴儿的哭声。他更加奇怪，跳下马，循着哭声，发现路中央有一个襁褓，襁褓上面落满了红叶。他紧走几步，抱起襁褓，抖落红叶，发现一个气息相当微弱的婴儿，婴儿的脖子上用布带系着一个红玉珏。为了救这个婴儿，他命令商队在距离最近的山村休息，赶紧找来村里有奶的妇人给婴儿喂奶，同时找了一个乡村郎中给婴儿检查了一下身体，原来还是一个男婴。婴儿吃了奶睡了一大觉，竟然看见那商人就笑。商人非常高兴，于是就给婴儿取名高枫，将他养大。不知什么缘故，商人对高枫格外亲切，那份情感似乎超过了他对亲生子女的爱。他干什么都带着高枫，由此高枫却被商人的亲生儿女深深嫉恨。

　　高枫十三岁时，商人一病不起。临危，商人将家人支开，把高枫叫到跟前，告诉了高枫说他不是自己的亲生儿子。高枫哭着说他早就知道，因为在家里哥哥姐姐都叫他"野种"，叫他"捡来的"。商人无奈地点点头，他极其伤感地说："我原本想能够把你带大成人，这也是一桩积德行善的事。谁知道咱俩缘分已尽。"高枫扑到商人怀里，搂着商人哭着说："爹，你就是我亲爹。"商人拍着高枫的肩膀，把他轻轻推开，说："枫儿，我没有太多力气了。记住我说的话。"他指着高枫脖颈上佩戴的那个红玉珏，说，"这大概是你母亲留给你的唯一念想。如果我没猜错，红玉珰应该是你母亲耳朵上佩戴的物品。当时不知发生了什么事，仓促间，你母亲从耳朵上摘下来，放到了你的身上。另一个玉珰应当还在你母亲那里。你父母是什么样人，我一概不知。今生如果你们母子有缘相见，我想这红玉珰，是将来你和母亲相认的唯一凭证。你千万不要丢失。"高枫哭着说他会把商人的话牢记在心的。商人又嘱咐高枫说自己去世后，高枫在高家如果不能居留，可以去五台山怀仁寺找济云长老，拜济云为师。他已预为嘱托。

商人以前常带高枫去五台山怀仁寺烧香，高枫也认识那里的长老济云大师。那时济云大师就曾为高枫相面，对高枫说过："我看，你与佛门有不解之缘。如果有为难事，就来找我吧。阿弥陀佛。"高枫还记得当时他冲济云长老挤眉弄眼，说："我才不来找你呢！"济云也不着恼，只是举手高诵佛号。商人去世后，当天，高枫就被高家赶出平遥家门。高枫身无分文，他冒着寒风急雪，忍饥挨饿，要着饭，跑了好几天路才到了怀仁寺。济云长老听了他的哭诉，平静地说："一切都是缘，不必烦恼，不必忧伤，世上万人万物都有自己的消长之路。就连你我相会也是机缘，能相处多久，也只能听凭自然。"高枫似懂非懂，就留在了怀仁寺。济云大师留下了高枫，却并不给他剃度。有人问及，济云大师只是说"佛祖自在人心中，剃度不过是形式。高枫想剃度，有一天他自己就会提出"。一晃高枫在怀仁寺住了八年。他在寺庙干些杂役，同时向济云大师学习了轻柔的武功。这套武功据说是济云大师根据高枫的身形和体质特地为他设计的。高枫每当杂役活计干完，就自己一遍又一遍练习济云大师传授给他的功夫。几年下来，他熟能生巧，加上自己心领神会，竟把一套拳路又升化为一套刀法，他的轻身功夫竟然能使他在五台山来往奔驰毫不费力。一时五台山各寺庙都知道怀仁寺有一个俗家弟子功夫了得。

可是济云大师圆寂之时却对高枫说："我去之后，你即刻离开

寺院，对任何人不要说你是我的弟子。也不要说及你曾在怀仁寺生活过。切记切记。"虽然他不明白师父为什么一定要他离开寺院，还不许他说出与寺院的关系，但是他想师父嘱咐一定有理，自己必须遵守。所以又是在一个风雨交加的日子，他向师父生前所在的禅房磕了仨头之后，就飘然下山。他不知道茫茫人海哪里是他的归宿。他仿佛记得曾跟高姓商人去过中都，那里可是人山人海，从东西南北四面八方到那里的人杂居一起，彼此都是为了谋生，谁对谁也不会刨根问底。只要自己肯卖力气不愁在那里没有站脚之地，所以他就信步走向中都，即后来的大都旧城方向走去。

那时，高枫，二十岁出头，肩宽腰细，身形矫捷，乌黑头发，淡黄面皮，细眉细眼，唇红齿白，脸上总是挂着温和的笑容。看表面谁都会以为他是一个脾气柔和的谦谦君子，可是他一张口，一伸手，就会令人大吃一惊。原来他的嗓门极其粗犷，说话瓮声瓮气，他说话声音只要大一点，就能震得人耳朵生疼。他身材瘦长，有一双大手大脚，手劲和脚力都出奇大。有人见他发声喊，一脚就踹折一棵碗口粗的白杨，一只手就扭断了山间一棵胳膊粗的白桦。他又有一身轻盈的武功，蹿房越脊如履平地。一把精钢刀使来，谁也近身不得。凭借一身本领，他单身行路倒也无所畏惧。

但凡有真功夫的人轻易不显示自己，这就是俗话所说的"真人不露相，露相不真人"。高枫一路给人帮工，不怕吃苦，极有人缘。他走到哪里，倒都能挣口饭吃，甚至还能积攒下几个零花钱。夜间，他或在干活的人家歇息，或找个场屋，觅个破庙，胡乱挨过一夜。好在夏天夜里并不难熬。这样走走停停，竟也走出了太行山，来到保定路地界。有一天他走到遂州，因贪图赶路心切，傍晚走到一个三岔路口，荒郊野外，连一个问路的人也找不到，他只得凭感觉胡乱选择了一条路，却谁知，这条路竟蜿蜒直上一个高岗，路的尽头是一座破庙。当时皓月当空，他借着月光看那破庙院墙颓坍，庙门虚掩，四周一片空旷。他心里好笑，想这大概是老天爷有意安排自己在这里过夜了。他推开庙门大步流星向大殿走去。

9

庙中奇遇

　　高枫以为破庙里面一定不会有人，因为以前他在类似这样破败的山神庙、土地庙中已经不知住过多少夜了。只不过眼前这座庙宇的规模似乎比山里的都大。他推开虚掩的庙门，直奔大殿，想在神龛那里找个栖身之地。他的眼睛只顾向上张望，不料脚下却被一个物体所绊，差点摔倒。原来地上竟躺有一人，只听那个人发出痛苦的呻吟，气力微弱地喊道："哎哟，你要踩死我吗？"高枫赶忙俯身，连声道歉，问："你是谁？你怎么啦？为何躺在这破庙之中？"那人一听高枫说话，知道他是外乡人，叫高枫扶他坐起来，高枫把那人搀扶起来，倚着神龛坐下，又拿出自己的皮水袋，给那人喂了几口水。那人才有气无力地说："我本是这座三清庙里的一清道长。可是几年前县官斡赤斤突然派人来说奉旨要将三清庙改作清凉寺，要道士都出家当和尚。我们问为什么，他们说是国师八思巴说了，道教全是虚妄，不可信奉，只有佛教才是正教。皇帝陛下认为国师说得有理，所以要天下道教全改为佛教。我们当然不服。道教才是我中华国教，佛教不过是从西天传来，这是人所共知之事。我们与来人理论，来人说不服我们，却回去向县官禀报，说我们三清庙抗旨，于是斡赤斤就派人马将我们拘捕，强迫我们剃度，不知从哪里来了一帮和尚，把我们的庙宇乱

砸一气，好好的一座三清庙就这么破败下来。道士们被剃度后也不肯信奉佛教，他们一个个离开了庙宇，各谋生路去了。我不忍心离开，再说我也无处可去，就靠着给附近几个村里的人做法事、祈福禳灾维持生计。后来官府也不再追究我是佛是道了，开始以各种名义向我勒索钱财。本来我们是免税的，可是斡赤斤却硬派我交纳二百贯的地丁税。我怎么能交得起这么高的税呀，斡赤斤就说我是刁民，我交不出就叫人打我。这不，眼见我也活不久长了。谁知你从哪里冒出来，又踩我一脚，我可真晦气……"说着他又"哎哟"起来。

高枫本来就心地善良，听了一清道长的倾诉，心里又同情又歉疚。他蹲伏在道长身边，真诚地再次道歉，他安慰道长说："您老不要着急，您真没有钱，他们又能怎样？难道还要逼死人不成？"道长叹口气，想说什么，摇了摇头，终究没有开口。高枫问："道长还没有吃东西吧？"一清又嘘了口气："我让他们抓去，都两天水米不打牙了。"高枫找了根蜡烛，点亮后，他按照一清道长的指点，搀扶道长从大殿走到一间还有门窗的耳房里，将道长扶到炕上，给他盖好被子，然后到灶房点火，烧了小半锅水，从厨房的一个缸里找出一点玉米面，水开了，他烧了两大碗粥，端给一清道长，道长不由得喊："好香的粥呀！"高枫把道长扶起，用小勺一口一口喂道长吃。很快道长吃完一碗，头上、身上出了点汗，他觉得轻松多了。这才向高枫点点头，说："谢谢你，年轻人。"高枫说："道长，好好睡一觉吧。明早天一亮，我上村里给您请大夫去。"道长又叹口气，没有再说话。不一会儿就昏昏沉沉睡着了。

转天一早，高枫检视自己行装中的钱钞，大步流星向自己来路走去，见到下地的农夫，问明了去村镇的道路，农夫告诉他只有平安镇才有医生。高枫按照农夫所指，到镇上请了一个医生，顺便买了些吃食和菜蔬，又匆匆回到庙宇。医生给道长把脉后，

又问问病情，出得屋来，对高枫说："小道长，不瞒你说，老先生病情不轻。外伤还好说，只怕他心肝脾俱已受损，不是容易调理好的。目前我也只能尽人事而已。或者你再另请高明。"医生开了两服药，便匆匆离去。高枫本来想把道长安排一下，他继续赶路去中都。听大夫这么一说，他倒为难了。老道长竟然要不久人世，他身边却一个亲人也没有。思前想后，他想起济云师傅经常说的话："人生都是缘。"他想自己昨天晚上鬼使神差来到这座破庙，遇到这么一个连病带伤的道长，这不是缘分吗？既然老天爷叫自己来为他送终，自己也就只好在老道长生命最后的日子好好陪伴他了。高枫怔怔地看着大夫渐渐走远，才回到屋里。他安慰了一清道长几句，就给道长拾掇了一顿早饭。他一口一口喂着道长，告诉道长早饭后他再去镇里给他抓药。道长只是感激地点头致谢。

平安镇离三清庙只有三五里，昨晚如果高枫不是走错路，就会一直走到镇里的。他早上请大夫已到过一趟，不过那时镇上还不热闹，这一次到镇上，只见临街的商店都已开张，街上行人来来往往，提篮肩挑，各色小贩的叫卖声此起彼伏。他记得早上来仿佛看见药店在十字街那里，就一心往那里急奔，不料却与对面一个来人相撞。他连忙说："对不起，对不起！"继续赶他的路。谁知道那人竟一把抓住他的后背，把他揪转身来，蛮不讲理地说："嘿，你个土孙子，撞了爷，你说声对不起就完了，哪有这么便宜的事！"高枫这才看清与他相撞的是一个三十多岁五大三粗的汉子。那汉子贼眉鼠眼，一脸凶气。高枫不想惹事，再次满脸赔笑，作揖说："在下急着去买药，多有得罪，请爷见谅！"转身要走，那汉子急忙挡住高枫去路："嘿，你去买药？好，先给爷爷我把伤治治。"高枫纳闷："您怎么伤了？"汉子嚷道："你装什么孙子，你刚才撞的，你敢不认账！"这时不少人围拢来看热闹。有人小声说："这个无赖又开始撒野了。"另一个人说："谁撞上他就认晦气

吧。"高枫却认真地、关切地问无赖:"爷伤着哪儿了?"无赖双臂
抱拢胸前:"爷浑身是伤!"高枫上下打量了无赖一眼,笑了:"爷
的身块都抵我两个了,咱俩相撞,应该是我受了伤害才是。"无赖
尖声怪叫了一声,同时伸手向高枫打去。高枫一闪身,无赖没有
打着,他恼羞成怒,像疯狗一样,接连挥拳向高枫扑去。高枫一
边躲一边质问无赖:"你这个人怎么不讲理?你要打架,谁怕你不
成!"高枫左躲右闪,使出了他的轻柔武功,无赖根本近不得身。
无赖一看占不了便宜,就从地上捡起半块砖头,高枫以为他会掷
向自己,正准备躲避。却谁知道那无赖竟举砖向自己头上砸去,
立时他头上流出鲜血。无赖尖叫着:"杀人啦!"一下子躺倒在地
打起滚来。他趁高枫愣神的一刹那,滚到高枫脚下,死命抱住高
枫的腿,大叫:"抓杀人犯啊!"高枫哪里经过这种阵势,一时不
知如何是好。他心里对脚下这个无赖又恨又怜,可是又不知道怎
么才能摆脱。

　　高枫十分为难,眼看围观的人众,作揖道:"各位叔叔大爷,
我一个外乡人初来乍到宝地,实在不知怎么得罪了这位爷们,他
死乞白赖缠住我不放,这到底是为什么?"有人出主意说:"你认
倒霉吧,他是这镇上出了名的赖皮。花钱消灾,你给他点钱,万
事大吉。"高枫皱了皱眉,一股英雄傲气从心底而生。他想运足气
力一挥脚,把这个赖皮甩出去,可是又不忍心真伤了他。高枫从
怀里掏出钱来,数了数,心想给道长买药也不知道够不够。赖皮
瞟着那点钱,撇了撇嘴,嘟囔说:"别当我是要饭的,想仨瓜俩枣
就打发我走,没有门!"无赖的声音虽然不大,高枫却听得清清楚
楚。他厌恶地问:"你要多少?"无赖伸出两个手指。高枫问:"两
文?"无赖瞪了高枫一眼,骂骂咧咧地说:"你娘的,没见过钱!
二十贯!"高枫最忌讳人家骂娘,听无赖狮子大开口,他知道善罢
不了,猛一运气,平地挥脚,一转身,将无赖踢向半空。这一脚
大大出人意料,围观的人喊叫起来。更令人意外的是大街围观的

人中，竟有一人随着无赖飞起的方向，追踪而起，将摔落的无赖稳稳接住，放在地上。众人叫道："好身手！"有识得那人的说："好了好了，这下解围了。那是大名鼎鼎的太行五虎中的笑面虎贾交啊。"

无赖也认得贾交，他定了定神，立时跪在地上连连叩头，说："谢谢大侠救命之恩。"贾交不屑一顾地挥挥手："算你造化大，快滚吧！"无赖灰溜溜地跑开了。高枫赶紧奔到贾交面前作揖致谢。贾交因为常在保定路一带行走，大凡这一地区的江湖好汉他几乎都与相识。当无赖一开始纠缠高枫时，他恰好看见，就站在人群里观看。他一眼就瞧出高枫功底不浅。他想高枫不是落魄江湖就一定有什么急事要办。但是从他对局面的应付情况来看，似乎又是初出江湖的新手。他想静观其变，得机会助道上朋友一臂之力就是。高枫向他作揖，他马上还礼，说："这种无赖，不能和他纠缠，有钱就打发他；没钱就教训他几拳脚。千万不能伤他性命，没来由，为他们自己惹身官司，不值得。"高枫连连称是。贾交问明高枫姓氏以及他到镇上的目的后，说："大街嘈杂，我有意结交兄弟，咱到前面茶楼坐坐可好？茶楼对面就是药铺，等着抓药的工夫，我们一起喝碗茶。"高枫不便推却，只得随贾交到了茶楼。他们选了一个清静所在，贾交叫高枫把药方交给茶倌，嘱咐茶倌马上到药房抓两服药来。贾交要了一壶上等好茶，两盘小点心，先自我介绍说："小弟不才，生逢乱世，自幼习武，本想立功建业，博得个荫妻封子。可是世道多变，我好好一处家园无端被鞑子抢占，爹被气死，娘被鞑子掳去，不知下落。我的功名之心也随之烟消云散。于是和几个志同道合的兄弟结义为盟，在太行山网罗百余人，虽不能像梁山泊聚义那般规模，可也只干些杀富济贫的勾当。一来二去我们太行五虎寨在河北山西一带也闯出了一些名声。近来我们耳闻遂州达鲁花赤斡赤斤为非作歹，刻薄民众，把搜刮的民脂民膏要贡献给朝廷上正势焰熏天的阿合马，以期买得更高的官做。我们就想把这笔不义之财……"正说到这，茶倌来续茶了，贾交做了一个捞取的手势。等茶倌离开，贾交端起茶碗，呷了一口，望着高枫，那意思很明白：我当你是朋友，说了一切，你也应当说出自己的来历。高枫只得讲了自己的身世，说自己不被人所容，只得出来闯世界。但是他没有讲在五台山怀仁寺的事，因为他想答应济云师傅的话，自己一定要遵守。贾交一听很高兴，说："高兄既然四海为家，何不到我们山寨落脚。"高枫由衷地说："贾兄的美意，我非常向往。只是眼下，先要把一清道长的病伤治好，他日我或许真的会到宝寨寻找兄长入伙。"贾交看高枫婉言谢绝，有些不高兴。但是转而一想，此事不能强求，也就释然。他从怀里掏出两张银票，送给高枫说："高兄既然一时不肯和我上山，那就先收下这些银两，以做你前行的盘缠吧。"高枫双手推却，贾交板起脸："怎么，高兄真的不想交我这个朋友吗？"高枫看贾交诚意相赠，只得接过来，揣在怀里。贾交这才欢笑，说："在家靠父母，出门靠朋友。也许有一天我还会有求于你呢。"这时茶倌把药抓了来，恭恭敬敬递给贾交。贾交问了药费，给了钱，然后他把药交给高枫，说："治病救人要紧。我们就此分手，但愿后会有期。"高枫心里热乎乎地，几乎热泪盈眶，他什么话也没说，只向贾交拱了拱手，抓起药，迅速奔出了茶楼。

回到三清观，高枫熬上药，给一清道长讲述了他在镇上的经历。一清道长轻轻地说："世风不正，无赖横行，贪官、赃官必然层出不穷。他们早晚会遭天谴。太行五虎在清明世界应是被铲除的盗贼，可是如今却成了为民除害行侠仗义的豪杰。民心不可欺啊。"高枫怕道长话多伤气，就劝他歇息。高枫熬好了药，做熟了饭食，喂道长吃了饭，喝了药，又服侍道长歇息。闲来他在庙里转了一圈，觉得环境很是幽静。于是他在院里就练习起轻柔拳，或许是他练习得太专注了，竟没有发觉有人在破墙外偷看。直到那人轻轻喊了一声"好！"他才看见一个衣冠楚楚的人正站在墙外，还有两人牵马在他身后。他马上收住拳脚，向墙外的人一揖，说："师父见笑了。"墙外的人从破墙处一跃而过，还揖说："这里可是三清观？一清道长可好？"高枫习惯地立掌胸前，问："施主还愿来吗？"那人上下打量了高枫一眼，问："你是和尚是道士？"高枫这才意识到自己刚才动作露了自己的行藏，马上掩饰说："我是庙里的香客，因见一清道长病伤，不忍离去……"那人闻听，赶紧问清道长的所在，三步两步奔进屋里，喊道："一清道长，你怎样啦？"他扑向一清道长床前，俯下身，抓住道长的手。一清要坐起来，高枫赶紧过去抱扶。道长坐稳后，看清来人的相貌后，紧紧拉着来人，说："是张易呀，你怎么来啦？你那两个学兄刘侃、张文谦他们两人好吗？"

高枫赶紧给张易找了个板凳，让他坐在道长床前。张易对道长说："刘侃后来改名叫刘秉忠了。只因他当过和尚，法号子聪。如今人们都习惯叫他'聪和尚'。我们仨人都在忽必烈陛下身边做事。"一清说："我知道，我知道，你们小时候的模样还在我眼前，一晃你们同学三人都有出息了。我从邢州来到遂州，当了全真道士，谁想会和释家发生争端。唉，如今我又受斡赤斤的残害，怕不久人世了。临终能看到你们成材我也就瞑目了。"一清费尽心力说了几句话，就感觉十分劳累，闭上了眼睛。张易望着神色黯然的道长，轻声说："这些年我们都身不由己，不知老师遭受那么多苦楚。仲一（张易字仲一）是奉命到南边巡查攻打宋朝的战事，路过遂州，也是受仲晦（刘秉忠字仲晦）、仲谦（张文谦字仲谦）之托，特地前来看望老师的。不想老师身体如此病弱。幸而有……"他望望高枫，问："你怎么称呼？"高枫告诉了张易。张易站起来，郑重地说："老师暮年没有他人为伴，你好好照应他老人家。我不会亏待你的。"他俯身抓住一清道长的手，摩挲了好一阵，道长睁开眼，也望着张易，张易泪水盈眶，轻轻放开手，说："恩师多多保重，保重。"这时他手下的两个人把礼盒送了进来，张易叫那两人把礼品放在桌上，他对道长说："这是我们三个学生的一点心意。不过是京城一些土产，不是金银珠宝。"道长点点头，声音微弱地说："谢谢你们的心意。官场凶险，你们也多多自重。万不可做那些让百姓唾骂的事！"

张易恋恋不舍离开了一清道长。在庙门口他送给高枫一百两至元钞，对高枫说："一清道长的后事就拜托你料理了。斡赤斤是当朝权贵阿合马的爪牙，一时还动他不得，不过他们也猖獗不了太久。"高枫似懂非懂，接过纸钞，说："张大人放心，我一定会尽心竭力侍候道长。"张易又审视了高枫几眼，信任地说："好，你叫高枫，我记住了。道长驾鹤之后，你如果到京城，有事可以找我。"高枫目送张易三人走远后，才回到道长身边，听道长满怀自豪地讲述他几十年前在邢州教授张易、刘侃、张文谦的故事。

连续两天一清道长都处在精神亢奋的状态中，可是到张易走后的第三天晚上，道长的精神状态却极为不佳，还时而出现昏迷的情况。好在高枫精神已有准备，他倒也不慌。仗着有贾交和张易给他的钱钞，他在镇上已雇人帮他为道长准备了后事。他担心道长熬不过那一晚，就索性在道长床边搭了块板子，准备一宿都不离开道长。大约子时，道长又精神起来，他好像知道自己就要去了，竟然能坐起来，指挥高枫点亮蜡烛，把墙边一个破柜子移开，找来铁铲，撬起一块方砖，从地下取出一个黑釉陶罐。他叫高枫把那陶罐抱给他。他从陶罐里掏出一本蓝色封面的图书。高枫跟着商人和济云长老认了一些字，所以他一眼就看见那封面上白纸黑字的书名是《秘戏法门》。他不懂那是什么书，很好奇。道长却双手颤抖着，说："高枫，这是我二十年前云游釜山在鲍河边上救了一个奇人的性命，那人为感谢我救命之恩给我的一部奇书。他说熟读此书，运用于心，可以强身练功，可以济世救人，可以活命致富。可惜我生性愚昧，看过之后不知所云，更别说运用二字。所以多少年来我把此书一直秘藏地下，以期能够找到解读者。

而今我只有把它交给你了，但愿你就是能够解读此书之人。"道长把书递给高枫，高枫双手接过，道长突然狂笑起来，紧接着一阵干咳。高枫把书掖在怀里，扶住道长的身躯，轻轻给道长拍着后背，可是道长还是一口气没有上来，竟憋闷而死。高峰把道长身体放平，为道长理顺散乱的头发，抚平衣裳，盖好被子。天刚蒙蒙亮，他就奔到镇上找人帮他为道长料理丧事。

10

京师定情

　　高枫埋葬了道长，就一直奔向京城。当时在中都旧城的东北兴建大都新城的工程已经进行了好几年，工程量很大，各个工地都缺人手。高枫很快就找到了活干。因为他不惜力气，诚实可靠，待人和善，不久就成为泥厦局夯土筑城工程工地的一个小头目。时间一长，他在工地认识的人就多起来。其中来自大兴的王六甲最让他佩服。因为王六甲有一手绝活：在干活休息时，他手里捏把泥，他眼看着谁，就能把谁的形象活生生地捏出来。而且他的气功也了得：小小泥丸从他手里抛出，竟能把天上的飞鸟打下来。这等功夫可不是一般人三两年能练成的。高枫因为敬重王六甲，干活时就尽力照顾他。王六甲也打心眼里喜欢高枫，一来二去就引荐高枫认识了他的堂兄王一阳，也就是京城市井赫赫有名的面人王。面人王的老婆早早去世，他怕唯一的女儿翠娥受继母的气，所以一直没有续弦，父女相依为命。面人王有一个秘密心愿就是将来找一个上门女婿，把自己捏面人的绝活传授给女儿女婿，一家人和和美美地过日子。堂弟王六甲把高枫引见来家后，他旁敲侧击问明了高枫的身世，又考查了高枫的为人，觉得这倒是一个好女婿。他托堂弟试探高枫，高枫见过翠娥，知道那是一个漂亮又大方的姑娘。只是他多少觉得有些不好意思，自己无家无业，

又没有钱财，怕有点对不住人家姑娘。王一阳听堂弟捎来的回话，满心高兴。他对王六甲说："我的兄弟，如果人家有家有业，有钱财，人家还能当咱的上门女婿吗？你只要他一件随身之物，不拘贵贱，作为信物，就算他下了聘礼，我的闺女就是他的人了。至于成婚房屋、用品，只要他不挑剔，我就全给他包办了。"王六甲把王一阳的话告诉了高枫，高枫自然喜不自胜。只是他发愁拿什么给人家姑娘做聘礼，当信物，自己身上一点值钱的东西都没有啊。

高枫愁了一天，晚上在工棚睡觉的时候，因为光着膀子，王六甲一眼注意到他脖子上挂着的红玉珰，指着那红玉珰，喊了一声："哎！"高枫马上用手按住王六甲的嘴，"嘘"了一声，穿上衣服，拉着王六甲出了工棚。两人蹲在城墙根，高枫说："我也想到了这个玉珰，只是这是我寻找我娘的唯一信物。千万丢失不得。"王六甲说："你当把它给谁？是给你未来的老婆。那还不跟挂在你自己脖子上一样！"高枫犹豫了一会儿，终于把玉珰从脖子上摘下来，交给王六甲，嘱咐又叮咛："千万不能丢失啊。"后来高枫亲眼看见那玉珰挂在了翠娥的脖颈，他才放下心来。面人王找人给掐算好了成亲的日子，一心一意为女儿筹备婚事，高枫也为自己很快能够有家安身天天乐乐呵呵。

可是，有一天工地提领官札马拉丁来到高枫所在地段巡视，他横挑鼻子竖挑眼，说高枫他们干的活不合格，其实他就是找高枫索要贿赂。高枫耿直，也没有钱贿赂，札马拉丁索要不到钱，气就越来越大，他不仅要高枫把垒好的墙扒去重垒，而且还要罚款，克扣工人们的工钱。高枫一忍再忍，把心中的怒火压了再压，当他看到札马拉丁竟然动手打了一个小工时，就因为那个小工嘟囔了一句"凭什么扣我们工钱"，高枫实在忍无可忍，他立刻奔向前，握住了札马拉丁的手腕，疼得札马拉丁尖声怪叫："疼死我了，他妈的，你要揪断我的手腕啊！"高枫撒开手，放开嗓门，声如洪钟，震得札马拉丁直捂耳朵，高枫说："我们干了不是一天半天，我们干的活，以前别的大人来检查，都合格，怎么大人你一看就不合格啦？要说我们干得不好，大人你来给我们做个样子。只要大人你做出样儿来，我们要是学不像，任你打，任你罚。你要做不出来示范，对不起，你就不能克扣我们的工钱！"众人一起大声喊："好啊！让他给我们做出个样子来！"

民工们把札马拉丁围在城墙前，各个怒目而视。札马拉丁吓得脸色苍白，他抖动着臂膀，指着高枫说："你，你，干什么？你要鼓动人造反不成！"高枫逼近札马拉丁，右手揪住了札马拉丁伸出的手指，札马拉丁又怪叫起来："你要把我手指撅折啦！"高枫并不松手，两眼冒火，鄙夷地瞪着札马拉丁。札马拉丁惊惶地望着高枫："你，你要干什么？你敢打我不成？"这时高枫脑子里猛地闪过贾交说的那句话"为这种人惹上官司不值得"，他本来扬起左手要打札马拉丁一个大嘴巴，教训他一下，却在半空中抡了一圈，没有打。右手一操，说："打你，还怕脏了我的手！"他指着札马拉丁的鼻子斥责说："告诉你，我们这些人也不是好欺侮的。"札马拉丁好不容易找着一个空隙，从人群中钻了出去，跨上马背后，抓紧了缰绳，才冲高枫喊："姓高的，你小子，别走，等着我，看爷爷怎么来收拾你！"高枫一扬胳膊，吓得札马拉丁赶紧催马跑去。王六甲团了个泥丸，嗖地掷了出去，一下子就把札马拉丁的官帽打落下来。札马拉丁慌忙下马捡拾他的帽子，高枫等一帮工人一齐哈哈大笑起来，总算出了一口恶气。

王六甲当晚就把工地发生的事情告诉了堂哥王一阳。面人王想了想，说："这个札马拉丁甚是可恶，听人说他是阿合马的心腹，所以他天不怕地不怕，这个人是得罪不起的。他肯定要报复高枫。你赶快回去，告诉高枫，三十六计，走为上计，让他马上离开工地。"王六甲赶回工地，把面人王的话转告给高枫后，劝高枫连夜离开工地，怕的是明天一早札马拉丁带官兵来捉拿高枫。

高枫很不情愿离开工地。他对王六甲说："我又没怎么样他，他不至于就加害于我吧？"王六甲说："害人之心不可有，防人之心不可无啊！要是明天真的札马拉丁来报复，你单枪匹马怎么也斗不过他。好汉不吃眼前亏，我劝你还是早走为好。"高枫本来想说他不愿离开工地，不愿离开都城最主要的是他惦念翠娥，可是这话他又不好意思说出口。他只是喃喃地、吞吞吐吐地嘟哝着："我走，我走，那，那……"王六甲倒是不笨，他马上猜到高枫的心思，说："又不是让你一去不回头。不过是暂时避避风头。你担心什么？翠娥那里你老丈人会替你照看的。你不着急，他还着急等着娶你这个养老女婿呢。"王六甲的话说得高枫更不好意思。他说："这深更半夜的我能往哪去呢？"王六甲说："也只好先到你老丈人那里避避了，也好跟翠娥告别一声。"

高枫摸黑到了面人王家里，翠娥很高兴，说实话，她从心眼里喜欢高枫。她听说高枫惹着了提领札马拉丁，就说："你干脆就在家里，哪儿也不用去，我教你捏面人好啦。"翠娥刚刚十八岁，瓜子脸、白面皮、一双水汪汪的大眼睛，长长的睫毛总是忽闪忽闪的，任谁看她一眼都会丢魂落魄，总觉得看不够似的。高枫也是这样，每一次到面人王家里，只要与翠娥见上一面，总是难舍难分，回到工棚脑子里也总是翠娥的影像，得大半夜不能入睡。他听翠娥叫他哪里也别去，要在家教他捏面人。他不由自主畅快地答应说："行，我保证好好学。"面人王看着两个年轻人情投意合，也打心眼里高兴。可是女婿还没过门，就住在自己家里，他总觉得对女儿名声不好。再说万一札马拉丁顺蔓摸瓜，找到自己家里，那就会有更多麻烦。所以他思前想后觉得还是给女婿找个活干。过一段时间，风波平息以后，再让小两口拜堂成亲跟自己住在一起。他听堂弟王六甲说过高枫会武功，可是他从来没有见识过，也没有认真问过高枫。因为他觉得练练武术不过是年轻人的游戏，也不是不良嗜好。可是如果高枫真会武功，那可就是一桩技艺了。他也就不见得非跟自己学习捏面人了。想到这里，他打断两个年轻人的说话，问高枫："听说，你会武术？到什么火候了？"高枫一时不知该怎样回答，支吾说："大概，大概，能够不会受人欺负吧。"面人王想自己也不懂，索性让行家给他把把脉。就吩咐翠娥赶紧给高枫收拾睡觉的地方，他说："眼下还不能叫高枫住在咱家，明天一早还得早起。"翠娥噘着小嘴，不高兴了。她说："爹，人家有难处，投奔咱来，您可不能把人家赶出去啊。"面人王疼爱地望着女儿："行啦，爹还不知道你的那点心思。我尽快给你们俩张罗着把事办了，那时候就不用把他赶出家门了。"翠娥撒娇地叫了声"爹"，就跑去给高枫拾掇铺盖去了。

转天一早，吃完早点，面人王就带领高枫去到老城崇智门里一家高门大院，在院门口面人王叫守门人通报一声，就说："老友面人王来拜访。"守门人进去不久，只见一个穿着华丽的胖子从门里迎了出来，他双手打拱，哈哈笑着："老王啊，哪阵风把你吹来了，快请进，请进！"说着，他在前面引路，高枫跟在面人王身后，只见院落庞大，院内树木婆娑，不知大院有几进深。他只知道走过好几道门才进入一间宽大客厅。用人见来了客人，没等吩咐就捧上了香茶。面人王开门见山向高枫介绍说："这是王二爷。"高枫马上离座向王二爷行礼，但是神态却不卑不亢。王二爷询问面人王："这是……"面人王说："这是我未过门的女婿。他叫高枫。"王二爷点点头，等待面人王继续说明来意。同时他上下打量着高枫。面人王说："高枫多少会点武功。我想你家大业大，又经常有外地买卖，也许高枫能给你帮点什么忙，像看家护院啦，接送货物啦什么的。"王二爷一挥手，说："老王，你说的这些活计，可都是人要真功夫的，他，高、高枫，能行吗？"高枫见两人都望着他，他却问："王二爷，不知府上的买卖常跑什么线路？"王二爷回答说："不远，大多是京城到山西，来回贩运点土特产，如果太贵重的货物就雇佣镖局的人保镖，目前正好我这里有一个镖师，你愿意跟他过几招吗？"面人王用询问的眼神望着高枫，高枫毫不犹豫地说："好吧，二爷看高枫可用，就留下；二爷如果以为高枫无能，也不要勉强。"王二爷连声说："好，好，真是个痛快人。其实我也是为你好。你没有干过，不知道护院或是接运货物，都是很危险的，弄不好很容易把命丢掉。那我怎么对得起老朋友啊。"说着王二爷吩咐家院去请雷镖师来。

不一会儿，雷镖师一身轻装走进屋里。他二十五六，个头适中，圆脸大眼，紫红面庞，说话声如洪钟。他向王二爷一拱手，问："不知员外呼唤雷某有何要事？"于是王二爷向雷镖师说明了意思，补充道："大家都是朋友，比武过招也不过是点到为止。"雷镖师向高枫直接发问："不知这位朋友要怎样比试？"高枫说："随你吧。"雷镖师一听这话知道是个新手，他也不想欺负人，就说："咱比比拳脚吧。"高枫说："也行。"于是他们都走到一个空旷的院子，那里好像就是王家习武的地方。因为院子一侧墙边排列着各种武器，什么刀枪剑戟、斧钺钩叉，应有尽有。雷镖师和高枫走进场子，王员外和面人王坐在场外，一些家人、护院闻讯也都站在场外准备观看。

雷镖师头戴英雄巾，身穿一身青黑短打服，一双虎眼熠熠生辉，越发显得气概非凡。相比之下，高枫显得瘦弱和文气得多。所以王员外的家人和护院都窃窃私语："这小子怕不是镖师的对手"，"他要上这里找饭吃，怕不容易。"场上雷镖师刚与高枫拱手，要拉开架式进行比试，突然从场外轻飘飘跳进场内一人。众人看时，那人身着天青武打服，头戴绣花书生巾，面皮白里透红，十八九岁的样子，气质甚是文雅。只见他站在场上，向雷镖师和高枫都拱手施礼，然后他向王员外说："爹，有这等好玩的事，怎么不告知孩儿一声。不用雷镖师，只要来人能把我打败，就可以把他留下，给孩儿做伴。"王员外不赞同，抚爱地说："天立，不许胡闹。你快去念你的书去。"王天立却不离开场地，执拗地说：

"爹，您也看看孩儿的功夫如何？"雷镖师退后两步，因为王天立是他的徒儿，他自然愿意要自己的徒弟先显示一番，同时他也可以借机先观看对手到底身手如何。王员外看出雷镖师的心思，就对高枫说："壮士手下留情，不要伤了我的孩儿。"高枫未料到半路又杀出一个对手。他暗暗告诫自己无论谁来对垒，自己认真对待就是，无论如何不能给未来的老丈人丢脸。

王天立年轻气盛，他立即先发制人。王员外的话音刚落，他就一个虎步蹿到高枫近前，左手抡开拳头向高枫当胸打去，使得却是虚招，不待招数使老，右掌即向高枫脖颈劈下。高枫只是轻移双脚弯身低腰，躲避王天立的拳掌。王天立看他一掌没有劈中，紧跟着一矮身，使出了连环扫堂腿，直攻高枫下盘。王天立整个身子犹如一个急速旋转的陀螺，左右腿轮番踢蹿，高枫却像一只轻灵的飞燕，纵跃腾挪，众人不由得都惊异地连连呼叫。王天立见连环腿碰不着高枫，就大喝一声，一长身，挥动双拳向高枫两肋击打。高枫却以"旱地拔葱"看似极笨拙的一招，直愣愣跳向半空，然后急收腹，一个筋斗跳出王天立的击打范围。至此，明眼人都会看出高枫已经让了王天立三招，他只是躲闪，一招也没有还手。尤其他最后一招已经显示了他极高的轻功。照理说王天立应当见好就收，偏偏他被娇惯成性，竟要起赖，一个箭步冲到墙边兵器架上，绰起一把钢叉，就向高枫刺去。

面对突变，王员外惊呼："不可造次！"雷镖师大喊："天立，不要性急！"面人王则对高枫喊道："小心！"哪管众人呼喊，高枫眼看钢叉直刺胸前，他一侧身，伸出右手一抓，那把钢叉就被高枫紧紧攥住，任凭王天立胀得满面通红，使出了吃奶的力气，也夺不出来。王天立急白了脸，索性撒开手，跑到兵器架前又拽了一杆长枪。等他回转身想再刺高枫时，他却像一个木雕泥塑般，呆呆地立在原地，不能挪动一步。原来他看到高枫将他原来要弄的那把钢叉的精铁叉柄已经弯成一把铁弓。看似文弱的高枫竟有那么大的神力，王天立呆了，王员外呆了，场外许多人的眼睛都看直了。好久，众人才爆发出阵阵喝彩声。王天立扑通一声，跪在场内，连声叫："师父，学生眼拙，多有得罪，请师父海涵。"高枫赶紧把天立扶起，忙说："公子，请起，在下不敢当。"他又对雷镖师拱手说："镖师，得罪了，请多指教。"雷镖师刚要对高枫进招，王天立一横身，急忙拦挡住说："师父，徒儿说了只要来人打得过我，就留他在我家。你们不用再比试了。"王员外马上走到场上，站在天立身旁，哈哈笑着对高枫说："小女一向顽皮，又让我宠坏了，刚才冲撞之处，请高壮士包涵。"高枫不解地望望员外，又望望王天立，惊异地问："他，他是个姑娘吗？"王天立把书生巾一摘，一头乌黑的秀发立即披散开来，她深情地望了一眼高枫，然后略带几分羞涩地从场上很快跑开了。高枫望着天立的背影，心想亏得自己刚才没有还手。王员外向高枫解说道："小女自幼喜欢与男孩子一起玩耍，生就一副男孩子脾气。本来给她起名叫'天丽'，意思是天生丽质，她偏偏不喜欢，非要自己改成'天立'，说什么她要做顶天立地的人。"这时面人王也走近来，说"二爷，高枫留下来的事，就定下来了吧？还用请雷镖师再考量考量高枫的技艺吗？"王员外笑呵呵地说："既然小女已经说不要再比试了，那就不必比了。高枫留在我这里，你就放心吧。"

面人王从王员外家离开，不由得又添了一桩心事。他眼见王天立最后瞥高枫那一眼含情脉脉，高枫今后又吃住在她家，天立那姑娘又说一不二，性情执拗，不像自己女儿那么温顺随和，怕只怕高枫经不起天立的软泡硬磨。天长日久夜长梦多，他心想得尽快给高枫与女儿完婚。

11

翠娥被辱

　　高枫得罪札马拉丁的事，王员外已经知道。所以他把高枫留下后没几天就把高枫支使到山西备办货物。高枫也乐得去山西一带走走，因为他知道自己当初就是在太行山里被义父捡到的。他想也许还能在山里某处能够打听到自己父母的消息。只有王天立很不高兴王员外的安排。她吵着闹着非要跟高枫上山西去，王员外却不答应。她又找高枫，让高枫主动向她爹提出要带她去。高枫也没有答应。她又找雷镖师，让雷镖师带她一起跟高枫去山西。可是偏偏雷镖师被她父亲另派往山东办事。气得王天立整天摔桌子打板凳，但是也无可奈何。

　　比试那天，高枫虽然没有出手，但是已经获得满场喝彩。王天立的失败，使雷镖师觉得很失面子。所以他表面对高枫客客气气，实际上已经心存芥蒂，总想找机会露一手，压压高枫。高枫被派往山西，他也不高兴。因为山西一向是他奔跑的路线。山东却得去开辟市场和货源。但是老板安排了，吩咐了，自己受雇于人，就不能挑三拣四。可是他心里别扭又排遣不开。终于他忍不住把高枫叫到自己房里，名义是为高枫饯行，实际是想发泄自己的郁闷。高枫从王府的家人口里已经知道雷镖师是太行五虎中的三啸虎雷宏，知道那是笑面虎贾交的结拜弟兄。但是他们一直未

得机会深谈。雷宏主动约他喝酒，他很高兴。一进门就直截了当喊道："雷宏哥哥，贾交哥哥问你好！"他这一声喊把雷宏喊得丈二和尚摸不着头脑，因为高枫自留在王府后，跟他打招呼一向都是客气地尊称他"雷镖师"或称他"雷师父"，今天突然改了称呼，叫起"哥哥"来，他疑惑地望着高枫，猜不出他到底是什么来历，他怎么会知道自己与贾交是结拜兄弟。他不得不重新考虑自己的态度。所以很恭谨地把高枫让进屋，问："你刚才说谁问我好？"高枫也不落座，大大方方地说："太行五虎之一的笑面虎贾交问你好啊！"这回雷宏听得清清楚楚，他连忙握住高枫的大手，拉着高枫坐下，说："你快说说，你是谁，你怎么认识我兄弟贾交的？他如今在哪里？他可好吗？我可想死他了。"说着他给高枫满了一大碗酒，心中所存对高枫的芥蒂早已抛到了九霄云外。高枫看雷宏甚是豪爽，也不客气，坐在椅子上，举起酒碗，说："哥哥，我敬你，喝了这酒，听我慢慢告诉哥哥。"雷宏一饮而尽，高枫抢先给雷宏满了酒，这才把他的身世经历以及怎样与贾交相识，贾交如何赠金并劝他上太行山入伙的事，从头到尾叙说了一遍。中间气得雷宏好几次骂娘骂奶奶。最后他气呼呼地说："札马拉丁，这个狗奴才，别撞在我手上，看我哪天收拾他，给兄弟出这口恶气。"既然两人认了兄弟，那就什么话都好说了。高枫听说雷宏一直在山西线上跑，明里是京师镇远镖局的镖师，被王员外雇用，实际他是太行山寨在京师布下的眼线，专门打探京师和山西贪官污吏的秽行，倘若探听到不义之财可以在途中截取，他就会迅速告知坐镇山寨的大哥撼林虎卫义，由大哥安排具体截取方案。雷宏还告诉高枫：他的三哥震山虎裴平也是山寨在京师的眼线，他负责关外到京师一路。二哥贾交负责河北一路，不知他最近落脚哪里。他说："我是老四，五弟飞天虎凌风负责东路，也许我这次往山东会在那里遇见他。五弟最是心黑手辣，心胸不宽。我想去山东看他，又有点怵头往山东，怕他对我产生误会。"高枫立刻表示两人可以换一换。雷宏见高枫胸怀大度，自己也不能小气，更不能叫高枫以为他们兄弟之间有隔阂，遂又饮干一碗酒，豪爽地表示去哪里都一样。他真心祝愿高枫在山西一路能够寻找到自己亲生父母的线索。越喝两人情感越深，一下子就成了好友。那一天两个人都喝得酩酊大醉。乘着酒兴，雷宏告诉高枫，天立那丫头已经看上高枫了，又警告高枫："那可不是好缠的主儿。"他劝高枫可要小心些。高枫说他和翠娥已经定亲，跟天立是不可能的。雷宏只是嘿嘿狂笑，说："兄弟交了桃花运，恐怕躲也躲不开哟!"

秋去冬来，高枫在山西置办货物跑遍南北城乡，每到一地就向当地父老打听二十多年前的往事，但是没有找到一丝一毫有关他生身父母的消息。只是听好几个人说起有蒙古人曾在山西烧杀抢掠，有一些妇女和工匠都被掳送到京城大官的家里当了奴役。高枫摸不着头绪，只好把寻找父母的事埋在心底。他想如果苍天有眼，父母还活在世上，一定会让他们相见的。这事儿也只能付诸机缘了。

札马拉丁到城墙工地找寻高枫几次，听说高枫远远躲到了山西，他鞭长莫及，时间一久，他事缠身，也就无暇追究了。面人王从王六甲那里得知这一情况后，就决定在年根底下，趁高枫回京过年之际给高枫与女儿翠娥赶紧完婚。完婚后高枫如果还愿意跟王员外跑货保镖就接着干，如果愿意跟他们父女学手艺捏面人，那就更好。他把这意思托人告诉了高枫，高枫自然盼着赶快完婚。

杨显之跟关汉卿说："面人王正盼着未来的女婿回来成亲，女儿却被人抢走，他怎么着急可想而知。"关汉卿说："想不到换了一个朝代，换了一个皇帝，还是老百姓苦。什么时候政治才能清明，民生才能安乐啊。"杨显之也是感叹唏嘘，只是说："面人王的事真不知道怎么才能给他帮上忙。"

苦思丁被梁进之抓到警巡院时，他的随从有一部分早就跑回相府，向阿合马报了信。阿合马得知后，立即叫儿子忽辛去警巡院交涉，嘱咐忽辛无论如何要把苦思丁要出来。因为他也知道这个宝贝侄子在市井鱼肉民众，早有公愤，如果不及早从警巡院里弄出来，恐怕他不会有好结果。他想警巡院不会不买他的账。岂料，忽辛气呼呼地向他报告警巡院判梁进之就是不放人。还说苦思丁扰乱京城治安，理当治罪。阿合马一听，像是受了极大侮辱似的，气得直跳脚，怒喝道："我看这个梁进之是活腻味了！"他吩咐忽辛说，"你拿我的文书直接去找阔不花，叫他立刻把梁进之抓捕的一干人交给总管府审理！"忽辛刚要走，他又问："苦思丁这个兔崽子到底又惹了什么祸？"忽辛说："我也不大清楚，听随从们说他在街上抢掠了一些财物和几个汉儿女人，还说是过年要孝敬给您的。"阿合马"哼"了一声："要不看在他的一片孝心上，我早打发他回不花剌老家了，在中原他给我惹了多少麻烦。"忽辛说："叔叔早早去世，就留下这么一个儿子，我们不管他，谁还会管他呢。"阿合马挥手让忽辛赶快去办。

忽辛走后，他忽然想看看苦思丁给他孝敬的到底是什么货色。跟随他多年的仆役都会察言观色，阿合马一个手势，一个眼色，他们就知道阿合马想要什么。当下就有仆役引领阿合马到西跨院，他先看了看那些绫罗绸缎玉石珍玩，嘟哝说："没有一样新奇的物件，何必费这种周折！"仆役又领他到西边一个小院的北房里，一个女佣正在解劝一个哭哭啼啼的姑娘，说："既然到了这种鬼地方，姑娘就认倒霉吧。你想活着出去不大可能了。这就是阎王殿啊！"女佣听见屋门开了，抬头看见阿合马就站在门口，吓得赶紧给阿合马跪下，口里连声说："奴婢给老爷请安！"阿合马瞧也不瞧跪着的女佣，径直向俯在床上哭泣的姑娘走去。仆役把女佣轰了出去，他们也都退出屋去。

阿合马走到姑娘跟前，拍拍姑娘不断耸动的肩膀，装出十分

怜香惜玉的样子，柔声说："姑娘，不要哭了，小心哭坏了身子。你有什么委屈对我说，本官一定为你做主。"姑娘一听这话，马上不哭了。她慢慢抬起头，阿合马看见的是一个楚楚动人惹人爱怜的姣好面孔，姑娘看见的是一个相貌温和的中年汉子，一双灰蓝的眼睛贪婪地扫射着她，闪烁着多情的光芒。姑娘不由自主浑身一颤，本能地向床里挪了挪。阿合马坐在床沿，姑娘又退后一些。阿合马说："姑娘叫什么名字？为什么到了我家？"姑娘的声音很小，说："我叫王翠娥，我爹是京师有名的面人王。"突然她一跃身，从床上蹦下，跪在阿合马面前，大声说，"大官老爷，您放了我吧，我会叫我爹给您捏好多好多好看的面人。""噢？"阿合马望着眼前这个浑身发抖的姑娘，就像一个猛兽捕获到一头幼小的动物，知道它再也逃跑不了一样，他色迷迷地欣赏着，把玩着，突然间兽性大发，他一把将翠娥从地上猛地抱起，将翠娥抛到床上，就去撕扯翠娥的衣服。善良温顺的翠娥一向被慈祥的父亲像宝贝一样呵护，从小到大别说一根手指头都没有碰过她，就连大声呵责都不肯。面对野兽一样的阿合马，翠娥简直就像一个小羊羔，毫无反抗之力。尽管她本能地扑腾撕咬，可是她到底还是被强悍的阿合马糟蹋了。

　　发泄了兽欲之后，阿合马满足地奸笑着，率领一帮仆役扬长而去。女佣赶紧跑进屋，帮翠娥穿上衣服，她一眼看见翠娥脖颈上的红玉珰，马上摇撼着几乎哭得昏迷的翠娥，连声叫着："姑娘，姑娘，你醒醒，你醒醒呀！"翠娥睁开双眼，扑在女佣怀里，叫道："大娘，我以后怎么活呀！"女佣给翠娥整理着凌乱的衣衫，劝慰着："忍吧，一切都是命。谁让咱是女人呢。"她有意无意用手拉着翠娥脖颈上的玉珰，翠娥马上用双手护卫着，扒拉开女佣的手。女佣像毫不经意地说："这个玉珰应当是在耳朵上，姑娘怎么把它挂在脖子上了？"翠娥看着玉珰又哭起来。哭着哭着终于说出玉珰是她的未婚夫高枫送给她的定情物。玉珰又是高枫寻找他

生身母亲唯一的证物。女佣于是劝说翠娥："你千万不能轻生，你一定要把这个玉珰亲手交给你的未婚夫。要不你的未婚夫这一辈子都不能和他的亲生母亲相认了。"翠娥想想，觉得女佣说得有理，表示她一定要再见未婚夫一面，要未婚夫替她报仇雪恨。

忽辛拿着阿合马的手书去警巡院拜见院使阔不花，正遇到阔不花对梁进之大发脾气。阔不花厉声训斥梁进之不识时务，他说："那忽辛要把一干人犯带走，你何乐而不为！咱们省多少事。你是汉人，你还不懂在官场多一事不如少一事！"他急躁地走来走去，脚步咚咚，两手拍着巴掌，自言自语说："连忽必烈大汗的护卫阿鲁浑都找到我，叫我严惩苦思丁。你说阿合马那里我们得罪得起吗？你要是叫忽辛把人犯带走我们还会这么为难吗？如今是审也不是，不审也不是。万一阿鲁浑把事情原委向皇上报告，我们吃不了兜着走，弄不好我们都得被杀头，你知道不知道！"阔不花越说越气，他只顾低着头走，梁进之也只顾低头听阔不花讲，谁也没有注意忽辛何时已经站在他们跟前。直到阔不花猛抬头突然看见忽辛，才像撞见恶鬼似的大叫一声："啊呀，你什么时候来的？吓死本官了。"他心慌意乱地赶紧坐在椅子上，忽辛却恭恭敬敬向阔不花行了个礼，将阿合马的手书呈上。说："院使大人不必烦恼。下官就是奉家父之命来给大人解难来了。"梁进之却不知进退，一见忽辛即指着忽辛对阔不花说："大人，他就是公然在大堂之上杀人的凶手！"忽辛站起来，满不在乎地说："我杀死的是个汉儿，并且是个强盗，难道有什么错吗？你也是汉人，你处处维护那个强盗，是不是你跟他有什么关联？"气得梁进之指着忽辛，半天才进出一句话："你，你血口喷人！"阔不花接过忽辛递上的书信，转给梁进之说："你看看丞相大人有什么手谕？"梁进之看过后，把书信又还给阔不花，说："丞相叫把苦思丁一案移交总管府审理。"阔不花一听，乐不得地赶忙说："快，快，你马上办理移交手续。"梁进之说："那么多百姓喊冤，我们就不闻不问了吗?"阔不花不耐烦地挥挥手:"你真是榆木脑袋不开窍,你怎么就不明白怎么做官的道理!你听我的,赶紧办移交去。以后尽量少去大街抓人,抓了人也赶紧送总管府,再不要多管闲事了!"忽辛一直幸灾乐祸地望着阔不花训斥梁进之。末了,他对梁进之说:"走吧,梁大人,把苦思丁好好地交还给我吧。"然后他压低嗓音,恶狠狠地说,"要是我发现你伤了苦思丁一根汗毛,看我怎么收拾你!"梁进之无奈,气哼哼领着忽辛到关押人犯的地方,跟忽辛进行了交接。苦思丁一见忽辛,自然分外高兴,连声叫:"哥哥,快来救我!"百姓却对梁进之喊叫着:"大人,您可要为百姓做主呀!"忽辛的随从一个个似狼若虎,把众百姓一个个枷锁起来,推进了囚车,把苦思丁却请进了轿车。忽辛看着一应人犯全都带齐,向梁进之一拱手:"谢了,梁大人,后会有期。"于是洋洋自得地打马而去。

到了总管府,人犯只剩下一干百姓。苦思丁从警巡院一出来,就直奔相府了。忽辛也不向总管府其他官员禀报,他自己就私立公堂,挨个要那十几个百姓承认讹诈苦思丁钱财,因讹诈不得,所以诬告苦思丁抢劫。一开始众人都大叫"冤枉",经过酷刑拷打,有的人就被逼招供。拒不认供的,有两个人被当场打死,有三个人已昏迷不醒。忽辛竟毫无人性地吩咐衙役将那五个人一起扔到荒郊野外去喂狗。这一下其余的人全画押了,被关在私牢里,要那些人通知家里拿钱来赎人。一桩官司就这样被忽辛了断。

苦思丁回到相府首先向伯父阿合马谢恩。阿合马见了苦思丁,很高兴,夸奖他说:"你送给我的一样礼物不错。回头去掌院那里领赏吧。"苦思丁听了,又马上感谢。因为他知道照惯例伯父一高兴给赏,至少自己又会得到几百两银子。只是他不知道这一次伯父喜欢上他抢掠来的什么物件了,能让他这么高兴。他试探地问:"伯父要是对这件礼物满意,下一次我再给伯父照这样子再蹚摸一

件来。"阿合马淫邪地笑着："再蝎摸一件，好啊，伯父是多多益善，来者不拒的。"说罢，自己又哈哈哈哈狂笑起来。

苦思丁隐隐感到伯父喜欢的大概不是一件物品，莫非我费心蝎摸的女人让他尝了鲜。他心想，糟糕，忙乱中就忘记嘱咐家人一定给我把那个女人藏好。他心中忐忑不安，一溜小跑找家人问明翠娥所在，就像饿狼一样猛扑进去。然而他所见到的再不是大街上那个光彩照人、有千般妖媚的姑娘；再不是那个在他马背上踢蹬挣扎却又撩拨人情意欲罢不能的姑娘。眼前的翠娥脸色苍白，精神恍惚，面容憔悴，双眼饱含泪水与怨恨，旁边一个女佣似乎端着一碗水正在相劝，桌子上的饭食似乎还没有人动过。苦思丁猜到了什么，又害怕自己猜到的事是真的。女佣看见了苦思丁，叫了声"少爷"，就稍稍站后了些。苦思丁伸手去抚弄翠娥的脸颊，被翠娥一巴掌打开。苦思丁问："怎么了？病了？"翠娥的泪水又止不住地滚滚落下。苦思丁问："谁欺负你了？"女佣说："老爷来过了。"苦思丁不由得脱口骂道："这个色狼！"但随即又改口，溜嘴滑舌地说："女人，总是要过这一关。老爷子不减少年心性，爱尝个鲜。不过她的女人有的是，我保证以后，他再不会来打搅了。只要姑娘跟了我，我保证姑娘一辈子插金戴银，吃的是鸡鸭鱼肉，穿的是绫罗绸缎。"说着他把椅子移近翠娥一些，坐下，端起桌上的米饭，拿起筷子，假惺惺劝说："姑娘，人是铁饭是钢，一顿不吃饿得慌。我为你被抓起来，也一天没有好好吃饭了，我刚刚被哥哥救回来，我第一个来看的人就是你。为了我，好姑娘，你多少吃点。"他端饭往翠娥嘴边送，翠娥扭脸躲去。苦思丁嬉皮笑脸地说："这样，你一口，我一口。"说着他自己吃了一口，又往翠娥嘴里喂去，翠娥躲不开，用手一扒拉，饭碗掉在地上。

苦思丁不由得很生气，他立眉竖目，恶狠狠地骂道："真是给脸不要！你满大街打听去，本少爷给谁赔过笑脸。不识抬举的东西！"说着他一把把翠娥抱起来，冲着翠娥脸颊猛亲了几口，然后就把翠娥掷到床上，嘴里还喊着："少爷我制服了多少女人，不信就收服不了你！"他用力撕扯翠娥的衣服，翠娥吓得哭喊："周妈，救我！周妈，救救我呀！"女佣眼见翠娥将要再度遭到摧残，她不顾一切冲向前，拉着苦思丁的胳膊，喊道："少爷，少爷，你听我说。你别蛮干，别胡来！"苦思丁这才意识到屋里还有一个人。他气呼呼松开抓挠翠娥的手，下了床，对女佣十分不满："你这个老妖婆，关你什么事！"女佣把苦思丁扶持到桌旁坐下，又给他递上茶，说："少爷，不要心急。您是情场老手，怎么会不懂如何收服姑娘的心啊。您要真喜欢翠娥姑娘，您就得爱惜她，不能强暴她。她刚刚受了委屈，正需要人爱抚，怎么能禁得起您的再次揉搓啊。"几句话说得苦思丁怒火全消。他说："我是真心喜欢这个姑娘。以前那么多形形色色的女人，还从来没叫我这么动过心。"女佣说："真是这样，是翠娥姑娘的福分。少爷就应该多给姑娘些时日，让她把心中所受的伤平复一些。少爷可不要心急。"苦思丁望着女佣，说："好，周妈，我就冲着你，你给我好好劝劝，她要能真的一心跟了我，说不定我就真娶了她当正房。"这时有家人来召唤苦思丁，说老爷叫他一起吃饭。苦思丁只好多少有些悻悻然离去了。

12
天立发誓

　　王天立确实是个疯魔，她竟一个人女扮男装，跑到山西找到了高枫，天天像个跟屁虫似的，紧跟高枫形影不离。而且她自幼被娇纵惯了，什么都不在乎，一意孤行，缠着高枫，有时竟像个发情的狐狸，弄得高枫十分狼狈。所幸的是王天立还没有到完全胡来的地步。但是因为高枫不能满足她的情感要求，哭天抹泪的情况也够高枫为难的了。高枫真担心自己那一天把持不住，与王天立干下苟且之事，对不起翠娥。

　　幸好，正当高枫十分尴尬之际，雷宏完成了山东之行的任务，被王员外派到山西寻找王天立来了。王员外一再叮嘱雷宏要严格管教天立，不许胡来。雷宏知道高枫不是好色之徒，很能把持自己，他很佩服这个新交的兄弟。他劝王员外尽可把心放宽。王员外却说烈火干柴防不胜防啊。果然，雷宏到了山西，看到王天立的神态，几乎时时刻刻已经离不开高枫，王天立的眼神被欲火烧得锃光闪亮，似乎钢筋铁骨都会被那火光融化。他再看高枫的神态，尽管两眼清澈似水，纯洁无瑕，但是那心底的波涛汹涌、激浪翻滚的情势，在他的眼睛里也已经掩饰不住。雷宏找到和高枫单独相处的机会，关切地问："兄弟，够苦的吧？"高枫嘿嘿笑了笑："我不知道女人想男人也会那么疯狂。我可真有点招架不住

了。哥哥来得正好。你是她师父，你快把她领得远远的吧。"雷宏说："你不会想个法子哄哄她，躲避不是法子。"高枫摇摇脑袋："有什么法子，她整天恨不得把我吃喽。一没人时就搂我咬我，没完没了。我要不是怕对不起翠娥，早就，哼……"雷宏说："你给她找点事干，别让她闲着。"一句话提醒了高枫，怎么能够叫王天立不存非分之想呢。高枫琢磨了一晚，他想起王天立好奇心胜的特点，于是他想起一个办法。

转天，他主动招呼王天立到他的屋里去。这是从来没有过的事。以前王天立主动到高枫屋去，总是被高枫用各种借口拒绝或者进去又被赶出来，为此，王天立暴怒不已，不知生过多少回气，流过多少串眼泪。这一次高枫竟然主动叫她，王天立高兴得眉开眼笑。她收拾打扮得花枝招展，对着镜子照了又照，这才跑到高枫屋门口，按照她一贯的性格应当拉开屋门就进，甚至还伴随着她的大喊大叫。可是这一次她却站在屋门口，呆呆地站着，任凭山风从她的裙裾吹进她的身体，任凭山风把她用心梳理的发髻吹乱。她要看看他的心上人是不是会开门来迎接她。她站了好一会，屋门终于开了，高枫笑呵呵地出现在她面前，要照往日，王天立会立刻扑到高枫怀里，甚至两个人会搂在一起在地上打好几个滚。可是这一次她看见了高枫，她依然纹丝未动，她要等着心上人主动把她抱紧，把她抱进屋里。可是高枫只是笑着，却没抱她。只是伸出手，邀请她说："什么时候到的，快进屋吧，怎么傻站着，又不是夏天啦，外面多凉啊。"王天立的期望没有得到满足，但是她又不能说高枫不关心她。她只好自己走进屋里，坐到椅子上，似娇似嗔地问："一大早，你把我叫来干什么？是不昨晚没睡好？到底想我了吧？"高枫微笑着说："我得到一本奇书，那上面写了许多神秘的法术，我想咱俩一起练习。"王天立不大相信，问："真的？"高枫问："我骗过你吗？"王天立说："好，那你拿书来，我看。"高枫说："不过你得发誓才行。"王天立问："发什么誓？"

高枫说："这是一位世外高人传给我的。他告诉我，这书里的法术，得男女双修，但是男女双方都必须把持自己不被情欲所困，更不能破童女童男之身。咱们两个前一时期虽然情意缱绻，但是双双都没有越轨之事。我想我们两人已经都能把持自己，所以我才把这宝书秘笈的事告诉你。希望咱俩一起能够把这书里所写的法术练成。"王天立看高枫说得十分认真，她也严肃起来。问："你说得都是真的？这法术有什么好？"高枫说："据说这法术练成后可以呼风唤雨，可以撒豆成兵，可以起死回生，可以点铁成金，可以给人欢乐，可以致富济穷，可以……"没等高枫说完，王天立说："好吧，既然你想练，我就舍命陪君子好啦。你说发什么誓吧？"高枫说："必对天发誓，一旦自愿练此法术，一是必须做到三年不动男女之情，二是必须保持练习秘密，永久不对外人泄露其中的机关窍门，三是不能用此法术害人坑人。"王天立听了说："二三两条没问题。第一条有点成心难为人。不过也许是考验练习人的意志。好吧，不就三年吗？"她咬了咬牙，狠狠地说，"行，我发誓。"

于是高枫把预先准备好的香案拿出来，两个人点了香，一起跪下，共同对天发了誓愿。高枫这才把一清道长交给他的《秘戏法门》拿出来，两人一起研读书上的戏法，王天立果然非常感兴趣，刚刚读了一页，她就要按书上所写练起来。后来就成了王天立拉着高枫一起练习，甚至有时沉迷得连饭都忘了吃。这样一来王天立就像变了一个人，变得沉稳安静起来。雷宏原来觉得王天立就像一块炽热的火炭，炙烤得高枫浑身难受。后来他不知高枫对王天立施了什么魔法，王天立虽然依旧离不开高枫，但是那炽热却化去，变做了一块海绵，似乎随时随地要从高枫那里汲取什么，她对高枫变得言听计从，再没有从前的傲气、霸气，更少见往日的无理取闹和撒娇任性。以前她对高枫总是嗲声嗲气，后来竟规规矩矩叫高枫"高哥哥"，语气满含敬意了。雷宏不知怎么回事，问高枫，高枫只是笑说："不是你教我给她找事干哄她玩吗？"雷宏似懂非懂看问不出来，也不再问，心想只要他们俩不发生什么事就好。

进入腊月，高枫和雷宏合计着在小年前要赶回大都。王天立离开家也两个多月了，听说要回家过年，她也非常高兴。日夜加紧练习她的戏法，想回家后给全家人一个大大的惊喜。

从山西平阳出发走了二十多天，高枫和雷宏监押着车队，总算一路顺利。越过香山，离大都就不远了。越近大都，高枫对翠娥的思念就越重。出了玉泉山口，前面一马平川，有官道直到大都。高枫想，在天子脚下不会发生越货杀人的事了，他与雷宏合计货队在黄叶村打尖，休息一夜，转天一早进城。他想一个人快马加鞭，要趁城门未关之前赶进大都城去。雷宏倒是非常体谅高枫，两人约定转天中午在肃清门相见，再一起向王老板交差。高枫离开商队半个时辰后，王天立才发觉高枫人不见了，她和雷宏胡搅了好一会儿，终究无可奈何，这才恨恨地说："看你能跑到天涯海角！"

高枫快马加鞭赶进城里，城里街上人多，只得放慢骑速。他信马由缰，想象着翠娥见到他的高兴模样，心里一阵阵美滋滋的，不自主地哼哼起流行小曲《沉醉东风》：

> 伴夜月银筝凤闲，暖东风绣被常悭。信沉了鱼，书绝了雁，盼雕鞍万水千山。本利对相思若不还，则告与那能索债愁眉泪眼。

路上的人不由得都注视高枫的癫狂姿态，以为他喝醉了，有的人还关心地大声嘱咐他："年轻人，拉紧缰绳，小心从马上摔下来！"高枫只当没有听见，一路唱着到了面人王家门口。他跳下马，正要往院里走，从院里走出了杨显之和关汉卿。他们是看高枫没有回来，一起又来安慰面人王的。高枫认识杨显之，忙打招呼："杨伯伯，怎么走了啊？"杨显之小声对关汉卿说："这就是高枫，要债的来了。"关汉卿打量高枫，高枫向关汉卿拱手说："这位伯伯好！"杨显之匆忙给高枫作了介绍，高枫一听说面前就是京师鼎鼎有名的关汉卿，就想挽留住他们。杨显之却冷冷地说："你赶紧见你岳父去吧。天已经黑了，我们还有事，以后再跟你闲聊。"高枫很奇怪，岳父怎么不留客人吃了饭再走，再说岳父怎么对客人连送也不送呢？他眼巴巴看着两位伯伯走远，才满腹狐疑地把马牵进院里，在牲口棚里给马拌好料，然后赶紧跑进屋，一面大声喊着："王伯伯！"面人王一个人正在屋里黑影里坐着，听到高枫的呼唤，他慌忙擦了擦眼，强作高兴地说："高枫，你回来了？"高枫已经感到屋里的气氛很不对劲，他着急地问："伯父，怎么了？您生病了吗？翠娥呢？怎么不见她？她人呢？是给您抓药去了吗？"

　　面对高枫一连串的问题，面人王都没有回答。他说："你先到灶台弄点饭，吃了饭我跟你有话说。"高枫却反问："翠娥呢，她怎么不弄饭？"面人王告诉高枫翠娥出去了，没有在家。高枫只得笨手笨脚烧火做饭。等他把饭菜端到桌子上以后，面人王却对高枫说他不饿，叫高枫自己先吃。高枫也确实饿急了，三勺两筷子，噼里噗噜好歹填饱了肚子，至于饭菜什么味道，是淡是咸，他全然不知。吃完一抹嘴，他把碗筷一推，说："伯父，这样行了吧，有什么事，您快跟我说吧！"

　　面人王还没开口，满脸已经老泪纵横。高枫吓得赶紧跪在面人王跟前，小心地问："伯父，到底怎样？"面人王强忍悲愤，说："你起来，听我说。我对不起你！"高枫站在面人王跟前，急得直跺脚："我的好伯父，到底什么事，天塌了吗，您快说呀！"面人王这才把翠娥被阿合马的侄子苫思丁抢走的事向高枫述说了一遍。高枫听完反倒很镇静。他劝说面人王："伯父，事情既已发生，光难过悲痛没有用。我们得想办法救翠娥。"面人王唉声叹气："就是没有办法救啊。京城谁不知道哪家姑娘媳妇如果进了阿合马家，再没有活着出来的。"他自怨自艾："都是我太大意了。我只想趁年根底下多挣几个钱，好把你们的婚事办得风光些。谁知道那个'小魔王'苦思丁会满大街抢女人抢姑娘。"高枫安慰面人王说："您也别难过，我跟六甲叔叔商量商量这事下一步怎么办。您千万保重。"他问明王六甲还在修筑城墙的工地，就大步流星跑出了院外。

高枫跑到工地，民工们也是刚刚吃完晚饭，因天冷都在工棚里休息，或聊天或下棋或听某人讲述什么新鲜事儿。高枫一进工棚，眼尖的立刻认出了他，呼啦一下子，随着一个人叫"高枫回来啦！"许多人都围上来，大伙七嘴八舌询问高枫的情况。高枫很感动，离开了好几个月，人们依然在想念他，关心他。他真想坐下来跟大伙说说他这几个月的经历，可是眼下他心急火燎想着如何救翠娥的事，实在没有工夫，没有心思说自己的事。他双手抱拳，对人们说："各位爷儿们、哥儿们，我今天来实在有一件万分火急的事，我要找六甲叔叔帮个忙，以后再跟大家聊。"大伙一听，都知趣地慢慢离开，有的就大声招呼："王六甲"、"六甲大哥"，这时众人才发现王六甲没有在工棚。人们互相打听，"谁知道六甲往哪儿去了？"这时有人说："他晚饭后说要去找他的师兄弟杨琼去商量什么事。"有人说："杨琼的工地离我们不远，我带高枫哥去找。"

杨琼和王六甲岁数差不多，也是四十多岁。他俩在十五六岁时同时跟大兴泥瓦匠刘师傅学艺。因为杨琼力大心细手巧，刘师傅觉得让他干泥瓦活有点耽误材料，就又介绍他拜寇石匠为师。杨琼学得一手雕琢刻镂的好功夫，这回修建大都城，凡是石头活儿，从最普通的石头路面、石头台阶、石桥、石栏杆、石碑的铺设安装到最精细的石兽、石鸟、石花的雕琢装饰，南城一带都由他一手包揽。实际他是仅次于工程提领官的大工头儿。杨琼为人很重情义，尽管他和王六甲出师后各自干着不同的行当，但是他们之间始终保持联系，逢年过节必要相互往来问候。如果谁有难处，只要一方张口，彼此二话不说，必定倾力相助。王六甲自知道侄女翠娥被苦思丁抢走后，即刻找杨琼商议有什么方法搭救。因为他知道杨琼交往比他广。杨琼听王六甲讲述了他知道的情况，并且打听到翠娥早就被送进阿合马府内，于是他又找到好友金玉匠梁才鸣，因为梁才鸣雕琢金玉的手艺名闻宫廷，许多达官贵人向朝廷送礼的金玉制品都出自他手。他雕琢的一座碧玉观音由阿合马送给了皇上忽必烈，甚得忽必烈欢心。所以杨琼想让梁才鸣去阿合马那里求情。王六甲那天下工连饭都没顾上吃，就跑到杨琼那里探听消息。

杨琼将王六甲约到工地附近一个小饭铺，两人要了两碗热面、四个馍馍、一碟小菜。王六甲急着问消息，杨琼却一直劝六甲吃饭。六甲抓了一个馍馍，咬了一口："我吃了，你总该说了吧！到底梁才鸣肯不肯帮忙？他求阿合马了吗？结果到底怎么样啊？"杨琼慢条斯理地说："老弟，你还是这么风风火火的脾气，不是心急就能办成事的。"王六甲不愿意听这话，他把馍馍往桌子上一拍："事情没有落到你的头上，你当然会说风凉话！我堂哥急得天天吃不下饭，两天就瘦了好几斤。"杨琼还是不紧不慢地说："你们光干着急能有什么用？"王六甲拉住杨琼的胳膊，急切地问："好哥哥，你到底有什么办法，别再绕惑你这个一条肠子的傻兄弟啦！"杨琼这才瞅瞅四周，凑近王六甲，压低声音说："梁才鸣说阿合马不是人，他只认钱，有了钱他连他亲爹都会出卖。所以求他没用，除非你送个金山银山。但是阿合马最怕的人有一个，那就是真金太子。梁才鸣以前曾受人之托给真金太子雕琢过一个玲珑剔透的玉如意，真金收到玉如意以后曾问那如意是前代之物，还是今人制作。那人如实禀告太子是今人梁才鸣所制。真金当即表示要那人把梁才鸣请到宫中，或者要梁才鸣到将作院任职。可是梁才鸣都没有接受。这回，他因为我求他，决定去应召，专门为翠娥求情。只要真金太子发话，阿合马不敢不听。"王六甲说："那就太好了，不知梁大哥可去了真金太子那里，结果如何？"杨琼喝了一口面汤，说："事情急不得，我们只能等待消息。快趁热吃吧。"

高枫让人领着找到杨琼的工棚，人们却说他和朋友到街上吃饭去了。高枫问明杨琼大概去向，就让送他的人回去，自己一人顺着黑魆魆的城墙往一条灯火闪烁的大街奔去。夜风阵阵，刮起路上的枯草和灰尘，远处街上的灯火恍恍惚惚，忽明忽暗。高枫只觉得那阵阵寒风吹透了他的棉衣，浑身发冷。他一只手压低了棉帽的帽檐，迎着风在街上转悠，当他进入第六家饭馆时，一掀棉门帘，就看见王六甲正啃咬着馍馍。他大喊："六甲叔！"满屋子人都抬起了头。王六甲一看，马上站起身，奔向门口，大叫："高枫，你可回来了！"两个大男人紧紧搂抱在一起。好久，王六甲才泪眼汪汪地将高枫介绍给杨琼。杨琼又要给高枫买饭，高枫说他已经吃过，并且说他已经知道翠娥的处境，想跟六甲商量怎么解救翠娥。王六甲于是把他找杨琼帮忙的事说了大概。高枫听后说："等，不是办法。谁知道梁大叔什么时候找到太子，又怎知道太子肯不肯为咱平民百姓说话。"王六甲问："那你打算怎么办呢？"高枫还没有来得及说话，饭馆门帘一掀，进来一个面庞甚是英俊的汉子，他直冲杨琼走来，杨琼也看见了来人，忙迎上去，来人冲杨琼当胸就是一拳："好啊，跟人躲在饭馆吃小灶，暖暖和和，够舒服的。大冷天害得我满大街找你！"杨琼拉着来人的胳膊给王六甲、高枫介绍："这就是远近闻名的金玉圣手梁才鸣梁师傅。"王六甲和高枫都离桌敬礼。杨琼也是直性子，问梁才鸣："给我们带来什么好消息？"他又拉了一个凳子让梁才鸣坐下。梁才鸣看了看王六甲和高枫，说："他们在这儿，正好。我赶紧跑来，是要告诉你们得赶紧另想办法。"杨琼首先沉不住气，压低声问："你没找着太子?"梁才鸣点点头："太子没有在城里,据说上边疆巡视去了,什么时候回来,不一定。"杨琼急得直跺脚,王六甲也直搓拳。倒是高枫不失风度,他向梁才鸣和杨琼拱手致谢,说:"谢谢两位叔伯,这本是在下的家事,烦劳叔伯如此尽心尽力,我们全家已经感激莫名。既然事已至此,我们只能再想别的法子。"他转向王六甲:"叔叔,吃饱没有?天色已晚,让两位叔伯早早歇息,我们告辞了吧。"杨琼觉得他和梁才鸣也已经无能为力,只得讪讪与王六甲、高枫作别。

其实,高枫心中已经酝酿好了主意,他要王六甲做他的帮手行事。出了饭店,高枫匆匆跟王六甲说了自己的想法。王六甲起初有些担心,不大同意,他劝高枫能不能再想想别的办法。可是高枫却以为夜长梦多,怕翠娥在阿府多呆一天就多一分不测。王六甲义不容辞,只能同意。于是两人紧紧自己的行装,又做了一些简单的准备,急匆匆向西城阿合马的府邸奔去。

13

夜袭阿府

阿合马的府邸在大都可以说是除了皇宫以外最广大最豪华的宅院。其位置在皇城西面，金水河畔，距离万安寺不远。其宅第门楼巍峨，门卫森严，门前两座石狮子张牙舞爪，寻常百姓根本不允许在其门前停留。大门内宽大的金碧辉煌的影壁后是一片水泊，每到夏日荷花盛开，清香扑鼻，阿合马一二百个小妾打扮得花枝招展，在水上竞舟、歌唱、嬉戏，阿合马与他的子侄们则在岸边观赏，有时也跳到舟中与他们喜欢的女人玩耍。淫声浪语飞扬墙外，使不少行人都咂嘴咋舌。水边有一条用五彩石子铺的小路，两旁种植了杨柳和龙爪槐，小路通向一座宫殿式建筑群，远远望去，真不知有多少楼阁，日光下只见层檐叠脊密密麻麻，千门万户流光溢彩。若用杜牧所言"五步一楼，十步一阁，廊腰缦回，檐牙高啄，各抱地势，钩心斗角"形容阿合马的院落实不为过。

进入那建筑群，需通过二门。二门门楼更为华丽，白墙红瓦飞檐，木刻彩绘极其精致。门楼前，左右种了许多青竹和苍松翠柏。就是到了冬天，二门楼周围也是一片郁郁葱葱。人说那二门犹如一个葫芦口，进到二门里面那才是别有洞天，院套院屋套屋，到处是奇花异木山!石美景。真可谓一处院落一处风景，处处可描

可画，每走一步都可以发现一种景致。人说"侯门深似海"，当真不假。如果要想把阿合马的府邸挨门挨院大略看一看也得要两三天。也难为阿合马府邸的总管巴乌拉能把偌大一个家院五六百人的生活管理得井井有条。每一天白天何人在哪院做什么，哪院的少爷，公子小姐或姨娘要什么，谁支应，夜晚谁当值，谁护院他都一清二楚。遇有意外吹哨、鸣钟、敲锣、打鼓，哪里的人该出来应对，都有明确规定。

高枫和王六甲从来没有到过阿府。高枫凭着一腔愤怒拉着王六甲就要夜闯阿府实在是极大的冒险行为。尽管王六甲一再劝告高枫再找些朋友商议商议，可是高枫心急如焚，是什么话都听不进去了。所以王六甲也只好舍命陪君子。好在两人都有一身不错的轻功，他们摸黑从阿府的东墙翻进大院。眼前竟是一片镜子似的冰面，只有右侧有一些干枯的芦苇被夜风吹得瑟瑟发抖。他们急速隐身在芦苇丛中，观察冰面对岸的动静。好一会儿，王六甲轻声问高枫："院子这么大，咱们上哪里找翠娥去？"高枫却一招手，示意王六甲跟他走。他们在冰面上像两只飞鹰，尽量不发出一点声响，很快蹿到对岸，隐蔽在一棵塔松下。这时远处一个灯笼缓慢地移动过来，逐渐听到一个男人的声音："各院安歇，小心火烛！"原来是阿府巡夜的更夫。眼看那声音走近，高枫正想蹿过去，抓住他询问，可是他却在前面拐了个弯，消失在夜色中。高枫急得直拍大腿。他正想离开松树再找一个地方避身，不知从什么地方窜出一条大狼狗，两只眼睛冒着绿光，"汪汪汪"叫着，径直扑向他们。

高枫眼看狼狗扑来，忙压低声音对王六甲喊道："石子！"他的话音未落，王六甲那里早已"嗖嗖"发出两枚用尽力道的石子，那只狗像打嗝般地"嗣嗣"两声，倒在地下挣扎了几下再不动弹。

紧跟着不远处一个声音喊道："黑姑娘，黑姑娘！他妈的，你又迷上哪个王八孙子了，快回来！"高枫对王六甲说："拿下他！"

趁着微弱的夜光，高枫看清来人是一个高大的汉子，显然他是阿府的护院。那汉子走近卧地不动的狗，刚一俯身想要拉拽那狗时，王六甲猛地从那人后面蹿上，一把搂住那人的脖颈，那人刚要喊，王六甲的匕首就逼近那人眼前："不许出声！"那人倒也很乖，马上央求："爷们，饶命！"王六甲把那人拉到松树前，高枫把那只死狗也拉到树旁。他们逼问护院："翠娥在什么地方？"那人被问得懵里懵懂，连连摇头。王六甲就解释说："几天前苫思丁从大街上抢掠的女子在哪？"护院好像明白了，说："关在西跨院后院里的几个柴房里。"高枫问："柴房在哪？"护院说："在西跨院后院。"王六甲说"不要问了，院子这么大，我们往西边找就是。"他解下护院的腰带把护院捆在一棵树干上，又撕下他衣裳一角，胡乱塞在那人嘴里。两人一纵身跳上屋顶，向西面奔去。好在阿府的房屋密密麻麻，虽然高矮不齐错落断续，但在高枫他们两人行来，还是如履平地一般。不一会儿，他们就奔到阿府最西端，这里的房屋比东头的显然要矮，院子也狭小。一个个院落和房间都黑乎乎的，他们也不知道翠娥被关在哪里，只能暂时蹲在房脊上观望。不远处一个院落的房间里还有灯光，两人不约而同向那光亮所在奔去。在那院落的一间房顶上他们俯身下望，原来是阿府的人在拷问什么人。屋里的炭火熊熊，房间摆放着各种刑具。一个年轻人被绑缚在刑柱上，看不清他的面目，却只见他的胸前刺着一头展翅翱翔的雄鹰。他身旁站着几个审问的人，个个凶神恶煞一般。王六甲心里骂着："狗娘养的，竟然私设刑堂！"他竭力想看清那年轻人的面貌，一不小心，将脚下的瓦踹落一块。他情知不妙，立即拉着高枫逃离。可是身后暗器刷刷声响，在静夜里格外清楚。有人已经蹿上房，向他们追踪过来。王六甲照应着高枫，两人在房上蹿了一阵，王六甲觉得阿合马护院的人上房的追赶的人多了起来，就招呼高枫就势一滚跳落一座院中。这时阿府满院子已经响起锣鼓，人声鼎沸，到处喊着"抓刺客！""抓强盗！""保护相爷！""保护少爷！"的呼声。

高枫和王六甲两人正想冲出小院，翻越阿府西墙，脱身而去。此时，北房中人似乎听到满院子的呼喊和锣鼓声，点亮了蜡烛，高枫从窗户缝隙向屋里不经意一望，竟喜出望外，对王六甲说："叔叔，你看！"王六甲一看也分外高兴："还愣着干什么，赶快救了她走啊！"高枫撞开门，冲进里屋，大声喊："翠娥！"翠娥一怔，立即看清是高枫，急忙扑进高枫怀里，十分委屈地哭起来。王六甲在一旁着急地说："姑娘，现在不是诉苦的时候，外面正在抓我们，我们必须得马上逃！"翠娥一听这话，愣了一刹那，赶紧松开手，从脖子上一把拽下那颗红玉珰，双手递到高枫手里，说："郎君，翠娥今生没有福分做你的妻子。你把这定情物收好！"说完，她深情地紧盯了高枫一眼，猛然回身向墙，一头猛力撞去。高枫和王六甲都没有料想翠娥会有此举动，一个措手不及，竟眼睁睁看着翠娥撞得头破血流，摔倒地上。一刹时两个人都目瞪口呆。更令他俩意外的是，从外间屋竟冲进一个妇人，抱起翠娥的身子就大哭大叫："我苦命的儿媳妇，你怎么就这么傻呀！"她这哭叫把高枫和王六甲都弄糊涂了。高枫着急地问："大娘，你说什么，翠娥是你的儿媳妇？"那位妇人紧紧搂着翠娥说："千真万确，这就是我的儿媳妇呀！"妇人流着泪，从怀里拿出一个荷包，从荷包里拿出一个丝帕，她小心翼翼打开丝帕，烛光下竟呈现出一颗红彤彤玲珑剔透的红玉珰。妇人眼巴巴地望着高枫，高枫也怔怔地望着妇人，他一把从妇人手中把那玉珰拿过来，跟自己手中的玉珰并排放在一起，比较着，他喃喃地说："怎么会是这样？怎么会是这样？"他打了自己一个嘴巴，问王六甲："我不是做梦吧？"他又问妇人："你真是我的亲娘？"妇人说："儿啊，你的左臂靠肘弯处有一块深色胎记，对不对？"高枫捋起袖子，把左臂伸给妇人看。妇人抚摸着那胎记，说："儿啊，我总算活着见到你啦。外面正在挨门挨院搜查，你们赶紧走吧。一会儿就麻烦大了！"

突然的变故、意外的相逢，使高枫一时近乎呆傻了。他扑通跪在妇人面前，泪水止不住地流淌，愣愣地看看玉珰，看看妇人，看看翠娥，却一句话也说不出来。王六甲却知道这是千钧一发之际，晚一步大伙都得成为瓮中之鳖。他催促着高枫："你背翠娥，我背伯母，赶紧逃，有话外面说去！"妇人却凄惨地一笑："你们看，我这媳妇哪还是活命的人啊？"高枫俯身摸摸翠娥的脸颊，手移到鼻孔处，他不由得放声大哭，喊着："翠娥，是我对不起你呀！"王六甲一把拉起高枫，说："这不是哭的时候，翠娥既死，咱们赶紧救伯母出去，再晚可来不及了。"妇人站起，注视着高枫，说："我不会连累你们的。记住，儿子，你的父亲是让阿合马这个狗贼杀死的。你的娘我被迫把你扔在了山路上。为的是让你逃一条活命，将来好给你爹报仇。我被带进阿府受尽凌辱，我所以没有死，是因为我想有一天亲手杀死阿合马。天可怜见，没有见到你，我先遇见了我的儿媳妇。可是她跟我一样受到阿合马的欺辱，又遭到苦思丁那狗崽子的侮辱。记住你的媳妇也是被阿合马害死的。这一家子的血海深仇，娘就全指望你来报了。好儿子，你长成人了。娘和爹可以含笑九泉了。儿子，记住今生在世，一定要有恩必报，有仇必报！"说完她竟从怀里抽出一把锋利的尖刀用力刺进自己胸口。高枫想抢救却未来得及。他扑倒在妇人身上，哭嚎着："娘！娘啊！为什么我们刚见面，你就离我而去？娘啊！"他跪在亲娘和翠娥的身体中间，哭着，咬牙切齿地发誓："娘、翠娥，今生高枫不亲手杀死阿合马，誓不为人！"高枫哭得伤心欲绝，王六甲在一旁也忍不住泪流满面。

小院的门被撞开了，苦思丁闯了进来，他从窗户缝里已经看见了高枫，他立即叫跟随他的人吹起了刺耳的号子，同时好多声音喊起来："刺客在这里！强盗在这里！"

事情不能再迟疑。院里火把通明，苦思丁带人正要向屋里冲，王六甲告诉高枫站在院中指挥的人就是苦思丁，就是他把翠娥掠到阿府的。高枫一听仇人就在眼前，他立刻冲出屋外，直奔苦思丁，大喊："狗崽子，拿命来!"众人纷纷掩护，高枫气红了眼，一跳两丈高，从上直下，一脚踹向苦思丁的后心。然后从一个护院手里生生夺下一把大刀，照着苦思丁的头颅直劈下去。苦思丁吓得抱头鼠窜，大叫："我的娘啊，强盗杀人啦!"苦思丁跑得快，连帽子都跑掉了，头发也散落开来，高枫紧紧追赶，岂容仇人从自己手中逃脱。他奋力长身，一个擒拿手，从后面抓住苦思丁散乱的头发，苦思丁疼得爹呀娘呀地胡乱喊叫。高枫哪管苦思丁的喊叫，紧跟着一刀砍向苦思丁的后肩，由于他用尽全力，苦思丁整个一个人就被高枫从右肩斜着到左胯劈开，裂成了两半。护院头领"西域雪雕"阿拉丁赶到，在火把的亮光下看个满眼，他大吼："你这个强盗也太手辣，看爷爷来收拾你!"高枫杀急了眼，他恨不能把阿合马府上所有的人杀光，听得有人向他叫喊，他挥舞血淋淋的大刀就迎了上去。院子狭窄，阿拉丁欺对手是个青年，以为高枫不过是逞勇斗狠，他就有意戏要高枫，一纵身先自跳上了房顶，高枫紧追而上，喊着："哪里跑!"阿拉丁嘿嘿笑着："谁跑谁是孬种!"高枫挥刀向阿拉丁头上砍去，阿拉丁听到刀来的风声赶紧挥动月牙刀上迎，夜光熹微中高枫发现阿拉丁不躲避反而以攻为守，马上中途变招，立地跃身一抖手腕将刀尖直统统照阿拉丁心口捅去。阿拉丁惊惶中冒出一身冷汗，赶紧将身体后仰，狼狈地打了一个滚，才算躲开一劫。而高枫得手不放，紧跟着腾身而至，挥刀照阿拉丁拦腰剁下。阿拉丁鱼跃而起，这才意识到对手功力非凡，一点都不敢大意。两个人在房上恶斗，高枫出山以来这是第一次遇上劲敌，他把济云大师教给他的功夫全数使了出来。再加上他身手矫捷，轻功出神入化，房顶夜战，他好似蝙蝠一样轻灵自如。一把大刀只取进攻路数，招招指向阿拉丁身体的要害，旨意全在索取对手性命。尽管阿拉丁功夫不低，但是黑夜之间他看不清对手的出招路数，也摸不清对手的来历，交手几个回合他只感到对手功夫甚是了得，而且轻灵凶狠，自己稍有疏忽就会命丧顷刻。他几次想暗中使出他的金皮索，然而光线实在太暗，对手又实在身手太灵活。他只能忙着招架不敢有一丝大意。此时他不再企盼捉住对手，只是祈祷自己能够保住性命无虞，招招只是严密防守，不再发起进攻。任是如此，两人还是打得难解难分。

王六甲在屋里看阿府人多势众，知道不能恋战，与冲进屋里的几个人边打，边瞅空拿起烛台，扔到床上，点燃了衣被，一刹时床头火起，那些阿府家丁害怕葬身火海，纷纷逃出屋去，大喊："着火啦！"王六甲也跟着冲出屋，立即跳上屋顶，与高枫一起大战阿拉丁。同时他告诉高枫："快撤，现在不是打架的时候！"这时阿府里已经乱成一团。哨声锣声鼓声钟声一齐作响，夹杂着男人的谩骂、女人的喊叫。管家巴乌拉赶到，吩咐各屋各院不许擅自离开乱跑，命令各护院坚守自己岗位。他则立即指挥人救火。有人建议让他调人捉拿强盗。他申斥那人："少管闲事！，强盗自有人抓，你们别添乱就行。"一会儿阿府趋于平静。人们全力投入救火。房上王六甲瞅空当，向阿拉丁连续掷出三颗石子，阿拉丁闻声躲避，乘这时机高枫要趋上前一刀结果阿拉丁，王六甲却趁势拉着高枫从西墙翻越出阿府大院。高枫埋怨王六甲不让他杀死阿拉丁。王六甲告诉他阿府人多势众，不能因小失大。不趁阿府忙乱中脱身就有可能深陷那里，那样后果就不堪设想。高枫听王六甲说得在理，心情渐渐平静。两个人一溜向西急奔，看看没有人追来，就把手中的大刀扔进路边的树丛。他们快走到平则门时遇到巡夜官兵，他们谎称是修城民工，到城里办事必须连夜赶回。那时大都城刚有规模，一切城防制度还不健全，所以三言两语他们就混出城外。

顺着平则门一直往北，高枫心中惦记着雷宏、王天立和商队，记挂着他们要在肃清门相会的事。王六甲则一路相劝，告诉他决不能再回城里。据他估计明天阿合马一定会在全城搜捕他们，因此回城无疑等于自投罗网，眼下最好先找一个落脚之地避避风头。可是高枫觉得必须给王员外一个交代。他一心要会合雷宏。王六甲拗不过高枫，只好跟随在后，两人急速向肃清门奔行。

阿合马府邸折腾了一夜，阿合马却不知道。因为阿合马那一晚并没有在他自己的府邸安歇。他有一个新宠名叫引住，姿色甚是妖娆，阿合马为引住在海子边买了一套新宅院，就经常不回自己的府邸了。一大早巴乌拉急急忙忙跑到引住的宅院，把夜里府邸发生的事向阿合马做了禀报。一开始阿合马对什么盗贼之类的话并不在意。但是当他听说苫思丁被杀死的消息，勃然大怒，说："这两个毛贼真是胆大包天，竟敢到我府上杀人，哈喇鲁跟阿拉丁都死了不成！"他命令巴乌拉立即转告忽辛必须尽快捉拿凶手，在全城甚至全国肖形追捕。先把苫思丁权厝太乙宫，等抓住凶手后，再行祭奠安葬。巴乌拉走后，阿合马心想苫思丁也是作恶多端，咎由自取。自己的子弟侄孙辈，也就是这个东西不长进。死了也好，省得整天给自己找麻烦。所以他吩咐过巴乌拉后，就把那事放置脑后了。他最闹心的事还是朝廷上的事，忽必烈已改国号为"大元"，中都城已经改为大都，成为第一国都；真金要被册封为太子，朝野尽知；连日来安童总是满面春风，就像如虎添翼。而他自己办事处处掣肘，他总觉得御史台虎视眈眈监视着他的一行一动，每天都如芒刺在背浑身不自在。所以阿合马处心积虑筹划着怎么把权力争夺过来。

14

商人献宝

　　阿合马一时扳不倒安童，对真金又无可奈何，所以经常闷闷不乐。回到自己府邸也是吹胡子瞪眼，看什么都不顺眼。巴乌拉察言观色赶紧把府中平时阿合马最喜欢的西域歌舞侍应找来，一个个姑娘、小伙子盛装打扮，跑到阿合马面前打起鼓、唱起歌、跳起舞，几个颇得阿合马欢心的姨娘向阿合马全力献媚，极尽挑逗卖俏之能事。阿合马经不住姨娘们的揉搓，把一个女人一把搂入怀里，乱亲乱咬，发泄着他心中的不快。歌儿舞女竟自歌唱舞蹈，哪管有人没人观看。这时有一个仆人跑进，向管家巴乌拉耳语了几句。巴乌拉迟疑了一刻，又看看阿合马的神色，这才缓慢地走近阿合马，然后站在一旁。阿合马意识到巴乌拉有事说，但是还舍不得放开怀里的女人，就问："说吧，什么事？"巴乌拉说："匿赞马丁到府求见，人就在府门外。"阿合马"嗯"了一声，才慢慢推开怀里的女人，拍了拍那女人的屁股："走吧，晚上再收拾你！"然后问巴乌拉："匿赞马丁来了几个人？""就他自己。"巴乌拉说。阿合马告诉巴乌拉在前厅接见，仆役不等吩咐马上跑去通知门卫了。阿合马径自向前厅走去，巴乌拉吩咐演出散场。

　　匿赞马丁是阿拉伯人，自幼跟随他的父亲和叔伯在丝绸之路往来。他们把中国的丝绸、茶叶和瓷器运往西域各国，同时把西

域的香料、珠宝、马匹等货物运达中国。自蒙古占领中原后，他们又倾力结交蒙古权贵，同时希望能觐见忽必烈大汗，以期获得某些贸易特权。但是匿赞马丁的父辈没有实现这个愿望。匿赞马丁得知阿合马执掌大权后，非常高兴，因为他知道阿合马也是西域人，彼此信仰相同，习俗相同，他更知道阿合马也出身商家。商家，没有一个不是见钱眼开的。他于是一次又一次用重金贿赂阿合马府里和他身边的一切人，终于打开了通道，他能够直接面见阿合马了。阿合马非常欣赏匿赞马丁的经商才干，当然更欣赏匿赞马丁送给他的礼品。那些珠宝不必说，就是刚才为阿合马演出的那些男男女女也都是匿赞马丁从阿拉伯世界精心挑选的美女靓男，然后又经过专门艺术训练才送给阿合马的。那些舞女的肚皮又白又嫩，舞动起来真能让人神魂颠倒想入非非；那些靓男英俊潇洒，旋转舞动比陀螺还要让人头晕目眩，令人叹为观止。这都是那些汉人歌儿舞女们学一辈子都做不到的。更难得的是那些男女姿色卓绝，却毫无脾气，一任阿合马玩弄，总是面带醉人的微笑。阿合马喜欢之余当然也给匿赞马丁许多优惠。以往每一次匿赞马丁见阿合马都不会两手空空，阿合马实在猜不透这一次匿赞马丁会给他什么惊喜。

阿合马走到前厅时，匿赞马丁已经先在那里等候。匿赞马丁看见阿合马从后面走出来，马上按照伊斯兰礼节向阿合马恭恭敬敬行了礼。阿合马看着微微发福的匿赞马丁，春风满面地说："大商家，近来又财源大发吧？"说着向匿赞马丁让了座，仆役献了茶。阿合马向匿赞马丁让茶后，自己端起茶碗，啜起茶来，那意思是你匿赞马丁有什么事就说吧。匿赞马丁慢慢从怀里掏出一个锦缎盒子，阿合马斜睨着，匿赞马丁举着那盒子说："请相爷把这颗宝珠转呈给忽必烈陛下。"阿合马并不接，也不指示他的下人接。只是淡淡地说："陛下什么样的宝珠没有？谁稀罕，你当忽必烈陛下没见过世面，要你又来凑热闹？"匿赞马丁仍然举着那盒子，神秘地说："相爷，这颗宝珠，可是天下第一，举世无双。也只有忽必烈陛下才配拥有它。"阿合马立时把茶碗放下："你们商人向来会夸大其词，我不信！你别让我犯下欺君之罪吧！"说着两眼却巴巴地望着那宝盒。匿赞马丁把宝盒打开，虽是白日，立即有千万道光芒从盒里射出。阿合马身不由己地凑近前，看到一颗无比晶莹光亮的宝珠。无论其光泽，无论其形状，无论其大小，他阅历宝珠不少，的的确确从来还没有见过如此卓绝的精品。是否天下第一他不敢说，但是自己收藏的珍珠宝贝中，却没有一件能跟这颗宝珠相比美的。他几乎是从匿赞马丁手里把锦盒抢了过去，又仔细观赏，嘴里不断发出"啧啧"的赞叹声。同时要把这件宝物窃为己有的念头在他心里萌生，而且越来越强烈。他的两眼也不断闪烁着贪婪的光芒。匿赞马丁不知道阿合马打什么鬼主意，还说："相爷，我没有夸大其词吧。"阿合马连声笑着说："没有，没有，好好，很好。你留下吧，陛下一定会好好奖赏你的。"匿赞马丁很高兴，接着讲述他如何花大价钱从埃及富豪那里把这颗宝珠买到手，讲述如果忽必烈能把与西域经商的特权赐给他，他将把希腊、罗马的宝物更多地运到中国，献给忽必烈。可是阿合马对匿赞马丁那些废话已经不感兴趣，他很快把匿赞马丁打发走了。

匿赞马丁傻乎乎地在客栈里等待着他企盼的好消息，可是一天天过去，却没有任何消息给他。他实在按捺不住，就又到阿合马府上去打探。阿合马却连面也不见。只是由巴乌拉传话给他，让他再耐心等待。不知趣的匿赞马丁还在傻等。终于有一天，京都总管府的衙役如狼似虎，将匿赞马丁锁进监牢。理由就是匿赞马丁经商偷税漏税，数额特别巨大。这时阿合马的儿子忽辛已经升任总管。根据阿合马的意思，忽辛授意判官重判匿赞马丁。尽管匿赞马丁的伙计上下打点，也毫无用处。匿赞马丁做梦也想不到是阿合马指令把他收监的。所以他在供词中承认自己偷税漏税，但是丝毫也没有牵涉阿合马，没有说一句是阿合马帮助他偷税漏税的。也正因如此匿赞马丁在监牢里还能平安无事。可是谁又会料到由于匿赞马丁却使两位中书大员被撤职，竟使阿合马喜出望外呢。

至元七年（1270）正月，忽必烈下了一道诏书：大赦天下囚犯，赦免京师所系罪犯。他之所以下这道大赦令，因为这一年是他即皇帝位的十周年。为显示自己政权稳固，为表示自己慈悲大度，为进一步收买人心，就依照汉人王朝的先例下了大赦令。当忽必烈这道大赦令下达时，富商阿拉伯人匿赞马丁正被关押在京师牢房，中书左丞相耶律铸接到忽必烈的赦令后，审验京师在押犯人，匿赞马丁不是重刑犯，而且还没有判刑，就签署了释放匿赞马丁的文书。匿赞马丁一被放出，立即收拾行装，连夜离开京师，回他的阿拉伯故国去了。阿合马听到这个消息，气急败坏，他很怕匿赞马丁把他私吞宝珠的事情揭发出来。就使人上书忽必烈，说中书执政私放要犯匿赞马丁。忽必烈对税收极为重视，接到人上书后，立即召见左丞廉希宪质问该事。当耶律铸签署文件时，廉希宪没在京师，本来与匿赞马丁事没有关系。但当他知道是阿合马使人上告时，他便取文书补上了自己的签名，说："天威莫测，岂可侥幸以独不署名获取苟免！"

廉希宪应召到了忽必烈面前，忽必烈问他为什么要释放匿赞马丁，廉希宪理直气壮地回答："有赦诏为凭。"忽必烈生气地说："诏书是说释放囚犯，难道有诏书说要释放匿赞马丁吗？"廉希宪紧跟忽必烈的话说："中书也没有接到不准释放匿赞马丁的诏令呀！"忽必烈大怒，斥责廉希宪说："你们号称读书饱学，到办事时就这么办，你们该当什么罪？"廉希宪说："臣等忝为宰相，有罪即当罢退。"忽必烈未假思索，脱口而出道："那就这么办吧！"于是廉希宪与耶律铸同日被罢官。阿合马未料到由匿赞马丁的事，竟然会一下子驱除了他一向厌恶的两颗眼中钉。这可真叫他喜出望外，一连在府上庆贺了三天。

廉希宪被罢官后，忽必烈有些后悔，时时想起他来。一天他问侍臣："知道廉希宪都在家干些什么吗？"侍臣顺口答应："无非读书而已。"忽必烈"哼"了一声："他读书固是由于朕的教导，可是读了书，不肯用，再多读又有什么意思！这个迂夫子，就不懂自己来认个错！"阿合马在一旁马上趁机说："廉希宪每天与妻子设宴游乐，快活得了不的，他那还有心想陛下的事！"忽必烈陡地变了脸，训斥阿合马说："廉希宪一向清贫，他那里来钱开宴游乐？"阿合马自讨了个没趣，不过他也不在乎，说："陛下要想知道廉希宪到底干什么了，派个人一看，不就全都清楚了。何必一个人纳闷儿呢。"

原来廉希宪劳累加生气，病倒了。忽必烈一听，急忙派了三个太医去诊视。医生说病无性命之忧，只是要将养些时日，忽必烈这才略微放心。医生给廉希宪开的药需要沙糖做药引。而沙糖在当时却很难寻觅。廉希宪的家人急的四处托人。这消息让阿合马知道了，他立刻拿出二斤，派人送给了廉希宪的家人，不但一文钱不要，那人还让家人替阿合马问候廉希宪，嘱咐说："我们相爷说了，沙糖不够用时，尽管来拿。"家人拿回沙糖，转述了阿合马的话以后，廉希宪躺在病床上，连连摆手，训斥家人说："假如这沙糖能够活人性命，我也终究不会以奸人所给的沙糖来存活。你赶快替我把糖给阿合马送回去！"

阿合马把这事向忽必烈讲了，说："臣是看陛下的恩情，才拿了积年存下的沙糖给他治病。他却不知好歹。这种人死了也活该！"忽必烈理也不理阿合马，急忙命令宫人迅速给廉希宪送沙糖去。还嘱咐说："到那里问廉爱卿要用多少，记住：他需要多少就给多少，只能多，不能少！"然后自言自语说："这个迂夫子，向我张一张口，何所不得！"阿合马说："他不懂好歹，根本不值得陛下为他这么操心。"忽必烈瞪一眼阿合马，吩咐道："快去干你的事吧。"

　　阿合马是干他自己的事去了。他纠集一些蒙古王公大臣天天替他游说，终于使忽必烈同意建立尚书省了，并且委任阿合马为尚书省平章政事。阿合马达到了与安童分权、扩大权力的第一个目的。他更加急征暴敛以聚利。忽必烈只看到阿合马能敛财，就以为他有富国之术，对他放手信任。安童对阿合马倒行逆施急功近利很看不惯，阿合马也没把安童放在眼里。他有事就直接找忽必烈禀告，根本不理睬中书省。一次朝会，安童忍无可忍，对忽必烈讲："臣近言尚书省、御史台、枢密院，宜各循常例奏事，其大政令，从臣等议定，然后上闻，陛下已允准。今尚书省一切径直奏圣上，似违陛下前旨。"安童之所以这样讲，是因为在立尚书省时，忽必烈曾明确说过："凡铨选官吏，吏部拟定资品，呈尚书省，由尚书咨中书闻奏。"可是阿合马专权，擢用私人，不由部拟，不咨中书。忽必烈立即要阿合马对质。阿合马却花言巧语回答说："陛下事无大小，皆委托臣处置，所用之人，臣宜自择为妥。"忽必烈竟不置可否。安童见忽必烈并不反驳阿合马，就断然说："那好，我们当着陛下把事说清楚，从今以后唯有重刑和官迁上路总管之事属臣管，其余事都归阿合马管。这样事体也可以分理明白。"忽必烈竟同意这种分工，让他们相安无事就好。

　　经过那场朝辩，阿合马几乎独揽朝政，但他仍不满足。为扩大自己的权力，他又要忽必烈任命他的儿子阿散为枢密院佥使，以便把他的势力伸向军队。忽必烈一时拿不定主意，就当着阿合马面询问安童和许衡。许衡愤愤不平地说："理国家之事，掌国家之权，不外乎兵、民、财三者而已。今阿合马已掌民、财，其子又要掌兵权，绝对不可！"忽必烈问："卿难道担心他会造反吗？"许衡说："也许他不会造反，但一家执掌国家大权，这就给他造成一种造反的条件。"阿合马见许衡坚决反对，还说什么造反不造反的，就气不打一处来，他讥讽地说："你表面上不嗜利禄，显得像多么清高，其实你骨子里不过是为邀买人心。你当谁看不透！你这样表里不一是为什么？是不是为造反拉拢人？"许衡气得脸色煞白，半天说不出话来。他想不到这个阿合马竟这么胡搅蛮缠，血口喷人。憋了好一会儿，许衡才说："我是什么样人，什么样心，陛下最清楚。"阿合马嘻嘻一笑，说："我自幼跟随陛下，陛下对我比对你还了解。"但是这么一吵，阿合马的儿子去枢密院的事也就被搁置起来。阿合马对许衡也就怀恨在心。

阿合马的鬼主意就是多。过了两天，他向忽必烈举荐许衡为中书左丞。他的想法是你许衡只是挂着国子祭酒的虚衔给安童当参谋，我不好治你；只要你当了官，在我的手下，那你就攥在我的手心里，看那时你还敢不敢跟我作对。于是在一次朝会上，阿合马就向忽必烈举荐许衡为中书左丞。忽必烈以为阿合马胸怀大度，立即称赞阿合马当大臣有肚里能撑船的海量。忽必烈没有征求许衡的意见，当即下了委任令，诏命许衡为中书左丞。许衡很意外，他看着阿合马得意的神色，立即明白了阿合马的用心，坚决不肯就职。忽必烈也拧上来，就是不许许衡辞官不就。阿合马看他们僵持暗笑，心想看你许衡怎样下这个台阶。最后还是忽必烈给了许衡一个台阶，也是给自己一个台阶，让许衡回去考虑考虑。

许衡本来有事要禀告忽必烈，让阿合马抢先说了话，因为这个当官不当官的问题一搅，他也忘了说。出离大殿，他才又想起来，就又折回，去便殿求见忽必烈。谁知忽必烈的侍卫告诉他，忽必烈说有别的事不见他。许衡在殿外徘徊，许久，他又让侍卫传达他有事求见。侍卫去而回转，说："圣上问您以什么身份求见。若以是中书左丞身份就见，否则不见。"许衡无奈，顺口说："就以左丞身份吧。"可是当许衡进了便殿，向忽必烈跪下，奏事的第一句话又是："臣国子祭酒许衡启禀陛下，中书左丞一职，臣实不能任。"忽必烈也无奈地说："你起来吧，没见过你这样的人，给你升官，你却一再坚辞。朕已再三和你说过，任你为左丞，不独是阿合马之意，也是朕所愿。"许衡固执地说："若要臣任左丞，必须先将阿合马驱逐出中书。臣必不能与阿合马同列。"忽必烈不高兴地说："卿也未免太固执了。阿合马有什么不好！"说着，他命令侍卫："与朕把许爱卿掖出去，让他好好想想。不答应任左丞，就别来见朕。"左右侍卫驾许衡离开便殿，出了便殿门槛，许衡反身向忽必烈喊道："陛下命臣出殿，是否放臣回家乡？"忽必烈哈哈笑着说："谁叫你回家乡？你倒想离开朕，朕偏不允。你休想无官一身轻，去过你的清闲日子。"

许衡坚辞中书左丞之事被同僚好友窦默、张文谦、王磐等人知道了。王磐对窦默说："许衡硬顶，是顶不住的。自古哪有臣能抗君之理。目前是陛下爱惜其才，久之，将陛下惹恼，许衡必定要招罪端。"张文谦说："只是许衡的脾气也挺犟，他和阿合马誓不同列为官，谁也改变不了他的决心。"王磐说："许衡为国子祭酒，有师无徒，不过是个虚名。如果建言陛下开太学，以许衡实任祭酒，陛下也就不会非让他任左丞了。"窦默说："对，对。明天上朝我就去和陛下讲。"

转天忽必烈还真就接受了窦默的建议。不久，就下诏开太学，命许衡以集贤大学士兼国子祭酒，生员则由忽必烈亲自从贵胄子弟中挑选。阿合马想报复许衡的想法才落了空。

15

张府藏身

黎明前高枫和王六甲急走到肃清门，在城外一家小旅馆安顿下来，睡了一觉。醒来王六甲叫店家帮忙寻找了两身棉衣。吃了饭，两人换了衣服，把粘血的衣服放在灶火间烧了。店家虽然对他们多有怀疑，但是不敢多问，眼巴巴看着他们接近中午时分离开了店门。好在他们的住宿费和饭费一文不少，还额外多给了一些小费，其他事就多一事不如少一事了。

高枫和王六甲在肃清门外站了不大工夫，就看见雷宏和王天立骑马走在前面，后面跟着一队车马，走了过来。城门外来往人多，再加上高枫换的衣服不大合身，雷宏和王天立他们一时没有发现高枫。待快走到高枫身边，雷宏他们还东张西望呢。直到高枫猛地从路边蹿出，大喊一声："雷大哥！"雷宏、王天立才看见高枫。他们叫队伍靠路边休息，赶紧跳下马，雷宏奇怪地看着高枫，棉袄袖子短两寸，棉裤裤腿不到脚腕，原来的皮帽却换成了一条羊肚手巾，乍一看就像是一个从西北逃荒出来的庄稼汉，就问："老弟怎么这身打扮？"王天立更是极为关切地，疑问地望着他。高枫说："一言难尽。"他拉着雷宏到路边人少的地方，王天立紧跟了过去。高枫先指着王六甲向雷宏他们介绍说："这是我六甲叔，昨晚多亏六甲叔帮忙了。"然后他压低声音告诉雷宏他们说："眼下恐怕全城都在通缉我们，六甲叔劝我到别处找个地方避避风。我想怎么也得回城见见王员外。"雷宏关切地问："你们惹了多大的事？"高枫左右看看，小声说："昨晚我们大闹阿合马府，我把他的侄子苦思丁杀死了。"王六甲补充说："那是个小魔王，害人精，早就该杀。可是阿合马未必肯善罢甘休。"雷宏却哈哈大笑，挑起大拇指，冲高枫说："了得，了得，英雄，英雄！雷某这回是真的佩服老弟了！"王天立却担心地说："师父，是否还是让高大哥避避风，别进城去了。"高枫和雷宏称兄道弟，王天立称雷宏为师父，也曾说拜高枫为师父，可是两人年纪相差不多，王天立对高枫又心存爱慕，两人单独相处时，高枫也不拿捏什么师父徒弟的辈分，这就使得王天立自然而然把高枫当成兄长一般看待了。雷宏早知道王天立对高枫有爱慕之心，所以对她胡乱称呼也就不管不问了。但是对王天立公然称高枫"高大哥"他还是多少觉得别扭，就戏谑地模仿王天立的语气重复道："高大哥？嗯，是得多关心关心他的安危。"高枫却说："雷大哥，我以为阿合马虽然知道苦思丁被我杀了，但是他并不知道我们的身份，不知道我们到底是何人，就是肖形缉捕，黑夜他们也未必看清我们的相貌。所以我以为我先回城面见王员外并无大碍。"雷宏觉得高枫的话不无道理。然后他安排说："只是你们两个不能在前面骑马了。小心无害处。你们就夹杂在众人队伍里，进城后见到王员外再作计较好了。"王天立和王六甲也都同意雷宏的安排，这支商队就从肃清门进了城。

果然城里气氛有些紧张。巡逻的兵丁比平日增加了许多。越往城里走，这种紧张气氛越浓，有的大道还加了岗哨，但是对雷宏的商队却无人盘查。他们顺顺利利回到了王员外家。王员外看到女儿一起回来分外高兴，忙叫厨房安排酒宴给高枫、雷宏他们接风。同时他也注意到高枫的怪异打扮，只是不好一见面就发问。他想先叫高枫他们去洗洗澡，换换衣服，再和他们细聊。王天立却把仆人全都支开，对王员外先介绍了王六甲，然后急切地讲述了高枫当下身处险境的情况。在王员外的询问下，高枫和王六甲大略讲述了昨天事情的经过。听到王六甲讲述苫思丁横行霸道抢掠街市货物妇女，王员外气得也直骂："真是个小畜生！"听得王六甲又讲忽辛公堂之上刀劈了震山虎裴平，雷宏惊得一下子从座位上跳起来，他两步蹿到王六甲面前，厉声问："你说什么？忽辛这个王八蛋杀了我的三哥裴平？这可是真的?"王六甲点点头，补充说："这是我堂兄王一阳亲自听他的朋友杨显之和关汉卿说的。而杨、关两人又是在他们的朋友警巡院判梁进之的大堂后面，亲自目睹了忽辛杀害裴平的情景。"雷宏听罢气得在屋子里转圈跳脚，直骂"我禽他忽辛八辈子祖宗！王八蛋，敢杀我三哥，我看你有几条命！"一时屋里好像已经容不下他，他要闯出屋去。王天立马上拦住他说："师父，你冷静点，听人家把话说完。"雷宏这才意识到自己是客居人家。他不再跳脚转圈了，却像小孩子一样呜呜地哭了起来。外面的仆人听见动静，不知屋里发生了什么事，有的就赶紧跑到屋门口，准备随时听从呼唤。王天立把那些仆人又赶走了，直劝雷宏不要哭了。雷宏却喊着："你们哪里知道我们哥五个的生死交情。你们怎会知道三哥为人有多么仗义。好三哥，今天我对着众人发誓，今生今世，我雷宏若不能给你报仇，我就不是人！"王员外说："好，好，这才是英雄本色。"

雷宏的情绪慢慢平静下来，高枫他们继续讲述事情经过。当王六甲讲到阿府竟然私设牢房刑讯拷问时，王员外忧心忡忡地说："不知那被刑讯的人是谁，怎么给那人的亲人送个信才好。"高枫和王六甲回忆他们见到的情景，王六甲说："那个被刑讯的人有个特征。"王员外问："什么样特征？也许由此可以找到他的家人。"王六甲刚说出那个人的胸前刺有一只展翅翱翔的雄鹰，雷宏就拍起桌子来，惊异地大呼："怎么？'北海双鹰'也落到阿府的魔窟里了吗?"王员外问："'北海双鹰'是什么人?"雷宏于是讲说他的五弟飞天虎凌风长期奔跑于山东山西之间，听得"北海双鹰"是武林后起之秀。但是"北海双鹰"和他们师父都是与世无争之人，他们在海边捕鱼耕作，从不掺和世俗纷争。他们怎么会被关进阿合马府里呢？这事儿实在费解。"要不然就是还有人跟他们的刺青一模一样？"雷宏把握不大地猜测着，"再说'北海双鹰'是孪生兄弟，他们一般不会分开的，怎么你们就看见一个人被刑讯呢？"高枫和王六甲相互望望，都说或许当时没有看清，因为他们当时的心思并不在解救那个被刑讯的人身上，再说他们当时也根本不知道"北海双鹰"。王员外说："既然有点头绪，不妨雷教头把此消息转告你五弟，去双鹰他师父那里看看，一切就都明白了。"

接着高枫讲述了他遇到翠娥和自己亲生母亲的情景，又泪流不断地讲述了翠娥的自杀和他母亲自尽的事情，使满屋子听他讲述的人都感叹唏嘘不已。王天立先自忍不住哭出声来。雷宏也泪流不止地说："老弟，你的仇，就是我的仇。阿合马，我与你不共戴天！"王员外听完讲述，说："高枫和六甲壮士昨晚的行动大快人心，他们称得上是真豪杰。眼下正如六甲壮士所估计，阿合马决不会善罢甘休。高枫和六甲处境危险。我这里绝不是安全所在。怎么想一个办法，找一个安全处所才好？"众人一时都没有主意。沉默了好一会儿，高枫说："我想起个所在。那人曾告诉我在京师有什么为难事，可以去找他？"王天立首先问："那个人是谁？"高枫说："我跟他不过是一面之交。他叫张易，字仲一，也是山西人。"王员外一听就笑了："噢，你说的是当今与阿合马一起当丞相的张易啊，你要认识他，那就太好了。我早就想巴结他，就是巴结不上。"王大立略有不满地说："爹，人家身陷危难，正着急呢，你又见缝插针，想你生意上的事了。"王员外却说阿合马是丞相，张易也是丞相，高枫要躲到张易那里，阿合马做梦也想不到会到那里去寻找。王天立却担心说："张易既是丞相，与阿合马同僚，他要是不肯容纳高枫他们怎么办？"一句话问得大伙都哑口无言。高枫琢磨了一会儿，说："无论如何，我们可以先去试试。我觉得那人说话待人还诚恳。万一他要不接待我们，我和六甲叔连夜就返回太行山找卫义大哥去。"雷宏一听先喊起来："好，贾交兄弟既然早就邀请过你，卫义大哥大概也早等得不耐烦了。你要去，他们准会高兴得连摆三天大宴庆贺。依我说老弟还不如就直接往太行山去算了。"王员外忙拦住说："还是试试好。万一张易丞相为人正直，我们在京城不就多了一个靠山吗？"雷宏知道王员外是见缝就钻的老油条，他硬阻挡高枫不去见那姓张的丞相，就不大合适了。他就眼看着高枫，那意思是让他自己拿主意。高枫却提出问题：不知道张易住在哪里，怎么去找？王员外一听却如释重负，他叫高枫他们把心放在肚里，先洗洗澡，换换衣服，休息休息，等吃完晚饭，他安排人带领高枫、王六甲去张府。

冬日，天黑得早，高枫他们晚饭后，跟随王员外派定的领路人直奔张易府邸。大街上只有很少的行人，店铺大都停止营业，只有一些饭店、旅馆高悬着一串串大红灯笼随时准备迎接客人。另外还有一些小门小户的小本生意笼上油灯，卖些日常生活用品，以备晚来有急需的人图个方便。偶尔街上还会出现推着小车或挑着担儿叫卖冰糖葫芦、紫心萝卜或瓜子糖块的小贩。他们的叫卖声各有特色，有的声韵悠扬，有的高亢洪亮，有的干巴脆生，给寂静的城市平添了许多活力和生气。而不知寒冷的孩子们有的早早就点了灯笼在街上寻找自己的玩伴。他们三三两两，吆喝声此起彼落："打灯笼，烤手来，你不出来我走了！"更有一些孩子点燃了一个个小炮，随着一声声"噼啪、噼啪"，响起孩子们天真无邪的喊声和笑声。不知哪家哪院，又是何人点燃了真正的爆竹，"嗵"的一声，紧跟着就会看到一道火光高高飞上夜空，然后在空中又发出"砰"一声。还有的会在夜空中爆发出五颜六色的星雨，绚丽异常。这一切都预示人们新的一年就要到来了。无论街上有怎样的景致，高枫都无心观看，他和王六甲急匆匆跟着领路人向海子边一家高门大院走去。一路上高枫一直在想人家要不见怎么办？王天立曾谆谆嘱咐："要是张丞相不见你们，你们务必还回来。"然而回去有什么意思？王员外看来是很怕惹事上身的人。要不就还去那本该是自己的岳父面人王家里？老人实在够可怜的，自己不照顾他，他到老来形单影只，怎么消磨这一个个漫漫寒夜啊。

高枫只顾自己胡思乱想，猛听得领路人说："到了，那就是张丞相家，你们自己过去吧，我回去了。"那人说完这几句话，指指前面黑黝黝的一座高大门楼，也不管高枫他们结果会是如何，竟自转身走了。高枫在前，王六甲在后，他们直奔那座高大门楼走去。近前才看见门楼里悬挂着灯笼，在灯笼的微弱灯光下可以见到"张府"两个大字的牌匾高挂在门口上方。两扇红漆大门紧闭，门口悄无一人。高枫和王六甲走到门前，叩击门环。不一会儿，大门"呀的"一声，打开了，一个留着胡须的老者，好像是管家模样的人，站在门里，打量了高枫和王六甲一眼。老者看他们穿戴齐整干净，但是并不华丽，一下子猜不出他们是什么人，就问："两位壮士找寻何人？"高枫拱手一揖，老者赶紧还揖。高枫说："两年前小可应张易丞相所约，今日特来拜访。烦老丈代为通报就说：三清庙高枫来访。"老者听了高枫的自我介绍，不禁皱了皱眉。他竟闹不明白高枫说的是什么。两年前丞相就约了他，自己怎么就没有听说过？他今日特地拜访，怎么偏偏赶在晚上？更有意思的是说他是三清庙里来的，可是他的装扮根本就不像一个道士。他说话中气十足，面带英气，口音又有明显的山西味道，是不是张丞相多年离散的远房亲戚？老者只顾愣怔怔地瞎猜，却站在原地不动。高枫只得再重复一遍他的请求。老者这才不好意思地说："实在抱歉，家主没有在家，小老儿无法给两位壮士通报。是否明日再来？"

高枫对老者的话半信半疑，走又不是，留又不是。眼看老者要关大门了，王六甲上前问道："请问张丞相去了哪里？"老者已经关上一半门，说："我只是管家，不问老爷公务。"高枫生怕管家把大门关上，着急地问："丞相今晚何时回来？"老者说："回来？何时？我去问谁？"高枫一把拦住大门，说："管家，我们好不容易找到这里，实在是有非常要紧的事。不然与丞相相约有年，我们怎么也不来打搅呢？"老者张开两臂，那架势似乎是怕高枫他们一下子闯进府内似的："丞相真的约了你们？"老管家终于暴露了他的怀疑态度。高枫斩钉截铁般说："千真万确！"老管家又问："你们有急事找张丞相？"高枫耐着性子回答："真有急事！"老总管还是说："丞相也真的没有在家。"王六甲说："那咱们就在门口等好了，张丞相还能不回家睡觉来？"老总管说："那可不一定。"三个人正在门口搭讪，老总管突然把大门又打开来，说："你们运气好，丞相回来了。"

众人簇拥着一乘官轿走近大门，落在门口。侍役把轿帘撩开，穿着官服的张易从轿里走了出来。他一时没有认出高枫，走上大门的台阶，他问老管家："徐管家，你跟什么人在大门口搭讪？"老者惊疑地看着高枫，冲张易说："相爷，您不认得他们？"他指着高枫说，"他说可是您约他们来的！"张易盯了一眼高枫，似乎想不起来在哪里见过，疑惑地问高枫："我约你们来？"于是高枫讲述了三清庙的事情，张易才恍然大悟，连声说："是我的错，是我的错，我记起来了，记起来了。快请进请进，徐管家，吩咐人好好招待。"老者答应着，高枫、王六甲随张易进了府邸。张易请高枫他们在客厅先用茶，让管家照应着，容他换一下便服再来叙说。高枫想既然张易丞相还认得他，记得往事，估计就不会把他俩再赶出府邸了。张易换好衣服回到客厅，高枫介绍王六甲是他叔叔，他们又重新见过礼。张易开门见山直截了当问高枫找他来是闲住几天，还是有事要他帮忙。高枫看张易是痛快人，也就毫不隐瞒，一五一十把他到阿合马府做的事全讲给了张易。张易听着一句话也没有插嘴，也没有询问。等高枫说完，他才叹了口气，说："原来到阿合马府上闹事的就是你们两个。我所以回来晚，就是听阿合马的儿子忽辛讲他们家昨夜的事，讲怎样在全城画像缉捕你们。你们倒好大胆子跑到我家，送上门来了。"

听张易这么一说，王六甲赶紧给张易下跪求告说："请丞相救救我们。"张易看着端坐不动的高枫，说："你相信我会救你们吗？别忘了我和阿合马丞相是同僚。"高枫到此地步一切都豁出去了，冷冷地说："我在三清庙遇到您，以为您是一个有情有义的人。今事急求到您，您若想交出我们邀功得赏，我们生死全在您手心儿里攥着。您怎么处置是您的权力。您要说把我们送往阿合马那里，我们就立刻跟您走。"王六甲看高枫的气势，很为自己下跪的行为脸红。他赶紧站起身，接着说："谁要是眨眨眼，有半点含糊，就不是人生父母养的！"张易上下打量打量两个人，点点头："还算有骨气。行，你们既信得过我，我自然不会让你们失望。"他吩咐老管家给高枫他们安排住处，告诉他们不要出府，先避避再说。

就这样高枫他们在张易家里住了有十几天。但是在人家家里白吃白喝，整天无所事事，把高枫两人都憋闷得够呛。王六甲对高枫说总这样躲着什么时候是头，终究不是个办法。高枫也觉得不能总这样躲着。于是他们向张易提出希望能够出府。张易说他也在考虑这个问题，一两天就给他们安排。

16

结拜金兰

　　凌风挟持着王著离开益都，一口气直下西南就跑到了岳阳山麓的颜神镇。在一个不大的"天意客栈"住下后，两人吃了饭，王著在客房里实在不能不把事情问清楚了："凌大哥，您到底要把我带到哪里去？刚才路上不好说，现在总可以跟我讲明白了吧？"

　　凌风与王著是什么关系？这里必须补充交代几句。原来凌风受太行五虎寨头领撼林虎卫义的分派主管山东到京师一路的线报，凡是贪官污吏要行贿京师官员，他们闻讯有不义之财上路，总要"借"一些使用。凌风他们探测到李璮总是脚踩南宋和蒙古国两条船，从中渔利，他们本想揭穿李璮面目，没来得及，李璮就发生了叛乱，结果被忽必烈派兵镇压。阿合马乘机把他的势力扩展到山东，益都的纳米丁就是其心腹。纳米丁是靠给阿合马送礼买的官，当然他要加倍搜刮，大肆收受贿赂，他早已成为凌风秘密监视的对象。然而凌风搜罗的部下有李璮的旧属，被人告发，说他收留叛匪余孽，于是凌风成为益都总管府缉捕的人物。偏偏他部下有人贪图官府的悬赏，将凌风的藏身之地秘密告发。凌风有一个致命的弱点——贪杯。有一天他喝醉了酒，呼呼大睡，官兵就摸上了他所在的龙山山庄。凌晨喽啰们发现官兵到来，一面给他

报信，一面奋力抵挡。但是山庄的喽啰们大部分都在睡梦中，听到喊声，夜色朦胧中也不知官兵来了多少，位置都在哪里，所以即使人醒了，没有人指挥也不知道该怎么作战，官兵终于很容易就冲进山庄，凌风却还没被叫醒。官兵没费吹灰之力就把凌风擒拿出山。

迎着晨曦，官兵们耀武扬威喜气洋洋押解凌风回衙，兵丁们看凌风还是醉眼惺忪的样子，都想斗弄戏耍他，这个一拳，那个一脚，吆喝着："嘿嘿，醒醒吧，做什么美梦哪？""死到临头了，还呼呼大睡。真是个醉鬼，哪里是什么江湖好汉！"此时凌风已经被兵丁喝醒，他心中懊悔不已，几个哥哥一再劝自己去山东独当一面，千万不要贪杯。自己临行也向卫义哥哥保证不嗜酒色。可是自己近日遇到一桩闹心事，怎么也排解不开，这才暂时借酒浇愁，谁知竟让官兵钻了空子。他悔恨自己一时疏忽大意，结果落得自己被擒不说，五虎寨在山东的势力也会随之被七宝山孙石栋他们吞并了。由于他深深陷于自悔自责中，所以他对兵丁的拳打脚踢以及他们的风言风语全无知觉。当这一队人经过云门乡时，早上王著牵马出门正好撞见，就问带队的捕头吴正抓捕的是什么人，吴正认得是云门庄的少庄主，就毫不隐瞒地告诉王著他们抓捕的是太行山五虎寨里的一个寨主，绰号飞天虎的凌风。

王著看了一眼醉态蒙眬的凌风，凌风也抬眼看了一下王著，这一刹那的眼光交流，彼此似乎都被电击了一般，分明是惺惺相惜，灵犀相通。王著笑嘻嘻地对吴正说："捕头哥哥，此行一定辛苦劳累得很。"吴正顺口答音："看有多辛苦了，我们接到密报，在龙山埋伏了三天三夜呀，不说别的，弟兄们个个都被山里的蚊虫叮咬得浑身刺痒透了，那个难受劲儿，不经历的人再也体会不出。"王著依旧笑呵呵，好似不经意地说："捕头哥哥，我这里正好有烧热的水，何不叫兄弟们洗洗澡，去去痒，然后吃顿饱饭，再上路也不迟，反正飞天虎已经被你们抓获，量他再也飞不上天啦!"捕役们听了都哈哈笑了,有的说:"什么飞天虎,我看怕快成断头虎了。"王著见吴正态度迟疑,就说:"我这可是一片好意,完全是为你的弟兄们着想。我看你们到了益都衙门里也未必有人给你们烧水洗澡,盛宴款待你们。"吴正还没有说话,他的部下那些兵丁可全听清了王著的话,纷纷说:"吴爷,您就发发善心吧,看在弟兄跟你辛苦几天的分上,您就让我们洗洗,舒服舒服吧。"也有的说:"吴爷,您打着灯笼满天下去找,上哪找像王庄主这样的人,他这么体念我们当捕役的,为我们这些兵丁着想,您要不想歇息,您自己走吧。我们可不走啦!"吴正一看十几个兵丁都不想挪步,他只好做个顺水人情,吩咐小队进入云门山庄。王著和凌风又会意地交换了一下眼色。

在此之前王著和凌风并不相识,但是彼此都有耳闻。特别是王著最近听说了七宝山寨的孙石栋和凌风为争地盘彼此闹得不可开交,他正有心给他们调解。孙石栋是山东本土人,他见过几面,觉得有话好说,难的是与凌风没有打过交道。早上他出门就是想去七宝山找孙石栋聊聊,不想却先撞上了凌风。虽然凌风被绑缚,满脸污秽,但是他的英雄气概,他眼睛中的威武神采,却使王著一见而倾心。与凌风眼神相对的一刹那他就决意一定要解救凌风出脱危难。他把吴捕头一队人领入庄园,吩咐管家热情接待,同时秘密派心腹王松快马加鞭急速请七宝山寨主孙石栋到庄议事。王著对心腹又嘱咐了几句,让孙石栋按他的计议行事,并让心腹带上了一叠宝钞作为约请之礼。

吴正他们十几个人洗完澡,看看凌风依然被捆绑着老老实实呆在院子里,一个个就放心大胆去吃王著给他们预备的丰盛的午餐了。就在他们觥筹交错呼幺喝六之时,突然,王著神色慌张跑了进来,告诉吴正他们说:"快快,七宝山寨的人打进来了,庄丁正跟他们搏斗,你们快去帮忙!"这些人一听,只好放下碗筷,找寻自己的刀枪,一窝蜂跑到庄门迎战。吴正武艺比一般兵丁高强,他一眼就看出来人首领是孙石栋。吴正使刀，孙石栋也使刀，两人刀对刀，狠劈猛砍，众兵丁庄丁和七宝山喽啰混战，不多一会儿，又有三十几个人手持刀枪冲了过来，他们高喊"杀尽贪官，救我寨主"，径直向庄园里面猛冲。他们抓住一个穿官兵服装的人，用刀威逼他，问："我们凌寨主在哪里？"那个人吓得说不出话，只是用手指点着庄园里面。那些人也不参与打斗，直奔园里。那个兵士明白过来，冲吴正大喊："吴爷，龙山庄的人来抢凌风来了！"吴正也早看明白，但是他急切里却脱不得身。孙石栋的武艺跟他不相上下，他稍一疏忽就有生命危险。眼看龙山的人全冲进庄里，他心急火燎一般，这时猛听园里人欢呼："凌寨主，凌寨主！"他知道自己费尽心机捕捉的盗匪头儿又让人给救下了。他稍一分神，刀法一个散乱，孙石栋竟分毫不让，一脚踢来，把吴正手中的刀踢出老远，紧接着一刀向吴正头颅砍来。吴正手无寸铁，只有闭目待死。可是孙石栋的刀却被另一把刀隔了开来。救吴正者不是别人，就是云门庄主王著。王著一面和孙石栋对刀，一面向吴正大喊："捕头哥哥还不快走，这里我来抵挡，大不了花钱消灾。"既然凌风被人又劫回，吴正也真的无心恋战了，他冲正在厮打的王著和孙石栋说："好，咱们后会有期。"然后带着他的十几个人跑走了。奇怪的是交手好久，清点下来，十几个官兵一个没有死，只有几人受了点轻伤。吴正只是惭愧地叫"万幸，万幸"。他嘱咐部下对上只能说抓捕没有成功，绝不许透露半点消息，说出抓捕得而复失的经过。

看看官兵走得远了，装样子的王著与孙石栋的对打也就停了下来。山寨的喽啰和庄丁的对打，见官兵一撤也自动罢手了。王著把孙石栋迎进庄园，连连拱手致谢，感谢他应约而至，并演了一场好戏。王著吩咐庄园管事招待七宝山寨和龙山庄园的客人，在厅堂里他摆下丰盛宴席，宴请凌风和孙石栋。孙石栋与凌风以前争斗不止有几回了，从来没有面对面坐在一起过，更别说在一个宴席上了。王著坐在当中，居主人位。孙石栋和凌风坐在王著的两旁。王著首先举起酒杯，说："两位都是英雄，都是我的哥哥。两位都要杀富济贫，两位都希望天下太平，你们两人本来不该有矛盾，你们的对头都一样。倒是我这个托祖上福荫过着富人生活的人才是你们的对头。"孙石栋因为跟王著打过几次交道，比凌风更熟悉王著，就拦过话头说："少庄主，您怎么能与一般富人相比，我要杀的是为富不仁的人。您十一二就知道开仓救济地方灾民，甚至为救穷人饥饿，您出卖祖上留下的田产，您的侠义之行，咱山东人哪个不知，哪个不晓。但凡有一点良知的人也不能跟您作对。要是有人跟您作对，我第一个不答应。"说着他瞟了一眼凌风。凌风则高举酒杯说："王庄主，今天我这条命是您救下的，大恩不言谢。我借您的酒，先敬您一杯！"说完，他把自己杯中酒一饮而干。侍应的人又给他满上了酒。没等王著回话，他又举起酒杯说："孙寨主刚才说的话我完全赞同。今天也多亏孙寨主来得及时。"孙石栋截过话头，说："及时个屁，不是王庄主请我来，我才不会来呢。我要知道是为了救你，我才不会来呢，你不用谢我，我也不受你谢！"这几句话把凌风噎得还真够呛，要是依他往日的脾气，他非得跟孙石栋吵翻不可。但是眼下在王著的庄园里，毕竟孙石栋的到来为他脱险有很大功劳。所以他以从未有过的大量，哈哈笑着说："毕竟孙寨主还是来了，你还是帮助援救了我。说什么，这第二杯酒，我也得表示对孙寨主你的感谢。如果我要不表示我的感谢，我还是江湖中人吗？当然孙寨主要一直把我当仇人，不接受我的谢意，那也是孙寨主的度量所在，以后孙寨主有难，我凌某人再还报就是。"说完他看了一眼孙石栋，又干了一杯。

王著觉得凌风很够意思，很有风度，就马上接过话去，把酒杯再次举起，对孙石栋说："孙寨主，凌寨主的这杯敬酒我们接了吧，不管两位以前有什么过节，从今以后我们都是兄弟，兄弟有什么事都可以商量。"说完他也喝干了杯中酒。王著与凌风都看着孙石栋。孙石栋慢慢举起酒杯，对王著说："我冲着您，我不跟他计较。"也把酒饮干了。王著让侍应给每人斟满酒，说："两位哥哥，我在你们面前年龄最小，有些话说得当与不当，两位哥哥多多包涵。我听说你们为争夺山东这块地盘互相已经械斗了几次。你们这是何苦来？是的，江湖好汉常说：此山是我开，此路是爷管，要从此路过，留下买路钱。可是这都是一般匪盗毛贼或流寇剪径所为。小可以为大英雄必有大气量，绝不会为蝇头小利而失大节。而今两位哥哥都想惩治奸贪，为民谋利，你们谁也不想反叛朝廷，只是痛恨贪官污吏鱼肉百姓，所以你们干的都是大事业。有一日吏治清明，你们都会是国家栋梁之材。所以你们不该互相争斗，而应该相互联合，携手共进。"孙石栋想不通，说："少庄主的话语都是大道理。我是粗人，不会说话。我只知道凌寨主本来是太行山寨人，地界在山西，可是他却跑到我们山东打劫财物，这不明摆着欺负我们山东无人吗？"凌飞刚要反驳，王著抢先开导孙石栋说："孙大哥，岂不闻天下英雄是一家。山东山西都是华夏。你把七宝山当作你的地盘，你就只在七宝山活动？七宝山在堂堂中华只不过是弹丸之大，你只在弹丸之地称雄称霸，又算得什么大英雄？英雄必须放眼天下，心怀广大。可是英雄的事业总是宏伟的，要有众多好汉共同奋斗才能完成的。孤家寡人永远成就不了大事业。凌大哥到山东来，他是跟你作对来的，还是与你为敌来的？他是跟你并肩战斗来的，他是你的亲密战友。你分不清敌友，胡打一锅粥，只能把事情搞得乱糟糟。你们打吧，你们打得越欢，谁就越高兴？"

凌飞看孙石栋不说话，他觉得王著年纪比自己小，分析事理可比自己透彻的多。他由衷地佩服，他觉得这番话也只有他的卫义大哥说得出来，或者二哥贾交也能说一些。他们比王著可要年长十几岁啊。他想了想，对孙石栋说："孙寨主，王庄主的话很是语重心长。我是从山西来，但是来到山东绝不是和孙寨主为敌来了。也许以前在对待贪官的财物分割方面伤及到朋友，那也不是我们的本意。如果有对不住孙寨主的地方，我这里给孙寨主赔礼道歉了。"说着他起身给孙石栋躬身作揖。孙石栋也是吃软不吃硬的汉子，他见平常总是风风火火急头怪脸的凌风，竟然离席向他主动赔礼，他慌忙也站起身，赶紧还礼。王著满心高兴。走下座位，拉着孙、凌两人的手说："既然把话已经说开，我意就此和两位哥哥结拜金兰，不知两位哥哥意下如何？"孙石栋由衷地说："能与王庄主结为金兰，是孙某三生有幸。"凌风故意挑礼说："这么说孙寨主只是与王庄主结拜喽。那么凌某告辞。"孙石栋赶紧拉住凌风的衣袖，说："孙某言词不当，凌寨主不必介意。能与凌寨主联手，结为兄弟，乃是山东武林幸事。"王著吩咐管家备好香案，三人学着古人结拜的样子焚香、叩头、明誓，凌风最长，为大哥，孙石栋为二哥，王著为三弟。然后三家庄园的人都欢庆祝贺。

自那以后，益都、临朐、北海、临淄一带的绿林好汉都拜倒在龙山、七宝山和云门山下，彼此不再发生争斗。吴正因感激王著救命之恩，将密报凌风的人告诉了王著，凌风因而将内奸肃清，并由王著斡旋，宴请了吴正，自然免不了给吴正送了一份厚礼，遂将抓捕凌风之事压了下来。凌风为感激王著的搭救之情，也有感于王著的深情厚谊，他总想把自己的武功教给王著。后来他知道王著拜通天寨主为师学艺，觉得不好再插手。几年过来他见王著武功没有多少长进，很是着急，他不知道通天寨主采取的是因材施教，只是让王著在基础上下功夫。然后要王著自己去领悟练武的奥妙。他认为练武者的"悟性"至关重要，如果练武者自己不去领悟，把师父累死，也学不出来。偏偏王著的心思又并不全放在练武上。所以凌风看不到王著武艺长进，却又步入官场，当了什么书吏，他很不赞成。但是他又不能强迫王著退出官场。所

以只好随时注意王著，担心他遭到纳米丁的暗害。他得知大师要投火自焚乞求解除一方干旱的消息后，也很新奇，就从龙山骑马直奔益都府衙门前，结果恰巧碰上王著，就把王著一把拉上马，带到了颜神镇。

面对王著的问话，凌风把想了好久的话一股脑儿都倒了出来。他说自从他们结拜交往以来，他觉得王著样样都好，慷慨大度，义气满怀，一诺千金，唯有一样不足，那就是武功薄弱。所以他发誓要帮助三弟提高武功，可是他总也找不到机会。这一回王著如果有高强武功就不会被那些蒙古兵拽来拽去，推推搡搡，差一点被扔到火堆中了。所以不管王著同意不同意，他也要帮助王著演练几年武功。他对王著说："你要认我这个哥哥，就听我的。你要不认我这个哥哥，今后你走你的阳关道，我走我的独木桥。哥哥有感你救我大恩未报，所以特此胁迫你来。你要怪罪我，我也无话可说。只是我的一片好心青天可鉴。"王著接触凌风以来已经知道这个哥哥刚正不阿，嫉恶如仇，但是性情耿直，几乎是一根筋，他认准的理，就会一条道跑到底，绝不回头。坐在客栈小小的房间里，面对一盏昏黄的油灯，听着外面淅淅沥沥下起的小雨，王著的心里七上八下很不是滋味。自己幼失怙恃，又无兄弟，多亏继母善良，老仆忠厚，家人扶掖，使自己年长成人。又幸有乡先生教诲，使自己心智聪明，知道人生在世何以为人。然而现实官场怎么竟会魑魅横行，污秽遍地，自己徒有报国之心，却无用武之地。还差一点让人不明不白给葬身火海。他想着想着，不由得两行清泪潸潸不断。

凌风看着清瘦的王著，先是对着油灯出神，继而默默哭泣起来。他不知王著心里想些什么，就胡乱猜疑说："如果你觉得哥哥强迫你学武，是为难你了，你也不用难过。你知道我是一心为你好。这个世界，你柔弱就有人欺负你。你不练就一身过硬功夫，

连自保都不成，还谈别的吗？"王著擦擦眼泪，破涕为笑，说："让大哥见笑。小弟实在是为当今官场而悲。不过悲哀也毫无用处。我现在也无力改变，不过我决不会眼睁睁看着官场就如此污浊不堪。哥哥说得对，我是太柔弱了，缺乏男子汉的气度。我愿意跟着哥哥锻炼。"凌风见王著表了态，这才放下心来。紧跟着他说出了他的计划，却使王著大吃一惊。

17

攀登泰山

　　凌风见王著答应跟他去练武，于是他讲出了他的安排。第一，他要王著今后弃绝一切俗务杂念，一心练武。王著说没有问题。凌风说没有问题更好。这一段时间少则三年，或者五年。他要王著不能告知家人他练武的所在，一切家事都不能再过问，世上其他的事更不能挂心，务须无欲无念，只能一心习武。第二，为了保证王著练武专心，其练武地点对一切人保密，王著更不得把练武地点用任何方式告诉任何人。说到这里，王著好似有些为难，他问凌风："这样，不就成了出家人吗？"凌风告诉王著练武就得有出家人那样的心境，为什么一些武林大师都要闭关修炼，为的就是一心一意练武。不专心致志做不成事，何况练武，更不能近酒色财气名利杂事。第三，他告诉王著还真的要到一个人迹少至的庙宇去，吃穿衣食自然不能与其家状况相比。那里不仅没有锦衣玉食，没有丫环仆役，就是粗茶淡饭恐怕也得自己动手。他对王著说："三弟，你生于富贵，长于富贵，虽说不幸父母早丧，但是你一向过着衣来伸手、饭来张口、颐指气使的日子，从来是你说一不二，人人敬你怕你，虽说你在官场厮混了些时日，磨挫了你不少娇气，但是你年少气盛的脾气禀性却没有多少改变。今后你真到练武之时，恐怕在师父面前要打消你所有的傲气、娇气。

你是拜过师，学过艺，但是通天寨主跟你是半师半友，他娇爱你胜于管教你，你从他那里没有受到严格训练，说不客气话，你这个师父也耽搁了你。"王著被凌风说得后背冒汗，又不得不承认这个大哥的话句句在理。多少年来他盼望有一个父兄样的人能给他的人生以指教。想不到这个人竟是自己无意中结拜的金兰大哥。他想自己过去的岁月，总是人们有求于他，就是乡先生，就是通天寨主，他们也是要他奉养或资助，他们怎能像凌大哥这样毫无顾忌开导他呢。他又想到孟夫子的古训，古来成大事者，上天总是要劳其筋骨，苦其心志，加以磨练。这也就是所谓玉不琢，不成器啊。自己是缺少磨练，缺少雕琢，自己都将近弱冠之年了，上天派来凌风大哥给自己指路，自己一定得珍惜。所以经过又一段时间的沉默，王著再望着凌风时，眼神已经完全是坚定不移的目光。他激动地抢上一步跪在凌风面前说："谢谢大哥引导，使小弟顿开茅塞。今后大哥说怎样做，小弟就怎样做。"凌风赶紧把王著扶起，说："不是我叫你怎样，而是我要给你引荐一个学武的师父。"王著站起身惊讶地望着凌风："不是大哥教我吗？"凌风嘿嘿一笑："我要能教你就好了，什么时候到能教你的地步，我早开门收徒了。"凌风神秘兮兮地说："今天好好睡一觉，明天还要赶路，到底谁教你武功，到时候你就知道了。"

听着窗外风声、雨声和凌风的鼾声，王著久久难以入眠。儿时与父母相亲相依的亲密情景一幕幕涌上心头，一会儿是父亲听他背诵唐诗微笑赞许，对他母亲说："我家的千里驹将来必定是国家栋梁。我给他取名为'著'，字'子明'，就是说他无论如何，无论他将来做什么，他一定会'著称'于世，且为人贤达光明磊落。你看他背诵唐诗一丝不苟的模样，真像他对诗歌内容都一目了然一样。"母亲则坐在稍远处，不无担忧地说："你看这兵荒马乱的年月，总是你打我我打你，什么时候才能天下太平啊。金朝亡了，又来了蒙古人，李璮也没个主心骨，今天听蒙古的，明天

又听大宋的。早晚他两边都落不了好。但愿著儿长大局面会稳定。这叫过的什么日子啊!"一会儿他仿佛和父亲又到了云门山顶。只见山顶白云在蓝天衬托下时时变幻着图像,一缕缕白云迅速游动,从高空倏然飞下,钻入云门洞中。白云在洞内飘飘摇摇,不再离去,仿佛要来护卫枕书长眠的陈抟,怕世人惊醒那山中高士的好梦。一会儿父亲又领他到了阳河畔,面对一座古朴的凉亭,父亲怅惘不已,感慨不已,就是在那里父亲教他背诵了"先天下之忧而忧,后天下之乐而乐"的名言。他正背诵着,好像青州知府范仲淹神采奕奕自天而降,他在凉亭里的一个长案上纵笔书写了"岳阳楼记"几个大字,自己好奇地凑到范仲淹身旁,范仲淹竟停下笔,抚摸着他的头,笑嘻嘻地说:"孺子可教也!"可是不知怎么他竟又来到一片坟茔,触目荒凉,鬼火闪烁,母亲从坟里走了出来,泪流满面:"我最放心不下的是著儿。老爷不要逼迫著儿太甚。他自幼身弱,什么功名利禄都是身外之物,没有健康一切都是虚无。老爷保重,著儿无须为官为宦。"可是父亲竟然对母亲大发雷霆:"妇人之见,实不足取!堂堂男儿立于天地之间,若一生一世无所作为,岂不枉为须眉!我儿身体虽弱,但是我更怕的是他意志薄弱。人若无志,苟活人间,岂不如同行尸走肉一般。我儿断不能为此等人!"可是父亲怎么突然病重,他躺在病榻上老泪纵横,紧紧拉着王著的手,好像非常害怕与儿子阴阳分割似的,王著哇哇哭着,高喊着:"爹爹,爹爹!"继母站在一旁,老管家呼唤着:"老爷,老爷,您有什么交代,就说。您放心,我和夫人一定会把少爷带大,一定让他走正道,一定叫他有作为!"父亲大睁着眼,听了老管家的话,慢慢合上了眼,松开了拉着王著的手。王著趴在父亲身上号啕大哭起来。老管家叫人把王著从他父亲遗体上拽开,王著跳着脚揪着他父亲的衣裳不放,大叫:"我要爹爹,我要爹爹!"这时他只觉得一只大手按在他的身上,他一睁眼只见天色已经微明,凌风的手正摇撼着他的身体:"三弟,怎么,做噩梦了？瞧，这脸上都流满了泪水。"王著一骨碌坐起来，问："什么时候了？鸡叫了吗？"凌风说："虽然时间还早，但是练武之人应该早起了。我已经在院里打了一套拳，听你在屋里喊，这才跑进来看你。三弟，今番你拜师学艺，可不是个孩子了。"王著二话不说，立即穿衣洗脸，问："雨停了吗？"凌风说："朝霞满天，空气清新，人们真不应该睡懒觉啊。吃完早饭，我们到街上再买一匹马，然后我们要立刻上路喽。"

　　雨过天晴，凌风和王著各骑一匹马，顺着岳阳山拐向正东，沿着泰山山脉放开缰绳直奔长清县。其间路过东岳泰山。王著对泰山早就向往，但是一直没有机会攀登。这次到了泰山脚下，他恳求凌风允许他或带他到泰山一游。凌风看看王著乞求的眼神，心想三弟毕竟年轻，还没有全脱孩子习性。想到日后几年王著学艺的艰苦，他想就让三弟再痛痛快快玩一天吧。于是两人把马匹寄放在山脚的平安客栈，然后徒步前行，准备从东路登向岱顶，然后再从西路下山回客栈。他们两人都有武功在身，登起山来步履自然比一般人矫健，不一会儿就就到了斗母宫，两个人怀着崇敬的心情对宫中供奉的斗母元君诚心诚意拜了几拜。王著问凌风为什么拜，凌风说斗母是众星之母，神通广大。斗母一头四面，额上三目，四臂八手执掌日月星辰、天上人间、众神众生命运，因此，必然要拜。他问王著又为什么而拜。王著说他不知道斗母有那么多神通。他只知道斗母是上古时候的紫光夫人，因在花园洗浴接受春光灵气，而生下九莲，九莲遂化为九子。其中老大就是天皇大帝，其他八子中有紫微大帝、文曲星、武曲星等。他告诉凌风他习文练武怎能不求文曲武曲保佑？对文曲武曲的母亲怎敢怠慢？凌风听罢说："好，文曲武曲知道你敬仰他们的老娘，一定会保佑你文武有成。"

　　出了斗母宫，他们一路赏玩山形景致，感叹大自然的鬼斧神工造化出泰山的奇绝俊秀。过石关，经中天门，他们已经遥望见

南天门，在云步桥上他们正指点桥北瀑布飞悬，激流直下窜涌桥底，这时从他们身后传来急匆匆的脚步声，他们赶紧侧身让路，只见两个挑夫肩担米面粮袋和器物杂什以及一些菜蔬果品拾阶而上。他们的皮肤都是古铜色，筋骨峻嶒，步履稳健，不快不慢。凌风对王著说："长年累月他们从山下到山上，来而复往，练就他们的好脚力。你我别看是练武之人，脚力都恐怕不及他们。"王著看了一眼，挑夫的担子似乎不很重，因为挑夫从山下起，走了那么长的路，并不气喘，也无疲劳神色。他年轻人好胜心性，不由得说："我来试试如何？"凌风说："好，如果你一口气能挑到升仙坊，我腰间这把宝刀就输给你！"王著一听更来兴致，他几步追上前，对一个挑夫说他想替他挑一段路。那挑夫开始不明白王著的意思，待王著再三解释，那挑夫才狐疑地将挑子交给了王著。挑夫紧跟王著身后，怕他一脚踩空摔下山去。

王著一开始挑，觉得担子真的不重，心想大哥的宝刀一定输给自己了。可是他哪里知道他脚下走的正是登泰山最陡峭的一段路，所谓南天门下两十八，南十八，北十八，慢慢紧紧好似天梯高高挂，说的就是王著要走的路，面对两个十八盘，是登泰山山路最吃力的地方，没有锻炼的人，徒手空身也会走得气喘吁吁浑身冒汗。王著虽在云门山走过不少山路，但是哪里走过眼前这般崎岖陡峭的路，更何况还担着几乎上百斤的担子啊。十八盘他刚刚走上五盘半就已经大汗淋漓。但是他不服，心想已经走过三分之一，一咬牙，就能走过去。谁知走到第十盘，他只觉得肩上的担子越来越重，肩膀越来越疼，疼得就像针扎似的。他心里说再咬牙，再坚持，还剩六盘，他看见升仙坊的白石柱似乎就在眼前了。但是第十一盘刚刚走过，他脚下一软，就坐到地上，挑担他已顾不得了。幸好原来的挑夫一直跟在他身旁，见王著倒地，他立刻接过了担子。挑夫对王著说："挑担不好玩，这原不是公子们干得了的活计，公子好好歇息，我得追赶我的伙计去了。"说完，挑夫挑着担子向已经走在北十八盘的同伴追去。凌风笑眯眯望着坐在地上的王著，递给他自己的手巾："擦擦汗，还站得起来吗？"王著觉得两腿就不是自己的似的，心想站起来，可是两腿不听使唤。这时一个登山的游客，关心地问："怎么？腿抽筋啦？"他蹲下身，说："年轻人，不要太着急。登山要一步步走，千万不要跑。俗话说欲速则不达啊。"他俯下身就用他的手轻轻给王著掐捏揉搓按摩了一会儿。王著立时感觉两腿轻松了许多。他一骨碌就从地上站了起来，连忙向那人躬身致谢。那人见王著能站起来了，说："没事了，慢慢走，一定会爬到山顶的。"说完他竟自转身登他的山去了。凌风提示说："三弟，我没想到你的腿还真不能动了。那人可是神医，问问人家姓名啊。"王著这才大声向那人高喊："先生，贵姓啊？"那人站在台阶上回转身，笑笑，说："小伙子，有事可以到京师找我，打听'严一针'好了。"王著再次向那人招手致谢，他刚扶着凌风要也往上走时，从下面又上来一个斑白胡子的老者，老者看看王著，站在他面前，一面休息，摇着一把折扇，一面笑呵呵地说："不怕慢，就怕站，小伙子，跟老夫一起往上爬！"王著看老者都在鼓励他，也忘了腿疼不疼，跟在老者身后就往上登。王著好奇地问："老先生，您怎么一个人登山，孩子们怎么也放心得下啊？""我徒儿们在后面呢，他们还跟不上我呢。我几天就来爬一次，轻车熟路，还用谁跟着我吗。我看你不一定比我爬得快呢。"王著想连老人都瞧不起自己，他再一次雄心勃发，不服输地说："老先生，那我就跟你比一比。"老者笑着说："好啊，那就看咱俩谁先到岱顶吧。"说着老人脚步不停地一步一步稳稳当当向上登。王著求胜心切，心想我挑担子比不过挑夫，我空手登山还比不过一个老者吗？他三步一蹿，两步一跳，早跑在老者前面。一会儿他还回头对凌风喊："大哥，你慢着点，照顾照顾老先生，别让老先生累坏喽！"

王著蹿着，跳着，他却没有料到这北十八比南十八更难爬，

更陡峭，简直就像攀登一个挂在南天门的长梯子，越爬越让人心中生畏。云彩在身边飘来飘去，山风在耳边阵阵呼啸，一忽儿，云彩越聚越浓，回首下望竟是灰蒙蒙一片，不知道凌风和老者攀登到哪里了。后面跟上来的人都像从云层里冒出来的，就好像自己已经在天上，云层下那才是渺渺人间。他怕老者跟不上，看看快到第十四盘了，他就站在一层台阶上倚着路边的崖壁，斜着身子，上下左右极目张望，边看山景云海，边擦汗小憩。他心想南天门近在咫尺，这一回老者准输无疑。可是等了好久，也不见老者和凌风走上来，汗消了以后，山风吹拂，衣襟飘起，浑身发凉，他想索性直奔山顶，到那里再与大哥和老者相会罢了。他急急迫迫往上攀登，恨不能一步跳上南天门去。登到十六盘，他几乎不相信自己的眼睛了，用手擦了又擦，再定定神，没错，老者和大哥明明站在南天门外，正笑呵呵地望着他呢。他赶紧爬完最后两盘石阶，惊讶地问凌风："大哥，你们什么时候越过我的？"凌风说："你怎么不在半路观山景了？"王著着急地说他是在等候凌风他们。凌风却说："是你提出要跟老人比赛，老人还告诉你，不怕慢，就怕站，谁让你一站就不前了呢？"王著涨红着脸，只好说："在下服输。一会儿到山顶我请老丈吃饭！"老者微微笑着，说请他一个不成，他可还有两个学生呢。"他们在哪儿？"王著问。"我们在这里啊！"两个二十多岁的书生打扮的人在王著身后应声回答。王著吓了一跳，忙掉转身："你们什么时候站到我身后的？"两人一起冲王著作揖说："相公，学生王旭、刘敏中这里有礼了。"王著一愣，重复道："你们是王旭、刘敏中，那么老先生就是大名鼎鼎的杜善夫先生了？"王旭和刘敏中都惊疑地问："你与杜先生同行，打赌，连老先生是谁都不知道啊？"王著扑通一声，跪在石阶上，连连向老者叩头说："学生有眼无珠，不知杜老先生在前，多有不敬，多有得罪，请老先生原谅学生不知不识之罪。"杜善夫捋着自己的胡须，笑着说："你不认识我，我可认得你，你那乡先生把你可捧上了天呢。他上哪里就带你上哪里。有一次他带你去东平严府，在酒宴上侯爷严仲济因有所感慨，即景唱了一首《天净沙》，曲词是……"王著说："噢，我还记得：宁可少活十年，休得一日无权。大丈夫时乖命塞。有朝一日天遂人愿，赛田文养客三千。"杜善夫说"你当然记得。当时你在场，连声叫好。大家一看是个七八岁的孩子叫好，都很诧异。严侯问你：'好在哪里？'你一点都不畏怯，朗朗而答：'人生在世岂能碌碌无为？堂堂男儿，当心比天高，一时挫折，怎可气馁？田文养客正是志在王侯，身为须眉，自当如此！侯爷此曲好就好在其中自有一股磊落之气，一股浩然之气，一股志在必胜之气'他日我为人亦当如此！"杜善夫直视王著问："你还记得吗？"王著轻轻点头，说："少年气盛，不知天高地厚。老先生多多指教。"杜善夫继续捋着他的胡须说："人小志大。当时大家都将你看作神童，嘱咐你的先生好好培育，期望你能成为社会贤良。"王著却连说："学生惭愧，一事无成。今正跟大哥寻访良师习武学艺去。"杜善夫重复着："习武学艺，习武学艺，投笔从戎，也好也好，百无一用是书生。"他对王旭和刘敏中说："你俩都听到了，王著的年龄比你俩小，但是他对现实或许比你们认识得还透彻。你们再看看我写的天门铭，是否会有所得？"

这时王著顺着杜善夫手指的方向，才注意到西南几步远，有一通石碑。碑上镌刻着杜仁杰，即杜善夫所撰写的铭文：

泰山天门，无室宇尚矣。布山张炼师为之经构，累岁乃成，可谓破天荒者也。齐人杜仁杰，于是乎铭之：

　　元气裂，两仪具。五岳峙，真形露。惟岱宗，俨簊踞。仰弥高，屹天柱。浩千劫，窒来去。谁为凿？起天虑。匪斤斧，乃祝诅。一窍开，达底处。十八盘，盘千步。荞初吐，抱围树。日车昃，惨曦驭。六龙颓，莽回顾。蹐此往，嘉无数。无怀下，兵刑措。七十君，接銮铬。圣道熄，彝伦斁。揖让歇，篡夺屡。忽焉阖，梗无路。象纬森，敕诃护。朝百灵，由兹户。金璀璨，朱间布。九龙蹲，万无怖。我欲叩，阍者怒。辟何时？坦如故。对冕旒，获控椠。豁蒙蔽，泄尘雾。刮政疵，剔民蠹。上得情，下安作。额血殚，帝聪悟。崖不磨，苍壁竖。刻我铭，期孔固。垂万世，正王度。

王著看了一遍，心中忽有所感，他对杜善大说："观此铭，方知老先生胸怀为国为民之志，高大博远，晚生受益匪浅。'刮政疵，剔民蠹'当为学生终生座右铭。"杜善夫满意地点点头，对王旭和刘敏中说："此子前途不可限量，他日名留青史者，必有此人！"王旭、刘敏中见老师如此赞许王著，皆向王著拱手致敬。王著还礼说："愿与学长共勉。"凌风却问杜善夫："请问老先生，铭文中说的张炼师可是张志伟道长？"杜善夫说："正是。那是我的好友。你也认识他？"凌风说："不，我曾聆听过他讲道。因为我听说张志刚道长身怀武学绝技，所以我要把三弟王著推荐给他做入室弟子。但是究竟我与志刚道长交情不深，所以我心中无底。原来我只是想凭三弟的资质，道长收他为徒，决不会辱没道长。经过考查道长应当不会拒绝我三弟为徒。现在得知老先生与志伟道长有深交，所以我有一个不情之请，老先生能否替我三弟做一介绍？"他叫王著说："快给老先生行礼，这就是你的师伯了。"王著立即给杜善夫又下拜，杜善夫没想到凌风提出这么个要求，赶紧叫刘敏中把王著扶起。杜善夫确实也从心底喜爱王著，既然王著愿意学武，他说："那好，咱们到山顶找个地方，我给志刚道长写个介绍好了。"

18

岱顶恶斗

　　王著等人进入南天门以后，杜善夫打算在昭真观（清代乾隆间改名为碧霞元君祠）为凌风他们写个介绍。他们刚刚走到昭真观门前就看到一群人在观前议论纷纷，有的说："光天化日之下行凶打人，真是无法无天！"有的说："算了吧，这是什么世道！哪里有百姓说话的地方？"另一个人说："总不成没有王法啦？"旁边一人说："你知道打人的是谁？"有人问："谁？王子犯法与庶民同罪！"好几个人同时说："那话还能当真呀？什么时候王子与小民平等过？"还有的关心地问："那个挑夫被打得怎样啊，要紧不要紧？"王著等人向前一看，正是刚才那个把挑担让给他试挑的挑夫满脸鲜血，痛苦地躺在地上，呻吟着。那个"严一针"大夫正在为他揉捏。王著对凌风说："好好一个挑夫，他又怎地得罪谁了，遭此毒打？"脾气暴躁的凌风正要询问，二三十个挑夫气势汹汹从岱顶下来，他们群情激昂，手持扁担，急匆匆奔昭真观而来。为首一个浓眉大眼的壮汉，挥舞着粗壮的胳膊，叫喊道："管他什么京城里来的鸟，欺负我们泰山挑夫就是不行！"这一行人奔到昭真观前，壮汉吩咐几个人抬起受伤的挑夫，请"严一针"跟随他们离去。壮汉率领那些挑夫登上昭真观门前的石阶，涌进昭真观外院。王著他们也在后面跟随进入。

挑夫们刚刚走到山门，从门里就涌出一队官兵，为首一个军官模样的人甩着京腔，大声喝问："来者什么人？有敢寻衅闹事者，严惩不贷！现在相爷阿合马的十三公子正在殿内观光，一切闲杂人等，不可搅扰。"壮汉不管军官的警告，大声说："我们是泰山挑夫。只问你们凭什么殴打我们的人？"那军官斜睨着壮汉，摇头晃脑，说："我一猜，就是你们这帮不懂事的匹夫。十三公子驾临泰山，我们在前喝道，你们那个挑夫是聋是傻？他挑着担子走得倒稳稳当当，他不找打，找什么！告诉你，在京城百官见了我们相府的仪仗都得退让，你们穷挑担的在泰山还成精了！"壮汉据理力争说："你相府人也得讲理！我们挑夫从山下运吃运喝给你们，就是走慢了一点，挡了你们的道，你们也不至于把人打伤！"军官蛮横地说："人，我们打了，你们要怎样？"壮汉说："怎样？打完人，不道歉，还不讲理，你还想走吗？"那军官冷笑道："嘿嘿，太阳从西边出来啦，竟有人敢在太岁头上动土啦！我倒要看看你们能怎么样？我告诉你们，十三公子马上就要从内院出来，你们要是不识相敢拦路的话，照样挨打！听懂没有？"壮汉回首对他的弟兄们说："兄弟们，你们都听清了吗？他们还要打我们，我们跟他们拼了吧！"众挑夫异口同声："拼啦！"这气壮山河的呼声倒把那些军官和官兵吓了一跳。

正在这时，观内传出十三公子起驾的喝声。军官赶紧驱赶聚集在山门的挑夫。壮汉和他的弟兄们一步不退。壮汉警告军官："你们不赔礼道歉，休想走出这昭真观去！"军官大怒："还反了，你们！"他指挥官兵拔刀出鞘，壮汉也对他的弟兄们喊："大家齐心合力，谁也不能退后！"终于，一场恶战爆发：一边是军刀乱砍，一边是扁担翻舞。军官和壮汉捉对儿厮杀。霎时只听得院里喊声连天，刀劈扁担砸，噼里啪啦响成一片。王著很替挑夫担心，但是壮汉似乎练过武功，面对军官的刀刀进逼，他却能用扁担着着化解。甚至将扁担挥舞如风，有几次几乎要将军官打中。其他挑夫也都身强力壮，更重要的是激愤满胸，他们受官府欺压何止一次，尤其蒙古官员更不把他们当人看，有的就直呼他们为"牲口"。他们早就在心中憋着一肚子怒火。这一回他们竟把自己弟兄打伤，再不与他们讲理，那还是人吗？所以他们一个个都抱了拼命的想法，把往日心中的仇怨全倾注在他们手中的扁担上。相府这帮卫队平时养尊处优，没人敢招惹他们。现在遇到真和他们拼命的，他们还真不知道怎么应付了。有的人就开始后撤，混战从山门外打到了山门里。

王著等人，还有一些看热闹的人都紧跟进入山门，到了昭真观内院。穿着打扮雍容华贵的十三公子在人们簇拥下，从大殿里走了出来。阿合马四十多个儿女中这是最文气的一个，也是最漂亮的一个。他一出大殿就看见了厮杀的场面，他问身旁的侍卫："这是怎么回事？玉女宝观宗教圣地怎容得剑影刀光飞血四溅！还不赶快制止。"阿府的护卫肥胖的"沙漠饿狼"萨卜拉和精瘦的"西域雪雕"阿拉丁一同奔向厮打的人群。那个军官赶紧冲阿拉丁喊："这帮挑夫还真够凶的，我的兵抵挡不住了，大师快施展你们的绝技吧。不给他们点厉害，他们是绝不走的。"

阿拉丁不说话直接扑向壮汉，把累得大汗淋漓的军官替换了下来。萨卜拉却站在高处像狼嗥一样大叫："都住手！都住手！"可是没有人听他的。他发疯似的冲进人群，顺手从一个挑夫手里夺下一条扁担，噼啪乱打一气。别看只是增加了两人，局面很快发生了扭转。壮汉眼看不是阿拉丁的对手，阿拉丁的月牙刀已经把壮汉的臂膀削中两记，壮汉臂膊流着血，手中的扁担也折成两半，一手拿着半块，胡乱挥舞，完全没了章法。萨卜拉的力气惊人，好几个挑夫被他的扁担击中，倒在地上。他一边打还一边喊："快他妈滚，滚得远远的！"阿拉丁却只是挥刀砍杀。眼看壮汉要成为阿拉丁刀下之鬼，凌风再也忍耐不住，骂道："你娘的，只会欺负小民百姓！让老子会会你！"练家出手自是不同凡响，阿拉丁立即知道遇到对手，他喝问："来者什么人？"凌风也不答话，只是用从一个士兵手里夺来的刀向阿拉丁身前身后砍去。几招下来，阿拉丁就有些手忙脚乱，萨卜拉也看出凌风身手不凡，赶紧撇开那些挑夫，也抢了一把刀在手，与阿拉丁并肩合战凌风。此时王著再不能袖手旁观，也抢了把刀裹了进去。这一下阿拉丁欺王著年少，就把王著引到自己身边对打起来，让萨卜拉去和凌风对打。

　　士兵们见自家有高手出场，一个个都后撤了，挑夫们也都疲劳已极，正好歇歇手。偌大场地就只见两对会武的人比拼。十三公子竟也津津有味地观赏起来。杜善夫和他的两个学生却对王著、凌风不由得十分揪心。杜善夫在想怎么办，他的眼光猛然遇到大殿旁一个人的目光，两个人迅速交换了一下眼色，杜善夫才稍稍放下心来。原来那站在大殿旁的不是别人，正是他要给王著介绍的师父——五峰山真元观观主张志刚，即正源真人。杜善夫心想真是巧得很，这倒省了我一番笔墨。有正源道长在，这场架，有好看的了。他低头跟自己学生说了些什么，王旭遂悄悄走到张志刚道长身旁，向道长致礼后，向道长耳语了一阵。引得道长不时观看正在与阿拉丁厮打的王著。

　　王著自知武功不高，他之所以跳出，不过是为了助大哥凌风一臂之力。谁料到阿拉丁柿子只拣软的捏，他把凌风推给了萨卜拉，他就像猫捉老鼠一样戏弄起王著来。他东一刀西一刀，左一刀右一刀，刀刀围着王著的前胸后背戳砍剁劈，王著则手忙脚乱只有招架之力，没有还手的可能。戏弄一阵，阿拉丁也许不愿再用刀砍了，他从腰间解下了他的金皮索，兜头向王著抛去，他的意图是将王著整个身体套住，任他换个新花样戏耍，好给十三公子取乐。王著眼看一个金晃晃的索套自空中落下，他竟像呆了一样，不知如何躲避。眼看那索套就要落在王著头上，将王著套住，不知从哪里飞出一个小锤，将皮套头从结扣处打断。这一着的功力令所有观看的人都大吃一惊。因为金皮索是柔软物件，如果是用锋利刀剑砍斫，皮索在空中也会晃动不易受力，都很难被削断，何况只是一个小小圆木锤，无锋无刃，它竟能把飘在空中的金皮索击断，发出此小锤之人的功力可想而知。

阿拉丁和王著面对绳套和绳子断开的景象，都惊讶不已。阿拉丁急速寻找小锤的来源，王著却俯身从地上捡起了小锤，揣在了怀里。阿拉丁找不到抛掷小锤的人，就破口大骂："哪个王八羔子暗算你爷爷，有种的，你站出来，让老子看看你是什么龟孙子样儿？"这时一阵旋风刮起，紧跟着张志刚道长从空中轻飘飘落在阿拉丁面前三尺远的地方。道长拂尘一甩，阿拉丁一个跟斗倒栽葱滚出好远。阿拉丁赶紧爬起身，指着张志刚说："何方妖道，敢戏谑你爷爷我！"他恼羞成怒，高举月牙刀穷凶恶极地向张志刚扑去。张志刚拂尘轻轻一扫，阿拉丁又像被巨大的力量冲击着狼狈不堪地向后滚翻起来，一直撞到一堵墙，才算稳住脚。当下山门里大殿前所有的挑夫、围观的游客，都纷纷跪下，高呼："神仙显灵啦，神仙显灵啦！"萨卜拉猛地听到众人高呼，他撇下凌风，不服气地从张志刚背后挥刀猛砍。张志刚好像脑后也生有眼睛，他也不回首，只是把拂尘从右肩向后一甩，萨拉丁就像被电击一样，嗷嗷叫着，向后跳开。他稳稳神，再次大喊大叫着冲道长挺刀刺去。张志刚转过身，面对萨卜拉，将拂尘画了一圈，轻轻一点，萨卜拉竟像一个肉球一样叽里咕噜翻滚起来，也是撞到墙才止住。

萨不拉不像阿拉丁站在原地发呆，而是跑到十三公子面前嚷嚷说："公子爷，这个老道有妖法，三十六计，走为上计。咱们还是别招惹他了。"十三公子一开始还觉得非常有趣，及至萨卜拉一说，他才如梦初醒，招呼他手下的人说："赶紧下山！"十三公子走到张志刚道长跟前，深深一揖，说："道长法力无边，令小可大开眼界。手下多有得罪，请道长海涵！"张志刚手指壮汉说："阿合马家总算还有一个懂人事的，得罪不得罪贫道倒不要紧，只是你的手下打伤了他们挑夫，你怎么说？"十三公子顺着道长的手指

148

走到壮汉面前，深深一躬，从怀里摸出一锭银子，说："刚才在下实在不知你们因何打斗，既是因我手下殴打壮士，就是我教导无方，失于管教。我这里给壮士们赔礼了，一点银两请给受伤壮士疗伤之用，望请笑纳。"壮汉看看道长，看看公子，看看挑夫们，道长说："壮士，既是公子赔礼，我看你们就收下这些银两，先给伤者疗伤要紧。"壮汉接过银子，向张志刚道长抱拳而谢，随即带着他那队挑夫扬长而去。十三公子也招呼他的手下灰溜溜下山去了。

杜善夫则招呼王著和凌风到张志刚面前，给他们介绍说："这就是五峰山真元观观主正源道长，张志刚炼师。也就是我要介绍你们拜门的师父。"王著一听，立刻就给张志刚跪下说："师父受小徒一拜。"张志刚却不理睬。王著面对张志刚跪地不起，杜善夫对王著说："你也太性急了，师傅不是这么个拜法。你起来吧！"王著迷茫不解地站起来，看看凌风，凌风给他使眼色，意思是别着急。张志刚转而对杜善夫说："我刚从京师长春宫回来。在京师我见到了先生的妹夫梁进之院判。他叫我捎了一封信给你。我正想怎么叫徒儿给你送去。正好信带在我身上，现在给你好了。"说着，道长从怀里摸出一封信来，交给了杜善夫。杜善夫问："梁进之那里没什么事吧？"道长说："官儿难做。尤其阿合马势力熏天。前些时日梁进之审问街上斗殴的一桩公案，阿合马的大公子忽辛掺和进去，竟在公堂之上把一个涉案人杀死。"杜善夫说："真是无法无天。我就是因为看到这个新朝根本无法可循，一切全凭长官意志和掌权者的喜怒好恶，任意胡为，这就没有办法在官场办事。所以当政几次叫我去做官，都被我谢绝了。"张志刚说："世上有几个人能够看破名利啊。梁进之很想急流勇退，可是他又受名利煎熬，金钩难甩。"杜善夫问张志刚不回五峰山，到泰山何事？张志刚说他去京师长春宫去看望李志常师兄，商谈教门事务。因为阿合马公然张扬佛门欺压道家，他们商定由掌门去拜会当朝宰相安童，据说安丞相还是比较贤达明慧的人。

杜善夫祝愿张志刚道长教门兴旺，并且一再拜托他收王著为徒。张志刚对收王著为徒的事不置可否。凌风则趁机向道长行礼，自我介绍说他是太行五虎之一，绰号飞天虎姓凌名风。曾经在五峰山听道长布道，并记得道长谆谆教诲："人之所贵者在于生，生之所贵者在于道"，"性无命则不立，命无性则不有"。他说他曾经答应道长虽然自己不是学道的好材料，但是他一定为道长寻觅一个好徒儿。他指着王著说："如今我把寻觅的人领到了宗师面前。王著资质非凡定可光大全真，请道长严加考核。"张志刚还是眯缝着眼不置可否，反而问凌风："你说你是太行五虎之一，那么震山虎裴平你可认得？"凌风有些惊讶地问："尊师也识得我三哥裴平么？"道长轻轻挥了挥拂尘，叹了口气，说："裴平已经身遭不测，魂归离恨天外了。"凌风闻听犹如一声晴天霹雳，情急之下他揪住道长的衣袖："道长，道长，你说什么？不可能，不可能！"张志刚说："你可以自己到京师打听，信不信由你！我也不过是听人所言。"杜善夫问："道长，此消息即是敝妹丈所言吧？"道长说："裴平就是在公堂之上被忽辛杀死之人！"凌风悲痛欲绝，目眦尽裂，面貌可怖，扑通一声跪在地上，高呼："苍天在上，我凌风发誓，今生若不手刃忽辛贼人之头，我就不是爹生娘养的。三哥，你在冥冥世界睁大双眼看着，五弟一定给你报此大仇！"他发誓罢，站起身，拉着王著的手，说："好兄弟，我要给你寻找的师父，就在眼前。杜老先生比我与道长关系更亲密，他也给你做了介绍，至于你有缘无缘拜道长为师，就看你的造化了。我三哥遭遇不测，几位哥哥知道信息后恐怕都往京师赶去了。他们可能正着急找我。我不能再陪伴小弟了。我这就告辞下山去了。我已心乱如麻，好兄弟你好自为之，我们后会有期！"王著感于义气，想与凌风一起下山。杜善夫说："此时，岂可意气用事？你去，还要别人分心照顾你吗？"王著将匆匆离去的凌风送到昭真观外，只得留步，望着凌风的背影，忍不住两行清泪潸然而下。

　　道长与杜善夫也拱手作别，可是对王著却连个招呼也没打就飘然而去。杜善夫看看王著，王著猛然意识到也许道长在考验他拜师的诚意，就从怀里掏出小木锤，追上张志刚道长，说："弟子请道长收回木锤。"道长头也没回，只是有两句话清清楚楚传到王著耳内："木锤你留下，有木锤才有你的命。三天后子时我在真元观前银杏树下相候。"王著像获得圣旨一样立刻大声喊道："弟子谨从师命！"

　　杜善夫和他的两个学生还要登岱顶，观摩唐玄宗所书写的泰山铭碑，然后去玉皇殿参拜玉皇大帝。杜善夫邀请王著跟他同行，晚间就一同宿歇在山上。王著此时却觉得他突然陷入一种从来没有感受过的孤独之中。他的内心似乎在悄悄流泪，虽然他就要拜在名师门下，但是他却要多少年不得回家。他隐隐觉得要过一种从来没有过的生活。到底对自己来说，迈出这一步是福是祸？他想自己得一个人好好理理事情的头绪了。得最后决定下一步该怎么走。所以他谢绝了杜善夫的邀请，表示他要急忙下山，去做一些赶紧要做的事。杜善夫也不勉强，只是说："一个人面前的路，一辈子会遇到不少的岔路口。怎么选择，走哪一条路，一个人的命运会迥然不同。所以每当面对岔路时都得仔细选择。你今天与我相遇也是人生有缘。我的妹夫梁进之在京师做警巡院判。这是个不大的官，但是他的为人还正直可敬。今后你少不了往京师去，多一个熟人，也是多一条路。我别的也帮不上你忙，我在京师多多少少有一些故交门生，你把我的这把折扇带上，上面有我的笔迹印章，你持此扇求到我的朋友子弟，他们都会尽力帮忙的。你还年轻，前途不可限量，你好自为之。"王著接过杜善夫交给他的扇子，就与杜善夫叩头拜别。

　　杜善夫望着王著从南天门下山而去，才回身与他的学生刘敏中和王旭说："这个后生或许在文学治政方面不及你们，但是他必

定会有一番作为。只可惜老夫我是看不到了。"王旭说:"老师身
体康健，百岁可期，天下归一，我等弟子正可一显身手。"杜善夫
自顾向岱顶走去。他对刘敏中说:"我写的那首《读前史偶书》
诗，你还记得吗?"刘敏中说:"记得。我背诵给先生听。"他满含
感情朗诵道:

定？向来名节几人全！中原消息苍茫外，故里山河涕泪
边。六国帝秦天暂醉，鲁连休死海东壖。

杜善夫说:"这是我们这一辈人的遭遇，你们的路得你们自己
选择。就像我对王著说的，你们还年轻，前途不可限量，时机到
来需要抓住，各奔前程!"

19

王著拜师

　　王著从泰山西路下来，一路顾不得再赏玩山景。他匆匆回到平安客栈时，凌风早已离去了。他一个人没情没绪，胡乱吃了点东西，就躺下歇息了。因为不常爬山，一晚上直觉得双腿酸痛得厉害。好久，翻来覆去，不能入睡，浑身一阵阵净冒躁汗。他顺手拿起放在桌上的杜善夫送他的扇子扇了起来。过了一会儿，好像舒服了一些，他把扇子凑到眼前，借助烛光欣赏起扇子上的题诗来。杜善夫的书法在山东是名家，那扇子上的蝇头小楷一笔一画一丝不苟，流利精熟，真可谓是一件上等书法精品。杜善夫将此扇赠给王著，足可见他对王著甚是喜爱。王著仔细阅读那扇子上题目为《题五峰山》的诗句，慢慢吟诵道：

　　　　青崖何亭亭，险绝不可状。中有仙人台，曾此簇大仗。
　　　　千年迹已陈，剪灭复谁创？贤哉王真隐，志欲铲垒障。
　　　　林中万古滩，手独辟空旷。得非借天巧，毋乃烦鬼匠。
　　　　向来樵木场，今为锦绣嶂。泉鸣灌木杪，人语飞鸟上。
　　　　居人固自轻，过客诚难忘。时危乍便静，景胜反增怆。
　　　　信宿已过期，久留非涉妄？明日黄尘中，回头失昆阆。

王著一边朗读一边思忖："千年迹已陈，剪灭复谁创？贤哉王真隐，志欲铲垒障。"也就是说五峰山景色奇崛，历史遗迹不少，其中有洞观则是经王真人重新修建的。那么王真人和师父正源道人都是五峰山上的高人了。他想起自己武学的启蒙师父通天寨主曾经告诉过他：全真教祖王重阳的七个高徒——丹阳真人马钰、长贞真人谭处端、长生真人刘处玄、长春真人丘处机、玉阳真人王处一、广宁真人郝大通、清净真人孙不二，号称"北七真"，是全真教的七大宗师，他们各怀绝技，各创门派，使全真教发扬光大。山东是全真教的繁盛地，王教祖东来，到宁海立教，七真人再从栖霞西传，其中经益都、泰安西到陕甘，北经真定、中都到长城内外，全真教势力相当浩大。近者在泰山、在五峰山都有他们的传人。看来正源真人张志刚道长和王真人，也都是全真教的观主了。通天寨主说全真教人有的练功到至高境界，就会法力无边，百步之外能决人生死，谁要能拜他们为师，那可是天大的造化。凌风大哥对正源真人崇拜不已，看来是有他的道理，所以他要我拜正源真人为师。真人在昭真观救自己一命，已经显示了他的功力非凡，自己未拜师就已经先受了真人恩惠。幸而在泰山又遇到杜老先生，他却在我小时候就认得我，他又和正源真人兄弟交情不薄，经他竭力引荐，真人似乎有意收自己为徒了。从泰山到五峰用不了三天，真人给自己三天时间那是让自己认真考虑啊，真人大概要看自己有无抛却俗务的决心。

王著又想，杜善夫老先生是当代名士，连戏文《宦门子弟错立身》都有戏词唱说："你课牙比不得杜善夫。"他不出仕自有他不出仕的理由。可是自己学文习武，获得一身本领，最后也得要高隐山林？要加入全真道？不，李白说过"天生我材必有用"，我应当不负父命，此生必当建功立业，人生于世，就应当给世上贡献自己的才智力量，饱食终日无所用心不就与行尸走肉没有多大区别了吗？老隐山林实在是历来志士仁人不得已而为之呀，哪有清平世界朗朗乾坤怀抱才艺而不入仕者？可是假如正源道人要自己拜师一定入道，要像他一样将来在某宫观度过一生，自己又将如何应答呢？他不知道自己该怎样回答，却反而搜索全真教主们的话语，看看是否能用其教义加以辩驳。往日不经意间耳闻目睹的关于全真教教义的一些片言只语迅速从他的记忆中被调动出来。啊，王重阳教祖说过："儒门释户道相通，三教从来一祖风"，那么入道和听从孔孟教海应当是一致的了。长春真人当年万里应诏总不能说他不关心世事吧？他自己不也说过什么"十年兵火万年愁，千万中无一二留。去年幸逢慈诏下，今春须合冒寒游。不辞岭北三千里，仍念山东二百州。穷急漏诛残喘在，早教身命得消忧。"这与儒家以解民于倒悬为己任又有什么差异呢？释家也讲救人一命胜造七级浮屠，佛在心中不必在于出家在家，所以正源真人一定要自己一生归隐山林，我有的是话回答。他自己思想已定，自觉满意，很快就煦煦入睡。

　　转天一早王著就直奔五峰山去。他沿着山路放马由缰，不紧不慢地走着。初秋的山景颇为可观，蓝天白云清澈亮丽，远处的山峰若隐若现，近处的山石形状各异，或突兀嶙峋，或陡峭直立，或光滑平整，千姿百态。有的山石上寸草不生，有的山石缝隙中就钻出了一丛丛灌木或小草，给人一种生机勃发的感觉。更有青松从石缝中挺拔屹立，直向青天，使人顿觉生命之顽强向上，让人备受鼓舞。王著有意无意浏览着山路的景色，心中还是多多少少有些惴惴不安。偌大一个家业从此自己就完全抛弃，置之不顾了吗？我就这么离家出走，家里会不会因为找不到我乱成一团？当时大哥凌风出于好意一心要我离家拜正源道长为师，他是个无家无业之人，他不会想到我还有许多家务事需要料理，所以一下子就把我拽出来好几百里。已经好几天了，家里可能早已翻江倒海了，现在没有任何人左右自己的行动，自己是否应该回家看看，或做一番交代？他自从产生回家看看这个念头以后，就再也向前走不动了。他坐下的马匹似乎也领会主人的心意似的，向前迈的步子也越来越小，最后竟然站在原地不动了。王著猛地勒转马头，策马狂奔起来。他要用最快速度赶回家，料理一些事情，然后再往五峰山赶。

傍晚王著又回到颜神镇的"天意客栈"。店家还记得他，热情打招呼，还问另一个凌大爷怎么没有一起来。王著只是随口支吾，店家很善于察言观色，见王著神情恍惚心不在焉的样子，就知趣地不再搭讪。小二给王著安排了房间，引领他到大堂用餐。王著心事重重，只要了两个烧饼、一盘牛肉、一碗汤面，他怕喝酒误事，连酒也不要了。他一个人低头闷闷地吃着，时而扇扇扇子，驱赶心中的烦躁。突然有两个人不知从那里出现在他面前。其中一个喊道："哎呀，少东家，可找到您啦。您一个人在这儿自在地吃喝，您知道家里可炸了营啦！"这突如其来的一声喊，冷不丁吓了王著一跳。他定神以后才看清站在自己面前的两人一个是他家老管家的儿子王松，一个是他家多年的长工石大柱。刚才就是石大柱冲他喊话。

王著一看是自己家的来人，非常高兴，忙招呼他俩坐下，问："你们怎么找到这里了？还没有吃饭吧？"他招呼店小二又加酒加饭，心里一下子有了新主意。小二看刚才还郁郁寡欢的王著遇到来人非常高兴，像变了一个人，也替王著高兴，说："他乡遇故知，是人生一大幸事。祝贺你们的巧遇，你们一定要喝个痛快，聊个痛快！"石大柱对小二说："你知道什么，这是我们少东家，忙你的去吧，少掺和！"王著因为高兴，倒不在乎小二说什么。

王松和王著年龄差不多大，在家练武时，王松是王著的陪练者之一，虽说是主仆，但是他们关系却近如兄弟一般。王松自见到王著以后一句话也没有，只是两眼泪汪汪地看着王著，最后再也止不住，泪珠竟啪嗒啪嗒滴落下来。王著问："怎么啦？王松。"王松竟像个大孩子一样哭出声来。王著凑近王松，像大哥哥一样

抚摸着王松的头，说："好啦，好啦，酒菜都上来啦，快趁热吃吧。来陪大哥我喝两盅酒。别哭了，我还有话说呢。"王松抽抽噎噎地说："我爸爸见你两天没回家，就派我到府衙探听，才听说你差一点被扔进大火中，亏得众人相救，却又被一个大汉挟持走了。我回去跟我爸一说，他就急了，老夫人也吩咐人们赶紧去找，还叫人请你师傅通天寨主派人寻找。我和石叔叔又到益都大街，找到看见你被大汉挟持的两个人，他们指给我们你们奔走的方向，我们这才顺路追来，还真追上了，真是苍天有眼。"说着他开心地笑了。

王著依照刚想好的主意，趁机把家里的事该怎么处置，一件一件说给了王松，让他转告给他的父亲，并且告诉他一应杂事都可以由老管家全权处理，有些事情也可以听从老夫人的意见办理。他因为有事情要到外地去，也许一年半载，或许两年三年不能回家，家事就委托老管家了。王松和石大柱越听越觉得不对劲，尽管嘴里答应着王著所说的嘱托，可是却一再要求王著必须跟他们一起回家。王著不想把自己到五峰山拜师学艺的事告诉他们，所以始终只说他有事情到南边去，具体到哪里，去办什么事他不说，石大柱他们自然不能强问。可是他们却非要王著回家一趟，亲自跟老夫人、老管家自己说明白他要出远门的事。不然，他们找到少东家，却又不把家主人劝回家，他们回去也得挨一顿臭骂。

他们正在争竞之时，一伙公人从门外拥进，他们直奔王著，问："唉，你是益都书吏王著吗？"王著一听人家找他，没有多想，立即站起身，拱拱手，说："在下就是益都王著，不知几位公差问在下做甚？"其中一个人，大概是个头儿，大声说："王吏爷，不是小的们为难爷，爷知道我们吃衙门饭食，身不由己，现今县太爷有令，命我们捉拿益都逃犯书吏王著，我们不敢不从。爷识相就请跟我们一起回县衙，也让我们几个顺当交差。"王松先沉不住气，问："要不跟你们走呢？"那人说："嘿，那就由不得你们了，伙计们，上！"几个捕役正要动手，王著却一扬手说："等一等，捕快大哥，你抓捕我，总得告诉我，我犯了哪一条王法吧？"那人说："您本是路府的书吏，比我们地位要高，可是我们县太爷得到益都总管纳米丁的紧急通告，说要在益都全境限日严捕逃犯吏爷您，具体您犯了哪一条王法小的们可就无从知道了。"王著心下立即明白一定是纳米丁小肚鸡肠，他见没有将自己害死火场，担心日后我会报复他，所以他要先下手为强，不知又给我安排了什么罪名。眼见回到益都府一定是前往送死，跟他们一帮贪官污吏有理也说不清。所幸家里事刚才已经跟王松大体交代清楚，可以不再牵挂，那么今天的事最好不要把他们牵扯进来。他这么想于是对捕快头儿小声说："好吧，我跟你们走。好汉做事好汉当。只是给在下留个脸面，不要在这个客栈就给在下戴上刑具。"捕快也看看客栈围上来的看热闹的人，说："好吧，咱们往日无冤，近日无仇，只要您合作，我们也不为难您。"王著对王松和石大柱说："我嘱咐你们的事一定转告老管家，让他多辛苦几年吧，我王著不会忘记他老人家的。"王松揪住王著说："大哥，你不能跟他们走，你让我们回家怎么说呀？"王著说："你们告诉老夫人让她自己多保重。我的事我自己会处理。千万不要去益都府打探送礼，那可是个无底洞，沾不得！切记，切记！"然后他挣脱王松的手，拿起桌上的扇子，揣在怀里，对捕快们说："走！"

捕快们一是看王著是个瘦弱书生的样子，二是看他在路府衙门里做事，三是看他言语明快，不像有拒捕的架势，所以对王著没有多少防备。如果一出客栈捕快就给王著戴上枷锁，也就好了，可是王著跟捕快们称兄道弟，弄得捕快有些不好意思，都想到了衙门口再给他戴上刑具不迟。走出颜神镇不远，就到了淄水河边，天色已经完全黑了下来。河岸有一带黑黝黝的树林，河边又生长有密密麻麻的芦苇和蒲草。为了防止王著逃跑，捕快们将王著夹在队伍当中，前后左右都有人防卫着。捕快头眼见这一带地形越走越险，他刚想给王著是否戴上刑具，这时王著却突然伸脚一绊，用胳膊一推，将他身边一个捕快推倒，一个箭步就直奔路边的树林之中。当时树林里已经黑成一片。三五步远就什么都分辨不出来了。事出意外，可急坏了捕快头儿，他命令捕快们赶紧追寻。同时他大声呼喊："贼书吏，你小子太不够朋友，你给我出来！"任凭捕快们怎样呼唤，就是不见王著的踪影。捕快们在树林里搜了一阵子，喊了一阵子，又不敢深入林子太远，一会儿累了，都回来聚坐在河边休息。捕快头以为王著无论怎么也得回家，要回家，就必须过淄水河，于是他命令手下："咱们就在河边等，不信他能插翅飞过河去。"他又命令说："你们一个个都伸长耳朵，瞪大眼睛，看见河边听见树林有什么动静立刻行动。今晚谁也不许睡觉，咱们就给王著来个守株待兔！"

王著钻进树林后暗自侥幸，同时对纳米丁的阴险有了进一步了解。他心想自己原来还对官府抱有一线希望，现在看来是坚决不能与他们同流合污了。现在无牵无挂，正好准时去赴师父的约会。捕快们在树林内外的喊叫他听得一清二楚，王著心说让你们等吧，老子至少几年不会回家了。树林里黑乎乎的，他只能凭直觉向远离捕快的方向摸索着前行。渐渐捕快们说话的声音已经听不见了，他继续摸索前进。好在这不是多大的一片树林，走了一段时间，他就走出了树林，到了一座山下，望见不远处还有灯光，他想那一定是一个小山村，到了那里再问问路。于是他向着灯光高一脚低一脚跟跟跄跄奔去，等走到那灯光处才发现那是一家山里人在给死人守灵。他不想打搅人家，可是屋里守灵的人已经听到屋外的脚步，一个山里汉子打开屋门问："什么人？深更半夜来访僻静山村，不是有缘就是有求，请客人进屋说话。"王著不好意思地蹭进屋，先向亡灵叩首致礼，然后问守灵人："敢问先生为何人守灵？"那人说："惠弘大师。"

王著想起益都惠弘大师被焚的一幕，还是气愤不已。他借着微弱的灯光勉强看清供桌牌位上的字迹：慈严宋思明之位。他有些不解地问："先严就是惠弘大师吗？"那人说："惠弘大师俗姓宋讳思明，出家后法号惠弘。我母亲被蒙古军掳走后，家父痛不欲生，后来就削发为僧了。不想还是被蒙古官府害死。"说着他又流下泪来。王著问明那人叫宋信义，他正急于思索怎样为父报仇。王著就对宋信义说他父亲的仇人是纳米丁，纳米丁为人凶险狡猾，不要轻易前去送死。要学会本领，等待时机。他还述说了自己的遭遇，告诉宋信义自己正被纳米丁追捕，他得赶紧逃出益都路管辖的境界。宋信义对的王著遭遇很同情，立刻自告奋勇给王著带路。于是他们连夜翻过岳阳山，进入到泰安州管界。临别王著介绍宋信义去投奔通天寨主，学些武艺好伺机报仇。

天明，王著就在泰山的群山峻岭里继续跋涉，渴了就找山泉处掬两捧水，饿了就摘点野果子充饥。偶尔遇到山里人家也要到过一块半块面饼。山里人纯朴，见人饥饿赶路都会给予接济。到约定的那一天王著终于赶到了五峰山，找到了真元观，看到了观外那棵高大茂盛的银杏树。那是多么耀眼的银杏树啊。树后面，依山而建的真元观，殿阁高出围墙，碧瓦红柱，飞檐雕画，在蓝天白云下显得那么庄严壮丽。四围一片郁郁葱葱，让人感到大地焕发出繁茂的生机，不能不使人高呼：世界原来这么美丽！那有十丈高的繁茂的银杏树，一片鲜黄，在一片苍郁葱绿中是那么抢眼。王著生长在乡野，看过无数的树木花草，但是眼前这种绚丽夺目的黄色银杏却是他第一回见识。他印象中树木叶子发黄一定是枯萎的标志，一些树叶经霜变为红叶多为人欣赏，可是这银杏的黄叶，却黄得这么可爱，这么鲜亮，让人不忍把目光移开，这可是从未体验过的感受。因而不由得顺口诌成一诗：十丈高银杏，难与凡木并。公种孙获食，不急一时盛。吟罢，他又绕着银杏树走了一圈，心想但愿自己一生能像这棵银杏树，就是在寒风来临即将凋零时，也要焕发出凋零的光彩，不同凡木！

正当王著围着那银杏转悠的时候，一抬头，却发现正源道长正站在他的面前。王著实在没有想到师父会早早来到，他赶紧跪拜在地，说："师父在上，徒儿提早来到，惟恐来晚有误拜师大事，不想惊动师父大驾，请师父见谅。"正源大师挥动拂尘，哈哈笑着说："我估计你会早来。早比晚强。我原来叫你子时来，原本是要看看你的诚意，你既然早来，诚意已明，我何必非得让你再等到半夜呢。快起来吧！"王著说："只是仓促间，弟子没有给师父准备拜师礼。"正源道长说："你的拜师礼我已收到了，很好，很好。"王著惊讶地望着道长，道长随口吟诵道："十丈高银杏，难与凡木并。公种孙获食，不急一时盛。"王著不好意思地说："这是徒儿顺口胡诌。"道长说："惟是顺口而言，才正是心意所现。学武需要的就是意向高远却又不急不躁。你的顺口溜正好表明了你的心志。这就是为师收到的你给我的最好的拜师礼。所以我不必非叫你等到夜半再见我了。"王著赶紧跪下再给道长行礼。道长的拂尘轻轻一拂，王著就好像被人从地上搀扶起来似的，立即恭恭敬敬规规矩矩站在了道长跟前。道长说："这棵百年银杏树为证，我今天正式收你为徒。未进学门之前，在这里我教你的第一课，就是学武胜败之道。你听着，要记住：天下有常胜之道，有不常胜之道。常胜之道曰柔，不常胜之道曰强。鬻子曰：'欲刚，必以柔守之；欲强，必以弱保之。积于柔必刚，积于弱必强。观其所积，以知祸福之乡。强胜不若己，至于若己者刚；柔胜出于己者，其力不可量。'你仔细琢磨明白，我们就可以从基本功练习了。"说完，道长转身向真元观走去，王著赶忙追随而去。

20

高枫出家

　　张易为确保高枫和王六甲的安全，想了许多办法，但是又觉得都不大妥当。最后，他选择了送他们到京城西郊凤林寺出家当和尚。高枫孤身一人，尤其翠娥一死，他更是心灰意懒，所以无可无不可。王六甲却不愿出家。于是张易与凤林寺方丈圆通长老说定只给高枫一人剃度，王六甲则带发修行，在寺院当一名烧火砍柴的杂役。张易将高枫两人乔装打扮以后，让他们充作自己的跟随混出城外。

　　凤林寺在西山脚下，古驿道从它门前经过，所以庙里香火一直非常兴旺。不仅南来北往的商旅客贾在进京出京时都要到这里拜一拜神灵，求佛祖菩萨保佑事事顺遂，平安多福，就是京城里的善男信女也多有置备纸钱香烛到这里许愿还愿的，因为人们传言就这个寺庙的神佛灵验。一来二去，就连朝廷也对凤林寺特别关注。朝廷有什么重大举措，往往就会有官宦到庙里求神问卜。张易更因为与佛寺有一种特别的渊源，跟庙里主持圆通很熟。当张易带着高枫和王六甲到庙里向圆通介绍时，圆通方丈向高枫两人注视了一眼，随即高声说："施主不必再加解释，他们是您的亲戚也好，朋友也罢，一切全在他们自己与佛祖的缘分。小僧冷观高施主倒是与我佛有不解之缘，不过他命中多舛，需要历经磨练

才能修成正果。"高枫双手合十，向方丈致礼，说："阿弥陀佛，弟子情愿皈依佛门，就请大师给弟子剃度。"王六甲欲言又止，只是呆呆地望着高枫。张易见高枫表示了出家的决心，就对圆通说："请大师即赐高枫法号。"圆通略微想了想，说："高施主剃度一事，张施主早有关照，小僧这就召集首座、维那和职事来办理。他的法号就叫一宁吧。"

佛堂上气氛庄严肃穆，此时高枫亦是心内空空，脑中空空，霎时只觉得万念俱灰。王六甲只觉得心里不是滋味，看着众和尚恭恭敬敬忙里忙外，为高枫准备着剃度的一切用具，他心里更是酸酸的，高枫却像一具木偶任凭人们摆弄。眼看他黑黑的长发被剃度僧披散开来，僧人举起了明晃晃的锋利的剃刀。这时山门外却传来一阵喧噪。圆通吩咐职事去看发生了什么事，职事还没走出佛堂，一个沙弥便跑了进来，对圆通说："一个年轻香客执意要见方丈。"圆通说："你不会告诉他我此刻无暇理会它事，也不能接待他吗？"沙弥说："我说了，他说他正是为高施主剃度事而来。"张易、圆通、王六甲、众僧人都相互用眼睛询问，谁也不知道来者何人，又是为什么而来。

人们正在疑惑之际，一个年轻俏丽、英姿飒爽的青年，气冲冲进佛堂。众僧人立刻将他挡在佛堂门口。一个职事单手执礼，口念阿弥陀佛，问道："施主来此何干？"青年人手指高枫，大声喝问："高枫，你凭什么出家？"他一张口，众人都"啊"了一声，高枫立即从座位上站起身，冲来者喊道："天立，你怎么来到这里？"他本能地想过去握住王天立伸过来的臂膀。但是他的身体却被众僧人阻挡，不能靠近王天立。王天立把头上的帽子一扯，一头乌发披落下来。圆通走上前，双手合十，问："女施主，请问您是小寺新剃度的僧人一宁的什么人？"王天立顾不得回答方丈的问话，她只是对高枫声嘶力竭地喊叫："高枫，我不许你出家，你不能当和尚！"说着她就要冲过去，众僧人的防线她却冲不破。她气得捶胸顿足，尖叫着："你们和尚不讲理，他是我亲哥哥，我不叫他当和尚！"紧跟着她失声大哭，边哭边跳着脚喊着："高大哥，你跟我回去！"然后近乎哀求般地嘶叫着："高大哥，你要出家，我可怎么办，你忘了答应我的话啦，你不能说话不算数呀！"高枫望着痛苦的王天立，心中也觉得不是滋味。他有许多话要对王天立讲，可是他话到了嘴边，只能咽回去。他不能把自己杀人的事张扬啊，现在是避祸，他眼睁睁望着哭闹的天立，心想：我的小妹妹你怎么就不明白呢？

圆通慈悲的目光望着高枫，声音却很威严地说："一宁，一心宁，万事宁。我佛慈悲，念你与佛祖有不解之缘，老衲才给你剃度。倘若你目下心尚不宁，可随那女施主即刻离去。"高枫看看跳脚的天立，看看惊讶的张易，看看冷眼观看的众僧，他一狠心，扭回头，咬牙向圆通方丈说："师傅，徒儿出家之意已决，今后弟子一定会谨守佛规。"圆通双手合十，高诵佛号，示意剃度仪式继续。堂外王天立听得堂里高枫言语，却一下子昏厥过去。高枫本能地想奔过去，却被剃度僧按住，不得动身。他眼看着僧人把王天立抬走，双眼不禁涌满了泪水。但是他顽强地抑制自己，生生把充满眼眶滴滴欲落的眼泪逼了回去。

剃度僧手里锐利的剃刀贴着高枫的头皮迅速地刮削，高枫头上的黑发一缕一缕落在地上。高枫脑海里却尽是王天立的身形笑貌：在王员外府上他与王天立比武，天立是那么英俊潇洒，"咕咚"一声跪在地上面带娇羞地喊出"师父，学生眼拙"又是那么纯真可爱。在山西她那么泼辣大胆，她竟然敢主动搂住自己又咬又啃，声声句句呼喊着："我就是喜欢你，我就要把你吃了。"那时只要自己稍微有一点把持不住，就会……可是自己心里已经有翠娥。后来那本《秘戏法门》使天立安静下来，她竟真的发下誓言："我保证三年认真和高哥哥一起习书，抛除一切杂念。"可爱的天立，从那以后她就竭力克制自己，他知道姑娘为遵守自己誓言付出多大的努力，两人在一起习书劳累，她极盼自己抚慰一番，她那时眼光咄咄逼人，情不自禁有时会突然把自己搂在怀里，亲上两口，但是马上她又会自我把控，笑着说："我考验考验你。"高枫竟自想着与王天立相处的一幕幕场景，竟然对师父在他头顶爇香都浑然无觉，整个剃度过程高枫的木然竟使所有在场的僧人都以为他一心向佛无有杂念，都以为圆通长老所说高枫与佛有缘不是诳语。

张易参加完高枫的剃度仪式后就告辞而去，临别时他谆谆嘱咐高枫，既然皈依佛门，就要多方隐忍。圆通送张易到山门，张再次拜谢说："倘若一宁有什么触犯佛规之事，请长老多加指教。"圆通执礼说："丞相放心。不过一宁俗缘未了，磨难未尽，一切一切随其自然就是。"张易顺口回应："一切随其自然，好，好。"扬鞭策马而去。

夜晚，寺庙一片寂静，寒风呼啸，王六甲怎么也睡不着，他想总不能今后这一辈子就在寺院里度过？高枫又打的什么主意？看着王天立那姑娘苏醒后满怀悲恨而去，真叫人放心不下。难道高枫就真的绝情到这种地步？想着想着，王六甲一骨碌从床上爬了起来。他白天不得与高枫讲话，这时他恨不得一把将高枫抓来问个明白。王六甲穿好衣服，摸黑要到高枫睡觉的所在喊醒高枫。他顺着寺院的回廊像做贼似的悄悄地轻轻地迈着脚步。猛然间他看见庭院里似乎有一个人，那人像在寻找什么，也是脚步轻轻地四处张望。他吓得立刻毛骨悚然，赶紧停止了行走。他躲在一个廊柱后面仔细观察，这才发现庭院里的人身形好像是高枫。他压低声音轻轻呼喊："高枫，高枫。"高枫听到喊声，也停住了脚，悄声问："谁？是六甲叔吗？"王六甲从回廊蹦了出来，问："高枫，半夜三更你瞎转悠什么？"高枫却反问："六甲叔，你也听到动静了？"王六甲倒让高枫给问糊涂了："什么动静？"高枫一拉王六甲，两人贴近院墙，他们刚把耳朵贴在墙上，却不防有四个身影从院墙飘落下来，着地后他们迅速隐身到如来佛大殿里去了。王六甲很紧张，抓紧高枫，问："什么人夜闯寺院？"高枫又拉着王六甲贴身到大殿门外。这时他们听到一个浑厚的声音说："如今我们是在京西凤林寺，咱们好好合计一下，看我们下一步怎么行动。"一个粗犷的声音说："大哥，这有什么好商量的，今夜偷袭不成，明夜接着干。不给三哥报仇雪恨，我誓不罢休。"高枫听那声音非常像雷宏，他刚要跟王六甲说，却听一个稳重的声音说："今夜我们虽然没有达到目的，可是我们也摸清了一些阿府的情况。我想明后一段时间阿府都会戒备森严，我们行动会更加难以达到目的，是否可以再想些别的办法？""啊，是贾交哥哥。"高枫说着就推开门拉着王六甲进了大殿。原来坐在蒲团上的四条好汉同时候地跳了起来，各自抓起防身武器。高枫忙喊："贾交哥，雷宏哥，我是高枫。跟我一起的是我六甲叔。"贾交打着火绒，点着一支蜡烛，举到高枫面前，照了照，问："你果然是高枫？"雷宏借着烛光已经看清，就替高枫说："没错，他是高枫。"贾交疑惑地问："高枫，你怎么出家当了和尚？"

高枫先不说自己的事，问雷宏和贾交："这两个哥哥想必一个是卫义大哥，一个是凌风大哥了。早就听说大名，不期在此相会。"说着他向卫义和凌风作揖，王六甲也随着抱拳行礼。卫义赶紧还礼，谦让说："早听贾交和雷宏两位兄弟说起，我每时每刻都盼着高兄弟上山入伙。不知兄弟怎么竟遁入空门？"贾交和雷宏都关切地望着高枫，高枫一时想起自己的身世和遭遇，不由自主流下两行清泪，由于伤心过度竟然哽咽难言。还是王六甲大致讲述了他们夜闯阿府杀人避祸的经过。凌风听后连声叫骂："他奶奶的，我操他阿合马八辈子祖宗！"贾交赶忙提醒凌风说："五弟，小声点。"高枫对王六甲挥手示意说："六甲叔！"王六甲明白是叫他在门外望风，就连忙走出佛殿。

贾交看着王六甲出去后，轻轻拍打着高枫的肩膀，安慰说：

"好兄弟，你的仇就是我们的仇。今生今世我们与阿合马不共戴天！"雷宏涕泪交流，对卫义说："大哥，天下有多少人受阿合马一伙贼人的欺侮，杀死阿合马就是为天下百姓除一大害。我们干脆像梁山泊英雄那样亮出聚义大旗反了吧！这年头还叫咱老百姓活吗？"卫义紫黑色的脸膛上，一双浓墨一样黑的剑眉倒竖，在眉心紧紧纠结，黑漆一样的眼珠因为愤怒格外光亮。他高耸的鼻子双翼呼扇呼扇，从他胸膛里喷发出粗重的气息，听得出他竭力在按捺自己的怒火。他知道关键时刻要他拿出主意。他扫视着大家，说："雷宏兄弟说得不错，我们大家也都早有这个想法，可是举起义旗的时机还不成熟。"他尽量平和自己的气息说，"眼下蒙古人刚刚进入中原，气焰嚣张，势力强大，民众遭受蹂躏之余都希望得过且过，我们这时举义旗，响应者恐怕寥寥，反而会引火烧身。所以依我之见，我们还是要聚集力量，等待时机，但是对罪大恶极的贪官污吏我们绝不手软，要一个个悄悄诛杀，为民除害。"贾交马上说："大哥说的有理。现在我想的是明天不宜再去阿府，还是趁天色不明及早返回山里得好。"凌风有点不满，问："那三哥的仇就不报了？"贾交回答说："五弟，你没有听说过'君子报仇十年不晚'吗？有些事欲速则不达。今夜大家都经历了一场恶战，结果还不是连阿合马跟忽辛的影子都没有见到吗？我们还是放长线摸情况，再来就要稳操胜券。"他转过头对卫义说："大哥，我看咱们也不必都回山西，您依旧回去守大寨，几位兄弟还回自己各路，继续做我们的买卖。不过要多添一个任务，就是要抓紧结交新朋友，随时扩大我们的力量。新朋友如果能在原地生存更好，如果有困难就把他们送到大寨。几位兄弟意下如何？"雷宏说："也只好如此。只是裴平三哥去世，他那一线的事情谁来承担？"贾交微微一笑，把目光投向高枫，众人望望高枫，又看看贾交，这时高枫听了众人一番话语心情也平静下来，见众人望着他，他已经明白那意思是让他替代裴平，实际是让他入伙。他与贾交和雷宏早已经称兄道弟，并且答应过贾交以后上太行。此时太行兄弟再次相邀，还能犹疑吗，所以他单掌立于胸前，忙说："阿弥陀佛，我佛慈悲。"看着高枫依照僧人样式说话，几个好汉不由自主笑了起来。雷宏说："高枫兄弟还真是学啥像啥，你还真把自己当和尚啦？"高枫说："既受佛戒，即是佛门子弟，以后兄弟称呼我'高和尚'好了。但是我这个和尚却有个心愿，就是除恶扬善。不杀生，是不杀善类。如果见恶不除，那绝不是菩萨心怀。所以众兄弟不弃，要我在京都为太行眼线，我高和尚一定不负众望。"众好汉一听都皆大欢喜。卫义说："难得和尚如此高义。"当下即将太行五虎令牌赠与高枫，并告知高枫在京城他们的秘密联络地是平安客栈。客栈的老板是一个叫连天英的人，详细情况可以由雷宏讲述。高枫心想差一层是一层，雷宏跟自己那么亲密相处，竟然连他们在京城有联络地的事对自己一直守口如瓶。他瞧着雷宏，雷宏只是冲他笑了笑，没有说话。

众人在大殿说着话，不觉时光已经过去两个时辰，贾交催促大家趁天色未明赶紧各自出发，并且想办法把自己身上的血衣换下，免得引起不必要的麻烦。卫义却说："再等等，不急。"大伙儿不知卫义还等什么，但是大哥既然说了再等，也就没有人再问。这时凌风突然问卫义："大哥，高和尚既入伙，总得发个誓，另外，我们是叫他三哥还是叫他六弟呀？"卫义看看贾交，贾交望着高枫对众人说："我看，我们不能忘记三兄弟，高枫，啊，高和尚年庚最小，我们就称他六弟吧。"卫义赞同说："那好，我们就庆祝六弟入伙，山寨自然要给他布置座位，什么时候大家聚集山寨，再给六弟补摆宴席。至于发誓，六弟的意思呢？"卫义和众人都看高枫。高枫说："我不知道众位哥哥当初怎样歃血为盟，今天当着众位哥哥和我佛祖，我高和尚立誓今生当全力为善，以慈悲为怀，保护善良，除恶务尽，与几位哥哥同心同德，共事剪除贪官污吏的大业，我高和尚决不背叛自己誓言！倘若有违背誓言事，听凭哥哥发落，死后堕入地狱，永不得轮回。"高枫跪在蒲团上面对佛祖说过誓言，贾交搀扶起来热烈拥抱高枫，热泪盈眶喃喃地说："我的好兄弟，我的好兄弟。"雷宏和凌风也上前拥抱，这时寺外忽然传来一杂沓清脆的马蹄声，紧跟着响起一声悠长的嘹亮悦耳的口哨声。众人都不觉一愣，卫义正要去开殿门，王六甲就推门进来，有些慌里慌张地说："几位兄弟，好像有什么人到了寺院外，是不是捕快来抓人的？"卫义走出殿门，听得又一声悠长的口哨，立即回应了三声短哨。于是寺外马上没有了声响。卫义转身对殿内的人说："连老爷子的人到了，大伙儿马上离开寺院。"

21

"四虎"寻仇

原来，昨天夜里行动前，卫义与连天英已经约定好，如果他们刺杀阿合马或忽辛成功，就在丑时以前回平安客栈，如果不成功，他们就连夜出城，到凤林寺歇脚，等候连天英派人接应。

当时高和尚与王六甲开了山门，送卫义四人出寺，只见庙外已经有四人牵着四匹马在等候。其中一人见了卫义马上行礼，说："连老板吩咐送四匹快马和四件大氅给寨主。"卫义等人纷纷披上大氅，罩住血衣，接过马缰，翻身上马，彼此道了珍重，然后各奔前程。雷宏原本落脚京城，此时城门未开，他根本回不去。于是他跟随高和尚、王六甲又返回寺院，王六甲安排雷宏洗净了脸上的血污，又把自己的衣服给他换了，并且给雷宏弄了碗素面，高和尚将雷宏的血衣烧了，两人才在灶房里听雷宏讲述他们怎样寻仇阿府大闹京城。

从雷宏和凌风两个渠道得知了裴平被害的消息，贾交再次证实以后，卫义决定给三弟报仇。他们齐聚在平安客栈，连日打探阿合马与他的儿子忽辛的行踪。这一天他们得到探报说阿合马和忽辛都要回到阿府，他们兴奋不已。因为阿合马和忽辛都做贼心虚，狡猾透顶，他们知道自己作恶多端，所以人身防备极其森严，

出入总要护卫簇拥，居家也是戒备重重。特别是经过双雄夜袭在阿府杀死苫思丁后，阿府一到夜晚总是如临大敌一般，巡逻守夜的人增加了一倍，要害地总是灯火通明。更为让人难测的是阿合马与忽辛都有好几处宅第，谁也难知他们每晚的歇息所在。那一天阿合马和忽辛要同时回到阿合马的最大的宅子，也就是人们都知道的阿府，实在是因为阿府有一件事吸引着他们必须回去。

卫义、贾交对着雷宏搞来的阿府院落地图仔细研究他们的行动计划，推测阿合马与忽辛可能所在的位置，但是阿府的房屋和院落实在是太多了，一个村子的住房都比阿府简单得多。东边是水，南边是门，西边是下人住房，这是高枫亲自对雷宏讲过的。也就是说阿合马、忽辛他们极有可能住在北边院落里的房间。于是他们决定走捷径直扑阿府北边院落。当然他们也估计那里防守可能最严密，但是不入虎穴焉得虎子。四人换上夜行衣，在将近子夜时分就奔向阿府。

令人意外的是阿府北边防守并不像他们所想的那样严密。他们翻墙越脊，在一些院落的屋顶上奔跑，从一个个房檐俯身探视，竟然没有遇到一个阿府的护卫。但是他们也没有发现阿合马或忽辛的影子，只是看见几个俏丽的女人在各自的房间里长吁短叹，或者有俩仨女人在一起闲聊。忽然凌风招呼雷宏："四哥，你看，那是什么？"雷宏也趴下身，向对面房间望去，不由自主浑身起了一层鸡皮疙瘩。凌风小声说："是张人皮吧？"雷宏点点头，眼光从人皮的头移到胸，忽然他看到那胸上有刺青，再仔细看，看清楚了，刺青是矫健的一只展翅欲飞的雄鹰。他记起高枫说过他们在阿府就看见过一个被缚遭受拷打的人就在胸上刺有一只雄鹰。莫非阿合马把那人杀害并且剥了他的皮！他正想着阿合马手段多么残忍，凌风却几乎喊出声来："那莫不是'北海双鹰'中的一个人的皮？他们怎么也会到这里来？"听到动静，卫义和贾交都俯身来看，也是感慨万分。这时不知从哪里走来两个护卫，他们进得房间开始收拾那张人皮。其中一个人对另一个人大声喊道："我的爷，你小心点，相爷可是十分珍贵这张皮呢。弄坏一点小心扒了咱们的皮！"另一个人赶忙答应说："我知道。刚才相爷看了，说这张皮与真金太子的体态相貌相似得紧呢。不知相爷要派什么用场。"两个人把那张皮小心翼翼包裹好，又装进一个华丽非凡的锦盒里，第一个说话的护卫又嘱咐说："可得看好喽，明儿一早咱们把它送到引住夫人那里，才算没有咱们的事了。老天爷保佑可千万不要在咱俩手里出什么差错。"两个人在屋里说话怎么也想不到房顶上会有人偷听。凌风对雷宏说："四哥？我要把北海一只鹰的皮抢回来，我想双鹰另一个兄弟恐怕正寻找呢。"雷宏正要劝告他说我们有我们的正事，不料凌风竟然从房顶跳落，直奔对面房间里去。事出突然，雷宏、卫义、贾交不容思考，紧跟着全跳下了房顶。屋里两个护卫也真机灵，其中一个看见有人来，立刻打灭了蜡烛，同时高喊："我的娘哎，怎么怕什么就有什么！保护好皮！"

黑暗中不知道两个护卫怎么溜出了屋子，卫义眼尖，在夜色蒙蒙中伸脚绊倒了一个护卫，紧接着用刀逼住了那人的喉咙，吓得那个人尖叫："好汉爷饶命！"卫义厉声威胁道："住声！再喊要你的命。"那个护卫马上放低声音说："好汉爷，那张人皮没在我手里，小三子拿走了，你们快去追他吧，晚了可来不及了。"这时贾交等三人也从屋子里出来，贾交说："大哥，你只问他阿合马和忽辛在哪个屋子里。"战战兢兢的护卫马上说："你们找相爷和总管爷呀，他们不在这里。"卫义把刀更使力些，问："他们来过没有？"护卫带着哭腔说："他们来了，看过人皮又走了。"贾交问："他们现在在哪儿？是不是还在这个院子里？"护卫说："我真的不知道。"然后说："也许还在。不过我们只是管护院的，要问相爷行踪你们得问管家巴乌拉。"卫义和贾交几乎同时命令道："带路！去找巴乌拉。"他们刚刚出了那个小院，就听得满院子响起了击鼓声、鸣锣声、吹哨声，还夹杂着狗吠声。各处的灯火都点亮了，

照耀得整个阿府如同白昼一样明亮。院子里到处回响着"抓刺客啊"的各种腔调的喊声。

卫义一看这形势马上一刀把那个狡猾的护卫砍死，对贾交三人说："今天免不了一场恶战，咱们弟兄尽量不要走散，万一散失，今夜在西城外风林寺集合，咱们赶快撤！"就在他们向北奔跑，打算顺原路奔出阿府时，从北面却涌来一队护卫，为首的正是"草原飞狐"哈喇鲁。哈喇鲁挥舞着明晃晃的蒙古刀，大声喊："决不能放跑刺客！"这一队护卫有八个人，他们团团将卫义四人围住，卫义四人各恃武功不弱，毫不畏惧，他们怀着为自己兄弟报仇雪恨的信念奋力拼杀。卫义所使武器为任意伸缩链子弹簧枪，平时缠挂在腰间，用时随心所欲，可挺如长枪，可软如钢鞭，也可以变如链索环套，展开长可丈余，短打犹如双节钢枪。尤其钢索管套装有机关按钮，不仅控制链子枪弹簧伸缩，还可以发射锋利钢针。当下卫义挥舞起那链子弹簧枪，真个是银光闪闪，风声凛凛，两只枪尖或上或下，忽左忽右，神出鬼没，令人防不胜防。看似硬挺挺一条钢枪直直刺来，一个护卫用刀一挡，它却又化成一条柔软的钢索，将护卫的刀紧紧缠住，那护卫还没有反应过来，手中的刀稀里糊涂就被钢索甩脱到半空去了。紧跟着那钢索又化成两条短枪将还发愣的护卫刺死。卫义看眼前出现空缺，马上招呼三兄弟："不要恋战，快撤！"可是哈喇鲁却死死缠住了雷宏，一把蒙古刀风风火火环环绕绕，几乎将雷宏完全罩在他的刀光里。雷宏的大砍刀只顾护卫，叮叮当当，刀碰刀一声紧似一声，他似乎已无还手之力，处境相当危险。卫义赶紧冲到近前，人没到，链子弹簧枪就如一条发怒的猛蛇，枪尖直刺哈喇鲁的喉咙。哈喇鲁大吃一惊，他慌忙用刀去挡，同样，他的刀也被链子弹簧索一缠，哈喇鲁紧跟着一个趔趄，最终还是撒手放开了他的蒙古刀。雷宏乘机上前挥刀就要砍下哈喇鲁的头颅，只听"当"的一声，雷宏只觉得手臂一阵酸麻，手中的砍刀就跌落地上。雷宏手腕被一颗铁弹击中，幸亏是由刀上反弹所击，力道已经消减了许多，不然雷宏的手掌怕都难保全了。当时只听从南面追来的一个大汉带着一队人大声呼喊："小毛贼，别跑！"紧跟着为首的大汉就蹿到雷宏跟前，恶狠狠地叫道："爷爷麦阿利在此，看哪个毛贼敢不低头！"

原来阿合马豢养有两队武术高手：一队看家护院兼护卫他的家眷和子弟，为首的就是"草原飞狐"哈喇鲁、"沙漠饿狼"萨卜拉、"西域雪雕"阿拉丁和"雪山雄葵"麦阿利。另一队专门跟随阿合马，首领是"天山花豹"沙拉班、"葱岭黑蟒"土土速。沙拉班和土土速是阿合马的贴身护卫，一般情况下，找到这两个人就能找到阿合马。当卫义他们到达阿府时，阿合马才从前门刚刚离开。阿府里锣鼓喧天大喊"抓刺客"时，沙拉班和土土速都已经听到，他们请示阿合马是否回府，阿合马摆手说："小毛贼，麦阿利他们几个能对付。"一会儿他又对沙拉班说："你去接应一下，务必把那张'鹰皮'妥善送到引住那里，叮嘱引住一定保存好。我有大用处。说不定毛贼是冲那张皮而来。"沙拉班赶回府里时，麦阿利已经加入了搏斗。沙拉班找到携带"鹰皮"的护卫，知道"鹰皮"安然无恙，这才是主人最关心的，就带领那个护卫迅速离开了阿府。

麦阿利使用的是青铜狼牙棒，同时腰间囊袋装有他的独门暗器"铜豌豆"。他欺负雷宏先已中了他的铜弹，丢了手中的砍刀，所以就直奔雷宏，挥动狼牙棒一个"泰山压顶"，向雷宏头上猛击下去。眼看雷宏的头颅就要被砸粉碎，卫义的链子弹簧索及时飞出，缠住了狼牙棒。卫义本想把狼牙棒从麦阿利手中拽脱，不料麦阿利力道强大，一拽不动，卫义抖动手腕，弹簧索立即解开狼牙棒，卫义顺势将链索变成了一杆硬挺挺的长枪，奋力向麦阿利心窝刺去。这下子麦阿利只得放开雷宏来斗卫义。那边哈喇鲁与雷宏得到喘息又厮杀起来。贾交和凌风各被几个阿府护卫围攻，他们倒是越斗越勇。但是贾交发觉雷宏因为手腕受伤，与哈喇鲁相斗总是处在劣势，甚是危险。他瞅准一个机会，将左手中的判官笔一收，将右手中的铁折扇扇骨"噗"地一展，立即从扇骨里射出一十二枚袖箭，接着从怀里掏出一把铁砂，向围攻他们的护卫打去，只听几个人连喊几声"哎哟!"，退出战斗。他喊凌风:"快去助四弟!"凌风看见哈喇鲁正一刀刺向雷宏，在千钧一发之际，凌风把右手上的钢鞭用尽全力向哈喇鲁掷去，哈喇鲁赶忙闪身，他旁边的一个护卫却成了替死鬼。贾交忙喊:"四弟，快撤!"雷宏与贾交凑到了一起，眼前一时是个空缺，可以立即逃走。可是卫义和麦阿利还处于胶着状态。贾交从怀里又抓出一把铁砂，大喊一声:"大哥，闪开!"马上向麦阿利投去，趁麦阿利躲闪之机，卫义脱身而出。卫义看清了形势，叫了一声:"五弟，撤!"于是凌风跟随卫义，追随贾交、雷宏纵身上房，奔向来路，麦阿利和哈喇鲁率领众护卫紧追不舍。贾交连撒铁砂，麦阿利则连飞铜弹，只听空中丁当之声不绝。

当卫义他们跳出阿府院墙，好不容易想喘息一刻，却又碰上京城夜间巡逻队伍，他们还没有来得及回答巡逻问话，麦阿利和哈喇鲁就已经追到，他们哪把什么巡逻放在眼里，于是一场恶斗在大街上再次展开。巡逻吹起口哨，招呼他们巡逻的伙伴，不一会儿大街上就出现许多灯笼火把，许多兵勇从各处涌来。当晚负责值夜的警巡院判官梁进之闻讯，赶忙带领一队人骑马奔到现场。梁进之借着灯火看清是阿合马府上的宿卫在与什么人交手。他心想不定阿合马或他那些无赖似的儿子又做下了什么缺德事，惹恼什么人找他报复寻仇，看来寻仇者未必得手，反而遭到阿府护卫的追杀。这事处理得汲取教训，他略一思索，想出一个主意。于是他命令手下兵勇将打斗者尽力驱散，但是不要抓捕。说完，他带领一队骑马的人直驱打得难解难分的人群中。麦阿利杀得性起，谁拦他，他的狼牙棒就冲谁打去。猛然间他看见一匹高头大马冲到他面前，他一棒就把那马头打碎，马上的兵勇跌倒在地，大喊："他妈的，反了天，京都之地岂容你们作乱！"他抽出腰刀就扑向麦阿利。麦阿利也不管来者是谁，当头就是一棒棒，可怜那个兵勇一命呜呼。后面骑马的人眼见同伙被杀，立刻招呼同伴把麦阿利团团围了起来。任凭麦阿利再骁勇，终是寡不敌众。这时他才高声发问："你们他妈的是什么人？敢拦阻爷爷擒拿盗贼！"众人也不搭理他，直是挥刀抢枪向他乱砍乱刺。麦阿利气得哇哇乱叫，直到众骑兵将麦阿利的狼牙棒缴械，梁进之喝住部下，麦阿利才明白他打了半天，是跟京都警巡院的官兵在打。他直愣愣地望着梁进之，众骑兵向麦阿利呼喊："跪下！跪下！"麦阿利才情不自愿地跪在街中央。

麦阿利讲述了"贼人"夜袭阿府杀死护卫之事，说明他和哈喇鲁是从府里追到了大街上。梁进之嘿嘿一笑，问："你说的贼人，他在哪里？"麦阿利这才发现大街上静悄悄，只有一队骑兵簇拥着一个判官在审问他。他不由得也十分纳罕，问梁进之："人呢？"梁进之不无讥讽地说："我相信你是丞相府里的护卫。不过我希望你们护卫只在自己府院里，不要再跑到大街上闹事。"说完他命部下把狼牙棒还给麦阿利，就让麦阿利走开了。

原来一看警巡院的骑兵到来，阿府的那些护卫怕被抓扣上"扰乱京城治安"的罪名，所以就纷纷退后，哈喇鲁也不敢太近前，卫义他们就趁骑兵将麦阿利围上之际迅速逃离，直奔城外。哈喇鲁看到梁进之一班巡逻审问麦阿利，马上领着阿府护卫也赶忙匆匆撤离了。

梁进之让部下打扫了街道，吩咐巡逻队继续巡逻。心想明日阿合马不提这事，也就大事化小小事化了了罢。

22

真金巡边

　　转天梁进之一天都揪着心，生怕阿合马再纠缠不休。他哪里知道阿合马根本就没有把昨晚的事放在心上。一觉醒来，他张口就问还躺在自己身边的引住："昨夜沙拉班给你送来一样东西没有？"引住侧过身一只胳膊搂住阿合马的脖颈，说："相爷昨夜进门就把我搂上了床，我哪里知道谁送了什么东西？"阿合马大声招呼："土土速，昨夜沙拉班回来没有？"土土速在门外应声而答："回相爷，沙拉班已经把东西交给了我。"阿合马吩咐："拿进来！"他就披上衣衫坐了起来。引住也赶紧起身开了门。

　　土土速把一个锦缎包装的盒子交给了阿合马立即退了出去。引住好奇地问："相爷，盒子里装的什么？是送给我的吗？"阿合马看着引住说："当然是送给你的，不然把它拿到你屋子里干什么"。引住急忙打开盒子，随即吓得她"嗷嗷"叫着栽倒在阿合马怀里："相爷，这是谁的皮？可吓死我了！"她兀自捂着胸口，气喘吁吁地问："相爷，您送奴家什么不好，送我一张人皮干什么！"阿合马搂着引住，说："乖乖，别害怕，你听我说，这可是千金难买的宝贝。我要你替我好好保存，加倍爱惜。"引住不解，疑惑地望着阿合马。阿合马一笑，推开引住站起身，在地上来回踱了几步，突然站住，迷细起他灰蓝色的眼睛，像打量一个陌生人那样，审视着引住，慢慢地他才对引住说："我听说你会念咒语？能用禳魔之法诅咒他人。"引住不知道阿合马什么意思，她点点头，又摇摇头。阿合马说你就念一个让人不得长寿的咒语让我听。引住说不好听。阿合马坚持他的要求说："不管好听不好听，我还没听说过咒语是好听的呢。"引住说："不好听您可别生气。"阿合马说："你尽管念，我不生气。就念那咒人最厉害的咒语"。引住看了一眼那人皮，说："就拿这张人皮念吧，通常是一边用锥子或大针边扎边念，那才灵验。"阿合马说："好，你就快拿锥子或大针来。"引住顺手找了一根缝衣针，一边扎着人皮，一边念叨起来：

> 扎你眼，叫你双眼都看不见；扎你耳，叫你双耳都听不见；扎你鼻子，叫你不能喘大气；扎你嘴，叫你满嘴流血水；扎你胸，叫你整天头发懵；扎你脚和手，叫你手脚无力不能走。把你全身都扎遍，看你还能活几天！一遍一遍扎呀扎；一扎泄我恨，再扎报我仇，扎扎扎，让阎王小鬼快快把你拖到阴间地府把罪受！

引住念叨完了，看着阿合马，阿合马慢悠悠摇晃着头，像是仔细在咂摸引住咒语的滋味，好一会儿才点着头说："好，好！就这样念，以后你有工夫就这么边扎边念。"引住问："相爷，这是诅咒谁呀？谁得罪了相爷，叫相爷这么咬牙切齿地恨他不死。"阿合马瞪了引住一眼，沉下脸："哪里来的这么多话！"引住吐吐舌头，知趣地不再多嘴。阿合马再次叮嘱引住一定要保存好那人皮，并且不许对任何人说起此事。然后他猛然想起皇帝忽必烈一早要召见他，叫土土速与沙拉班赶紧跟他一起去朝中议事大殿。

原来忽必烈接到西北边报，他的一些侄子和侄孙对他称帝一直不服，不断骚扰边境，使那里的民众生活不得安宁。他要去西北巡视、弹压。因此他召集一些近臣商议几件朝政大事。当阿合马到达大殿时，那里早已聚集了好多政要人士。但是却没有一个汉人。阿合马心中窃喜，他以为在李璮叛乱评定以后忽必烈对汉人大臣终究不是那么信任了，像这么重要的军事行动竟然连刘秉忠、张文谦、许衡，甚至史天泽等等一干人都不叫他们参与，看来自己大权独揽的时候已经不远了。他望着坐在忽必烈身边的皇子真金和丞相安童，心想这个时候可是天赐良机，一定得把他们赶出朝廷。正当阿合马自己偷偷暗想怎么实现他的愿望时，不知真金是出于孝心还是真想到边疆建功立业，在忽必烈对众人讲完他出征的安排后，真金竟主动要求随从忽必烈出征。阿合马一听喜出望外，赶紧就真金的话语接腔说："西北边疆连年遭到骚扰，是该彻底解决一下了。但是西北边疆战线绵长，乱兵势力分成几股，陛下出东，无法震慑西兵。陛下往西，东部乱兵又会乘机作乱。如今真金殿下英明神武，要求出征，臣下以为甚好。殿下与陛下一起出征，一来可以防卫剿乱，使殿下立盖世之功；二来殿下可以替陛下分忧，昭示天下皇帝后继有人。"真金对阿合马不屑一顾地从鼻子里"哼"了一声，忽必烈却对阿合马的言语很为赞赏，说："皇儿，去历练一番也好。我们大蒙古国的男儿理应个个都是英雄好汉，不能只读书，不会打仗。"

阿合马看忽必烈同意真金出征，分外高兴。他装出十分关切的样子说："陛下，殿下出征，必须要给他配备强将高参，这样才能保证殿下旗开得胜。"忽必烈以为阿合马是真心关爱他的皇子，很高兴，就问："以爱卿之见，让谁跟随适宜啊？"阿合马迫不及待，脱口而出："以臣下之见，当朝人物以安童、伯颜两丞相最为英俊。两人得一即可无往不胜。如今伯颜正挂帅南征宋朝，跟随真金殿下最好的人选自然就是安童丞相了。只是出征危险，不知安丞相可愿意冒风险与殿下一起去为陛下分忧，去建立不世之功业？"说完，他诡秘地偷偷窥视着安童。忽必烈爱子心切，也不多加思考，就直接问安童："爱卿意下如何？"安童就是有一百个理由，这时也不能够诉说了，因为他若推脱，很容易让人误解他害怕战场危险，不敢前往。所以他只能表态："臣愿意随同殿下一起出征。"忽必烈高兴地说："好样的！你看伯颜伐宋捷报频传，屡建奇功，这会儿好了，你也有了立大功的机会。你就把中书的事情给阿合马交代一下，准备和真金一起出征吧。你们去称海阿尔泰一路巡防，我出不尔罕山，在东边给你们接应。我再给你们配备最勇敢的士兵，组成精干的队伍。"说着他又问真金，"皇儿以为如何？"真金为即将到来的出征激动得身心振奋，他忙说："一切听凭陛下安排。"阿合马眼看他的计划就要实现，他没有想到竟然会如此顺利，几乎高兴得心花怒放。

真金回府把他要出征的消息告诉了他的老师王恂并且说安童丞相跟他一起出征。王恂当时没有说什么，晚上找到许衡，那里已经聚集了姚枢、窦默、耶律铸、张文谦、张易等汉人大臣们，他们正在议论真金即将出征的事。王恂一进屋，看见那么多人就对耶律铸和张文谦气呼呼地问道："你们身为丞相，怎么就不阻拦？真金是领兵打仗的人吗？安童是带兵打仗的人吗？阿合马他这是居心叵测，难道你们就看不出来吗？"许衡连忙给王恂让座，说："先生先消消气，皇上已经同意叫真金出征，现在只能想怎样保护真金的安全才是最重要的。"姚枢、窦默异口同声说："就是，就是。"张文谦说："战场千变万化，谁能预料？要紧的是得有最得力的辅佐，要是史天泽、张柔他们在就好了。"耶律铸发愁地说："可是他们都在南边攻打宋朝，怎么可能回来？"众人连连叹息。张易说："依我看要紧的是真金身边必须有强有力的保镖。目前他身边的护卫力量不强，是不是能把皇帝身边的护卫调几个到真金身边来？"许衡说："这很必要，咱们先做这件事，明天一早我去跟安童丞相说去。"

晚上从许衡那里回来，王恂看真金屋子里还亮着灯，透过窗户缝隙他见真金还在读书，就推门进屋，真金赶忙站立，恭敬地问：“老师，这么晚了还没有歇息？”王恂问：“读什么书呢？”随手翻开摊开在几案上的书本，看到书皮上《孙子兵法》几个字样，王恂笑了：“原来在临阵磨枪呀。”真金说：“我虽然要求出征，可是心里却没有底呀。”王恂深邃的目光望着真金，意味深长地问道：“殿下，你可知道这次出征，对你来说最重要的事情是什么吗？”真金不假思索，立即回答说：“当然是一定要平定骚乱，建立功勋了。”王恂连连摇头，真金疑惑地望着老师：“我的想法难道不对？”王恂走近真金，关切地拉着真金的手，两人都坐下后，王恂说：“殿下的想法当然没有错，但是最重要的事情却是殿下要保证自己的人身安全。”真金立即豪情满怀地说：“我们蒙古子弟向来以征战沙场、勇敢杀敌为荣，好男儿自当骑马挽弓驰骋天下，父兄平时即常讥笑我是一个文弱书生，这一次我要让他们知道我也是一个蒙古男儿。”王恂捋着他稀疏的胡须，连声叫好，但是他又补充说：“真英雄却并不是只会逞匹夫之勇者。”真金还是不明白王恂什么意思，于是王恂才为真金分析阿合马竭力推举他出征的险恶用心，经老师一点拨，真金立刻醒悟，他对王恂说：“这次出征我加倍小心就是，另外，我自己找父皇去要几个往日里跟我当宿卫的好手。”王恂这才放下心来，说：“他人保护再严，也不如自己有防范。王爷只要知道自己保护自己，就可以去出征立功了。”

经过真金的要求与安童的安排，秦长卿、阿鲁浑和焦而荣三个结拜兄弟全都聚结到了真金身边。当三兄弟见面后不久，秦长卿就问焦而荣金经贵在他那里情况可好，焦而荣回答说金经贵情绪不大好。一来他思念他的同胞兄弟，二来他想念他要寻找的师弟王著，三来他客居我家总有些不安生。阿鲁浑说：“干脆把他叫来，一起干护卫好了。我看真金王爷这里现在很需要江湖高手呢。”秦长卿犹豫不定地说：“要不是因为他相貌特别，我早就把他介绍到宿卫府了。”焦而荣也附和说：“就是，他跟真金王爷长得也太像了。所以我也不敢带他出门。"阿鲁浑不以为意:"相貌一样又怎么样?我以为也许是好事。可以叫真金爷先看看,说不定他的相貌还会派上大用场。"说完,他看着秦长卿,诡秘地"嘿嘿"笑个不停。好一会儿,秦长卿突然领悟了阿鲁浑话里的含义,也说:"也许,是好主意!"焦而荣看看他俩,捶了阿鲁浑当胸一拳:"你们两个打什么鬼主意,快告诉我!"秦长卿向阿鲁浑挤挤眼,神秘地说:"天机不可泄露,听我们的传话,到时候把金经贵领到王爷府就是。"焦而荣说:"没那么容易。不告诉我你们的鬼主意是什么,休想我把金经贵交出来。"秦长卿这才拉着焦而荣和阿鲁浑一起去找真金,路上说明了他猜到的阿鲁浑的鬼点子。焦而荣一听,连声大叫:"太好了,真是太妙了!"他拍着自己的脑门说:"我怎么就想不到!"

当他们向真金介绍金经贵之后,真金也对金经贵非常感兴趣,恨不得立刻召见。秦长卿提醒真金,为了不引起更多人注意,也不要让更多人知道,还是夜晚悄悄把金经贵领进府好。真金同意了他们的意见。晚饭后,他把一切闲杂人都派遣出去,只留下阿鲁浑守卫,让秦长卿和焦而荣引领金经贵到府。

金经贵听焦而荣介绍他去燕王真金府邸,开始不大愿意,他还是想回山东老家。后来听说不久要去打仗,可以在边疆建立功业,激起他的豪壮胸怀,就同意了。及至见到秦长卿,更觉十分亲热。待秦长卿路上和他说因为他相貌与燕王真金十分相似,极有可能做燕王的替身,他又顾虑重重,勒马不前。秦长卿又把话拉回,说不过是他和阿鲁浑的想法,王爷还不一定同意,金经贵才和秦长卿、焦而荣一起到了燕王府。

燕王府气势宏伟,黑夜里看不清有多少房间,有多少回廊,也不知那雕梁画栋有多么辉煌,金经贵从来也没有进入过那么深广的院落,他想要不是秦长卿两人引领,他在院子里准会像一个没头的苍蝇一样到处乱撞,找不到东南西北。说不清走过多少院落，终于进到一间灯火通明的大房子里，房间里散发出一种他从来没有闻到过的香味，在一处处明晃晃的蜡烛照耀下，房子里的说不出名儿来的硬木雕、玉石雕以及各种金银摆设都闪烁着瑰丽的光辉，彩绸锦缎的帏帐将房间布置得极其华丽。从大房间又进入一个小些的房间，里面摆放了许多书籍，一个大书案后面坐着一个衣着华贵的青年，金经贵看了一眼，身不由己就钉在地上，不能移动半步。他几乎不相信自己的眼睛，那书案后面的青年不就是自己的兄弟纬贵吗？

燕王真金与金经贵一样惊呆，他同样痴痴地望着金经贵，旁边站立的阿鲁浑一看这架势，立刻迎上前，高兴地说："金兄来啦，快拜见燕王爷！"秦长卿忙向真金介绍说："禀王爷，这就是来自山东的江湖好汉，人称'北海双鹰'之一的金经贵。"金经贵马上揉揉眼，乖觉地走近两步，跪在地上，磕头说："草民金经贵叩见王爷。"真金吩咐阿鲁浑拿起一个烛台，他走近金经贵，让金经贵站起身，又招呼阿鲁浑靠近些，借助三支明晃晃的蜡烛，真金与金经贵对望着，相互又目瞪口呆了好长时间。最后还是真金先开口，连声说："好！好！"然后他对金经贵说："听说壮士和你兄弟金纬贵每人身上都刺有雄鹰一只，可否令小王一观？"

金经贵心中还在感叹，虽然听秦长卿和焦而荣说过他和真金面貌相似，可是没有想到竟会这么像，要不是在王府相见，他非把真金当成金纬贵不可。想到这里心中不由得一阵感伤，竟落下两行清泪。真金以为自己的要求伤了金经贵的自尊，忙说："壮士不肯也就罢了，何必落泪！"金经贵这才慌忙解释："王爷太像我的孪生兄弟纬贵了，只是他已经死在阿合马相爷府里，我想起他死得不明不白，所以才落泪。王爷要看小民文身，这没有什么。"说着他脱去黑色大氅，接着脱下黑色白梨花短袄和白色贴身布褂。灯下，只见他雪白的肌肤，饱满的胸肌和腹肌令人赞叹不已。可是令真金十分失望的是并没有人们传说的什么雄鹰刺青啊。正当真金有些失望时，金经贵猛一转身，他阔实的后背上，一只展翅欲飞的雄鹰活灵活现，出现在真金眼前。以前他见过不少蒙古勇士的文身，不过那些刺青大都粗犷，而眼前所见却是他见到的皮肤最细腻洁白、刺青最细致生动的，他忍不住走上前仔细观察那刺针的纹路，用手去抚摸那雄鹰的双翅，对着那鹰的眼睛，一再啧啧称赞："太美了！"他示意金经贵穿好衣服，说："壮士今后就跟随我可好？我也许不能答应你什么，但是我一定要帮你把你兄弟怎么会落在阿合马府中，怎么被害，查个清楚。让你为你的兄弟报仇。"金经贵一听这话，马上"扑通"跪下，给真金连叩仨头，说："小的愿追随王爷鞍前马后效劳。"

真金叫阿鲁浑捧来一套衣服，让金经贵换上。金经贵不知那是真金平日所穿的一套衣服，只是感觉太华贵了，但是王爷既然叫换，也只能把自己衣服换下。等阿鲁浑帮助金经贵换好衣服，焦而荣、秦长卿都惊呆了：他们面前竟然出现了两个王爷，要不是他们衣服不一样，简直分不出真假！秦长卿、阿鲁浑和焦而荣都高兴得欢呼起来，随后三人一同说："这是天大的秘密！"从此三人专门负责教导金经贵如何模仿真金的一举一动，务必要做到惟妙惟肖。

23

伯颜被诬

真金意气风发踌躇满怀带领一支西征队伍浩浩荡荡向称海进发，忽必烈的侄子海都和昔里吉一听说忽必烈父子带领大军亲自进剿，他们深知不是对手，所以不等两军接触，他们就望风而逃。真金憋着一股火，恨不得打一次大仗。于是他就想出一个诱敌之计。安童同意真金的计策，但是坚决不同意由真金自己去实施。这样，金经贵就代替真金去诱敌了。幸亏是金经贵代替，不然可就出大麻烦了。

假真金带着一支轻骑兵，由秦长卿和阿鲁浑护卫着，向着西北大漠追踪，探子已经得知海都隐匿的所在。队伍在沙漠中行进了三天，还是没有找到敌人的部队。一天早上他们刚刚翻过一道沙梁，一个个士兵坐下的战马突然一起嘶叫起来，再也不肯前进。假真金奋力挽紧缰绳，他多年的坐骑，对他无比驯顺的那匹棕黑马却强力挣扎。秦长卿刚刚对阿鲁浑喊了声："怪异！"他们只觉得一阵强大无比的神力自天而降，那股神力扑向他们的马队，就地卷起一股黄沙，刹那间天昏地暗，马队被吹得四零五散，漫漫黄沙遮天蔽日，谁都看不见谁，谁也顾不得谁。每个人眼前都是昏黄一片，竭力想稳住自己，想辨清方向，可是他们一个个全身不由己，只能任凭狂风卷着砂石抽打，或被狂风卷起又任其抛落。

待这阵突如其来的狂风过后，假真金才发现他一个人被风暴不知道吹到了什么地方。四周死一样的沉寂。他徬徨不安四顾茫然，内心袭来一阵阵惊恐。正在他不知道应该何去何从时，不远的沙包里突然冒出两个穿着破衣烂衫的人来，一人背着一个口袋，活像要饭的叫花子。他们一个长得瘦骨嶙峋，活像一具骷髅，一个长得肥头大耳，像猪八戒投胎转世。假真金一愣，望着那两个奇怪的人，那瘦子从怀里掏出一张脏兮兮的纸，看看，又对着假真金看看，嘻嘻地尖声怪叫，那声音尖厉得可以穿透人的耳膜。他对胖子说："嘻嘻，师兄，该着咱弟兄发财，你看，面前的人是谁？"胖子就是蠢，他稀里糊涂，瓮声瓮气地回答："是谁？一个迷路的人呗。"

瘦子喜形于色继续挑逗胖子说："什么迷路的人！他就是真金王子啊！你忘啦，阿拉丁让人带信来说，谁杀了真金就可以得阿合马赏金万两吗？"胖子好像想起来了，"嗷嗷"怪叫两声，说："那还不动手！"两个人一起张牙舞爪向假真金扑来。他们欺负真金是个王子，以为王子平日娇生惯养，三下五除二，就能把真金拉下马。他们哪知道这个假真金却很难缠。他手上那双刀神出鬼没，不仅使一瘦一胖两人不能贴近，而且还刀刀狠劈，几乎要他们性命。只不过由于他们在马下跳挪自由，假真金乘马挥刀，那刀长不及。瘦子忽然对胖子喊了声："口袋！"一句话提醒，胖子从身上背着的一个破口袋里，抓起一把把黄沙，一把把毒蚁，连续向假真金投掷，黄沙形成迷雾，使假真金一时睁不开眼，毒蚁则随着黄沙附着在马身和人身，它见孔就钻，接触皮肤就咬，霎时会令人痛痒钻心，任凭你有再高的武艺也难以施展了。瘦子则从破衣的口袋抓出几枚铁蒺藜连连飞掷，假真金用双刀拨开了蒺藜，坐骑却被蒺藜打中，再加上毒蚁叮咬，便不听驾驭，胡蹦乱跳。有毒蚁好像也钻进假真金的衣服，他觉得前胸后背痛痒难忍，两只胳膊挥动双刀都很吃力。突然他的坐骑一个奋蹄高扬，摆脱了驾驭，将假真金掀倒在地，竟自奔出好远，然后倒在沙漠里胡乱打起滚来。

瘦子和胖子一看他们袭击成功，便怪叫着要活捉真金。假真金离开了马，身手反而更自由，他忍着奇痒与瘦子和胖子周旋。好在胖瘦两人武功并不高强。他们凭借的只是他们对沙漠环境的适应。正是这种适应使他们能纠缠住金经贵，看得出他们使的就是阴损招术，他们并不急于进招，狠下杀手，他们就是你踢一脚沙，我掷一块石，不近不远地戏弄，让真金自己消耗体力。他们已经看出真金被毒蚁啮咬的已经快筋疲力尽了。就在金经贵使尽最后一点力气，就要躺倒在地时，秦长卿终于找来了。他看见一胖一瘦两人饿虎扑食一般，奔向刀已经掉落到地上、软绵无力的金经贵时，他远远就大喝一声："住手！不许碰我的弟兄！"这一声呼喊真震慑住了胖瘦两人。他们不明白来人是谁，来人喊话什么意思。他俩怔怔地望着秦长卿，瘦子指着倒在地上束手就擒的假真金，问："你是什么人，他是你的弟兄，你也是王子？"秦长卿也不答话，三拳两脚先打倒了胖子，趁他抬脚乱踢之时，一手熟练地抓住他的小腿，另一手握拳狠打，暗力发挥，遂使胖子膝盖骨脱臼错位，胖子只能躺在沙地上疼得嗷嗷叫了。接着秦长卿抓住要逃跑的瘦子，一手抓住他的脚，猛一用力，将他脚踝骨脱臼错位，瘦子也只好躺倒在地。但是他还是想弄明白来人是谁。秦长卿却不愿搭理他，忙俯在假真金身旁，小声问："金兄，怎样？"金经贵无力地说："可恨这两个家伙，不知他们向我身上撒了什么，奇痛奇痒。"秦长卿一把撕开金经贵的上衣，看到他的胸前白皙的肌肤上竟然凸起好多紫红色的疱疹，秦长卿厉声问倒地的两人："这是怎么回事？"

瘦子龇牙咧嘴说："你给我们对好骨头，就告诉你。"秦长卿"嘿"了一声，"你还拿起来了！"说着狠力踢了他一脚，瘦子宰猪一样叫唤起来。秦长卿一瞪胖子，胖子赶紧说："把他衣服脱喽，快用这小瓶里的药水给他涂抹!"说着他双手举着从怀里掏出的一个深色的小瓶子。

秦长卿不敢怠慢,马上将小瓶里的药水给金经贵涂抹。这时金经贵的坐骑,那匹跟了他三年的棕黑马,从远处又走了回来。四个人都望着,黑马慢腾腾走到金经贵身旁,突然双腿一曲,跪卧在地,向金经贵点了几下头,然后头一歪,从眼睛里滚下大颗的泪珠,嘴里吐出带着血丝的白沫,金经贵立即意识到老马是向他告别来了。他大叫一声:"我的黑宝,你不能走!"他一下子扑向黑马身边,搂住黑马的脖子大声哭了起来。他眼见黑马已经无可救药,突然他抓起地上一把自己刚才掉落的钢刀,猝不及防地奋力向胖子劈去。胖子连喊一声都没来得及,一下子倒在血泊里。秦长卿忙拦住他,说:"得问清怎么回事,再杀呀。"瘦子慌忙喊叫道:"好汉,全是误会,全是误会!我说,我都说!"秦长卿喝道:"快说!"瘦子尖声尖气地对秦长卿说:"其实也不能全怪我们。谁让这个兄弟面貌太像一个人,他又穿的明明是王爷的官服。"秦长卿呵斥说:"少废话,你说谁指使你们的?"瘦子吭吭哧哧交代出,他和胖子在江湖上号称"河西二怪",他绰号"黑沙铁牛",胖子绰号"黄沙螳螂"。他吹嘘说他们的功夫在河西是出了名的狠毒。谁要吃上他们两人一拳一掌,轻则断骨,重则丧命。那匹马虽然中了毒蚁之毒,但是还不会马上死去,肯定刚才"黄沙螳螂"暗中给了它几掌使他肋骨断裂,所以才迅速死亡。秦长卿皱着眉截断他:"谁让你说这些无关紧要的废话!"瘦子赶紧谄媚说:"是,是,我说,我们跟阿合马府上的阿拉丁、萨卜拉是好兄弟,他告诉我们真金王子要西巡,真金王子和同行的安童丞相是阿合马的死对头。他说阿合马要他和萨卜拉除掉真金、安童、廉希宪还有汉人许衡几个人,可是在京城不得机会下手。他要我们抓住真金西行机会,一定要将真金除掉。事成,会给我们大笔奖赏。"秦长卿嘟哝着:"我一猜就是阿合马这个家伙捣鬼,果不其然。"金经贵恨恨地望着瘦子挥刀就要劈。瘦子大喊："你们不仗义，我都说了，你们还杀我！要杀也得让我明白我死在何人手里呀。"这时秦长卿正背对瘦子拦阻金经贵挥刀，瘦子趁人不备，从口袋里又摸出一颗铁蒺藜，他挥手正要向秦长卿投掷，在这紧要关节时刻，只听"嗖"一声，紧接着瘦子"哎呀"尖叫起来，他手腕被一支利箭穿透，鲜血从穿透处像小溪一样汩汩流出。秦长卿猛回头看见阿鲁浑策马而来。秦长卿挥动双臂高呼："阿鲁浑！"阿鲁浑骑马跑到近前，跳下马，紧紧与秦长卿拥抱，嘴里喊着："我的妈呀，我可找到你们啦，他妈的这阵子黄毛怪风！"接着他看到坐在地上的金经贵，问："果真有人暗算咱们的王子呀，严重不？"秦长卿说："要不严重，咱们的金鹰能落在地上吗？"阿鲁浑指着叫唤不停的瘦子问秦长卿："这是什么东西？"瘦子耳朵倒尖："我不是东西，是人，是鼎鼎大名的黑沙铁牛。"阿鲁浑说："原来还是个东西。"瘦子坚持说："不是东西。"秦长卿问阿鲁浑："你怎么老远就射他一箭？"就在秦长卿转身时，金经贵已经看见瘦子手中的铁蒺藜，所以不等阿鲁浑回答，金经贵就说："要不是阿鲁浑这一箭，恐怕秦兄的命就没了！"秦长卿这才随着金经贵的目光看见在瘦子身旁落在地上的那颗铁蒺藜。秦长卿怒不可遏，从金经贵手里夺过刀，反手就向瘦子砍去，眼见瘦子的身子被一刀砍成两半，一命呜呼。秦长卿和阿鲁浑把金经贵搀扶到马上，三人一起寻找分散的队伍。直到傍晚他们总算把大部分人马聚拢。但是因为金经贵假扮的真金受伤，他们不能再向前搜寻，只好回头向大部队靠拢。等他们找到大部队时，却得知一个很不幸的消息：丞相安童被海都的部队掠去。"真金"受伤，安童被掠，西线进击受挫，已经东巡回到上都的忽必烈闻讯很是焦急。他正想调谁去增援真金，伯颜从伐宋前线传来捷报，即将得胜回朝。忽必烈想，这可真是想谁谁到。他眼巴巴盼着，恨不能尽早见到伯颜。

这时在中书省阿合马主理朝廷大事。阿合马深深忌妒伯颜的功绩。他对忽必烈说："别看伯颜南征时答应陛下要像曹彬一样不事杀戮。可臣下听说宋人丁家洲的降卒全被他杀害。"忽必烈惊讶地问："是这么回事吗?"阿合马说："陛下不信,可以问从前线刚回来的焦德裕。"忽必烈说："我倒要问问。"原来焦德裕跟从伯颜南征,官佥行中书省事。阿合马事先许诺,如果焦德裕给他作证,就将提升他为中书参政。当忽必烈询问前线战况时,特别问及伯颜是否有大杀降卒之事,焦德裕却回答："没有这么一回事。"忽必烈对阿合马说："你又是道听途说,瞎猜疑。我不会看错,伯颜就是一个难得的将才。"这使阿合马对焦德裕恨之入骨。

伯颜大军凯旋,将到大都的消息传到了宫廷,忽必烈即命百官准备到郊外迎接。阿合马却抢先跑在百官之前,单人匹马远远地去迎接伯颜。伯颜见阿合马跑数十里外迎接自己,忙摘下身上所佩的玉钩赠给阿合马,说："宋廷宝玉确实很多很多,只是我实在一无所取,以此赠与丞相,还望勿以为薄。"当时阿合马就很不高兴。他想宋朝皇室有多少宝贝,你收缴上来,就把你身上一个破玉钩给我,你伯颜也太瞧不起人了。阿合马对玉钩看也不看,连接也没接,心中怀着对伯颜的强烈不满,拱了拱手,就策马而去。伯颜望着匆匆而来,匆匆而去的阿合马,摇摇头,心中忽有所感,想起前些时在金陵所作诗一首,就信口哼出,他在马上小声哼哼,后来不由得越哼声音越大:

马首经从庚岭回,王师到处悉平夷。
担头不带江南物,只插梅花一两枝。

哼着,哼着,他忽然哈哈一笑,依时兴小调,又唱起一支自己顺口编的小曲来:

金鱼玉带罗襕扣，

皂盖朱幡列五侯，

山河判断在俺笔尖头。

得意秋，

分破帝王忧！

　　大都众官将伯颜迎到中书官衙后，伯颜稍事逗留，等李庭他们护送宋朝君臣一到，就立即赶紧北去上都去谒见忽必烈。

　　阿合马迎接伯颜没有得到他预期的礼物，就直接到了上都忽必烈那里。忽必烈问阿合马从大都来上都有什么事情，阿合马小声对忽必烈说：“臣看了伯颜缴获的宋廷的物品，但听人说有一只皇宫里的玉桃盏，极其精美，有人说是伯颜私自取用了。他要能取这一件，就不知他会私自扣留多少件……”忽必烈顿时十分生气，说：“你不用管，我会查清楚这事的。”这时候伯颜赶到，阿合马偷偷瞄了一眼刚从外面走进大殿的伯颜，心想这回这你的好看，叫你瞧不起我！

　　本来忽必烈想叫伯颜西征援手真金，因为阿合马的谗言，忽必烈担心伯颜有私，就不派遣伯颜而改派大将李庭，嘱咐李庭传旨让真金回大都养息，同时暗中布置人调查伯颜在伐宋期间的行事，实际是把伯颜闲置起来。在阿合马是一箭双雕，既报复了伯颜，又叫真金得不到得力助手。

　　阿合马自立尚书省后独揽大权，得意横行，变着法儿地搜刮民间钱财，增加赋税。后来他又创立行户部于东平、大名，私造钞币，收民间铁器，交官铸造为农器，再高价配给农户，在各转运司安插其亲信，干预地方行政，危害民生。张文谦在忽必烈面前极论立尚书省阿合马专权，说："自古以来，曰政贵得人，不贵多官，两省制实行以来实际已经证明还不如一省便利。"忽必烈也觉得中书、尚书两省不合，总是得给他们调停纠纷，实在也让他头疼。于是他接受张文谦建议，就又下令取消了尚书省，事并于中书处理。但是忽必烈却仍旧任命阿合马为中书平章政事。由于张易不明显反对阿合马，所以在尚书省建立时，阿合马容忍张易与他一起并任平章政事。尚书省取消，张易和阿合马又一起被任命为中书平章。中书大权实际已掌握在阿合马手里。他得寸进尺，又为其子忽辛谋得大都路总管兼大兴府尹之职，其势炙手可热，为所欲为。尽管有人对阿合马进行弹劾，忽必烈总以其能够敛财而不问。原来忽必烈一直派各路兵马征伐南宋，战争连年没有停歇，军需浩大，阿合马经营财政，保其支出。仅此一点就使忽必烈对阿合马只能放手使用。由是，阿合马弄权中书肆无忌惮，干下更多不轨之事，制造了许多冤案，不少正直的官员都死在他手下。

焦德裕从前线回来，没有新的任命，倒也清闲自在，只是天天担心在西线跟随真金作战的儿子焦而荣的安危。为了求神明保佑夫君平安归来，焦而荣的如花似玉的妻子崔氏每逢初一十五总要到南城昊天寺烧香拜佛。每次崔氏都是带着丫环院公一早去，到中午时分便回到家中。可是这一天，日头过午很久，崔氏也不见回还。焦德裕心急如火，一再派人去打探，终于一个家人慌慌张张赶回来禀报说，崔氏已经被人掠去，丫环也一起被掠，院公已经被人打死。焦德裕差点儿气晕过去，急问："什么人如此大胆，竟敢在光天化日之下强抢良家妇女？"那个家人却说不清楚。焦德裕急命他出去继续打探。不一会儿又一个家人回来，报告说："少夫人被丞相阿合马第十九子黑的丁一帮人掠走。"焦德裕一再问"真的？"连问四五遍，那家人坚定不移地说："没错，说是给黑的丁做第十一夫人。传说他排行十九，非要娶十九个夫人。"

　　儿子没有在家，儿媳妇却被人劫走，自己还算是个朝廷命官吗？他阿合马真是欺人太甚！焦德裕说什么也咽不下这口气，他当即备马去了朝廷。他知道忽必烈正在大都。当他闯过重重殿堂终于得以拜见忽必烈时，却发现阿合马正在忽必烈身边。焦德裕由于气急败坏忘记了先给忽必烈行君臣大礼，当着忽必烈竟就指责起阿合马来："你养的好儿子！大白天公然强抢民女，竟欺负到我的头上，陛下您给评评，可有这个道理？"忽必烈看焦德裕气得急头怪脸，看看阿合马，阿合马一脸茫然，他就对焦德裕说："焦爱卿，你叫我评理，有话好好说，总得让我明白是怎么一回事吧？"焦德裕这才给忽必烈下跪行礼，述说了事情的简单经过，最后说："臣的儿媳妇现在还在他府上，危在旦夕，请皇上赶紧解救。"阿合马在一旁忙解释："皇上，小儿黑的丁生性顽劣，但是起码的礼仪他还是明白的。他要是知道他喜欢的女人是焦金事的儿媳，他就是再喜欢也得罢手。常言说，不知者不怪罪，我这里代小儿给金事赔罪了，我这就马上叫人命令黑的丁赶紧把人送回焦府。"忽必烈听阿合马说完，点点头，对焦德裕说："好了，孩子们偷鸡摸狗的事，就这样吧，咱们有多少军国大事还忙不过来呢。"焦德裕碰了一个软钉子，回到自己家里，却是左等右等，也不见阿合马家把人送来。直到掌灯时分焦德裕已经气得浑身冒火，七窍生烟，可是却毫无办法，只能干等。饭菜早都凉透了，可是谁也没有心思动筷子。焦夫人唠唠叨叨，自己都不知道说些什么，弄得焦德裕更是烦上加烦。于是把一肚子无名怒火全撒到他夫人身上。夫人受了委屈，放声大哭起来。仆人们劝也不是，不劝也不是。眼看老夫老妻自家越吵越凶，拍桌子打板凳，已经不可开交。这时从外面跑进一个小厮喊道："少夫人回来啦！"一对老夫妻的争吵戛然而止，所有的人一起跑向大门。

　　大门口悄无一人，"焦府"门前的灯笼透出微弱的光，照见府前街上正中停着一乘小轿。两个轿夫无精打采地坐在轿前，眼巴巴望着焦府的大门。他们一看见焦府里涌出一群人，赶紧站起，说："快把你们府上的少奶奶抬走！"几个丫环婆子凑上前，一撩轿帘，喊道："少夫人，您回来啦！"可是轿里无人应声。胆大的一个婆子伸手去轿里搀扶，却摸得一手湿漉漉的，她吓了一跳，缩回手一看，马上大叫起来："血！"其他几个丫环吓得赶紧跑开了。焦德裕走近，问轿夫怎么回事，一个轿夫说："我们只是抬轿的，谁知道怎么回事！"另一个轿夫说："老爷，轿里要是您府上的人，就赶快抬走，我们还都没有吃饭呢。轿子还是我们租的，我们还得把轿子送还呢。弄脏了我们还得清洗去呢。"有人提着灯笼照亮轿子里的人，面孔依稀可辨，确实是少夫人，但是已经奄奄一息。焦德裕吩咐家人把儿媳妇抬出轿，给了轿夫一些钱。轿夫两人抬起空轿晃晃悠悠扬长而去，空中飘扬着两个轿夫调不成调腔不成腔的小曲：

　　　三月梨花白，佳人泪满腮。不知心上人，何日才归来……

24

英雄出山

　　一晃，王著跟随正源道长学艺已经三年，此时王著武功长进得可不是一星半点。昔日通天寨主俞国栋虽然教给他一招半式，也要求他练习一些基本功，但是总是客气多于严教，因此王著对于武学不过还是站在门口徘徊的地步。凌风正是看到这一点，所以才要王著离家并为他找寻名师。也是王著有缘，所以得以拜在正源道长门下。三年里王著真的是抛却世间一切杂念，跟家里几乎完全断绝联系。每天他都是早起晚睡，将正源道长教给他的功夫一遍又一遍地反复琢磨练习，一直到融会贯通，一招一式都自然而然，随自己心意万般变化。正源道长见自己这个关门弟子不仅聪慧而且刻苦，武艺突飞猛进，并且能够举一反三，心中也是无比高兴。弟子学有所成，三年期已满，正源道长了却一桩心事，就想到江南一游，到龙虎山看望自己的同门师兄弟。

　　这天正源道长正琢磨何日下山，一个小道士跑来告诉他，有一个官员模样的人来访。正源一向不愿意同官场打交道，所以对小道士训斥说："你不会告诉他，我云游四方去了！明知道我素来不与官场人交往，你还颠颠跑来啰嗦！"小道士正要申说，来客带着一个小厮却已经走到大殿。他接着正源的话茬说："小道长不认识在下，师父难道也不认得弟子了？弟子做了官就不见了吗？"说着向正源道长深深一揖。正源这才看见来者不是别人，乃是原来的山东详议官，而今做了按察使的王恽。这个王恽就是杜善夫的挚友元好问的学生。元好问是大文豪，和杜善夫是莫逆之交，金朝灭亡，元好问被俘，押解到山东，多亏杜善夫一帮朋友关照。元好问与杜善夫都在东平府学任教。王恽虽然拜在元好问门下，对杜善夫也极其熟悉，对于元、杜两老师的朋友正源道长自然也非常熟悉。王恽对正源道长执弟子礼，正是从他的老师论，他并没有拜过正源为师。正源道长起立还礼，问："什么风把你这位按察官吹到小庙来了？我们总不至于犯奸作科，惹着哪个衙门了吧？"说着给王恽让座，小道士立即送上了香茶。王恽的小厮赶紧接过，递给王恽，王恽坐下，叹了口气："真是羡慕道长，超然物外，冷眼观世事，不为宠辱所惊。为官多年，我才知道原来是无官一身轻呀。"他呷了一口茶，对正源说："无事我也不敢打扰道长的清修，这次来主要是有两件事，一是代老师给您送来一信。"说着他从衣袋里掏出一信双手递给道长，接着说，"另一事是要带道长的小徒王著下山。"

正源道长一边看着信，顺口"啊"了一声，王恽看着道长接着说："我在善夫先生那里时，王著家的老管家的儿子王松正好去找杜先生，说他父亲已经病危，无论如何也得叫少东家回家一趟。"正源道长放下信，说："正好，你师叔杜善夫约我与他一起南下，我也好久没有下山了，刚才我还想是否带王著一起走，现在你带他走好了。他的武艺不能说炉火纯青，但是关键在于进一步修炼。常言说师父领进门，修行在个人。我看我这个徒儿跟你一样，也不是久在人下之人。不过他涉世不深，过于刚烈，或许能够成就一番大事，但是未必能够善于自保。要方要圆，一切在他自己了。他此时正在后山习武，你前去会他，我给他写几个字，你带去，这里他就不必辞行了。有缘我们自会再聚。我也就立即下山去了。"

王恽知道出家人都有自己一套处世原则，况且面前的道长又是自己长辈，所以他也只有唯唯诺诺。拿了道长写给王著的便笺，告别道长，他就带着小厮去向后山寻找王著。

从真元观出来，顺着山间小路，走向陡壁悬崖，在两山夹缝里，他攀登上四五十级的登天梯，越过了那一夫当关，万人难过的天险——一线天，眼前竟然是一片极其开阔的山谷，远处农家炊烟缕缕，依稀可见几个村夫在绿茵茵的田地里忙活什么，近处一簇簇山花红粉娇黄，顽强地从突兀的山石缝里钻了出来，给那灰秃秃的岩壁平添了许多生趣。王恽两人顺着平缓的山路迤逦前行，在一片苍松翠柏遮蔽的半山腰里，他们找到一个山洞，王恽心想，要不是正源道长指点，谁也不会想到这密林里面竟然还会有一个山洞。他想这道长也真会给王著找练武的处所。不过他又想这山洞里黑乎乎湿漉漉也不是练武的好地方。他不想走进洞，就在洞口喊起王著的名字来。他喊了几声，山谷里到处回响着他的喊声。王著没有应声，却在松柏林外传来一个陌生的声音："谁喊王著？"

王恽听那人声音底气十足，恢弘有力，猜想那人或许是王著的师兄弟，就反问："你是何人？"那人顺着王恽的话音，转过密林发现了王恽，说："我们是王著的结拜兄弟。"王恽正疑惑他一个人怎么说"我们"，只见那人向林外呼喊："二弟，快过来，这里有个山洞！"王恽怔怔地望着两个身材魁伟的壮汉，不知道他们意欲何为。倒是爽快的凌风向王恽拱揖后，先自介绍说："我叫凌风，他叫孙石栋，我们是王著的结拜兄弟。因为三弟王著学艺期满，我们特地寻他回家料理家事。刚才在前山真元观，我们听小道长告诉我们说王著兄弟在后山练武，并且有一个王先生也到后山寻找来了。想必您就是那位王先生了？"

孙石栋上下打量着王恽和他的小厮，问："王先生是当官的吧？"

王恽瞧着眼前两个壮汉，问："当官又怎样？"

孙石栋脱口而出："当官的没有几个好人。"说着还鄙夷地冲地下吐了口吐沫。

王恽笑笑："总不能一概而论吧？"

凌风把话头拦过，问："王先生找我三弟做什么？"

王恽这才向他们解释是受师叔杜善夫嘱托叫王著回家。凌风"哦"了一声，说："原来我们目的一样，您知道我三弟在哪里？"他望着后山一目了然峰连峰，却不见三弟踪影。王恽指着山洞说："恐怕就在此间。"

于是四人一起钻入洞中，刚一进入，一片漆黑，只能勉强看到远处有一点微弱的光亮。可是没有几步远，拐了一个弯，就出现了一片光亮，再走几步，竟然就看到了出洞口。四人都十分惊异。原来这是一个过山洞。待等他们出洞，眼前真是一个世外桃源。那里繁花似锦，鸟语花香。一个幽静的山谷被群山环抱，隔着一条山涧，远处在一个高高的平台上，王著正专心致志练武。于是四个人都屏住气息，生怕打搅了王著。可是王著却似乎已经察觉到有人从山洞走出，他收式稳身，向着王恽他们站立的方向轻声问道："何方友朋造访，请恕小可有失远迎。"他虽然是如平常说话，可是由于他功力大增，所以在四人听来犹如雷鸣一般响亮。凌风是行家，听声辨力，知道这三年盟弟修炼功力已经到了相当火候，早已超出一般练家，他由衷地替王著高兴。孙石栋则为盟弟叫好："好洪亮的嗓门！练武之人本当如此！"王恽却有点受不了，冲着几丈以外的王著埋怨说："喊什么，把我耳朵都要震聋了。"王恽是小声嘟囔，王著可听得清清楚楚。王恽话音刚落，四人都没有看清王著怎么走过得山涧，直觉得一阵风吹过，王著竟然跪倒在王恽面前，一面施礼，一面压低嗓音，向王恽问候。王恽赶忙扶起王著，王著这才给两个盟兄见礼。

凌风和孙石栋对王著的举动都十分纳闷，问："你怎么对王先生行此大礼？"

王著向两人介绍说："你们不认识啊，王恽是我小时候的老师之一，一日为师终身为父，我行跪拜之礼是理所应当。"凌风和孙石栋连声说："原来如此，难得。"

王著领着王恽三人在前，王恽的小厮随后，顺着山间小溪旁边的山路下到一座凉亭上。在亭子中央有一个石头桌子，桌子四周有四个石头磴子，他请王恽三人落座以后，才问起他们怎么一起来到这差不多与世隔绝的地方。孙石栋心急，抢先告诉了王著，因为他家里老管家去世，家人四处托人寻找他的情况。凌风知道你在这里，所以我们就赶来了。接着王恽讲述了王松找到杜善夫那里，正好他在场，也正好师叔给道长一信，他就来到这里。王著听了王恽说是王松找到杜善夫那里，知道家里一定有大事。因为他跟王松有约，在两三年里迫不得已必须找他时，可以找杜善夫老先生，他会告诉他自己的落脚地。王著想正好学业已成，家里是得要回去一趟了。不过跟正源道长三年，他已经深深依恋，名义是师徒，实际情同父子。王恽似乎觉察到王著面有难色，想到他和道长依依不舍的情感，于是告诉他正源道长已经答应杜善夫先生南游，下山去了。王著不信，王恽这才拿出正源的便笺。王著接过展开，看到师父的笔迹，念道：

> 子明吾徒，三年期满，尔之功力已经大进，但是需记天外有天，在武林何时都不能逞强。我知徒儿素有建功立业之心，此去或许可以一展鸿图。但是亦当审时度势。望吾徒好自为之。

王著看罢信，跪在亭中，向南连叩了仨头，心中立即拿定主意。所以当王恽问他下山后怎么打算时，他说："既然三位都是奉我家人之请，要我回家，我只能先回云门了。"王恽问回家以后干什么，王著还没有回答，凌风抢先说："干什么，也不能再到官场！绝不能再同那些豺狼为伍。"

孙石栋连声附和："大哥说得对，当官的没有好东西，三弟绝不能再去蹚那浑水！"

凌风继续说："依我看，三弟全力经营家产，支持我们太行大业。"

孙石栋说："我看三弟就当我们七宝山的大王最好，杀富济贫，为我们山东一带豪杰树立一面大旗。"

王恽嘿嘿冷笑，逼视王著："子明，人生关键一步，你是为盗贼者流，还是欲建立千秋功业？"

凌风和孙石栋同时不满地喊起来："王先生，你敢说我们是盗贼！"

王著看两个盟兄急了，连忙打圆场说："两个哥哥，王先生不是说你们。"他转而对盟兄说："最初我的乡先生也曾教导学生人生在世，不可虚度年华，学生没齿不忘。不过，当今官场也确是玉石混淆，奸贪污吏鱼肉百姓者比比皆是……"孙石栋马上拍着大腿说："就是，就是，贤弟何必去蹚官场的浑水，跟我们杀富济贫为民除害，一样是不虚度今生！况且不受任何人拘管，自由自在，何乐不为？"

王著沉吟了一刻，缓缓地说："凌兄孙兄自是不凡，可是子明自幼年就受家父谆谆教诲，要我以国为重。当下新朝刚刚建立，忽必烈国君虽然来自朔漠，但是他尊重汉儒，不失为英明君王，我想子明今生还应当为国效力，当今时刻正是我辈建功立业的大好时机，眼下南北战事连连，过去子明是一介书生，如今幸得师父教导，学得一身武艺，正当投笔从戎。"王恽站起身说："人各有志，两位壮士要做草莽英雄，代天行道，也是勇武可嘉，子明欲为国效力更是心怀远大，你们可以自行其是。我想子明此番下山把家事安排妥当自可到军中效劳，现在正是南北军中都需要人才之时。"

　　凌风也站起身说："不管我们各自干什么，我们永远是好兄弟，只要你们有用得着哥哥我的时候我一定会随叫随到。"他随即拉住也已站起身的孙石栋的手，说："三弟既然报国心切，我们也就不要勉强他跟我们入伙啦，我们信已经送到，又有王先生在，咱俩就先行一步，让三弟跟王先生好好商议他今后的行踪吧。"孙石栋还要说什么，无奈凌风拉着他就走，一边走一边抱拳回首向王恽致意。王著也想说什么，但一时也觉得不知说什么好，只是愣怔怔地望着两个盟兄迅速离去，望着他们很快消失在不远处山洞里的背影，他心说，好哥哥，有缘还会相会！

　　王恽看王著终于没有跟两个草莽兄弟同行，他暗自高兴，觉得师叔杜善夫说王著是当今一个英才，这话没有错，师叔说王著自幼就志气非凡，看来如今长大成人更是眼光远大志气非凡。惟其如此他才能够分清什么是歧途，什么是正路。就是今后他不走仕途，而去从军也一定不会庸庸碌碌。他知道王著有心从军，就从小厮携带的布囊里取出纸墨笔砚，在凉亭的石桌上给王著写下了一封推荐信给他的上司张易，述说了王著的人品志向。

　　王著非常感激，把信收好，心想真是缘分难求。要不是凌风大哥被抓，自己也难得和两个哥哥结拜，要不是凌风大哥相救，自己也来不到泰山，要不是上泰山就遇不到杜善夫，遇不到杜善夫就很难拜张志刚道长为师；要不是杜善夫让王恽送信，自己从军就不会有人举荐，张易那可是当朝名宦，自己怎么能相识呢？当下他要王恽跟他一起下山。王恽知道王著如今已经是武功在身的人，自己一个文弱书生怎么也跟不上他的步履，再说自己还有公务在身，就嘱咐勉励了王著一番，分头而行。

25

新兵王著

　　王著到了位于箕山颍水岸边的佛光寨，拜见了师父通天寨主俞国栋。俞国栋看到三年不见徒儿出落得壮壮实实，一改昔日文弱书生的模样，心里很是高兴。但是他表面却装作很是气恼，训斥他为何一去没有消息。王著只得向师父解释他在五峰山跟正源道长学武立誓跟外界断绝一切来往，也是出于无奈，不仅没跟师父联系，就是跟家里也没有联系。俞国栋这才把声音放平和，说："你知道自从听说你被太行山飞天虎掠去，我多焦急……"王著说："那是我盟兄弟，他是救我……"俞国栋说："知道救你，不然你就被葬身火中啦。可是你到底到哪里去了，杳无音讯，我怎能不急，我于是找你师伯派人到处找你……"王著说："我师伯派人找我去了，那怎么能找得到啊。"俞国栋叹了口气，说："你师伯埋怨我不该叫你步入仕途，踏进官场，可是我总觉得人生应该有一番作为。不知你现在怎样想，还认可师父我以前跟你说的那些话吗？"王著于是把他从军建立功业的打算告诉了师父，俞国栋点头说："不愧是我的徒儿，有志气，但是寻找你的你师伯的两个徒儿'北海双鹰'却一直没有回来，江湖谣传他们中的一个已经被逮进阿合马府中，凶多吉少，可急坏了你师伯，你可有什么消息，吃过饭咱俩一起去看望看望你师伯，如果真的为找你，让他

失去一个徒儿，我可真对不住我这个与世无争的师兄了。"

午饭后俞国栋正要带领王著去看望渔阳真隐，门童来报有两个壮士在寨外要拜见寨主。俞国栋问门童来者是何人，有无通报姓名。门童说一个是太行山飞天虎凌风，一个是七宝山寨主孙石栋。王著连忙说："这是我两个盟兄，他们怎么找到这里了？"于是俞国栋吩咐门童赶紧请他们进来。

凌风和孙石栋进得寨来，向俞国栋行了拜见礼，然后孙石栋对王著埋怨道："三弟，我们以为你直接去参军打仗去了，谁知道你又回家了，回来却不通知我们哥俩一声，太不够义气了吧！"俞国栋为徒弟辩解说："孙寨主，也不用怪罪他，他出外几年也不告诉我一声，回来几天了，这才来我这里。我两个师侄为找他，至今没有回还，听说被阿合马扣押了，我这不正想领他去我师兄那里赔礼去。"凌风想起什么，问俞国栋说："师傅说的师侄叫什么名号？"俞国栋回答："'北海双鹰'，你们可曾听说他们的下落？"

凌风欲说又止，俞国栋看出来凌风似乎知道什么，就对凌风说："义士知道什么不妨直说，无需顾忌。"于是凌风把他们太行四虎夜闯阿府为震山虎裴平报仇之事讲了个大概，接着又讲述了笑面虎贾交和高枫夜袭阿府之事，然后详细讲述了"北海双鹰"之一在阿府被受刑罚以至剥皮的惨剧。孙石栋听完气得哇哇大叫，大骂阿合马不是人揍的，"听人说阿合马不是好东西，我不知道他这么不是玩意儿！这个仇咱一定要报，别说'双鹰'是为寻找三弟被害，就是跟咱没有半点关系，他阿合马这么做也早该下地狱，早晚得有人收拾他！"

王著早已经泪流满面，他站起身，昂首挺胸，嗖地抽出所佩宝刀，双眼怒睁，他高举宝刀大声说："师父，两位哥哥，我王著今生要不为国为民除却这一奸佞，誓不为人！"他转而面对俞国栋咬牙切齿地说："师父，听了凌大哥的讲述，我不跟您去看师伯了……"俞国栋问"为何？"王著把宝刀入鞘，缓缓说："弟子如今去到师伯那里去说什么？弟子又有什么颜面去见师伯！待等有一天我为'双鹰'师兄报仇雪恨之后再去给师伯谢罪不迟。"俞国栋说："这事你有何罪错，是我把师兄的两个弟子拉了进来……""不，师父要不是为我，何至于去求师伯。事情因我而起，师父不要自责，只是不知'双鹰'师兄，是哪一个被害，另一个师兄又在何处？"

凌风摇头说不知。俞国栋问："你们看到被害的那个人，他的飞鹰刺青是在前胸还是在后背？"凌风毫不犹豫地回答："是在前胸。"俞国栋说："明白了，被害的是弟弟金纬贵。"凌风问俞国栋怎么知道。俞国栋告诉他们"双鹰"是孪生弟兄，为了区别，哥哥金经贵的飞鹰刺青在后背，弟弟金纬贵的刺青在前胸。现在知道纬贵被害，那经贵又在何方？凌风和孙石栋都一脸茫然。

王著说："师父，既然'北海双鹰'是为寻找我被害、失踪，那我走遍天涯海角也要把经贵大哥找到。既然他们都去了京师，我原本打算在山东从军，现在我决定即刻就去京师，至少我要完成两件事，一是找到经贵大哥，一是要为纬贵大哥报仇，今生势必以铲除奸佞为己任！"凌风说："我们太行四虎坚决跟三弟一起并肩作战，我们一次刺杀阿合马不成，绝不甘心！"孙石栋说："只要用得着我山寨的地方，我们悉听召唤。"接着他又说："我和凌大哥原以为三弟回家乡改变了主意，能跟我们一起过逍遥日子，现在看来我们想逍遥也不能够，阿合马势力遍天下，到处是他的走狗爪牙，他们相互勾连，听裴平、高枫、金纬贵的遭遇，看三弟的经历，我算明白了这个世界奸佞不除，百姓就难以过安生日子！"

听着几个年轻人的议论，俞国栋说："冰冻三尺非一日之寒，阿合马的势力遍布全国朝野，你们要想除掉他并非易事。高枫跟四虎都曾想用暗杀手段锄奸，看来很难。你们必须联合朝野一切正义人士，不用力取，要用智取，王著去京师参军不要急于行动，

一切要三思而行。不到周密准备，万无一失，就不要行动，而且今天咱们在这里说的这些激愤话语，也请你们都放在心里，不要轻易对人言讲。成大事者务要不动声色。"

王著不想跟师父去看望师伯了，也不想再回家园，也不想去孙石栋的山寨，他想连夜去京师，心想有王恽给他的上司张易的介绍信，还有杜善夫赠送的折扇，可以去找警巡院判梁进之，应当在京师不难立脚。凌风闻知王著去意已决，就坚决要跟王著同行。他说他四哥三啸虎雷宏在京师给人做镖师，又跟高枫是哥们，此去一定会得到照应，并打探到更多消息。王著觉得有凌风做伴更好，于是当天就告别师父西行，孙石栋为他们在箕山镇太白酒家设宴送行，兄弟之间有许多嘱托不在话下。

王著和凌风晓行夜宿不多日就到了京师。在城门远远就看见一面招兵大旗。原来真金追讨海都和昔里吉失利，忽必烈在东线指挥作战抽不出兵力支援真金，甚是着急，于是令内地紧急招兵补充兵力。当时负责招兵的人就是枢密副使张易。带兵的人就是曾为忽必烈侍卫的和礼霍孙。

看到招兵旗王著就想去报名，凌风劝他先去见见三啸虎雷宏。王著也愿意结识太行英雄，就想招兵也不是一天，但是他还是到招兵处问了一声过两天报名行不行，得到可以的答复，他就跟随凌风到了平安客栈。客栈老板连天英已经年近花甲，所以凌风直呼他连大爷。看见凌风进门，连天英忙迎出来，问："五兄弟什么时候来的，怎么预先也没有信息报知？"

"连大爷，这是我的小兄弟，来京办事，事情急迫，就没有提前打招呼，大爷别怪罪。"凌风边给连天英介绍，边往客栈里面走去。

连天英打量王著，气宇轩昂，知道不是凡夫俗子，也是太行英雄一路人，就很热情地招待说："五兄弟有什么需要小老儿帮忙的尽管吩咐。"

凌风说："我们先住下，也就一两天……"

连天英说："五兄弟，这都到了自己家，您还不是愿意住多久就住多久。"说着给他们开了一个干净房间，叫伙计送来茶水，然后他也要离去，凌风却让连天英坐下，说："我这个兄弟想跟您打听个事。"

连天英坐下，直瞪着王著，等王著开口问询。王著却看着凌风不说话。凌风猜想王著跟连大爷不熟，可能不好意思张口，他就开门见山问道："您听说过'北海双鹰'吗？"连天英说："听说过，不是您比我更清楚吗，不是阿府还把人弄死剥下了人皮，收藏起来了吗？"凌风说："那都是以前的事了。'双鹰'是两人，死的是小弟，还有一个哥哥，也在京城，您就没有听说过吗？"连天英说："还真不知道……"他迟疑了一刻，说："不过前几天，你们大闹京师，离开以后，有一个伙计有一天跟我说了一件怪事：在阿府阿拉丁手下当差的一个仆役，去焦德裕府上找焦的儿子，就是皇宫侍卫焦而荣的一个伴当，却在焦府看到一个被他们主子阿拉丁杀死的人，当时他差点吓晕过去，焦而荣的伴当直问那仆役怎么啦，那仆役一再揉眼，摇着头，说：'我看见鬼啦，明明他死啦，怎么跑到你们府上来啦，你告诉你家主子可得小心点，别让鬼魂在你家作祟。'那伴当不明白仆役说的什么胡话，那仆役就把他在阿府看见的前胸有一个飞鹰刺青的人，被阿拉丁残害的事情跟那伴当说了，而他刚刚明明看见那个被阿拉丁杀害的人就在焦府庭院奔走，一晃，人又没影啦，他问焦而荣的伴当：'你说我看见的不是鬼魂是什么！'那伴当也吓得一时东张西望，两人只觉得后背发凉，赶紧从说话的地方跑开了。后来焦府的伴当又把这事说给他的老乡，就是我们客栈里的伙计，那伙计说闲话跟我说起这事。刚才五兄弟说'北海双鹰'是兄弟两个，那么他们兄弟俩或许面相十分相似，在焦府那个或许就是没有死的还在京师的哥哥。"

王著听完连天英的讲述，马上问："连大爷，那焦府离这里远吗？"连天英说："远倒是不远，只是那官邸也不是什么人都可以随便进去的啊。"王著说："太好啦。"凌风不明所以："什么太好啦？"王著说："没有想到刚到京师就知道了金经贵大哥的消息，明天一早我就去焦府找金大哥。"连天英还是不明白王著什么意思，直到凌风跟他讲述了"北海双鹰"跟王著同门师兄弟的关系以及王著的遭遇以后，他才明白。于是他又叫客栈那个伙计对王著、凌风重新学说一遍他的焦府老乡跟他说的鬼魂的事情，并吩咐他明天一早带领王著去焦府找他的老乡再问问清楚。凌风也要跟去，连天英劝说还是叫王著跟客栈伙计两人去好，凌风才没有坚持。

谁知转天王著跟伙计到焦府找到那个老乡，在焦府大门外那人却嘲笑客栈的伙计说："鬼魂故事你们还当真啊，哪有这么个人，再说人死不能复生，那天是阿府那个伙计看走了眼，准是他喝酒喝多了，把我吓得也够呛。后来我一想，那不过是他胡说八道，我当笑话讲给你听，你还带人来找那个死人，要找上阿丞相家去找才对，可别找错门！"说完他哈哈大笑，连焦府门都没有让进。王著看人家不承认家里有金经贵这么一个人，也毫无办法，后来也想，也许是阿府的伙计看走了眼。无奈只得打发伙计先回客栈，他却直接到了招兵处报了名，参了军。招兵处行动倒是利索，报名后立即更衣，入营，参加训练。

伙计回去跟连老板叙说了找老乡的经过，并且说那个客人打发他回来，自己去办事了。办什么事上哪里，他不便问。凌风急得直抓头发："这个三弟，办事就是这么急，他这是看找不到金经贵，就去军队了。"连天英问："他去军队做甚？""咳，我这个三弟，心比天高，不过他在哪也不会是久在人下之人。连大爷，我跟您讲了'北海双鹰'的事情，您在京师多留心，一有消息，就尽快告诉我，我也不在你客栈打搅了，我去会会四哥，看看六弟，您忙您的吧。"说完他就离开客栈飘然而去。连天英看惯了这些好汉的不羁行径，也不为怪，心想"北海双鹰"死了一个，另一个若在京师，会在哪里？这的确要费一番工夫查找。

招兵处收取新兵后，即带领他们到军营进行训练。首先是考核，一是问为什么要来当兵，一是要问有什么擅长，三是问学过武艺没有。王著对三个问题的回答都超出训练官的意外。因为大多新兵回答第一个问题是为了到军队找口饭吃，或是到军队寻个出身，至于擅长和武艺两个问题回答大多都一无所长。可是王著回答当兵是要报效朝廷为国效力，擅长诗书，自幼习武。这个新兵可是万里挑一的，所以训练官马上把王著的情况报告了上司，消息传到带兵北征的招讨使和礼霍孙耳中，他也感到奇怪，就亲自到训练场要面试王著，看看这个人是不是个吹牛狂徒。

和礼霍孙久在忽必烈身边做侍卫，经历的人和事非常人可比。那天他早早来到训练场，看到训练官正在教练数十新兵挥刀刺杀。外行人也许看不出什么，都是一样的服装，一样的兵器，一样的动作，数十人跟着教官的口令移步换形。要在这些新兵发现特异的王著，不是眼力非凡的人是万万不能的。可是和礼霍孙站在高高的指挥台上，扫视了一眼练武的新兵，立即发现远处一个新兵的动作，虽然跟大家做的一模一样，但是步履之间自有一种轻灵，动作之间自有一种气势，那是其他新兵练上几年也难以达到的。他认定那就是他要找的新兵王著。于是他吩咐一个士兵去把王著叫到自己面前来。问王著是哪里人，在哪里习武，老师是何人？王著如实回答后，和礼霍孙甚是惊异，因为正源真人、张志刚道长的声名他早有耳闻，想不到在这里会见到真人武功的亲传弟子。他又问王著可曾习文，王著回答他的少年诗作就曾得到杜善夫的赞赏，杜善夫是忽必烈圣上延请为官就是不肯到来的高士啊。这更使和礼霍孙惊讶不已。这么一个才人武士怎么会埋没于走卒之中。他原来在校场指挥台上问话，听到王著回答后立即起身邀请王著到营房细谈。王著这才把王恽写给张易的推荐信拿出。和礼霍孙看后问："你为什么不早找张大人，谋个一官半职岂不是很容易的事情。"王著说："小可不想仰仗权贵护庇，要凭自己真本领去拼搏。"和礼霍孙对王著心生敬意，想不到这个年轻人竟这样有志气。但是他毕竟对王著的真功夫不了解，所以他要王著展示一下他的功力。王著知道这是要考验他的虚实。马上说："大人要小的怎样展示？"和礼霍孙说："战场上要的是真功夫，不是花拳绣腿架子功……"他一转眼睛，看到营房不知谁的弓箭在，就问王著："拉弓射箭是战场上最常用的技能，你怎样，那把弓不知是谁的，估计是张硬弓，你去试试如何？"王著二话没说，拿起弓，背上箭，走出营房。

和礼霍孙原本是想看看王著能否在规定距离射中箭靶，那是军队训练的常课。如果他能三箭皆中靶心，当着那么多新兵也给王著抬抬点。说来也巧，秋高气爽，蓝湛湛的天空正好有一队大雁飞过，正飞到训练场上空，王著就跟和礼霍孙说："大人，我就先射那一队雁中的第三只，您看如何？"没有等和礼霍孙回答，王著搭弓按箭，只听"嗖"地一声，一只利箭蹿上高空，不偏不斜正中第三只大雁的脖颈，大雁应声落在训练场上，霎时训练场上一片哗然。教官看到是和礼霍孙领着一个新兵射箭，他心领神会带头鼓掌叫起好来，紧跟着教练场一片叫好声、鼓掌声。和礼霍孙趁势对训练官说，叫这个新兵王著表演一下他的武功，把你的大刀给他使使。训练官还不熟识王著，不知怎么回事，但是他乖乖把大刀送了过来。

王著也不客气接过刀来，就把师父传授给他的武艺展示出来。和礼霍孙是个行家，知道王著真的道行不浅。于是他大声对全体新兵说："你们看到了吗，他叫王著，也是跟你们一起来的新兵，但是他的弓箭可以射杀飞雁，他的刀法炉火纯青。你们当中有没有敢跟他比试比试的？"和礼霍孙连问了三遍，有没有人敢跟王著比试，结果没有人搭腔。于是和礼霍孙讲："战场上要的就是真功夫。要的就是有本事的领头人。今天你们大家都看到了王著的真功夫，我要让他——王著，做你们这批新兵的带头人，你们服不服？"一片沉默，训练官又重复了和礼霍孙的话："你们服不服？不服的站出来！"结果换来一片乱喊声："服！""我们服！"和礼霍孙看到训练的新兵都对王著心服口服，就当场宣布："你们听好，我们这批新兵的'总把'官就由王著担任，以后战场上将论功行赏。"

和礼霍孙慧眼识英雄，回朝立即把王恽推荐王著的信交给了张易，并向张易讲述了他考核王著的情况。说："看来你的属下王恽眼光不错，真是及时给我们送来一个将才。"张易说："还有不错的事情哪，阿合马叫他的儿子忽辛给我送去两个奇人，叫我转交给你，带去前线。并叮嘱说一定要把这两人安排到最重要的战事关键部位，说他们会给你立奇功。"和礼霍孙信以为真，连说："太好啦，太好啦。这两人在哪，什么时候过来？"张易笑眯眯说"不急，明天我亲自给你送来，你考量一下他们的能力，怎么用，那是你的事情，将在外君命有所不受。"和礼霍孙忙向张易拱手致谢："那就有劳张大人，明天我专候大驾光临。"

26
奸人奸计

　　原来张易要给和礼霍孙送来的不是别人，而是高枫——高和尚和王天立。

　　王天立亲眼目睹她心上人高枫剃度的场面，她又阻止不了，当下又气又急昏了过去，随后被人送回她家中。世上最难治的病莫过于相思病。王天立回到家中茶饭不思，一天天只是泪流满面，默默不语。这可急坏了他的父亲王员外。他就这么一个女儿，中年丧妻，再没有其他子嗣，所以对这个女儿视如掌上明珠，任由其性发展，习武也好，改名也罢，他只当养了一个儿子，看着女儿桀骜不驯、大大咧咧，完全是一个男孩子性格，他还不时暗自窃喜。可是女儿就是女儿，自从与高枫比武以后，王天立就喜欢上了高枫，后来又知道高枫的未婚妻被害，她就暗自把高枫当成了自己的未婚夫，只是没有人为她说破这种关系。说破不说破，反正王天立在心里已经认定高枫就是她托付终身的男人了。

　　高枫对王天立爱慕自己不是不明白，但是翠娥在他心中，他不能再在心里装下另一个女人，因为他是一个堂堂正正的男儿。翠娥遇害后，一时半会儿他也难以割舍，放不下对翠娥的那份深情。所以他对王天立只是当好妹妹看待，从不敢越过雷池一步。但是天长日久，他对王天立也是有一份难以割舍的感情。所以在剃度时看到王天立晕倒，他心里也是极端酸楚，可是又很无奈。在凤林寺烧香拜佛诵经，他过的日子也很不安宁。尤其到夜半无眠，眼前总是会浮现出和王天立在一起的情景。

看着高枫苦度日月，王六甲也替他难过。但是他一时也想不出什么办法。想来想去，他想到或许找雷宏会有主意。所以有一天他趁给寺院买菜之机，就跑到王员外家，找到雷宏后，他首先问天立姑娘怎样啦，雷宏直言不讳说："能怎样，病病快快，心病只有心药医。偏偏张易那个家伙出什么馊主意，让高枫当了和尚，您说这事怎么办？"沉默了一会，他问王六甲："高枫在寺院当和尚怎么样，安心吗？"王六甲说："我就是为这事找你，你说他能安心吗？自打翠娥姑娘去世后，他跟天立姑娘耳鬓厮磨，情投意合，生生让他削发为僧，他能适应吗？我看他这些天精神不振，也消瘦了好多，这不是长事，所以跑来找你拿个主意。"雷宏想了想，对王六甲小声说了个主意，问："你看行不行？"王六甲说："我看行，咱就这么办。"笑呵呵地走了。

雷宏送走王六甲，回到自己房里想了想，就走向王天立的住房，让丫环小玉通报说他来看望小姐。王天立听了丫环的通报，只是懒懒地说，请师父进来吧。雷宏进得房来，天立命丫环给雷宏沏茶，把她从床上扶起身，她斜倚在床，无精打采地问："师父可好？"

雷宏笑眯眯地说："师父好不好没关系，只是有一个人不好。"

"谁，怎么啦？"

雷宏说："那个人跟你一样得了相思病，茶饭不思，卧床不起……"

王天立有些羞涩地说："没的，师父拿徒儿取笑。"

雷宏说："我说的是真的。"

王天立还是懒洋洋地说："不过是同病相怜罢了，跟我有啥关系。"

雷宏说："你也不问问我说的是谁啊。"

"谁啊？我认识吗？"

"你不仅认识，还跟你关系大大得紧密。"

"哼，师父就会逗弄徒儿。"说着她扭过脸去，长叹一声，闭上了眼。

雷宏轻声说："那个人就躺在凤林寺哪，他想你不吃不喝，人都瘦了十几斤。"

王天立猛地坐直了身，瞪大眼问："高枫，他想我，不吃不喝，不可能！师父别逗我了，我心已经够疼的了，这个无情无义的家伙，我一心扑喜他，换别人就是石头也让我暖化了，他可是铁石心肠，竟然出家当了和尚……"说着不由得又泪水涟涟。

丫环小玉赶紧递过手巾，说："小姐，这样的男人，您何必想他，为他折腾坏自己身体值得吗？依我说您趁早把他忘记，天下好男人有的是。"雷宏冲丫环小玉说："你先出去，我跟小姐有几句要紧话说。"丫环看看王天立，天立示意丫环走开后，雷宏才压低声音说："天立，我来就是告诉你，高枫心里有你，六甲叔刚刚来过，他带话说高枫约你相会，问你愿意不愿意？"

王天立立刻撩开被子就要下地，问："真的，去哪？走啊。"雷宏不由得笑了："我的好徒儿，你还病着，有气无力的，怎么去，要去赴约也得等你养好病啊。"

王天立站起身说："师父，我没病，您快告诉我，高枫约我在哪相会。"然而到底有好多天没下地，没好好吃东西了，因为太激动，站立太猛烈，一阵头晕目眩，王天立不由自主一屁股又坐回床上。雷宏赶紧过去要搀扶，王天立挥挥手，表示不用。但是坐下后，王天立才觉得自己身体真的太虚弱了。要是马上去见高枫只怕会被高枫笑话。这才笑着对雷宏说："师父别笑话徒儿，我听您的，到底哪一天我跟高枫可以相会？"

于是雷宏把他的计划告诉了王天立，那就是过两天他又去山

西保镖走货，带天立一起离家，可以叫王员外放心，然后在文明门城楼那里的悦来客栈跟高枫约会。只是这两天他要王天立一定养好身体。王天立喜笑颜开，给雷宏做了个鬼脸，说："还是师父疼我，我一定好好养身体，到时候，我非得给高枫那个没心肝的家伙一顿霹雳掌，叫他好好醒醒脑壳，好好看看我王天立值不值得他爱。"

这边雷宏劝慰好了王天立，并安排了行动计划。那边王六甲回到凤林寺也找到高枫，趁高枫午间功课做完，众人都休息时，他把高枫约到寺庙一个偏殿，两人站在窗下，望着窗外，王六甲跟高枫说他离开寺院去看了王天立。他说："我知道那天你看着天立晕倒，心里不是滋味，一直惦记天立，所以就代你去看了看她。"他望着高枫看他有何反应，不出他所料，高枫急切地问："天立她怎样了，没事吧？"王六甲说："还好。"高枫连忙双手合十念起了阿弥陀佛。王六甲心里觉得甚是好笑，心想你可真是立地成佛啦。他双眼盯着高枫问："你不想她？"高枫眯缝着眼，慢悠悠地说："出家人不敢有非分之想，也不能毁坏天立姑娘的名声。"王六甲笑笑，问："如果天立姑娘对你不能忘情，她再来寺院找你怎么办？"高枫不由得一阵心跳脸红，慌忙嗫嚅说："她来干什么，干什么找我，过去的一切都过去了……"王六甲嘿嘿两声学着高枫的口气说："过去的一切都过去了"，然后他大声问："真的都过去了吗？是谁发誓一定要给翠娥姑娘报仇，是谁立志要铲除凶恶，难道夜闯阿府的那个高枫真的已经化阵风烟消云散了？"高枫看王六甲越说越激动，赶紧拍拍他肩膀示意他小声说话。他轻轻叹口气说："六甲叔，不是我忘记过去，忘了誓言，而是阿合马势力熏天，咱单枪匹马很难斗得过他。只有等机会，君子报仇十年不晚。"

王六甲说："我实话告诉你，我们不能像缩头乌龟一样老躲在这个偏僻的寺庙里。我们去夜袭阿府，之后雷宏他们太行四虎也去大闹阿府，我们已经不是阿合马他们重点追查的人物，我们可以重回京师，看看怎样为翠娥报仇，王天立姑娘一心跟你，你不要以为你把一头乱发剃掉，受了佛戒，就不可以还俗，她可是你的一个好帮手，这辈子你打着灯笼普天下去找，也难找到第二个。佛法讲缘分，我看你跟翠娥就是今生无缘，跟天立的缘分实在不浅。"

高枫被王六甲说得眼睛不由得湿润了，一股情感在他心中汹涌澎湃，他无力遏制。终于坚定地说："六甲叔，出家也原本不是我的本意，不是张易大人给安排的嘛。既然天立姑娘不嫌弃我已经是个和尚，我也不是铁石心肠，那她来见就见吧。"

王六甲批评高枫一个大男人不能总是被动，应该主动积极行动，怎么能等姑娘来寺院跟他私会，应该主动约请姑娘见面，想想怎样一起为翠娥和天下被阿府所害的人报仇。他看高枫心动，就把他跟雷宏约定的计划，在文明门悦来客栈跟王天立相约之事告诉了高枫，高枫跟王六甲说好两人准时到达。王六甲嘱咐高枫一定不要穿僧服戴僧帽。

和王六甲约好后，高枫心想此行下山再回来的可能不大，怎么也得去跟师父打一声招呼。当他决心去跟圆通师父辞行时，他还没有张口，圆通就口念佛号，说："我佛慈悲，一宁心思不宁，尘缘未断，要去就去，为师绝不阻拦。不过你既入我佛门，就要慈悲为怀，不到万不得已，不能大开杀戒。当然惩恶扬善也是佛门真谛，要在你自我修行才能修得正果。"高枫赶紧答应："谨遵师父教诲。"高枫没想到圆通师父竟洞察一切。

三天后高枫和王六甲如约到文明门悦来客栈。文明门是元朝政府收取来往商客税金的集中地，人烟稠密，店铺林立，街市繁华，鱼龙混杂，甚是热闹。雷宏之所以选择这个地界作为高枫和王天立见面的地方，一是因为他们出城运货必须到这里办理一些相关手续，二是这里来往人多，各种打扮，操各地方言的人都有，谁也不会对两个年轻人分外注意，三是悦来客栈万老板跟他们的平安客栈的连老板也很熟识，万一有什么事情可以好照应。他带着女扮男装的王天立到达悦来客栈时，高枫跟王六甲正在客栈门外东张西望。王天立首先看见了易装的高枫，那不就是他日思夜想的高枫哥吗，什么高和尚还一宁法师，去他的吧。她不顾一切径自跑上前，一下子搂住高枫，叫道："高枫哥，你可想死我了！"外人不明就里，还以为这是小哥俩久别重逢哪。高枫也紧紧抱住王天立，说："我俩再也不分离了。"王天立说："你说话要算话！"高枫说："一定算话。"王六甲说："这里人来人往不是说话地方，走，到客栈里面去，雷镖师已经给预定了客房。"

高枫跟王天立跟随雷宏走进客房，雷宏嘱咐天立："师父该跟你说的话都已经说了，人也给你约来了，以后路怎么走你俩自己合计，或者问问六甲叔，我还要赶紧押运货物，就不陪你俩了，万一有啥事还可以找这个客栈万老板或者到平安客栈找连老板。看好炕上的那个布袋，那是我留给你俩的一点钱。"说完他径自离去。王六甲也对高枫说："雷镖头说得对，你俩今后怎么办，好好商量商量，我也该去看看翠娥他爹去了，顺便再帮你们弄点钱花去。"说完他也离开了房间。

屋里只剩下高枫和王天立两个人了。两人对望着，反倒互相都不好意思起来。好久，还是王天立先问："枫哥，你就一点也不想我吗？"高枫说："不，不是，不能，不许，不，不……"王天立扑哧笑了，一下子扑在高枫怀里，撒娇地说："什么不不不，你就说你不敢罢了，一点不像个大男人，看你挺强悍的，在男女事情上真不像爷们。"高枫被王天立说急了，一把搂住她，把她按倒在炕上，在脸上、脖子上又亲又咬，情急之下又要撕扯天立的衣衫。王天立看高枫真的上火了，她反而有些退缩，抵抗着，说："哥哥，这是大白天，你要干啥啊？"一下子碰掉了高枫的帽子，露出了斋戒的光头，王天立抚摸着高枫的秃头，一刹那眼里不禁满含泪水。高枫意识到自己的剃度给王天立心灵不少打击，他搂起王天立，说："好妹妹，不要紧，不要看外表，哥哥的心永远属于你！"

王天立从高枫怀里离开，严肃地说："哥哥，咱俩今后怎么办，你有主意吗？"

高枫说："我早想好了，京师地大人多，我们把咱俩练就的戏法表演出来，不愁没有饭吃。"王天立也高兴地说："对，明天我们就置办些道具服装，找个场地，上台表演。我们都化好装戴个面具，谁也认不出来我们，我们就说是从西域过来的百变魔王跟奇幻神童到中原乐土献技来了。"高枫哈哈笑了起来，"就你鬼点子多，好，我就是百变魔王，你就是奇幻神童，咱俩把要表演的节目可要好好合计合计……"

经过高枫的精心设计和王天立的修改建议，两人终于以"西番戏法到中原，先睹为快大开眼"的招牌在文明门内搭起的高台上开始了第一场表演。那是一个风和日丽的午后，因为他们预先在高台上写下了表演的日期是中秋前夕，所以那一天文明门街道比往日更加热闹，很多人都提前赶到高台下占据有利地势以便观看新奇的西番景。王六甲带领堂兄王一阳、金玉匠梁才鸣、石匠杨琼、铜匠段洪刚和工地一帮老哥们，悦来客栈的万老板和平安客栈的连老板也带着他们的几个伙计早早到来，两个老板都受过太行山寨的嘱托，知道高枫早晚是自己山寨的人，所以亲自来，为的是看有什么可以帮忙的事情。高枫对他们说，没有别的，就是每当我们表演完一个戏法，大伙叫好的时候，你们别忘了拿钱筐去收钱，不然我们就白演了。于是两个老板吩咐信得过的伙计来做这件事情。

高枫演的第一个戏法是"大变活人"。他穿着肥肥大大的白裤白袍，脸上画满花花绿绿的油彩，戴着一顶白色的高筒帽，他从高台蓝色帷幕后面一出场，台下就是一片呼啸声，谁也没见过这种打扮和这种面相的人。高枫待啸声平息，给大家鞠了一躬，用假嗓子尖声说："中土大地的老少爷们，我和我的徒弟奇幻神童来自西土，向你们献上我们那里的有趣戏法，给老少爷们开开心。如果你们看高兴了，就赏给我们几个小钱，你们这里常说有钱捧个钱场，没钱捧个人场。我们也就入乡随俗，只要爷们们开心、高兴，我们就没有白费力气！"王六甲带头拍起巴掌，台下有人响应，有人喊："别说啦，快演吧，演得好自然少不了你们的赏钱。"

高枫说："老少爷们看好，我这高台空空如也，啥也没有，你们都睁大眼睛看好喽……"高枫耍起一面大红旗，这面红旗立在台上把他身体遮住，一刹那，红旗撩开，出现在众人面前的竟是一个身着一身红衣，头戴红帽的红脸汉子，众人不由叫起好来。却只见那红脸汉子，扯起一面蓝旗，立在土台上，他躲到蓝旗后面，一刹那，蓝旗撩开，竟然出现一个身着一身蓝衣，头戴蓝帽的蓝脸汉子。众人再次鼓掌叫好。那蓝脸汉子拿起一杆七色彩旗，把身子一挡，彩旗晃了几晃，众人期待彩旗撩开出现新的装扮人物时，彩旗却没有撩开。大家正在惊异之时，只听人群后面，开场呼叫的那个尖嗓子喊起来："老少爷们，我在这里！"人们不由得都回头望去，只见一身白衣白帽满脸油彩的高枫打台下穿过人群走向高台，他把彩旗一撩，竟然出现一个秀美的公子哥儿，他摇着纸扇，从彩旗后走向前，用清脆的嗓子向众人喊道："中土的老少爷们，俺师父刚才表演的戏法精彩不精彩，要是精彩大家给抛个头彩吧，啊？"随着他的话声，人们纷纷把小钱向高台投去，几个小伙子和两个伙计则在人群中举着钱筐收缴赏钱。那公子哥儿说："俺师父是百变神魔，他身上的绝活可多了，下面就叫他给大伙演一个吞刀吐火，那可是真功夫，量你们大伙儿都没看过。"众人有鼓掌的，有欢呼的，有叫喊"演啊"的……

王天立说话的工夫，高枫到帷幕后换上一身短打扮，黑衣黑帽，脸上画了三道横纹。手握数把短刀，俨然是一个西番武士。

高枫站在台上也不说话，立即把手中的短刀抛向高空，一把一把，明晃晃，亮闪闪，七八把刀在高枫双手来回抛起接住，接住抛起，更让人惊异的是那几把刀竟然被高枫接住送入口中，又从脑后脖子拔出来，竟然不带一点血。人们几乎全惊呆了，全场鸦雀无声。而王天立不知何时点燃了一只火把，烈火蒸腾，火苗一蹿一蹿跳得老高。在众目睽睽之下，高枫竟然把火把送入口中，接着从他嘴里竟然喷出一长串火焰，为了让全场人都看清楚，高枫绕着高台奔走。火焰一次次从他口中喷出。王天立喊："老少爷们，新奇不新奇，好看不好看，高兴不高兴啊？"台下一片应和，小钱纷纷向台上乱飞。伙计和小伙子在人群中匆忙收取赏钱。王天立说："各位爷，如果有兴趣，图高兴，想开眼，明天再来，俺师父还有更新鲜的绝活演出，爷们带着你的亲朋好友一起来啊！"

　　第一天演出大获成功，除了收入不菲，更主要的是人们众口相传，文明门那里来了两个西番法师，神奇得不得了。加上后来高枫他们表演的"移花接木""断头截体""撒豆成兵""点铁成金"种种幻术，更使京师沸腾起来。消息不胫而走，自然也传到阿合马的耳中，他本来觉得无甚新奇，自幼在西番也看得多了，但是他的一些儿子都生在中土，长在中土，觉得甚为稀奇，忽辛说干脆把那两人弄进府来专门给咱开心娱乐，赏他们一碗饭吃，他们也乐不得。总管巴乌拉却说："我看不能养虎为患。这两人谁知道他们来自何方，是不是要假借妖术蛊惑人心。我们不能不防。"阿合马以为巴乌拉说的在理："是得管管，不能让这两个来历不明的人兴风作浪，闹得满城风雨，别光以为他们妖术好玩，至少得查查他们的来历。"

　　忽辛听父亲如此说，就不再坚持己见，反而说："那就把他们赶出京师算了。明天叫梁进之巡查，以扰乱京都秩序为名抓捕了，赶走了事。"阿合马略一思索说："不，如今皇上正为西线战事着急，命令在京招兵支援真金，我们正好把这两人送去，并告诉张易说这两人有呼风唤雨的本领，有撒豆成兵的能耐，叫他命令带兵的和礼霍孙一定要重用这两个人，把他们放在重要的、关键的交战位置，他俩准能抵挡上千百兵士。"忽辛想说：那不是误了军机大事，指望他们糊弄人的妖术还能真打败昔里吉和海都训练有素的军队啊。后来他忽然明白了老爸的意图。安童已经被海都拿获，真金正在孤掌难鸣之际。真金一向把老爸视如眼中钉，老爸是看在忽必烈皇上的面子，才忍气吞声，低声下气侍奉他。现在在战场上给他派去这两个有名无实的家伙，在关键战役打头阵，那还不是败得稀里哗啦。哼，那时候就是真金活着回来，忽必烈皇上也不会给他好脸色啦。明白了老爸的用心，忽辛挑着大拇指笑着对阿合马说："老爸的主意好，我这就派人去向张易枢密推荐！"

忽辛派人到张易府上，述说他们在市井发现两个奇人，正好调派他们跟随和礼霍孙出征，一来别叫他俩埋没才干，二来叫他们为国立功，给他们找一个好出路，比在江湖卖艺要好，三是真金殿下正是用人之际，有此能人前往，正可以解燃眉之急。来人说得天花乱坠头头是道，张易心中甚是可疑，啥时候忽辛关心起前线战士，为真金太子安危考虑？他老爸阿合马跟真金一向不睦，众所共知，他们父子要关心起真金太子，那可是太阳从西边出来啦。但是影影绰绰他也听人说起京师出现两个异人，既然忽辛推荐，我就做个顺水人情，先答应他，回头叫人把那两人给我领来看看到底是何等样人，从何而来，有何背景，但愿不是海都派来的探子。他痛痛快快答应了来人的举荐，让他回去谢谢忽辛官长的推举，告诉忽辛他会尽快把这两人交给和礼霍孙将军。

27

惺惺相惜

　　清晨起来，高枫跟王天立正要合计当日演出准备道具的事情，两个官差由万老板带领找到他们的房间。一个差役对他们讲，请两人跟他们走一趟。王天立问："上哪？为什么？"官差说他们不知道为什么，就是要他们一定得跟他们上枢密府走一趟。高枫想，枢密府，只有张易大人认得他，莫非他已经知道自己改装潜出凤林寺？还是圆通长老通知了张易。不管怎样，要是张易想见他，怎么也得走一趟。他跟王天立说没事，可能是那个张大人要见见我们。差役临离开客栈却又说："两位今天的演出就出个告示取消了吧！"高枫问："为什么？"差役说："我怕你们万一回不来，大伙不是白等吗？"高枫想想也是，就委托万老板写个告示，停就停一天，连日演出也够劳累的，歇息一天也好。

　　进了枢密府，两个官差就不见了。有书吏把他们带到官厅，高枫和王天立四周打量着，从里面走出来身着官服的张易。六目相视，张易很为吃惊，因为是在官厅，高枫和王天立慌忙叩头行礼。张易叫书吏把他俩扶起，让座。挥手叫书吏和侍应杂人一起退下，有些紧张地问："怎么是你俩？"高枫一时还不明白张易问话，他不知道张易并不清楚表演戏法的就是他们。王天立却反问："怎么就不能是我们俩？"看着高枫和天立一身行伍打扮，特别是

他上上下下打量高枫后问："你是不是高枫？"高枫点头称是，张易又问："你不是在凤林寺出家了吗？"

高枫又点点头。王天立忍不住说："大人，出家是您让他出的呀，我可没有同意。我想他，我就把他从寺院里叫了出来。"张易说："他既然剃度了，就得遵守佛法，怎可私自离寺？"高枫说："大人，圆通师父说了，小的尘缘未了，他放我出寺啦。"张易"哦"了一声，问："那你们在街头卖弄幻术是什么意思？还说是西番来的什么能人。"王天立说："我们不自己挣饭吃，还要靠大人养活吗？好在我们表演很受大家欢迎，我们收入还不错，要是早知道大人叫我们过来，说什么也得给大人准备一份像模像样的礼品哪。"张易摆摆手："你这个丫头嘴头还真厉害，难怪高枫被你降服。"王天立还要说什么，张易又摆摆手，正颜正色说："你们知道你们的演出又惹上杀身之祸了吗？"高枫和王天立都大吃一惊，问："我们没有招惹谁啊。"

张易于是把阿合马家派人要把他们送到军队到西域打仗的事情说了，"他们还真以为你俩是西番人，不知道你们曾杀死了苦思丁，要是把你们送到阿府，被人认出来，你们还想活命啊？"高枫一时没有主意，问："大人，您说我们眼下该怎么办？带着天立，我是不能再回凤林寺了。"王天立说："枫哥，要不咱马上离开京城，靠着咱俩的技艺，我就不信这么大的中土就没有咱俩容身的处所。"张易摇摇头"姑娘，你太天真，你还不知道吗，天下再大，莫非王土。你走到天涯海角也逃不开阿合马的掌心。"王天立噘着小嘴嘟哝着："那我们就眼睁睁等死啊？"看着天立气鼓鼓的模样，张易倒觉得这个姑娘的倔犟劲挺可爱，倒是跟侠义心肠的高枫很般配。他笑了笑，说："阿合马家还不知道你们是谁，叫我把你们送到和礼霍孙将军那里出征，支援真金殿下，实际是想害真金殿下，他们是把你俩当工具使唤了，可是却要我和和礼霍孙出面送出。我想这倒是你俩脱身之路。"高枫和王天立不知这里面

还有这么多算计，就耐心听张易给他们分析和出策。

于是高枫和王天立就依照张易的安排，跟他一起到了和礼霍孙的军营。

和礼霍孙见张易如约到来，领了两个年轻人，一个英俊潇洒，一个文雅苗条，他不知道这两个人张易为什么说是奇才，甚至阿合马丞相和他儿子忽辛总管都举荐。他直截了当问张易："大人就给我带来这样的奇才吗？"张易笑笑，点头。和礼霍孙说："那我就叫他俩跟我新招来的新兵总把王著比试比试如何？看他们的奇才是否在我招的这个新兵之上？"张易连连摇手："要是一般比试，怎么显出我给你带来的人是奇才啊。不用比试，我叫他俩稍稍休息一下，马上给你演示一下他们的技能如何？"和礼霍孙将信将疑，不置可否。张易竟自对高枫和王天立说："你们稍作准备，咱们就地把你们的能耐展示给将军观看一二。"和礼霍孙身旁的一些军士听说枢密使大人给军营带来俩奇人，要展示他们的武艺，也都很好奇，聚拢来观看。

军营空地，人们围拢了一个半圆圈，张易跟和礼霍孙坐着，其他人都站着。高枫跟王天立换了行装，站在空地中央。王天立依然是俏丽公子哥儿打扮，高枫则是武士装扮。高枫说："列位大人军士，咱身为军人打仗免不了被俘被捆绑，要学会从敌人手中挣脱绳索自我逃脱，我的徒儿就给你们看看他是如何迅速解脱捆绑的。"边说边用绳索捆绑天立，并要大家看看绳索是不是真的，还让一个军士来检查他捆绑得是否结实。得到肯定，高枫就说你们等着看我徒弟如何解脱。只见高枫用一面旗帜一挡一晃，完全解脱绳索的天立面带笑容就站在了空场。军士一片欢呼！王天立微笑着说："大家看好，看仔细我的手！"只见她两只手空空的，几个手指搬搬弄弄，不知从那里冒出来一张至元宝钞，他把那张纸币让和礼霍孙验证是真钱币后，又叠来叠去，成一个小方块，两手一拍，纸币不翼而飞，她用手一指和礼霍孙的怀里，和礼霍孙不知何意，一起身敞开怀，那张纸币竟然从他怀里掉落下来。王天立从地上捡起来，看了看，抖了抖，用手攥起来，再一张手，从她手心飘飘洒洒落下许多花花绿绿的纸屑。她转着身子寻找那张纸币，纸屑飞尽，竟然从她手里涌现出一张又一张钱币。军士们再次欢呼起来。

接着高枫一把把天立推开，假意数落她："谁让你变出这些钱来，显摆你是公子哥钱多花不了，拿出来给军士们发发！"军士们为高枫的话热烈鼓掌。高枫说："军爷们，咱们马上要出征打仗，要的是真功夫。咱们个个都要刀枪不入，身似铁打铜铸一般才行，你们看兄弟我……"说着他撕开上衣，露出肚皮，拿出一杆长枪，叫天立给和礼霍孙验证是不是真枪，和礼霍孙验过，天立竟然将长枪向高枫肚皮刺去，大家不由得啊呀一起叫起来，可是没想到枪尖不仅没有扎进高枫肚皮，枪杆竟然弯折成弓。军士们连声赞叹"厉害！"在人们的惊诧声中，高枫更拿起一把刀直扎进自己嘴里，就在大家目瞪口呆之时，从高枫嘴里竟然抻出一个个用绳索连缀起来的刀片。接着从嘴里吐出三尺多长的火焰，点燃了天立手中一个个小火球，高枫一个个又把那火球吃到肚里，却从嘴里又拉出一长串铁钉。他用铁钉把几块木板钉起来，叫几个军士用脚用手把钉在一起的寸半厚的木板踹断或拍断，几个军士试了都不行，高枫拿过来架在两块砖上单掌一劈，木板随即折断。然后他顺手捡起地上的砖块往自己头上砸去，有的军士忙捂上眼，不敢看那头破血流的景象。可是几块砖碰到高枫的头竟然一块块都断裂落地，高枫的头皮竟然都没有丝毫损伤。和礼霍孙奇怪是不是高枫帽子里有什么东西，他叫一个军士去摘掉高枫的帽子，露出来的竟然是一颗光亮亮的和尚头。

和礼霍孙大声问高枫："你是谁？到底是什么人？"高枫不慌不忙说："将军，洒家原是西郊凤林寺的一宁和尚，人也叫我高和尚。那是我俗家徒儿天立。听说将军用兵西域，救援真金殿下，

我们师徒俩愿意到军前效力，无由觐见，只得在大街上卖艺，引起官军关注，所幸京都总管忽辛大人垂青，将我们推荐到枢密府，才得以来到将军身边，您看我们是否可以一用？"说完他斜视了张易一眼，那意思是问，我们按计划表演得还不错吧。张易点点头表示满意。和礼霍孙对张易说："嗯，确实是两个奇才，跟我的新兵总把王著不是一路人才。王著是武艺超群，高和尚师徒是法力功力无边，好好，张大人回去对阿合马相爷说吧，我一定会重用他们，充分发挥他们点铁成金、撒豆成兵的奇特本领。"张易说："但愿他们能跟随你建立功勋。"

张易把高枫王天立送到和礼霍孙处，觉得总算给他们找了一个安身之所，心里一块石头才落了地。不过高枫两人真的有忽辛所吹捧的本领吗，显然未必。高枫自己也说他们玩的不过是戏法，障人眼目而已。真要打仗靠这种虚幻之术是不行的。所以他又暗地嘱咐在战场上要随机应变头脑灵活，尤其不要害了真金殿下。他觉得自己该做的该说的也做了说了，就要离开军营。忽然又想起老朋友焦德裕的嘱托还没有带到。他提醒自己千万不能忘，在离开军营前一定要把焦德裕的话传给和礼霍孙。

原来焦德裕的儿媳被阿合马的第十九子黑的丁掠去强奸不从被打杀送回焦府后，焦德裕跑到阿合马那里讲理，却被阿合马拒之门外，他气急败坏又无可奈何，就病倒了。家里发生这样的事情，焦夫人心急如焚，儿子焦而荣还在北国前线跟随真金打仗，怎么也得让他知道家里的事情啊。想来想去，她听下人说城里正在招兵去支援前线。带兵人就是儿子的好友和礼霍孙。于是她对生病的丈夫说把儿媳被黑的丁迫害死的消息去传给和礼霍孙，让他转告儿子吧。焦德裕觉得也该把这事告诉儿子，不然儿子回来也会埋怨，所以他觉得夫人言之有理，从病床上坐起来，马上就穿好衣服勉强支撑着下地，让仆从备好轿子，他就直接找到自己老友张易，把事情来龙去脉说了一遍。张易安慰了老友一番，他

保证把话带给和礼霍孙。

张易对阿合马和他几个儿子的飞扬跋扈早就看不过眼，不过看在他为军国效力又受忽必烈宠爱，他跟阿合马从不犯颜，心想作孽多端，早晚有报。既为同僚，共事安邦定国，自己绝不跟他同流合污就是。听了焦德裕讲述阿合马诬陷伯颜，把他削职，阿合马的儿子又将焦德裕儿媳迫害致死，他也是心中愤愤不平。所以他在跟和礼霍孙讲述时也是心情激动不已。受他情绪感染，和礼霍孙更是气愤不已，他呼喊道："阿合马的子侄怎能如此仗势欺人，这也太过分了！绝不能就此罢休。"张易反而劝告和礼霍孙："国家事大，个人事小。你和焦而荣都在前线，负有征讨强敌的重任。此事让焦而荣知道，等战事结束再来了结吧。"和礼霍孙此时不再叫"张大人"，而改称"叔父"，说："我们会以大局为重，您回去好好劝慰焦伯父伯母，让伯父好好养病，等我们回来。"

张易告别了和礼霍孙，临走对高枫说："高和尚，这回你俩有了好所在，小心从事，王著总把也是我属下文吏举荐来的，他血气方刚侠义满怀，你们可以相互结交结交。"高枫答应着送走了张易。连着听和礼霍孙、张易提及王著的名字，他也觉得这个名字很熟，猛地想起是太行飞天虎凌风说起过他在山东有个结拜兄弟就叫王著，会不会这个军营的新兵头头王著就是那个王著？他心想到军营里面见了王著自会弄个清楚。

和礼霍孙带领高枫跟王天立到新兵军营，自然王著要出面迎接。和礼霍孙指着王著对高枫两人说："这是新兵的总把王著，你俩先到新兵营，有事跟总把说。"又对王著介绍说："这是京都凤林寺有名的高和尚和他的徒弟王天立。他们是张易大人专门介绍来的，身怀绝技，将来战事上会有你们一般兵士无法替代的本领，你好好照顾他俩，别当一般新兵看待。"王著和高枫"师徒"互相抱拳致意。王著对和礼霍孙的嘱咐高声回答："是，请将军放心。"

和礼霍孙把高枫两人交给王著后就走开了。高枫迅即对王著

讲："总把，我听说有一个人也叫王著，不知总把可曾听说过。"王著笑笑："这事毫不奇怪，天下重名重姓的人在在有之，不足介意。只不过高师傅听说的那个王著是何方人士？难道也来从军了吗？"高枫看看四周环境欲说又止，王著明白他嫌说话不方便，就引领他们向营房走去。新兵营的兵士分散在几间宽敞的简易房间，都睡在地铺上。路过这样的营房，王天立扯扯高枫的衣衫，意思是怎么住啊。高枫懂得王天立心思，可是他想军营条件有限，怎么张口要两人单间啊。王天立看高枫不开口，就从跟随在后抢步上前，对王著说："总把，你能否给我们安排单独的房间，因为我们要演练，演练特技是不能给人看的。"王著边走边说："我也正在合计，给你们安排在哪个营房合适，部队不久就要开拔，新兵招收已经不少，营房空余已经没有，更没有单间。"王天立说："那怎么办？无论如何，您给想想办法，我们演练实在不适于在大营房啊。"王著停下脚步说："算啦，也别再找啦，你俩就暂时住在我的房间，我那是两人住的房间，那个训练官见我当了总把，就去办别的事情了，正好空着，等他回来估计部队就出发了，反正没几天，我就跟大伙挤挤去好了。"高枫觉得有点不好意思，王著说："既然你俩是和礼霍孙将军特意关照要照顾的奇士，我腾出住房不算什么，这也委屈你们了。"

到了王著的住房，除了两张床、一个方桌、两把凳子，再没有任何家具。但是还有一块空地，因为这原本也是住十个人的一间小营房。王著对高枫两人说："你们就在这里将就住几天，因为我们是兵士，是去打仗，将来到前线恐怕连这样的住房都不会有，你俩要有准备。"说完王著让他俩歇息，自己就要离去。高枫说："这里没别的人，我告诉你我听说的那个王著是太行山寨五寨主凌风的结拜兄弟。"

王著一听立刻回转身，惊异地问："你们怎么知道这回事？我就是你们说的那个王著。"

高枫于是向王著讲述了他在平安镇结识太行山寨二寨主贾交，又在京城得遇太行山寨四寨主雷宏，后来又在凤林寺遇到贾交、雷宏和大寨主撼林虎卫义和飞天虎凌风，得知他们大闹京城，闯荡阿合马府邸为给被阿府抓捕杀害的震山虎裴平报仇之事。他说因为他跟太行五虎中的笑面虎贾交、三啸虎雷宏是哥们，并且自己也已经答应大哥撼林虎卫义加入太行。所以他知道五哥飞天虎跟王著、孙石栋结拜之事。王著听高枫说完，很高兴，马上说："原来是自家兄长到了，怪我有眼无珠，高兄不要怪罪。"他叫高枫两人先坐床上歇会儿，他出屋找来两个新兵嘱咐了几句，又回到屋里说："初次见面，我叫俩兵去弄几个小菜，来给两位哥哥接风。"高枫说："总把，太客气。"王著一摆手："兄台，这里没有外人，咱们就哥们相称更为亲切。问句不该问的话，哥哥本是英雄豪杰，怎么入了空门？"高枫"嘻"了一声，长叹一口气，"一言难尽。"王天立说："枫哥，王哥既不是外人，自家兄弟，你就实话实说呗，不用掖着瞒着。"高枫看看王天立，又看看王著，问王著："你看他是男的女的？"王著一愣，不假思索："这还用问，兄台的徒弟当然是男儿。"他说完又仔细打量王天立，觉得好像哪儿有点不对，再加上高枫的问话，他心想要是男的兄台还叫我看什么，莫非他是女的？他这么想就脱口而出。高枫嘿嘿一笑："她就是一个女郎。"补充说："是三啸虎雷宏的徒儿，不过……"王天立接过话来说："不过什么，枫哥是我的夫君。"王著被眼前两人的话语闹糊涂了，他站在两人对面，用手指点着："你是雷宏的徒弟，你是雷宏的兄弟，你是他的夫君，你又是一个和尚，你们这是搞得什么把戏，和礼霍孙将军又说你们是张易大人推荐的奇人，这都哪儿挨哪儿啊。"

两个士兵把酒和菜送了过来，放在了桌子上，王著叫高枫一起把桌子拉近床，他叫高枫两人并排坐床上，他坐对面的凳子上，说："来吧，哥哥嫂子还是兄长小弟，你俩举杯，为上天给我们安排的聚会干杯。"喝酒间高枫一五一十把他的经历给王著讲了一遍，王著感慨万分，说："想不到兄长也跟阿合马一家有深仇大恨。小弟我早听说这个阿合马作恶多端，早晚我要为国为民除掉这个当今的大蠹虫。"

高枫说："不是不报，时辰未到，等着吧，这帮祸国殃民的家伙不会有好下场。只是我们报仇要等待机会。我们此来一是躲避阿合马跟他儿子忽辛的追捕，二来是要到前线结交真金殿下，他最识得阿合马的真面目。我们要报仇就得找一个比阿合马更强大的支持者。"王著对高枫的话深以为是，也讲述了他的不幸遭遇，说："我就是对不住我师父师伯，对不住'北海双鹰'两个师兄，也不知金经贵大哥如今流落何处了。"听王著说起"北海双鹰"，高枫又把他和王六甲夜袭阿府看见金纬贵被审和四虎在阿府看见金纬贵人皮的事情讲说了一遍，气得王著只喘粗气，他咬牙切齿说："今生我不亲手杀死阿合马这个奸佞誓不为人！"

28

初战告捷

　　海都和昔里吉等一批不服忽必烈为蒙古大汗的诸王，在元朝北部和西北广大地域发动了一场又一场叛乱，给忽必烈治理中原带来许多后顾之忧。忽必烈为了扑灭后院大火，就想把在伐宋战争立下卓越功勋的主将伯颜调到北线参战。无奈因为阿合马的诬陷，伯颜被弃置不用，改由李庭挂帅。各地在广泛招募士兵后，经过短暂训练，都立即随李庭所带领的军队一起开往前线，和礼霍孙所率领的新兵到达杭海山立即被派去抵挡昔里吉分支部队的进攻。

　　昔里吉分支部队的将领是脱吉尔，此人年轻气盛，从阿勒泰山东进以来连连获胜，还没有遇到过挫败。所以他扬言要在一个月内翻过长城，直捣大都，生擒忽必烈。和礼霍孙早年跟随忽必烈，参加过大小不少战役，对于来势汹汹的脱吉尔，不敢小瞧，但是他也暗下决心：你别说越长城取大都，就眼下这座杭海山有俺在，你就别想穿过。他召集部下商议作战方案。王著说："脱吉尔气焰嚣张，骑兵训练有素，我们都是新兵，跟他们硬拼，我们不占优势，我以为打仗应该避实就虚，躲其锋芒，攻其不备。"和礼霍孙点头，其余将领说："王总把就说说咱怎么打吧。"

　　一个蒙古头目说："我们向来明人不做暗事，投机取巧不是英

雄，我们就在他来路上规定日子时辰跟他决一死战，那才显出我们真本领。"

王著说："不，打仗不是比武，要的是勇敢加机智，以谁赢得战争胜利为英雄。"

有人附和说："对，把脱吉尔从杭海山赶走才是胜利。"

人们你一言我一语，各自说了各自的想法。和礼霍孙最后说："服从指挥，听命令是决胜第一要旨，这场战斗大家绝不能各行其是各自为战；而且军事行动的机密一定要保守，不到时候你们不会接到通知行动，一旦接到通知就要刻不容缓立即行动。在这里我再重复一遍，军中无戏言，耽误军机违令者斩，绝不宽恕。同样有功必奖，我祝愿大家都争立战功！"

战前会议结束，和礼霍孙留下王著和高枫，问高枫："你怎么在会上一言不发？"

高枫说："我没有想好怎么打？"

和礼霍孙问："大家说的都不对吗？"

"不，王著说的当然对，但是脱吉尔从哪条山路来？我们在哪里跟他打这一仗？"

和礼霍孙笑了："是要不打无准备之仗，我已经叫人侦察过山形地势，而且我已经想好在哪里拦截脱吉尔，你俩看打前站的侦察兵画的山势地形图。"然后他说："我打算叫高枫师徒俩带一小队兵当诱饵，引诱脱吉尔走我们给他安排的山路。然后我们打一个伏击战，而王著则负责截断他们的退路，要让杭海山成为他们的葬身之地。"

王著和高枫看着和礼霍孙给他们展示的地形图，对和礼霍孙的计划都齐声叫好。

和礼霍孙的军队在杭海山碧云峰宿营，紧张备战，等候脱吉尔的到来。王天立虽是个女流之辈，但是她泼辣爽朗，没有人看出破绽。况且第一次参加战争，她还有一种莫名的兴奋，天天问高枫怎么还不打。那一天她正追问高枫何时打，传令兵带来命令，叫他们即刻出发，绕道山下栖霞谷，务必把来敌骑兵引诱到峡谷之中。高枫对王天立说："你吵吧，这回真的把人吵来了，一会儿下山，遇到来敌，不许逞强，不许恋战，听我的！"王天立冲高枫挤挤眼努努嘴，"哼"了一声"好吧"。

高枫带着二十几个新兵，那些新兵都没有打过仗，骑着马，人人手里不是拿着长枪，而是举着一杆三角旗，个个小心翼翼，紧张兮兮。高枫嘱咐他们："听我的，不要慌！"众人齐声喊："是！"秋末山谷里杂草已经枯黄，两边的峭壁也光秃秃的，怪石嶙峋，王天立骑着马紧跟在高枫身旁，走在一小队人的前面。她东张张西望望，抬头只见一线天，说："枫哥，要是来敌队伍走到这个峡谷里面前后一堵，他们跑都没地方跑。"高枫小声制止她："别说话，看前方，你仔细听，好像有队伍过来。"他招呼小队的人说："你们紧跟上我，我叫前进不许后退，我叫后退不许前进。"于是他带头打马飞奔，二十几个人一起纵马奔驰在峡谷里。远远看见一队人马急速向山谷进发，但是在离山谷不远处，那队伍却停止了行进。

王天立对高枫说："他们是不发现了咱们，不敢前进了？"高枫说："注意看，我想他们是发现咱们了，在请示他们指挥官脱吉尔走哪条路。我估计他们不会停止前进，只是这里进山有几个岔口，和礼霍孙将军派我们来就是要引诱他们一定要走我们这条路。"他对身后的士兵说："你们挥舞旗帜，跟我一起大声喊：'脱吉尔，屄包蛋，葬身处，杭海山！'"士兵听命一齐高声呼喊起来。他们的喊声果然引起来敌的注意。队伍似乎在向他们这个方向移动。高枫吩咐士兵再喊声音大点。喊着喊着他们发现敌军像潮水一样向他们这个方向奔涌而来，看看敌军真奔栖霞谷而来，高枫指挥士兵调转马头，继续喊："昔里吉，搞叛乱，心肠坏，遭天谴。脱吉尔，快投降，栖霞谷，免遭难！"敌兵风驰电掣般眼看到

近前，高枫大喊："快撤！"二十几个人快马加鞭向山谷里跑去。只听敌军在他们身后喊："王八蛋，快去跟你们主子报信，早早打开城门迎接昔里吉大汗！"

高枫他们跑得快，后面追兵速度更快。到了他们下山地方，眼看敌军就要追上，敌军的弓箭手连连放射利箭过来。王天立有些担心："枫哥，怎么办，怎么办？"高枫说："快马加鞭，别停！赶紧上山。你看！"王天立顺着高枫手指方向看去，只见半空中飘飘扬扬花花绿绿撒落下来一些丝绸，王天立欲想看那是什么，高枫催促道："快跑！"

脱吉尔的骑兵，不知天上飘落下来什么，有些好奇，就减缓了前进速度，甚至有的骑兵就等着天上的丝绸落下，争着捡拾。正在这时，从两面悬崖峭壁不知哪里滚落下来大大小小千百块石头，石头砸着人是人，砸着马是马，一刹那脱吉尔的骑兵队伍乱成一团，连喊带叫，这时候从山上猛地喷射出一支支利箭，中箭的人马搅成一团，乱成一团，谁也不听指挥，胡乱瞎撞。有往前的有往后的，到此时敌军才知道中了埋伏，脱吉尔赶紧命令部队向后撤，原路退回。

但是在他们退到进山口时，却看到一队人马早已守候在那里。那队人马，看到脱吉尔的败退队伍刚刚出现，就一排排利箭射来，逼得那些人又往山谷里面退。此时他们的嚣张气焰已经不复存在，唯一企盼的就是逃出峡谷保命一条。趁着他们没有恋战之心，王著率领着从山上另一条路绕道过来的几百人，冲进峡谷跟脱吉尔的军队厮杀起来。脱吉尔的军士一路旋风般推进，从来没有遇到过勇猛的抵抗，所以他们把进兵中原几乎当成儿戏、游玩，他们万万没有想到会遭到埋伏和拼杀，所以在王著所带领的新兵勇猛的厮杀下，已经备受打击惊魂未定的脱吉尔的部队迅速溃散，死的死，伤的伤，逃的逃，脱吉尔也混成一个小兵逃跑了。王著拦截战取得巨大胜利。

战斗结束，和礼霍孙奉命带兵继续追击，在称海城附近他们遇到了真金的部队，和礼霍孙告诉真金，李庭的大部队随后就到。真金得知增援部队到达自是分外高兴。而在真金那里和礼霍孙遇到了自己以前做侍卫的好友秦长卿、焦而荣，他也很是高兴。

当晚，没有战事，三个多日不见的好友相聚在一起，自然有说不完的话语。说着自然要讲起京都家人情况，和礼霍孙就势把张易要他带给焦而荣的话说了。焦而荣听后一直沉默不语，秦长卿怕他把这口气闷在肚子里落下毛病，就说："阿合马这个老奸贼，他就是欺上瞒下，哄得忽必烈一人高兴，他就为所欲为，无法无天，他家里人都狗仗人势为非作歹，这些事忽必烈大汗都不知道，看哪一天我非得揭开这个奸贼的老底，让皇上看清他到底是什么样的人。而荣，事情已经发生，冤有头债有主，这笔账等咱们回去好好跟他一家算算！"焦而荣还是不语，泪水从他眼眶中一滴一滴不断洒落下来。他心如刀绞，恩爱贤惠的妻子竟然这样别他而去，他慢慢地一字一顿咬着牙说："我焦而荣发誓，今生不杀黑的丁为妻子报仇，誓不为人！"秦长卿说："兄弟的仇就是我们的仇，我们一定帮你，帮一切被阿合马家族陷害的人报仇。"和礼霍孙则告诉他们说："君子报仇十年不晚，而且不能乱动，想扳倒阿合马不是容易事，想报仇必须好好计议，要联合起来大家一起动手，打他个措手不及才行。"三人同仇敌忾义愤填膺一直说到半夜。

转天军情变化，和礼霍孙奉命随从真金向阿尔泰山进发，迎击海都同伙支援昔里吉、脱吉尔的骑兵。和礼霍孙带领王著、高枫等一行人在前，秦长卿、焦而荣等人护卫"真金"在后。"真金"，即金经贵，经过几场战斗历练，更显得从容镇定，他在马上询问前来支援的和礼霍孙军容情况。两人经过昨夜聊天已知和礼霍孙军中有两个了得人物，一个是王著，一个是高和尚。金经贵一听"王著"，心想这个王著不会是师父让自己寻找的那个师弟

吧。他想着就恨不得早一点看看是不是，就对秦长卿说："能不能把那个王著叫来，我看看。"秦长卿也猛然想起金经贵一直在寻找他的师弟王著，难道会这么巧？找了好久找不到，会在这军中遇到？他也想早一点知道结果。好在行军途中有休息，在一片树林空地，部队休息吃饭时，秦长卿派人通知和礼霍孙：太子殿下要亲眼看看王著的风采。

王著听到召唤，立即奉命前来，眼尖的金经贵远远看见王著骑马奔来，心中就敲起了鼓，过去见到的小师弟瘦弱文雅，如今骑马奔驰的分明是一个英勇战士。恐怕这是别一个王著。王著到近前翻身下马跪地向"真金"请安。金经贵问："你就是王著？"王著回答："末将正是王著。"说着也未敢抬头。金经贵又问："你来自哪里，从何人学的武艺？"王著回答："我来自山东，跟正源真人张志刚道长学的武艺。"金经贵先听来自山东，觉得可能是师弟，但一听他师傅是张道长，又觉得毫不相干了。于是有心无心顺口问道："你怎么参军来了？"没想到王著竟然回答一是要建功立业，二是要寻找我的同门师兄"北海双鹰"。金经贵害怕自己听错，连忙又问："找你师兄，怎么跑这里来了，难道你知道你师兄在这里？"王著一直低着头，回答："不知道，只是听说他也到漠北打仗来了，也许有缘能够碰上吧。""你是山东哪里人？怎么个同门师兄，为什么找他们？"金经贵这么一问，机智的王著不由得心生疑窦，这个太子行军途中不问敌情打仗军事，却盘问起我的来历出身，他什么意思？莫非他知道我师兄的事情。一边想，他就一五一十简略讲述了他的经历。在一旁观察倾听的秦长卿已经判断出这就是金经贵苦苦寻找的那个王著了。金经贵也已经断定他踏破铁鞋无觅处得来全不费工夫的眼前这个人正是他要找的王著。他正要跟王著相认，一旁的秦长卿连忙抢先对王著说："好了，王著，太子殿下是听和礼霍孙将军介绍你英勇杀敌的事迹想见见你，了解一下你，待有军功以便提升你来作宫中侍卫，好了，现在前方军事要你赶紧回去，就不要再耽搁了。"王著闻听只好起身，也不敢抬头，然后回转身走到自己马前，认镫上马，挥鞭而去。临去他心想到底要看看真金太子是什么模样，就偷偷回首瞟了一眼，就这一眼，他猛地觉得这个真金太子似乎在哪里见过，但是一时又想不起来。但是他做梦也不会想到"北海双鹰"跟真金太子的相貌十分相似。

王著离开后秦长卿对金经贵说："你要找的师弟就在眼前，但是你不能认。因为你现在是'真金'殿下，绝不能暴露你的冒充身份。"金经贵点点头，心想找到了就好，早晚能够相认。

海都是忽必烈的伯父窝阔台的孙子，昔里吉是忽必烈的兄长蒙哥的儿子，他们都对忽必烈成为蒙古大汗不满，所以要自封大汗争夺地盘，不仅他俩，他们还联合宗族一切对忽必烈不满的人发起了大规模的进攻，从漠北南下，兵分两路，气势汹汹。忽必烈令真金在西线，其目的之一也是要锻炼真金，给真金树立威望。但是西线的敌兵势力实在强大，加上真金缺乏作战经验，所以西线战事很不顺利，连安童也被昔里吉他们俘虏去。所以忽必烈下令暂缓对南面宋朝的进攻，调兵来支援。李庭率兵到真金那里，传达忽必烈的旨意，叫真金回大都休养。实际受伤的是假真金，真太子没有受伤。所以真金不肯接受忽必烈之命，他要继续留在前线，并且就派和礼霍孙为前锋。

和礼霍孙在招兵时认为得到一个勇将王著，还得到两个奇人高和尚和他的徒弟，让他们带兵做前锋一定能够取胜。而且在栖霞谷一战确实证明他们可以信赖。所以在向阿尔泰山继续进军迎敌时，和礼霍孙就嘱咐高和尚："这次决战就看你们师徒怎样发挥制敌之术了。此仗打赢你将立下第一功。"

高和尚自知幻术用来娱乐可以，用来对敌打仗那是胡闹。可是这话他又不能明说，只好含糊答应。然而他知道果真打起来，他在阵前那呼风唤雨撒豆成兵的把戏是完全施展不得的，只会耽

误军机，造成兵败如山倒的后果。那可就害了真金殿下了。无论如何在打起来以前他必须想个脱身之计。想来想去他决定把真实情况先跟王著说明。他认为王著这个兄弟有勇有谋，很有主见，他在行进途中找机会把他的忧虑和想法一股脑儿全跟王著说了。

王著听后觉得要以武艺对仗，高枫在前线跟敌人一对一单打决斗没有问题，要是让他施行什么法术破敌，决胜全局还真的不行。可是不让高枫在前线做法，就得和礼霍孙下令，那又是不可能的，因为和礼霍孙相信高枫师徒的法力无边，他把赢得第一次决战胜利的宝，就押在高枫师徒的"奇术"上了。王著也很为难。

看看王著也没有什么好办法让自己脱身，高枫说要不我就直接跟和礼霍孙坦白我那全是糊弄人的游戏，是不能用来打仗的。王著说："不行，不行，那样你就落下一个欺瞒上司贻误军情的罪名。让我再想想，再想想……"正在这时兵士来报逮住一个海都骑兵派来的探子。王著一拍脑门说："有了……"他对高枫说："你听我的安排，撤出这场战斗，回京师联络人，等这场战事结束，咱们一起去找阿合马算账。"接着他跟高枫小声耳语了一阵。高枫频频点头，连声说："好，好。"

当天王著审问海都的探子，要他承认是奉命来毒杀高和尚的。因为他们听说和礼霍孙部队有一个神人高和尚，他法力无边，有他在，他们就不能取胜，所以在开战前一定要除掉高和尚。明的不行就来暗的，混到和礼霍孙的队伍中，借机接近高和尚在他的饭食里下毒。口供是预先写好的，王著的审问只是走过场，给人看。那探子也不识字，糊里糊涂就在口供上画了押按了手印。王著遂下令将探子立即处死。然后他叫高枫迅即装死做出被人下毒致死的模样。王天立就在营帐中伏尸大哭。

王天立的哭声跟抓住敌方探子下毒的消息立即传到和礼霍孙那里，他亲自跑到高枫的营帐看到高枫真的死了，气得直跺脚，也无可奈何，对王著说："赶紧处理，仗还没打先折损了主将，真是晦气，这场战斗就看你的啦。"王著跟和礼霍孙说："看在高和尚以前的功劳，就让他徒弟把他尸首运回家乡吧。"和礼霍孙心情烦乱满口答应，还说："让他们多带点钱回乡，这个该死的海都，不信没了高和尚我就打不赢你。"

29

真金回京

　　王著不负和礼霍孙所望，在迎击海都骑兵的战斗中他机智多谋勇敢无畏，战斗取得节节胜利，在海都的骑兵队败退后，和礼霍孙叫部队休整，同时听候李庭的下一步调度，也等候真金对战略的部署。

　　这时在军队中有两个真金，一真一假，但是知道这情况的人只有真金的两个贴身侍卫——秦长卿与焦而荣。王著在杭海山和阿尔泰山战斗都立了大功，和礼霍孙如实禀报李庭，李庭报告给了真金，真金于是提升王著为千户，辖领不仅原来的新兵，并且还有宿卫老兵，并且许诺：战事结束回京就调王著到宫中担任他的贴身侍卫。秦长卿对于朋友的提升当然高兴，就跟金经贵说了。他不能叫假真金不知道这个消息。金经贵当然听后也为自己的师弟高兴。不过秦长卿对金经贵说你的假太子身份现在一定不能告诉王著。金经贵问总不能老瞒着他吧。秦长卿说等回到京城王著当了东宫侍卫再说。金经贵只好暂不去跟王著接触。

　　海都的骑兵虽然败退，海都跟昔里吉纠合的一队队武装，势力还是很强大，甚至他们都自立朝廷，公然跟忽必烈分庭抗礼。忽必烈很是恼火，决心要彻底把这帮反对自己的宗族势力彻底打垮。幸好被阿合马诬陷的伯颜，经过调查，什么私自吞拿南宋宝物的事情，纯属子虚乌有，事实证明了伯颜的忠正可靠。忽必烈立即调他到自己身边，伯颜到来后，和忽必烈一起把东线战事迅速搞定，然后又去和西线的真金会合。真是千军易得一将难求，伯颜一到，战局立即发生改变，海都和昔里吉的联合战线很快被彻底摧垮，他们想东进南下的梦想成了泡影。忽必烈命令部队乘胜追击，海都跟昔里吉见战事不利，互相埋怨，彼此指责，其他跟着一起反叛的，按照辈分，是忽必烈的侄子侄孙们，眼看大势已去，纷纷投降归顺了忽必烈。

在西北和北边基本平定的情况下，忽必烈跟真金会合，关切地问他受伤情况，真金含糊应对，说没有大碍，不过是遇到沙漠风暴跟护卫一时失散，碰到两个叛匪纠缠，也没受什么伤，秦长卿他们就赶来了。"倒是让父皇担惊了，还下旨令孩儿回京休养。其实没什么，男儿必须经历沙场才知道如何掌政，我这一段时间可真长了不少见识。"虽然真金没有受伤害，忽必烈眼看一向文弱的儿子在战场上打拼得又黑又瘦，就坚决让他带领自己的护卫队先返回京城去主理朝政，剩下的残局由他来收拾。真金还想继续留在北边与父亲一起作战，忽必烈告诉真金有伯颜在，让他放心，不久把边事安排妥当让真金的小弟留守，他们也就凯旋班师。

真金看父王一切安排妥当，只好先班师回朝，临行他把王著一起带回，作为他的侍卫。并嘱咐他的侍卫总管崔澍要好好照顾王著。王著得到真金太子的赏识心里自是高兴。更高兴的是由此他可以了解宫里情况、朝廷大事，一方面可以有机会为国效力，一方面也可以有机会接近奸佞阿合马，便于他铲除奸恶。

真金带着他的侍卫返京，临行到忽必烈的大帐向父王告别。秦长卿原本是忽必烈的侍卫，是忽必烈疼爱儿子把他送给真金的。秦长卿多年不见忽必烈了，此时他跟在真金身边，忽必烈看见了他，不由得问道："长卿近来可好？"那意思是问他侍奉的真金可好。秦长卿侍奉忽必烈多年，当然知道忽必烈疼爱儿子的一片心，

不然也不会叫他去当真金的贴身护卫。秦长卿仿佛顺口而出自然地答复："托圣上的福，长卿在太子身边一切都好。只是有一件事令臣下心神不安。""哦？"忽必烈问，"长卿为什么事情心神不安？说来听听。"望望真金，真金对秦长卿说："跟父王有话直说就是，你怎么心神不安，是我哪点对不住你了？"秦长卿笑了："殿下对我们侍卫如同手足，我们谁不受宠若惊，对您我们只有肝脑涂地尽忠尽孝。"忽必烈捋捋胡须，点点头："嗯。我没有看错你，你们就要回朝了，朝中大小事情都要太子操心，你们可要好好护卫殿下。"

秦长卿说："那是自然，谁敢对太子不恭，我们侍卫坚决不答应。我要跟圣上说的是另一件事。"

"哦，什么事，你快说。"

秦长卿漱了漱喉咙，清了清嗓子，大声说："我请皇上要防备一个人，这个人居心叵测，欺上瞒下为非作歹已经到了穷凶极恶的地步。"

忽必烈一惊："长卿，你说谁？"他顿了一下，猜测道，"你是说阿合马？"

秦长卿一愣："圣上你早知道？"忽必烈说："我知道什么你不用管，你且把你要说的话说完。"

秦长卿说："圣上，长卿虽然愚钝，也不理会什么朝政大事。但是这几年俺听得多了，对阿合马的心怀不善已经清清楚楚。他在朝中就瞒着您一个人，专权跋扈，任意杀罚。朝野上下人人怕他，所以谁也不敢说他不是。如今朝中似乎已经成了他一家的天下。他把持朝政就跟秦朝的赵高一样；他培植自己实力，各省都有他的党羽，我看他跟汉朝的董卓一模一样。您千万不要等他成了气候，难以制服，要在他未有行动前先下手为强，要尽快铲除这个祸害。"说完他从怀里掏出一叠纸，说："这是我平日里听说的有关阿合马和他党羽子侄所干下的一件件丑闻，我给他记下这笔账就是打算有一天见到您，交给您。您尽可以按我写的调查核实。"

忽必烈接过秦长卿的那一叠纸，看了看，说："嗯，很好，长卿，想不到你在护卫之余还这么心细，这样关心朝政。"

秦长卿说："皇上把我派到太子身边，不只是要我保护他的身体安危，更要我护卫他的威望地位。当今跟真金殿下最过不去的死对头就是阿合马。因为他知道太子掌握了他的罪行，他害怕太子有一天会跟他算账。我们侍卫都看得清清楚楚。所以不能不把这事情禀报给您。"

忽必烈赞扬秦长卿说："很好，以后你们护卫就要这样做下去，这样我才放心啊，你把这些记录留给我，我会弄清楚的。"

其实在秦长卿之前已经有人在忽必烈面前状告阿合马了。那就是来自江南的崔斌。崔斌在忽必烈没有当皇帝以前就跟随忽必烈，深得忽必烈赏识和信任。安童年少得以位居相位，跟崔斌力荐有一定关系。所以忽必烈信任他，放他到外省为官，实际是担任他的耳目。不久前他从南方归来去看望忽必烈，正值战事消停，忽必烈在营地正吃着烧烤鹿肉。崔斌到了，忽必烈立即叫崔斌跟他一起吃，顺便要听听他给自己带来什么新消息。崔斌坐在忽必烈对面，吃了一口鹿肉就不吃了。忽必烈奇怪，问道："怎么啦，不好吃？在南方呆长了，就不习惯吃烧烤啦？"崔斌神色不安地说："皇上，鹿肉好吃，可是我一看到这肉，我就猛地想起天下的民脂民膏就要被阿合马搜刮干净了，我怎么还吃得下去呀。"忽必烈像没有听明白崔斌的话，连声问："你说什么呢，你说什么？什么阿合马搜刮民脂民膏，我这里打仗一切军需全靠他供应，是谁嫉妒阿合马，造这种谣言！"崔斌慢吞吞地说："皇上，治安之道，您知道在于谋人。可是而今朝野上下到处是阿合马的人，不是他的亲朋就是他的党羽，眼下官吏办事都要观望阿合马一党的颜色，已经形成对阿合马一党顺者昌逆者亡的阵势。这么危重的局面，您一点都没有觉察到吗?"忽必烈从座位上站起来，当胸一把揪住崔斌的衣襟，瞪着眼，问:"你说的可是当真?"崔斌毫不退缩，斩钉截铁地回答:"臣说的完全是实话。阿合马一门子弟全在朝野身居要职，不信您可以去查问啊。"忽必烈放开崔斌:"这就是你从南边来给我带来的礼物啊。好好，我一定查问，你等着。真金这就回朝，我一定要他把阿合马的事情查问清楚，我就不信这个狗奴才敢背着我无法无天，哼……"崔斌看忽必烈对他的话还是将信将疑，就跟忽必烈讲述了他听说的大大小小阿合马一党的贪赃枉法事件，气得忽必烈说:"竟有这等事? 会有这等事! 这回非得叫廉老夫子再好好审审他。"

崔斌跟忽必烈通报了情况就回朝了，忽必烈给真金送行，偏偏又听到秦长卿的讲话，他不由得不信。于是叫真金回朝第一件事先弄清阿合马到底在干什么。

真金痛快答应了父皇的要求，他早就觉得阿合马不是好东西，可是父皇偏偏宠信于他，他也无奈。这回奉父命皇命要他审查阿合马，他正中下怀。回程路上秦长卿又跟真金述说了焦而荣之妻被阿合马之子奸污致死的事。焦而荣随即给真金跪下流着眼泪请求真金一定要为他报仇。真金安慰着焦而荣，说阿合马一家欠下的债是太多了，早晚有一天会让他加倍偿还的。

王著在真金身边听到这些言论事情，更下定决心一定要为天下除害，别说他们杀害了我的师兄，我要报仇，就是没有杀我师兄这回事，我也要为国除奸。这是他心里想，却不露声色，只是纳闷这个真金太子怎么跟我那俩师兄好相似。纳闷归纳闷，他却也并不敢贸然相问。

到了大都，焦而荣急急忙忙到家里看望老父亲，焦德裕老泪纵横向儿子诉说了儿媳被害的经过，捶着自己的胸口说:"爹爹无能，竟不能为你媳妇讨个公道，我真是废物，我无能啊!"焦而荣慌忙安慰老爹忍住悲伤，他对父亲说:"善有善报恶有恶报，他们是兔子尾巴长不了啦。"焦德裕听儿子话里有话，赶忙问："怎么，阿合马就要遭报应吗？你有啥好消息，说来让老爹也高兴高兴。"焦而荣却摆摆手，说："爹，您也不用问，反正早晚您就会听到消息。"焦德裕点头："好好，我不问了。凡事你自己心里有数，该怎么办，你就怎么办吧。"

真金到了大都转天就立即着手办理阿合马案件，他想按照忽必烈的指示叫廉希宪审理，可是偏偏廉希宪已经被阿合马调离到边远的荆南行省，而且听说身体不好，真金左思右想就想到一向不苟言笑为人正直的御史大夫相威来。此人口碑极好，在朝中一向独来独往，为人总是不亢不卑，平时少言寡语，但是遇到大事他绝不畏缩。阿合马几次想拉拢他加入自己一伙，相威都不冷不热，绝不跟他们联手共事。他想起父皇忽必烈也曾提起过遇事难断时，可以找相威商议。于是他就把相威招进宫中，向他交代有圣旨审查阿合马，命他主审敢不敢。相威当即表示，阿合马行事人神共愤，对于他的行事早该清查了。于是真金把忽必烈交给他的一沓子举报阿合马的奏章交给了相威。其中也有秦长卿和崔斌写的材料。

相威把真金交给他的文字材料很快过目后立即在御史台开审，令人速传阿合马听审。和他一起审理的副手是枢密副使孛罗。没想到阿合马竟然不把相威放到眼里，推说身体不适不肯听从传唤。孛罗一听传唤人这样说，他就想借坡而下，省得去得罪阿合马。叫相威跟真金说阿合马有病不便审理，回复圣命罢了。相威却对孛罗怒吼："我们是奉旨查问，不审理怎么回复圣命？今天阿合马不是病了吗，就是叫人抬也得把他给我抬来受审！我就不信他敢违抗圣旨，哼！"说完他就吩咐传令人再次去传唤阿合马，并说无论你用什么办法，也得把他给我带来！阿合马知道相威这个人有个犟脾气，他是软硬不吃的主儿。无奈只得硬着头皮到御史台大堂。看到阿合马气呼呼进来，孛罗连忙要给阿合马让座，相威大

声呼喝："阿合马你知罪吗？"孛罗赶紧缩回身子，忙说："我们是奉圣旨查问。您可别怪我们。"阿合马看孛罗不给他让座，就自己要找座位坐下。相威怒喝："阿合马，面对圣旨，你一个戴罪之人还不下跪受审？"阿合马瞪了相威一眼，心想，好，我就跪下，看你威风到几时，他不情愿跪下后就仰着头问："不知圣上怪罪臣哪些事情做错了？"

相威怒目而视："今天是我们审问你，要你自己交代，还要我们给你指出吗？"阿合马狡猾地说："臣一向尽职尽责竭力完成皇上交给的筹集军粮支援前线的使命，并且每年保证国家税收增长，我只有功，不求表彰也罢，又何罪之有呢？"要叫他交代罪状，他却表起功来，一副受了不少委屈的样子。相威看不惯阿合马这种无赖行径，就声色俱厉严正指责阿合马滥封官职，所用皆是亲信，一家亲族都身居要职，作威作福等等。阿合马听相威说完，在他看来全是无关紧要之事，就立马全部招认。承认自己用人有误，庇护亲族，并且要御史台罢免不称职的官员。崔斌检举的阿合马都承认了，并且画了押。相威没有想到阿合马竟然毫无辩驳。耿直人就是斗不过狡猾的人，相威审理如此，只能把结果禀报真金。真金转呈忽必烈。忽必烈指示真金立即罢免阿合马那些亲党，取消了阿合马私自设立的一些机构。但是由此反倒认为阿合马能够知错认错改错，值得信赖。

阿合马的权力一点没减，那些一时被削去官职的亲族党羽，不久就又一个个卷土重来。他们鼓捣阿合马一定要追查这次审理的起因，必须要杀一儆百，看谁以后还敢再告御状。不用这些党羽撺掇，阿合马早就打好算盘，他一时下跪低头，为的就是缓手报复。经过党羽的查询，获悉了崔斌跟秦长卿在忽必烈面前给他告状的事情。心毒手辣的阿合马绝不手软，趁着忽必烈不在都下，趁着自己还掌握朝中官员任免调度大权，他就使出了一个个花招。

那时随着元朝攻克南宋的州县地盘，就要不断增派他们自己

的官员去治理，阿合马就是趁此机会不断派遣他的心腹和党羽占据一个个地域。同时他也为了掩人耳目更为了惩治异己，也派出一些和自己有过节的人，或安排在自己心腹党羽之下，使那些人动辄得咎，整天处于被人辖制的地位；或者有心报复欲擒故纵。对于崔斌阿合马就是用了后一手。

他先是借故江淮行省需要得力之人去治理，收缴税收，委派崔斌去担任行省的右丞。不久就派人理算江淮行省的钱谷，所派人就是阿合马的党羽，他们接受阿合马的密嘱，就是要找借口置崔斌于死地。奸人要想害人，法子有的是，不过就是诬陷而已。给崔斌安插的罪名就是与江淮行省的平章合伙盗取官粮四十万担，并且擅自任命地方官八百余人，还私自铸造了印章。江淮行省平章那些事情阿合马派人理算出来已经上报忽必烈，忽必烈很是恼火，只听一面之词就下令诛杀。这事本来没有崔斌的关系，阿合马把崔斌派到江淮行省就是要把他推进江淮平章一伙里去。既然忽必烈已经下令对江淮平章事件严惩，崔斌被阿合马推进火坑，也就被他们一起杀戮。

东宫宿卫总管崔澍跟崔斌不沾亲，但是很佩服崔斌为人正直，崔斌被派到江南不久竟被阿合马处死，他对真金说崔斌之死恐怕是遭陷害。真金听了低头不语。他心想就是陷害你没有抓住证据又能怎样。他嘱咐崔澍注意我们的人不要被阿合马算计就是。崔澍唉声叹气，心想自己担任侍卫总管千万不要出事。然而事情还是出了。

原来秦长卿状告阿合马似秦朝赵高汉朝董卓之事，让阿合马终于得知。阿合马岂肯善罢甘休。于是他想了一个歪点子：前线正在打仗急需军备，那就是粮食和武器。借口征粮他把崔斌派到江南去了，那么秦长卿是个武士，他就调派秦长卿到兴和与宣德离京城不远的处所去负责冶铁。秦长卿不愿意去，真金也不愿意放，但是阿合马说得冠冕堂皇："秦爱卿久在皇上和殿下身边，立

有不少功勋，但是为他前程考虑，终究还是踏入官场做出业绩的好，这么秦爱卿也能有个一官半职，不能总做侍卫，再说他年纪也不小，不能再老是打打杀杀。其实这个冶铁的官职不少人等着去，我是为秦长卿好，才推举他，再说前方打仗军需紧张，等着铸造军刀，秦爱卿从战场来，很知道军需重要，他去任这职官一定会尽心竭力，我这也是为前方将士考虑，替皇上着想，找一个合适人才啊。"一番话说得真金无语可对，秦长卿更不好推辞。

焦而荣、王著都觉得阿合马肚子里不会有好主意，可是也真觉得不好阻拦。秦长卿说："管他娘的，既然他口口声声为皇上，为将士，我就去，看他能怎样。"崔澍带领一伙侍卫为秦长卿送行，大伙都千叮咛万嘱咐要他小心加小心。秦长卿临行前叫王著到自己屋里去一趟，告诉他有话说。王著不知有什么事情非得到他屋里说，等进了秦长卿屋里，看到焦而荣已经在那里了。他跟焦而荣说："焦大哥，不知秦大哥叫我们来做什么？"

焦而荣说："一会儿你看是谁出来。"

王著不懂焦而荣说什么，只见里面的屋门一开，"真金"太子出来了。吓得王著措手不及，赶紧跪下："下官不知殿下在此……"

"真金"赶紧上前一把扶起王著："子明师弟，你叫俺找的好苦啊！"

王著一愣，他眨眨眼，揉揉眼，疑惑不解地问："你，你不是真金殿下？"

金经贵这才拉住王著的手说："我是你师兄金经贵。"王著看看金经贵身后的秦长卿，再看看对面的焦而荣，那意思是到底怎么回事啊。

于是秦长卿和焦而荣这才讲了金经贵哥俩找寻他，金纬贵被害。但是他们发现金经贵哥俩相貌跟真金太子太相像，于是就把金经贵请到太子府中当了太子的替身在战场立了大功。但是金经贵当替身的事情是绝对不可以外传的。到现在只有他俩知道，为了保护金经贵的安全，秦长卿说他走了后，就由王著跟焦而荣负责，王著这才如梦初醒，啊呀，天底下竟有这样乖巧的事情。秦长卿说："你们仨好好聊聊，但是金经贵是绝对不能外出的。王著一定保密，这关乎许多人的安危。"王著说："大哥此行也要处处小心。"

谁料想秦长卿一心报国，出了京城离开真金的庇护，那就钻进了阿合马的罗网。

30

忠良遗恨

　　秦长卿到任后不久，阿合马就指使他的党羽诬告秦长卿在任上私售铸铁贪受贿赂，贻误军务，并迅即把秦长卿逮捕下到死牢。阿合马找到侍御史张雄飞，让张雄飞审秦长卿并说只要将秦长卿定为死罪，把秦长卿诛杀后立即提升他为中书参政。不料张雄飞不买他的账，说："如果他无罪，我杀了他就得以升官，您把御史台看成你家开的啦。他有罪无罪自有公论。"阿合马冲张雄飞说："好好，不是我家开的哦，是你家开的。随你，好吧。"原来建立御史台还真是张雄飞向忽必烈提的建议。那时他对忽必烈说："古有御史台，为天子耳目。凡政事得失，民间疾苦，皆可向皇上建言；百官奸邪贪秽者，即纠劾之。这样朝廷纪纲就会整肃，天下达到大治。"忽必烈觉得张雄飞说的在理，才建立了御史台，令张雄飞为侍御史。阿合马当时对张雄飞不听他指挥悻悻然，但是张雄飞并没有什么短处捏在他手，他无可要挟，只有恨恨地说："你别以为就你能办事，我离开你就没人审理此案了。"

　　其实当时张雄飞要接手秦长卿的案子，报告真金加以斡旋，秦长卿也许不至于被害死。当时阿合马看张雄飞不接手，他怕夜长梦多，干脆直接叫人用金钱买通狱卒，用濡纸堵塞秦长卿的口鼻，制造了秦长卿畏罪自杀的假象。当真金得知秦长卿在宣德被逮捕入狱，急令王著前去探望搭救之。王著还在路上没到达，秦长卿畏罪自杀的消息就已经传了过来。真金正在吃饭，气得他把一桌饭食挥洒地上，拍着桌子大叫："阿合马你真是欺人太甚！"王著到达宣德得到的只是秦长卿的一具尸体。王著再一次领略到阿合马的奸诈和凶狠，他心想诛杀这个奸贼必须周密策划，必须万无一失。

当王著回到真金身边，焦而荣悄悄告诉他，快去看看金经贵。王著问怎么啦，焦而荣说："金经贵知道秦大哥被害，气得立即要去寻找阿合马报仇，我好说歹说，要他从大局出发，别一时冲动，等你回来再商量行动。可是他这两天总是茶饭不思，愁眉苦脸，我真怕他愁出病来。"

王著回到原来秦长卿的住处，他一进屋，金经贵就从里屋出来，急切地说："师弟，你可回来了，你快拿个主意，我们总不能叫阿合马这个老奸贼害人一个又一个，新仇旧恨这账你到底打算啥时候了结！依我恨不得立即去阿府宰杀了那个狗官，可是焦而荣就是拦着不让，非要等你回来。盼星星盼月亮，你可回来了，快拿主意，我可不能再等了。"说着动情，一个英雄汉禁不住又双泪直流。

王著把金经贵劝到座位上说："师兄，我们每个人都跟阿合马这个奸贼有不共戴天之仇，这个仇我们一定要报。但是仅凭你我几个人再闯阿府，就一定能诛杀他吗？"金经贵不服："我就不信我找不到他，不信我杀不了他。"王著问："你知道阿府有多少间房？你知道阿合马有多少外室？你知道他每晚在哪里？你知道他府上有多少护卫？你知道他驻地有多少机关？你知道……"金经贵打断王著说："我不知道，你不用问了，依你说怎么办？"王著说："哥哥，你听我一句，仇，一定要报，奸贼，一定要杀。但是我们要行动，就必须只能成功不能失败，所以一定要计划周密。我劝哥哥不要着急，逞一时之勇，没有必胜把握不要轻举妄动。"

王著的话说得金经贵无话可说，就问王著怎么周密计划。王著说："别急，我们先聚集力量，把同心同德的义士先联络起来，到时候说行动大家一齐动手。"金经贵点头："好，这主意好，联络好江湖英雄，就像水浒英雄那样，我看太行山五虎他们就是可靠的英雄，还有咱家乡山东几个山寨的英雄都可以联络。"王著说："不仅是江湖豪侠，还要联合朝中义士，要朝野联合上下联合，搞一个对奸贼的大围剿。"金经贵对王著的计划拍手赞成，备受鼓舞，笑着说："要不焦仁兄叫我等你来。你多读几年书，就是比哥哥这一肚子野草强得多，今后我听你的。"

王著想了想说："太行山那五虎英雄跟秦大哥交谊也不浅，秦大哥被害也得让他们知道。我那高枫哥哥跟五虎更是交谊深厚，我们行动一定要通知他们。我跟高枫哥哥有约，等我从前线回来就去找他商议报仇之事，只是不知他从前线回来落脚在何处。"

金经贵说："我不便出去，我也答应过真金太子，今后只在东宫当他替身。你设法找高枫的朋友，在京师的三啸虎雷宏，他应该知道高枫的下落。"

但是王著派人寻找雷宏。却得知雷宏没有在京师，连续几天他叫手下人寻找打听，让他想不到的是雷宏所在的王员外家的小姐王天立去世了，却因为一件丑闻，还说是自杀了，这消息让王著分外吃惊。他想一定得自己去查询一下了，只是找不到机会离开东宫。但是说机会机会就来，然而却又伴随着一桩令他十分气愤的消息。

阿合马连续坑害了崔斌、秦长卿一批正义之士，他独揽大权，除了忽必烈之外，他无所畏惧。但是还有一个人他不敢小瞧，那就是曾经审过他的廉希宪。廉希宪因为触怒忽必烈被罢官之后在家闲居了一段时间，忽必烈越来越觉得让廉希宪罢官并不是自己真正的意思，所以他就又把廉希宪叫到自己面前，并破例让廉希宪坐到自己身边，推心置腹地对廉希宪说："卿一向深识事理，每每以君王之道启说于朕，并对朕陈说天命时机，这些往事朕永不会忘记。卿实在应该担当丞相之职。不过眼下北京行省是诸王和国婿分封之地，他人无能治理，所以我想特派卿前往，为朕分忧。卿不要推辞。"看忽必烈那么诚恳相托，廉希宪没有话可说，只得立即成行。

廉希宪到北京行省后严格执法刚正不阿。原来纷争的局面立即平复。此时阿合马很害怕廉希宪回朝，等元军攻克南宋重镇江陵后，阿合马便迫不及待对忽必烈说，江陵那里是新归顺之地，民情复杂，急需能臣去治理，臣以为非廉希宪去不成。这是阿合马坑害贤臣的一贯手法，把忽必烈信任的大臣调离忽必烈身边，放到自己权利管辖范围，生杀予夺就全凭自己的喜怒了。

忽必烈还以为阿合马是为国事操劳，就把廉希宪依照阿合马的意思调到荆南行省为官。可是廉希宪是北方人，还没有等阿合马整治他，由于水土不服，他到江南不久就开始害病了。阿合马闻讯暗自高兴，心想你个老夫子，专门跟我作对，上天都不喜欢你，这回倒省得我动手……

而一些在朝胸怀正义之人认为廉希宪是正直的、不可多得的大臣，宰相乃国家栋梁之位，安童不在，必须廉希宪这样的人来担任，怎能把他由北京行省又调到荆南行省，岂不是大材小用。于是他们纷纷向忽必烈进言，要求廉希宪调回朝中。忽必烈也觉得众人言之有理，这就没有等到阿合马动手陷害，廉希宪带病又被调回京都。真金闻知分外高兴，当廉希宪回到京城时，他亲自到廉希宪府中看望、慰问，并希望廉希宪病愈之后担当执政的重任。

廉希宪由于身体有病再加上舟车劳顿，到京城后迎送不迭，身体体力消耗殆尽，病体不见好转，却越来越重，竟致卧床难起。真金得知廉希宪病情越来越重，就派焦而荣和王著再去看望。廉希宪对焦而荣和王著说："治理天下，关键在于用人。用君子则

治，用小人则乱。我虽然病入膏肓，性命一听于天。所忧虑者，就是大奸专政，群小阿附，祸国害民。请转告殿下，一定要跟圣上讲明此道，尽快铲除奸恶。不然待奸恶势力扩大，将不可收拾。"听到廉希宪的临终警言，焦而荣和王著都甚为廉希宪的忠正感动。虽然廉希宪没有明言他说的大奸是何人，但是三人都心知肚明。王著更加坚定一定要铲除这个大奸的决心。

不几天廉希宪就去世了。阿合马是乐开了怀，全家饮酒摆宴庆贺。真金痛惜不已，暗自落泪。要知道廉希宪去世才五十岁啊。他叫焦而荣和王著代表他去给廉希宪致奠送行。

王著借去凭吊廉希宪的机会出离了东宫，跟焦而荣交代了几句，他就去到万安寺会见了高和尚。那么高枫是怎样到的万安寺呢？

万安寺是忽必烈尊奉佛教，命令尼泊尔工艺师按照当时盛行的藏传佛教风格修建的，寺中白塔巍峨雄伟，殿堂辉煌。高和尚以假死离开前线后就跟着王天立回到京城暂时落脚。不料王员外翻脸不认人，看到女儿带了一个和尚女婿回家，气不打一处来。尽管女儿说这是高枫，出家被逼，他已经还俗，但是王员外就是不认，立逼高和尚回到寺院中，并且坚决不许女儿和高和尚来往。高枫无奈，眼看不被丈人所容，就到了万安寺云水堂挂单。心里想着自己落到这步田地都是阿合马这个狗贼所害。此仇不报，恨气难消。

王员外赶走了高枫，对女儿王天立严加看管，不许出屋，心想尽快给她找个婆家，王天立却表示今生今世非高和尚不嫁，生是和尚的人，死是和尚的鬼。这更把王员外激怒，父女较上了劲，王天立竟然以绝食相抗。铁了心的王员外，在家被女儿的决绝行为弄得火冒三丈，更因为听家人传言街上对她女儿的行径指指点点，让他觉得丢尽脸面，就狠下心对王天立说："你不肯悔改，我就当没有你这个女儿！"就这样，王天立竟然因为绝食"郁闷而死"。

王天立带着一个和尚进家，和尚被他父亲逐出家门，王天立又为思念和尚而死，这个新闻被街市议论纷纷。因为王员外毕竟不是寻常百姓，而是有头有脸的人家。所以嫉妒的、羡慕的、同情的、看笑话的，各种各样的人添油加醋任意疯传。消息传到高枫那里，他更是恨透阿合马。他急盼王著从前线归来，好商议怎样一起报仇，一起为民除害。可是听说真金回来了，和礼霍孙却没有回来。他的心里火急火燎，可是毫无办法。因为他不知道王著已经任职千户，守卫东宫。正在高枫无可释怀的时候，雷宏来找他了。

原来在王员外府上当保镖的三啸虎雷宏在高枫跟着王天立回京师时正好在外，等他回京时才知高枫王天立之事。那时王天立"已死"，高枫早已经到了万安寺。雷宏赶紧跟大哥撼林虎卫义汇报了这个情况，卫义吩咐雷宏迅即把高枫接到山寨。

高枫在万安寺正是静夜难眠的时候，雷宏赶到，看看在万安寺挂单不是长久之计，王著也还没有音讯，无奈只得跟随雷宏而去。到了太行山，高枫把他的经历又跟卫义弟兄说了一遍，卫义当即表示铲除大奸害民贼是咱太行本分，何况咱们跟他有不共戴天之仇。于是高枫跟卫义讲了他跟王著有约定，要仔细筹划锄奸行动，不动则已，要动就必须即刻叫那害民贼命归西天。卫义说："那好，咱们就等王著兄弟归来，一起商定如何行动。"于是卫义派雷宏在京城随时打探消息，并且要在万安寺留下眼线，因为王著回来很可能知道高和尚在万安寺，会去那里寻找。

卫义的估计还真没错。王著到万安寺询问小沙弥是否知道高和尚在寺庙时，那小沙弥说，那个花和尚啊，他不是我们寺庙的，是来挂单的，出家了六根未净，惹花拈草，我们住持早就赶他走了。王著着急地问他上哪里去了。小沙弥双手合十，念了一声"阿弥陀佛"，说："他从来处来，他到去处去了，施主不必挂虑。"说完竟自离去，不再理睬王著。王著再着急也没用。他只好郁郁

寡欢慢腾腾地走出万安寺。来时满腔热火，心想可得把自己多日想好的计划跟兄弟说说，谁料想唯一的线索却断了。他一边走，一边念叨："我的好兄弟，你难道就不想报仇，为什么不等我。"他不由得回想起在军营两人的商谈。

那是在和海都决战前，和礼霍孙要高枫运用他的法术把海都的军队置于重兵包围圈里，一举歼灭。高枫跟王著交底说，他跟王天立玩的不过是戏法，逗大家开心可以，真上战场是一点都没有用的。和礼霍孙相信我那套所谓法术，是他不明就里。真要依靠我们那套把戏去杀敌那会误大事的。聪明的王著以前听过高枫参军的过程，这时他更明白原来阿合马、忽辛父子俩把高枫推到军中，来到真金身边就是要借刀杀人。他们原本就不指望高枫能够杀敌，正是要和礼霍孙相信高枫有奇术，导致兵败，让真金受损，他们好借机攻讦真金，这是多么心狠手辣的一招棋啊。

王著知道不能让高枫上前线，又必须保住高枫性命，于是就跟高枫合计出假死的招数，骗过老实的和礼霍孙。临走王著跟高枫约定战争结束，两人在京师相会，然后一同诛灭奸贼。那时王著就想好要联络志同道合之人一起行动。两人分工是高枫回京联络江湖英雄豪杰，王著在部队在官场联络志士仁人。

王著一边没情没绪地走着，一边继续琢磨高枫会到哪去。他只顾自己低头走，不料在寺院山门外的台阶上被一个年轻人撞了一下，他这才抬起头，想问那人为何撞他，还没等他说话，那个年轻人好像喝醉的样子，嘴里胡乱嘟囔着："高和尚呀高和尚，你是哪门子和尚……"青年的话语顿时引起王著的兴趣，他一把抓住那个青年的衣襟，问："你嘟囔什么，什么高和尚，你撞了我，无论高和尚、矮和尚，谁来也不行！"那年轻人挣脱着，拽着王著下了台阶，在一棵大槐树下，站住，突然正儿八经地问："你是来找高和尚的王大哥吧？"两人同时松了手，王著问："你是谁，你怎么知道我找高和尚？"年轻人这才说他叫丁汉，是太行山五虎寨

卫义寨主派来的，并且告诉他高和尚就在太行寨，坐第六把交椅。实际是第五把，因为三寨主已经过世。山寨派出三个人轮番在寺院蹲守。因为高寨主说王大哥早晚必然会到寺院找他，吩咐见到大哥一定约请大哥到山寨计议大事。

王著心中暗暗欢喜。他嘱咐丁汉三个人先回山寨报信，他一两天就赶去山寨。王著从寺院回到焦而荣身边，跟他说自己离家日久想回山东家乡去看看老娘。让他代为跟崔澍总管报告一声。从军营相处以来，焦而荣对王著已经非常喜爱，非常佩服。觉得他的才干远在自己之上，日后必然会是国家栋梁。尤其自己的知己至交秦长卿已经离去，阿鲁浑又一直在忽必烈身边，眼下最知近的朋友就是王著了。秦长卿临走把王著这个小兄弟放在了自己身边，王著又恰巧是金经贵的师弟，他也就对王著视同自己的小弟，如今小弟说回乡看望老母，他只能一百个支持，他叫王著放心去吧，说："好在南方平定，北方战事也已经结束。崔澍总管那里又是自家弟兄，万一有事我们自会替你担待。"有了焦而荣的许诺，王著随即向太行山五虎寨奔去。

31

太行计议

　　王著按照在万安寺丁汉告诉他的地址，从京城出来一直南下骑马飞驰。过了石家庄奔西直入太行八陉之一的井陉，虽然他在山东家乡也到过山中，后来又在山中学艺，但是从没有见过太行这望不到头的山连山景。悬崖峭壁间的山路崎岖，七扭八弯，他心想要是没有熟悉道路的人带领，就是进得山来也出不去山。按照约定，他要在玉峰山下的庆成院，那是隋朝时候兴建的一座寺庙，跟五虎寨的人接头，然后有人领他去山寨。

　　王著的京城打扮，在偏僻的山路上骑马奔驰，很是扎眼。山里人不知他是什么人，有什么公干，待到他问路去庆成院，都猜测他可能是京城哪个官宦人家派来到寺庙还愿来的。别看庆成院地处山中，可是名声在外。所以王著凭借路人的指点，很容易到了庆成院，他还没有下马，有个二十多岁的年轻人就迎过来问道："客官是来游览观光还是要进香拜佛？"王著按照约定的回答："都不是，我要会见山大王。"那年轻人随即说："请跟我来。"他拉着王著的马缰绳，说："我们等您多时了。寨主估计您大概就在这一两天到，所以叫我们在庙门前等候，吩咐我们说，您一到立即领进山寨，不许耽搁。"王著问他怎么称呼，那人笑笑："在下叫梁峰，您就叫我小梁子就行。"

梁峰骑上自己备好的马，在前面带路，一直奔山里驰驱。左拐右拐，山谷中一段陡坡路上去，竟然是一片开阔地，在进入开阔地的路口设有路障和哨岗。梁峰对王著说："王爷，到了山寨的大门，前面就不能骑马了。"他先跳下马去跟岗哨交涉了几句，王著也跳下马来。随即有人把他们的马牵走。王著跟着梁峰继续向前，时光已到黄昏时分，只见西边的落日彩霞纷飞，远山在暮色苍茫中显得异常壮丽。这是山顶平原，仿佛到了天上世界。一座座房舍紧相毗邻，房舍中高高矗立着一根旗杆。旗杆顶端一面鲜艳的"五虎寨"大旗随风摇曳。王著点点头：还真有气势，看这阵势，寨里至少有三四百人。他心想这支队伍人不算多，不过也可以应对一方了。

王著一路观察着，东张西望，他没发觉高枫和卫义、凌风三个山寨头领已经站在他面前。当他看到三个头领时，高枫已经奔过来一把把他搂住，叫道："好兄弟，可把你盼来了！"王著从高枫怀抱里离开，一下子扑向凌风的怀抱，问："哥哥，你怎么也在这里？甚时候来的？"卫义看着王著年轻英俊的面貌，跟自己两个弟兄的亲热态度，就判定他一定是侠肝义胆之人，打心里喜欢。高枫和凌风争相向卫义介绍王著，一个说他有勇有谋战场上英勇无敌；一个说他平日里胸怀大度怜孤惜贫，救人危难，绰号"小孟尝"，弄得王著十分不好意思。倒是卫义拉着王著的手臂说："既进我山寨就是一家人。大家不必客气。王著兄弟来山寨此行必有重大计议。我们走到聚义厅细说。"

四个英雄来到聚义厅，王著只见大厅正中挂着三国英雄关羽的画像。画像两边一副对联写的是：异姓结拜行江湖，同心相应倡道义。横批是：扬善除恶。大厅中间的议事桌点着明晃晃的蜡烛，王著刚刚落座，侍应的丁勇就送上了酒肉。卫义说："不知王著兄弟今日到来，没有准备，咱就实打实遇到什么饭就吃什么饭。咱们可以边吃边谈，明天再请兄弟到山寨各处走走看看。"王著第

一次接触卫义，这个人穿一身绛紫衣衫，四十出头，黝黑面皮，浓眉大眼，连鬓胡子又黑又密，神情昂然，让人觉得他有使不完的精力，自然有一种英雄气概。王著心想常听人说彪形大汉，今天才算看到一个。他对卫义拱手致礼说："卫大王，……"卫义摆摆手："什么大王大王，咱们弟兄不要这样。"王著一笑，立即改口："三位兄长，小弟此番前来的确是为一桩大事，想必高枫哥哥已经跟两位哥哥说过……"凌风忍不住插嘴说："除掉王八蛋阿合马是我们太行五虎寨的誓愿，为三哥裴平报仇是我们全寨弟兄的大事，我们早就想完成这个心愿了。后来听高兄弟说起你有个周密计划保证能一举除掉他这个害人精。所以我们就按捺了好一阵子，你说说这回是不是带着这个计划来了？"卫义拦住凌风说："五弟，你急什么，王著小弟既然来了，有话也不在这一时，先喝酒，为我们相聚干杯。"江湖人喝酒不像官场，也不像书生，没有那么多规矩礼数，要的就是真诚相待，豪爽坦直。往往就是大碗酒大碗肉喝五吆六。四个人里就数王著酒量不济，但是在军队里的锻炼也让他把早年的官场气、书生气几乎完全丢弃了，所以也能跟三个草莽英雄喝得上来。

在你敬我饮的频频碰杯中，王著已经弄清了太行山寨的兵力，他跟卫义说光依靠太行山寨这些兵力不足以完成他的计划，还必须联络其他江湖弟兄。卫义问："兄弟，你打算打一场多大规模的战役，需要多少兵力？打算在什么时候在哪个地方打这一仗？"凌风问："打仗，跟谁打？跟阿合马的军队，明枪明箭地打呀，咱们是山匪，没有打过仗，也没受过训练，怎么打仗，那要讲究布阵计谋的，王著，你别在军队了呆了几年，就拿山寨当你们的部队了吧，那不行。"高枫笑了："看看，凌风哥，还没说怎么打仗，你就打退堂鼓了，我去过前线，到过部队，也打过仗，没什么了不起。"凌风呵呵一笑："没什么了不起，你怎么从前线下来了？怎么不跟王著兄弟一起并肩作战？"一句话问得高枫哑口无言，凌风也自觉失言，王著赶紧打圆场："喝酒喝酒，不说高枫哥哥的事情，那是别有隐情，不好对外人讲。凌风哥也别问了。我只回答卫大哥的问话：我要一定数目的人，不一定就是要打一场大仗，而是要各处安排用场。因为阿合马狡兔三窟，他的子侄亲信又多，我们人少不够使唤。"高枫和凌风都连连点头道："也是也是。"王著说："我们这次行动一定要成功，不能失败。所以计划一定要极其周密。能想到的环节一个环节也不能有闪失。"

卫义深感王著的计划相当庞大，他也知道不到适当时机行动计划不可泄露，所以他也就不再追问，只是说："那好，我们太行寨的几百人马到时候就听从兄弟调动吧，此外我们再分头去联络几个山寨的朋友，只是兄弟到底有多少人手就够用？"王著说："我算了算大概需要一千多人。"卫义问："什么时候用啊？"王著说："三个哥哥尽快联络，联络好以后尽快通知我，我在知道信息后会立即通知你们，我想就在这几个月，在过年前后。"

尽管卫义、凌风和高枫不知道王著具体行动计划，但是他们要诛灭阿合马的行动已经提到日程上来，这使他们都兴奋不已。为亲人报仇、为兄弟报仇，烈火已经在他们胸膛里燃烧得太久了，一旦即将实现，他们怎能不激动。而在王著心里却是一定要为国锄奸为民除害，一颗忠义之心激励着他必须要完成此举。

喝酒间凌风问起"北海双鹰"的事情，王著说起他们师兄弟在军中巧遇相会，但没有说出金经贵是真金太子替身的事情，随后说起秦长卿之死、廉希宪病死，都感叹唏嘘不已。

当晚王著跟高枫住在一屋，本来凌风很想跟王著住在一起，他有不少话想跟王著说说。可是王著选择了高枫，他只好快快地跟王著道别，嘱咐王著明天要走一定要他送行。其实王著也很想跟凌风单独相聚，毕竟有很长时间没见了。但是他有一桩心事必须跟高枫单独谈。两人回到高枫的住处，山里的房屋有两种，一种是青砖瓦房，一种是依山而建，从外面看跟普通房子没有差别，一样有门窗，但是进得屋里才知那是窑洞。高枫的住房就是后一种。这种房私密性很强，隔音效果特好。所以王著很高兴。高枫给王著沏茶倒水，说："山里来不得讲究，山泉粗茶，解解酒吧，你刚才喝得也不少。卫义大哥为人爽快，跟他喝酒不喝醉就不叫喝好。今天是我拦着，没有让你多喝，我估摸你还有事情跟我说。"王著也不客气，端起茶碗咕嘟嘟一碗茶水喝了个干干净净。然后他问高枫："你跟六甲叔还联系吗？"

高枫说："我在万安寺他去看我一趟，也是听说王天立死才找我去的。"王著深深叹口气，十分惋惜地说："难得这样痴情的人，你这辈子命真好，遇到一个真心待你的翠娥，又遇到一个痴情念你的天立。……"高枫不由得问："贤弟就没有相中的女人吗？"王著说："在家中俺娘倒是为我操心张罗，也有几家来说亲。不过我当时想男儿志在四方，事业未成不想成婚，所以也就没有答应人家的求亲。而后变故迭起，我浪荡江湖，哪有心思谈女人，现在更是想先把锄奸这件大事办成……"高枫伸出大拇指对王著说："我真是佩服你英雄气长，儿女情短。我告诉你实话，王天立实际没有死……"。

王著惊讶地张大了嘴，"啊"了半天，"什么，没有死？！"高枫点点头讲述了王六甲跟他讲述的事情：

王天立看父亲生气地把高枫赶出了家门，然后把她严加看管起来。不管她怎么闹，就是不让她出屋，还逼着她答应媒婆来说的婚事。王天立至死不从，更加惹恼了父亲，于是把她锁在屋里，声言不认她这个女儿。王天立无奈，就想起了假死逃出家门的办法。

王著打断高枫的话说："就像你从军营里假死逃出一样啊，真有你们俩的。不过你在军营有我和天立帮忙，又赶上有个海都的探子到场，可以编谎瞒人，天立在家被锁，谁帮她啊？"

高枫说："天立本来想请他师父雷宏帮忙，可是雷宏偏偏出门在外，不得已她求助于她的贴身丫环小玉。小玉自幼陪伴她，一起读书，一起练武，情同姐妹。她们俩关系按说应该亲亲密密，可是随着年龄长大，两人都跟雷宏练武，小玉就爱上了雷宏，但是她是丫环身份，总怕雷宏看不上她，而且雷宏对天立又特别关照，教得特别尽心，天立又大大咧咧，不知道避讳，小玉就以为天立跟雷宏两人相爱了，所以跟天立的关系就有点别别扭扭。粗心的天立还不知怎么回事。直到我进了王员外家，天立一门心思跟上我，小玉才明白原来天立的心思没在雷宏身上，她这才跟天立和好如初。就在天立跟我以后，王员外想把小玉嫁出去，小玉就跟王员外说了，她谁也不嫁，要嫁就嫁给雷师父。王员外一听也好，就把小玉当个养女，雷宏要娶了小玉自己不就有了养老女婿啦，员外也很高兴。雷宏大哥本来没有娶妻的心思，他怕自己江湖浪人的身份耽误人家女孩儿。可是这话说又不能明说。就这样雷宏算答应了小玉。这是我们从军队回到王员外家，小玉告诉天立的。所以叫小玉帮忙，小玉乐不得。先是天立叫小玉去找了六甲叔，告诉了她假死外逃的计划。"

按照约定王天立不吃不喝，实际是白天不吃不喝，晚上则有小玉偷偷给她送去吃的喝的，到了约定的日子，天立服下了药，小玉慌慌张张去跟王员外报告，王员外虽然恨女儿不争气，不听话，可是毕竟是亲骨肉，所以闻讯赶紧到关押女儿的房间观看，落了几滴伤心泪水后，心一横，说："她去了，就让她去吧。总算没有玷污家门。"然后吩咐家人按照小玉安排给天立操办丧事。小玉主持办丧事，事情就好办了。她马上派人通知王六甲，去他熟知的棺材铺去购买棺材。然后由王六甲帮着叫街市专门办理丧葬事宜的人来入殓盖棺，实际都是王六甲的朋友，他们钉死的是空棺。当夜王天立就换了衣装，混在来办事的人中离开了家，躲在王六甲那里了。

这事小玉跟六甲做得很严密，小玉连雷宏都没有告诉。王六甲跟我说了之后，我很高兴。正想下一步怎么带天立离开京城，雷宏到寺院找到我，我就来到太行山，这一下子更不能把天立接来，怎么能叫她一个大家小姐当山匪的压寨夫人。我想等报完仇离开山寨，带天立去一个所在，我也把头发蓄起来，再不做什么和尚了。

听完高枫的讲述，王著为高枫高兴，接着问他除了太行山寨还联系了哪里的好汉。高枫说，在万安寺他曾经见过贾交，他把联络江湖好汉的事情跟贾交说了，贾交随即到燕山去走访结交，所以至今没回。凌风在山东已经联络七宝山、秃鹰岭、雄狮寨三路人马，卫义大哥在太行山一路也联系了好几个寨主，不过他觉得有的寨主是有所贪图，所以没有把实际底细跟人家说明。王著听了，知道高枫回来没有闲着，联络工作还是大有成就的，心想自己在朝廷官员之间的联络工作得要抓紧了。

然后王著又问高枫知不知道京城有铸铜的作坊。高枫说："有啊，我那个一阳老丈人的朋友段洪钢段大叔就开着一间铜作坊啊，参军前我跟天立表演戏法第一天段师傅跟一阳伯、六甲叔还有梁才鸣师傅、杨琼师傅他们都去捧场了。你问铸铜坊干什么？"王著说："我想打制一柄铜锤，放在袖子里，防身方便，这刀剑佩在身上太不便当。"高枫"哦"一声，虽然觉得有点奇怪，防身用把匕首不就行了，还要个铜锤干什么，但是他也没再多问，只是说你回到京城去找六甲叔，他会带你去的。停了一会儿，他又眼含泪水对王著说："兄弟，你到六甲叔那里要是见到天立，就替我问声好。要不……你，你叫他别等我了，找个好男人嫁吧。"

王著不爱听，问道："你说的什么话，你是不是男人，人家死里逃生为的就是跟随你到天涯海角，你却要人家另嫁！"

高枫说："兄弟，你说咱有出头之日吗？满天下哪里没有那老奸贼的走卒，咱斗得过他吗？"

"哎呀，我的高枫哥哥，你刚刚还说报仇，报仇，你不光是要给翠娥报仇，为你一个人报仇，更是为普天下所有被冤被害的人报仇，我相信只要杀了阿合马，抄了他的老巢，叫那些正直的官吏扬眉吐气，皇帝也一定会知道阿合马到底是什么东西。那时候他的走卒就一定会树倒猢狲散。我们杀阿合马就是要把他一手遮蔽的天空捅开一个大窟窿，要叫阳光也洒向大地。那时候天下百姓必有出头之日。你看吧，我们要是除掉这个奸贼，必定天下同庆。"

"你真有把握成功？"

王著坚定地说："不干则已，要干必成，高枫哥哥你相信兄弟绝不打无备之仗。"

"好，那你就给天立捎话，告诉她再等些时日，等除掉阿合马我和她一定团聚，再不分离。"

"这还像句话，你放心我一定把你的话带到。"

王著、高枫两人还从没有机会这样在一起叙说衷肠，所以一聊不知不觉就聊到半夜。

转天一早王著告别卫义返回，卫义说带王著到山寨四处走走，王著推辞了，说出来时间太久，怕宫里有事，必须赶紧回去。凌风和王著一路同行，一来是送王著，二来说是领大哥之命回山东联络江湖豪杰。其实他去山东倒并不见得非要急着启程，主要的目的是要跟王著同路说说话，叙叙久别之情。两个人出了山寨，骑上马，因为凌风相随，王著也不好意思快马加鞭，只能放松缰绳，与凌风相伴而行。凌风问王著："高和尚跟你早就认识吗？"

"不，是他投军后我们才相识的。不过他跟你们山寨的头领早就相识。听他说先是结交的笑面虎贾交，而后又结拜了三啸虎雷宏。"

"我听两个哥哥说起高和尚的遭遇也很悲惨，话说回来，谁要家境好好的，肯来当山匪啊？不过高和尚总能逢凶化吉，老有贵

人保佑他。你看那个朝廷的大官张易几次给他帮忙，其实他们也不沾亲带故。一开始我还以为高和尚是张易派来的密探卧底，我就下功夫派人调查，后来才知张易这个官跟别的官还真不一样。"

"嗯，怎么不一样？"王著心里猛然又涌出一个念头。

凌风说："张易原来不姓张……"

"啊，那姓什么？"

于是凌风向王著讲述了他了解的张易其人：

张易原本姓鲁，是山西临泉人。他年幼时父亲被人杀害，他娘亲在街上背着他要饭，要到一个太守家，那一天正好太守手下一个张孔目到太守府上说事出来，看看在太守家门口要饭的妇人背上的小孩长得眉清目秀，挺喜欢的，就对孩子的娘亲说，他很喜欢她的这个孩子，你带着他要饭也很为难，不如我来养这个孩儿，给你点钱，你去另谋生路。妇人看看那个张孔目倒是慈眉善目，不像是坏人，而且那个孔目还说，他已经年过半百膝下无子，他一定会好好善待这个孩子，让他长大成人。妇人正为养活孩子的事情发愁，听张孔目一说，当即觉得这样对孩子也好，就把儿子从背上放下来，叫儿子在当街给张孔目磕了头认了爹。妇人跟儿子洒泪而别。从那以后这个原本姓鲁的孩子就改姓张了。据说张孔目感叹这个儿子得来太容易了，就给他取名为"易"，字中意，就是很可心意的意思。

谁知天灾人祸难以预料，蒙古军南下，宋朝军队兵败如山倒。张孔目跟那个太守仓皇出逃，就再无暇顾及小张易，为了保护张易，实现自己要把这个孩子养大的诺言，孔目就把张易送到太行山的天源寺当了小沙弥。那时张易才十二三岁。战乱年代，和尚日子也不好过，后来小张易跟长老颠沛流离到了邢州，不幸又跟长老失散，遇到了后来当道士的一个教书的王先生，就是一清道长，那王先生善心为怀，他早上打开书院大门，看见孤零零一个少年饿昏在书院门外，就把那少年抱进书院，给他吃了东西，问明他原来叫张易，也叫中意，后来当了和尚，老师父都叫他小天一。王先生就问他要到哪里去？张易回答不知道。王先生又问他是不还要去寺庙，张易摇摇头。王先生问他是否愿意留在书院，张易马上点头说"行"。于是王先生就收留张易在书院做杂役，同时跟着刘侃、张文潜一帮弟子学习儒家经典。王先生嫌他字中意太俗气，给他改字为仲一，与他的学生刘侃字仲晦，张文潜字仲谦等人同序。他们也就成为同学。几年后天源寺的长老得遇忽必烈，劝忽必烈崇尚佛法，于是一些僧人就纷纷北上，邢州书院遭到蒙古兵的侵扰占据，书院关闭，王先生转入道门，学生们则纷纷自寻门路。在当地有根底的刘侃、张文谦他们都谋得官府一些差事，已经长成青年的张易闻知此信遂也到了忽必烈身边，因为他出身贫苦，经历坎坷，为学认真，儒佛皆通，所以备受忽必烈赏识。尔后刘侃从邢州入武安天宁寺出家，改称子聪和尚，也到了忽必烈身边，他又把同学张文谦介绍到忽必烈幕府。于是三个少年同学因缘相聚，共同辅佐忽必烈，出谋划策。忽必烈能抢在他兄弟阿里不哥之前称帝，就是出于张易的主意和劝告。由于张易出身卑微，所以对权势贪腐最厌恶，所以他对待下属和百姓最平和。高枫能被张易保护，还送他入寺院，送他到军队……看来还有一定渊源关系。

王著认真听完凌风的讲述，他没有想到凌风大哥的送行竟然给他送来一桩意想不到的消息。他对自己的锄奸计划又有了一个新的打算。

32

铸锤待用

　　跟凌风道别后，王著快马加鞭到达京城，他立即按照高枫告诉他的地址在平安大街找到了六甲叔的住宅。他把马拴在路边的树干上，看见街上有几个孩子在玩陀螺，王著就问一个男孩认识捏泥人的王六甲吗。一个男孩马上说认得，"王爷爷就是他爷爷"，他指着另一个小男孩，那个小男孩也不说话立即跑回家，进了院子就喊："爷爷，有人上家里来买泥人啦，您快出来看看啊。"

　　王著听得小孩喊，就在门外站立等候。他不想贸然进去，不想把高枫的事情马上告诉王天立。他想先找六甲叔，因为他并不认识六甲叔。王六甲被小孙子推着走出院门，喊着："爷爷，快，要不人家就不买了。"王六甲则嘴里叨叨着："什么人要买泥人，还不进去买，还得我出来迎接啊？"

　　王著看见王六甲五十来岁，腰板挺直，一边走一边在系扎腰带，显然在屋里正干着活，硬被六七岁的小孙子给缠磨出来了。王著马上拱手作揖："六甲叔，侄儿这里有礼了。"

　　王六甲疑惑地问："什么侄儿，你是谁啊？"

　　王著告诉王六甲他刚从太行山五虎寨来，并小声在王六甲耳边说："高枫让我代问六甲叔好。"王六甲一听，就热情地往家里让，请王著到屋里说话。王著小声问："王天立还在你家？"王六

甲点点头，王著说那就不进屋了，咱出去找个地方说话。王六甲犹豫了刹那，说："也好。"就对小孙孙说："你在街上跟哥哥们玩，一会儿你回家就跟奶奶说爷爷跟这个叔叔去办点事。"小孩子很懂事，说："爷爷早去早回来啊！"

王六甲将王著领到附近的一个小茶馆，两人找了一个清静座位，王著才向王六甲做了自我介绍，并对王六甲跟高枫夜闯阿府的行为大表钦佩。接着他讲述了阿合马是当今第一奸佞，他的作为已经人神共愤，除掉阿合马已是众人所愿，只不过没有合适的机会，没有把握谁也不敢动手。他正在聚集朝野力量，计划在合适的时候一举歼灭这个大奸。王六甲听得十分入神，一句话也没有插嘴。等王著说到一个段落，他举起茶杯说："先喝杯水。只是你跟高枫找我来有什么事？"

王著看着王六甲的眼睛说："六甲叔，我知道您不是一般的工匠，您也嫉恶如仇，豪爽仗义，要不然您也不会跟高枫去闯阿府。阿合马跟他的子侄爪牙横行霸道，欺压良民，在街市为非作歹，大家肚子里都憋着火，您也一样。所以我找您来就是邀您串联工匠民众，有一天我们举事时，您带领他们跟我们一起行动。"

王六甲问："有什么要求吗，有什么限制吗？比如会不会武功啦，岁数大小啦……"

王著笑笑："不，六甲叔，什么条件都没有，只要他们痛恨阿合马的暴行，就可以参加，人，多多益善。到时候我通知您，您领着他们上街声讨阿合马就行。"

王六甲说："好，这个事情我来做。"

王著又请王六甲转告王天立：高枫不久就会回到她身边，让王天立多保重。同时先不要轻易露面，免得节外生枝，也免得关键时刻让高枫走心。王六甲也表示同意。

都说完了，王著又向王六甲打听铸铜匠段洪刚师傅的所在。王六甲问王著找段师傅干什么，王著说他打算铸造一件东西，是

否非得找到一阳伯才能找到段师傅。六甲说："那倒不是，我领你去找也行。不过一阳去找，价钱他会更优惠你一些。"王著说："那倒不必。要是不远，就您领我去好了。"

从茶馆出来，王六甲领着王著顺着城墙来到一个叫锣鼓巷的胡同，在胡同口远远就看见一个招牌写着"洪刚铸铜坊"。走近一看才知道那作坊是一个宽敞的院落，院子的栅栏门敞开着，院子里有各式各样的铸造器具，还有一个铸铜炉，炉下的炭火还在熊熊燃烧。炉前有两个人正在比比画画议论什么。王六甲一进院就喊："段大哥，你好啊！"正在铜炉前的段洪刚一抬头，马上向王六甲打招呼："六甲弟，什么风把你吹来了？"他跟旁边的人说了一句什么，立即走上前迎接王六甲和王著。王六甲对段洪刚说："这是高枫的好友王著，他找你做个活儿。"段洪刚瞥了一眼王著，说："高枫？哦，一阳那个未过门的女婿啊。那可是个不一般的人，后来又跟跑买卖的王掌柜的女儿不清不楚，又怎么出家当了和尚，害得人家闺女年纪轻轻就悲悲切切去世了，他的朋友……"他怀疑地审视着王著，不客气地问："找我做什么活儿？"

王著没想到段洪刚这么不客气。他也不想解释什么。只是说："我要做一个铜锤。"

"做铜锤？干什么用的？"

"打击搏斗。"

"跟谁搏斗，野兽还是人，要做多大的？"

"小小的。"王著想起师傅在泰山用过的木锤，"不要太大，要能揣在怀里或放在袖子里。"

"小孩玩具啊——"段洪刚拉长声音说。

"不，个头小，但是分量要重，一锤下去要能砸断骨头。"

"这位客官，你是逗狗还是戏弄猫啊，至于还跑来特地做一把锤子吗？"

"段师傅，您只管按我要求做就是，工钱我不会少给您的。"

"哦，那好吧，咱进屋里说话，你给我画个样子，我好按图来做。"

进了段洪刚的屋子，有两个工匠正在制作一个铜喜神，看见来人，他们只是抬头看了一眼，随即又低头干起自己手中的活儿。段洪刚把王著两人领进里屋，给王六甲和王著倒上了茶水，请他们坐下，对王著说："你的活儿不大，但是工艺一点也不省。哪道手续也少不了。"他停顿一下，又问："谁用这个锤子啊？最好叫他本人来定一下尺寸重量。"王六甲也疑问地看着王著，不知他要打造一把小锤子给谁，干什么。就问："是不是高枫他们庙里的和尚要用？"王著刚要回答，段洪刚问王六甲："六甲兄弟，你说那个高枫到底怎么回事，怎么就好好地当了和尚，害得人家姑娘为他而死，你们怎么还跟这种人来往？"

高枫跟翠娥的事情京城里知道的人不多，高枫跟王六甲去阿合马府杀死苦思丁为翠娥报仇的事更是没有人知道，但是翠娥被阿合马侄子抢走最后被害，苦思丁被两个侠客杀死，这事情京城里不少人知道，段洪刚也有耳闻。街市上人们都说翠娥的未婚夫没有福气，真倒霉。后来王天立领一个和尚进家，还为一个和尚钟情而死，可在京城传得沸沸扬扬。人们说什么的都有，有的说王家家风不正的，有的说和尚淫乱的，有的说姑娘不知自爱的，也有的对和尚和姑娘表示同情的……但是大都不知道翠娥的未婚夫和王天立要好的和尚是一个人。但是接近王一阳的人们可都知道一阳的没进门女婿后来就出了家，同时又跟王天立要好起来，所以对高枫的人品都有些非议。人嘴两张皮，说什么那是人家的自由，不了解内情被人们误解，那也是常事。面对段洪刚的质问，王六甲只是淡淡地说："有些情况你不了解，我也不好说，日后你就明白了，总之高和尚不是坏人，这位王著是东宫侍卫，他要做这个活儿，是听高和尚介绍找得你，以为你跟一阳是朋友，活儿会做得细致些。"

"啊，您是东宫侍卫，您怎么不早说，我一定会按照您的要求把活做好，您就放心吧。"听完王六甲介绍王著的身份，段洪刚的语气态度马上就变了一个人，恭敬客气起来，立即给王著拿过笔纸砚台请王著把要制作的铜锤画出样子来，标出尺寸。

　　段洪刚看着王著画图，说："您要早说您是宫廷侍卫，我就明白了，您是要制作一件暗器，防身使用。我会给您做好的，您放心。工钱也不会找您多要，何况您有我六甲兄弟引荐，只是您是否要得紧急？要是紧急我就叫匠作师傅加紧。"

　　王著说："不急，做好您交给六甲叔就行了，工钱六甲叔会给您的。"王著按照他师父张志刚那把木锤的样式画好，标上尺寸，对段洪刚说："段师傅，就是一件事我嘱咐您，我到您这里制作铜锤的事情，您绝不可以对任何人说。您做得到吗？"段洪刚疑问地望着王著，又看看王六甲。王著说："我这是为您好，一旦您泄露做铜锤的事情，您可就有性命之虞。"王六甲也说："段大哥，所以我们找你，是因为觉得咱们都是老朋友，王著小兄弟的话不是吓唬你，因为朝廷里的事情太复杂，不是咱们小民百姓所能了解的，所以他刚才嘱咐你的话一定记住，要是工匠师傅问起什么人定做的铜锤，你就说是一个山里的客户，搪塞过去就完，这里面的事情等以后有机会再慢慢跟你细说，你最好不知道，也别问，多一事不如少一事。"段洪刚赶紧笑呵呵地说："六甲兄弟说得对，说得对，我亲自来铸作这把锤子，做好通知你来取就是。"

　　王著跟王六甲从铸铜坊出来，回到王六甲门口拴马的地方，王著解开缰绳，王六甲问王著："不到家里坐坐啦？"王著一骗腿跳上马背，说："这次就不进去了，六甲叔，我说的事您抓紧。"然后就放开缰绳驰骋起来。

　　傍晚，进得宫里，焦而荣一见王著，就说："哎呀，你可回来了，真金殿下正急着找你哪。"

　　"怎么啦，出了什么大事吗？"

"殿下叫你去一趟阿合马那里。"

"什么？去阿合马那里？干什么？"他嘴上问着，心里想这可正好，我还没见过阿合马，光知道这个人坏，他到底长的什么模样我都不知道。

"什么时候去，去干什么？"王著又问。

焦而荣说："听说为一个宝珠的事，是皇上叫殿下查问的，今天你也去不成，明天你见过殿下，自然会清楚。怎么样回一趟家，老太太身体还好吗？"

两人正说着，崔澍总管走了过来，"回来了，家里都好吗？"

"都好，谢谢总管惦记。"

"都好就好，吃过饭早早歇息，明天一早去见殿下，给你派了一个差事，焦而荣跟你说了吗？"

焦而荣告诉崔澍他们正说此事。崔澍嘱咐王著："你去见阿合马相爷，要小心谨慎。叫你办的这件事不大不小。但是圣上十分在意。所以派你去，因为你是生脸，阿合马不认识你，你在朝里也跟任何人没有什么瓜葛。希望你把这件事办好。"

"到底什么事啊？"王著心里纳闷。

崔澍说这件事他也是听殿下告诉他的，叫他选一个妥当人去阿合马那里查问，选来选去，他跟真金就选了王著。他把王著、焦而荣领到自己的房间，跟他俩讲说了一个西域商人状告阿合马的事情："廉希宪大人，你们都知道，这个大人为官清廉正直，也正因为他清廉正直，所以不被贪官势要喜欢，被人诬陷，在官场几上几下。才五十岁就去世了。廉希宪大人其中一次被罢官就是因为阿合马。因为一个西域商人叫匿赞马丁的。"这件事焦而荣知道，王著不知。所以崔澍就对王著讲了一遍当时的事情经过。然后说：

"那件事情因为廉希宪、耶律铸被罢官，也就不了了之。反正匿赞马丁已经跑回西域，也没必要再去追回，既然已经赦免了，就算完事了。不想这个匿赞马丁又返回京城，找到了阿鲁浑，述说他的冤枉，并且说他有一颗世界绝无仅有的宝珠献给了皇上，他要追问皇上到底收到没有，这颗宝珠就是他托阿合马转交皇上的。要是皇上没有收到那就是阿合马秘下私吞了。所以反过来诬陷他欠缴商税，把他关押起来，受尽酷刑。他感激皇上赦免，所以他要对皇上感恩报答，再献上一些珠宝。阿鲁浑觉得事情重大，牵扯人众多，他又不认识匿赞马丁，是一个出身西域的侍卫丁亮夫介绍给他的。所以阿鲁浑把这件事先跟真金殿下说了，真金殿下倒是知道匿赞马丁的事，因为他牵扯到廉希宪和耶律铸的罢官。至于匿赞马丁给皇上献世界独一无二的宝珠以及他被阿合马私自关押，他就不清楚了。不过看来这件事不会假，要不然这个匿赞马丁也不会，也不敢，万里迢迢再次来到中原，重倒旧账。于是真金就叫阿鲁浑侍奉忽必烈方便时问问，他也在得便时问问。如果匿赞马丁所述属实，阿合马起码就有一个欺君之罪，更有一个私吞贪污之罪，也许由此可以倒出阿合马一系列丑行。可是还没等阿鲁浑和真金向忽必烈询问，忽必烈却自己知道了这件事，皇上先找到了真金殿下，让他去查明实际情况。"

焦而荣跟王著都奇怪，"皇上怎么知道的？"

"匿赞马丁又亲自找到皇上告状了？"王著问。

"那不可能，你以为皇上是谁想见就能见的吗？"焦而荣说。

崔澍说："世上的事，要想人不知，除非己莫为。那颗宝珠来历不浅，没有能力享有它的只能给那人带来灾害。你们听我说皇上是怎么知道的吧。"

王著跟焦而荣都静静听崔澍讲述。

33

出使阿府

崔澍说：

"那是在成吉思汗时代，大汗的四个皇子术赤、察合台、窝阔台和拖雷各自都立有赫赫战功。但是按祖宗规矩只有幼子拖雷这一支可以留守祖业，所以他的三个兄长都向西向北开拓自己的地盘，消灭了花拉子模，建立了自己的汗国。但是他们跟蒙古大帐不断联系，每年都要向成吉思汗进贡。所以西域商人也就跟蒙古汗国建立了贸易关系。等窝阔台一支继承成吉思汗之位，这种贸易关系就更紧密。虽然窝阔台一支的权力最后被拖雷一支替代，然后向南发展，从忽必烈之兄蒙哥到忽必烈完全灭掉金、宋，这种和西域的贸易关系一直保持到现在，已经有上百年了。其中中原的丝绸、茶叶、火药、造纸、种植等等物产和技术传到西域，西域的火炮、珠宝、建筑等物产和发明创造也传到了中原。这中间就有一批西域商人和朝廷官员挂上了钩，匿赞马丁就是跟阿合马挂钩的商人。而有比匿赞马丁还在西边千里的据说叫罗马的一个什么地方的商人，叫尼可洛的，比匿赞马丁还早到达中原，直接跟忽必烈皇上接上了头。尼可洛一家也都是做珠宝生意的，他们自然也会献给忽必烈珠宝，所以早早从上都断事官那里就取得了到中原交易的符牌。有了这个符牌，他们一路就可以畅通无阻。

"尼可洛还有个兄弟叫马泰奥，是他做珠宝生意的好帮手。尼可洛有个儿子叫马可·波罗，听他父亲和叔叔讲述中原的风物人情，非常向往，跟他父亲和叔叔到中原以后，看到咱东方的建筑别有特色，咱中原的人物另有一种风情，咱这里的吃喝别有一种滋味，他就喜欢上了东方，不再跟他父亲回罗马了。忽必烈看这个罗马来的小青年还挺精明，也挺喜欢他，就叫他留在了朝廷，后来伯颜回朝，马可·波罗竟然跟伯颜更说得上来，因为伯颜在西域长大啊。忽必烈就叫马可·波罗跟了伯颜。"

王著越听越不明白，就问："总管，您说这些跟我去阿合马那里的事情有啥关系啊？"

崔澍说："你别急，听我说嘛。匿赞马丁被阿合马整治，好不容易脱身回到西域，他怎么还敢再来，甚至还要追问他献给皇上的宝石下落，那是因为他联系上了马泰奥。因为尼可洛和马泰奥做生意常从波斯经过，匿赞马丁跟他们又是同行，匿赞马丁的父辈也是做珠宝生意的，跟尼可洛也都相互知名。匿赞马丁就跟马泰奥讲述了他在中原的经历，马泰奥告诉匿赞马丁很可能被阿合马愚弄了，弄不好阿合马把他的宝珠私吞，没有交给皇上。马泰奥说据他们亲身体会和了解，忽必烈那个皇上最是恩怨分明、奖罚清楚的。他不会收了你的举世无双的宝珠还把你下在大狱里的。匿赞马丁好像才有所醒悟，所以立即要求跟随马泰奥和尼可洛的商队再次东来中原。

"这一次他们没有到大都而是直接到了上都，因为忽必烈在上都，伯颜也在上都，也就是马可·波罗也在上都。他们在上都的'迎八方'客栈住下后，当天马可·波罗得到消息就赶了过来，父子叔侄阔别有年，自是有不少话说。直到马可·波罗告辞要回伯颜那里，马泰奥才把匿赞马丁介绍给他，并且讲述了匿赞马丁的遭遇。

"马可·波罗听完也很气愤，他对匿赞马丁说：'这个阿合马，我也听说他贪暴，口碑甚是不好。不过你这事已经是几年前的事

情，阿合马给皇上忽必烈的珠宝也不是一件两件，你又没有样子，说不清啊。'

"匿赞马丁一听就急了：'我那可是举世无双的宝珠！别的珠宝怎能相比。'

"马可·波罗出主意说，让他先跟伯颜把这事说说，伯颜是忽必烈最信任的人，也受过阿合马的诬陷，他一定会跟皇上禀告的，他叫匿赞马丁在客栈等候消息，别急。

"马可·波罗走后，马泰奥要跟随尼可洛做生意，一连几天去会见新老客户。有一天马泰奥带着匿赞马丁去谈，客户带着他的亲戚来谈，那亲戚不是别人就是忽必烈的侍卫丁亮夫，尼可洛和马泰奥跟客户谈生意上的事情，匿赞马丁却追问丁亮夫介绍的阿鲁浑把他的事情跟忽必烈皇上说了没有。丁亮夫说他也不知道，他觉得有点对不住匿赞马丁，就说我也不等阿鲁浑去说，我想办法接近皇上，找机会我亲自跟皇上说去。匿赞马丁催促丁亮夫说：'尼可洛他们做完生意就要回去，我自己没办法在这里待下去，兄弟一定要给抓紧！'丁亮夫连忙答应。回到皇宫丁亮夫就问阿鲁浑匿赞马丁的事问了皇上没有。阿鲁浑说：'没有机会问啊。'实际还是他觉得对这个事情的底细自己不清。没有把握的事情，阿鲁浑不干。就像以前他遇到阿合马的侄子在大街公然抢掠，他也是要自己亲自去看看梁进之怎么审的，到底怎么回事，才肯说话。那还是他亲自眼见。这次是只听匿赞马丁一面之词，他毫无把握，况且真金太子已经答应他去问，自己就没必要再出头。各人有各人的办事方式，也不能怪他。丁亮夫听说阿鲁浑还没有跟忽必烈说，他就要求当晚他来值夜，本来那一晚该阿鲁浑当值，既然丁亮夫要调换，他亲自去跟忽必烈讲说，阿鲁浑也没有意见。

"当晚，果真丁亮夫在忽必烈就寝前把匿赞马丁的事情跟忽必烈了。恰巧伯颜在场还没有离开。忽必烈就叫住伯颜，让他一起听听，然后问伯颜：'你说这是怎么回事？阿合马这个家伙竟敢

私吞商人敬献给我的宝珠吗？'

　　"这时伯颜说：'我也听马可·波罗说起过这件事，不过谁知道匿赞马丁给您的宝珠到底是什么样的？商人往往会夸大其词，一件平常物品也会被他们说成价值连城。再说阿合马给您的宝珠也不是一颗两颗了，谁知道就里有没有匿赞马丁那一颗？'忽必烈连连点头，'是啊，不过匿赞马丁说他拿来的是举世无双的宝珠，这话不知道到底可信不可信。'

　　"伯颜给皇上出主意，说：'这也不是什么军国大事，阿合马就是贪财的人，当初我没给他贿赂，他不就还反咬我一口吗。这事无需惊动官府调查，我看阿合马在大都，就让真金查问一下吧。'

　　"忽必烈沉吟了一下：'也好，就教真金派个得力人手去问问。没有更好，要是有让他拿出来让孤家看看也罢，什么稀罕东西，当我没见过啊。'

　　"伯颜说：'也许阿合马认为匿赞马丁那颗珠子，没什么稀奇，所以就没有送给您。'

　　"'嗯，也许吧。问问吧。'"

　　崔澍对王著说："所以事情就到了真金殿下这里。真金殿下以为八成是阿合马私吞宝珠了。要不是宝珠珍贵，匿赞马丁不会追究的。可是这到底要去查问，又不能官审，只能半官半私，所以要你去阿合马府上找个借口查问。好了，事情来龙去脉我都跟你交代清楚了，下一步看你的了。"

　　崔澍要走，王著突然问："总管，您觉得阿合马这个人怎么样？"

　　"什么怎么样？"

　　"是个好官坏官？"

　　"什么是好官？什么是坏官？"

　　"为国为民清廉正直自然是好官，贪暴成性荼毒百姓，祸国殃民就不是好官。"

"嗯，阿合马算不上好官。"

"您说应该不应该除掉他？"

崔澍赶紧捂住王著的嘴，看看焦而荣，放开手，又推开屋门，左右望望，回来才申斥王著："你不想活啦？这话能随便说吗？"

"怎么啦？他一个奸佞，秦大哥说他就是秦时的赵高、汉时的董卓，怎么不该除掉他吗？"

"你没看见廉希宪廉大人、崔斌崔大人，还有你秦大哥都怎么死的，焦而荣他父亲怎么被免职的，伯颜元帅怎么被停职的，一个一个还不都是让阿合马害的，就怕你除不掉他，你自己小命早就没了！这次叫你去会会这个丞相，你就知道他多厉害了。"

"正因为看到那么多忠良遭他陷害，所以我要决心除掉他，就看我们是不是齐心合力，我看您为人正直忠厚，所以才问问您该不该除此国家大害。"

"该，早就该，但是他有皇上撑腰，谁扳得倒他啊。他的爪牙遍布朝野，你要小心点。"他再次看看焦而荣。焦而荣望着崔澍："崔总管您不用看我，我跟阿合马有杀妻之仇，我恨不得一刀就结果了他跟他的那帮狗崽子。只是王著兄弟一直劝我，要联合朝野力量，要动手就一定要将他置之死地，不然就别轻举妄动。今天我就表态一旦王著兄弟组织好人马，开始行动，我是第一个急先锋。"

崔澍摆手说："好，今天咱们算把话挑明了，我们就是一条绳上拴的蚂蚱，到时候我们一起行动，那还有谁一起？"

王著看看焦而荣，说："既然总管已经表态，我就告诉您，还有'真金'……"

"什么？"然后他微微一笑"哦"了一声："嗯，好好。"

焦而荣问："总管，什么意思？"

崔澍说："你们弄了一个假殿下，以为我不知道，其实大家都为保护殿下，你们不知从哪里弄来一个替身，这是好事，我不用道破，真殿下是恨阿合马，但是有圣上在，他绝不敢出头除掉阿合马，你们那个假太子到底怎么回事，今天得给我说说了吧。"

焦而荣说："原来您早知道宫里有真假俩太子啊！"

崔澍笑笑："而荣，你不看看总管我是干什么的，我是东宫宿卫总管，我再不知太子真假，我这个总管早就该撤职了。"

于是焦而荣就把金经贵的来历讲给了崔澍。崔澍听完恨恨地说："这个阿合马一家不知欠下百姓多少血债，真是到了人神共愤的地步。看来你们想除掉阿合马早有打算，可不可以跟我说说，我跟你们一起计划计划。"

王著表示非常感谢崔澍的加入，他说等他去会会阿合马回来就商议办法。

转天王著应招到了真金那里。真金把崔澍说的情况又简单说了一遍，嘱咐王著去阿合马那里就说皇上在上都惦念阿合马操持朝政繁劳，特命真金殿下送给丞相两盒高丽参补养，叫他多注意保养身体。然后跟他聊天，顺便说出那天下第一举世无双的宝珠，看他怎么应对。王著一一答应，于是真金叫一个太监提着参盒跟随王著到阿合马府邸。

阿合马的管家巴乌拉一早接到太子府告知，说真金殿下按照父皇之命要派人过来向阿合马丞相赠送礼品，实际是通知阿合马下朝后在家等候。所以王著到达阿府，门丁通报之后，巴乌拉就亲自迎接，一直引领王著两人到阿府大厅。巴乌拉把王著让到座位上，他接过王著随从手中的礼盒，放在几案上，说了句"丞相马上出来正在更衣，尊客稍候"，然后他就退离了，立即有仆役献上香茶。

王著打量着客厅，一色的楠木雕花门窗，楠木桌椅，几案上的摆设古色古香，猩红地毯百花图案，映衬得大厅更加壮丽秀美。不一刻，阿合马穿着白色宽松的长袍从里面走出来，笑呵呵地说："不知殿下的贵差驾到，有失远迎，恕罪恕罪！"说着他向王著连连拱手。王著也连忙起身还礼。指着几案上的礼盒说："圣上知道丞相日理万机，不胜辛苦，所以特地差人把高丽参送到大都，命太子殿下给您送上补养身体。"阿合马斜睨了一眼，说："多谢皇上和太子。"他坐下后问："这位差官好面生，怎么称呼？现居何职啊？"

王著说："下官王著，在东宫现任千户侍卫。"

"哦，看来有一身好武艺啊。"

"啊，下官是书吏出身，不过是侍应殿下而已。"

"哦，看你谈吐确是读书之人，太子一向喜爱文人墨客，他也爱读书。"

看着这个灰眼珠白皙面皮留着胡子的笑嘻嘻的阿合马，王著怎么也跟脑海里的那个奸贪残暴之人合不上拍。他想象中的阿合马一定是满脸横肉一脸杀气，说话蛮不讲理，粗声大气吆五喝六，可是眼前这个人竟然说话慢条斯理和和气气，看不出一脸奸相啊。但是他知道知人知面不知心，看人不能只看表面，所以心里也暗暗告诫自己，小心阿合马言谈之中有什么机关陷阱。所以他对阿合马的话语只是嗯嗯啊啊，不敢多说，心里多少有些紧张。但是他牢记自己是奉命而来，送礼不过是表面文章罢了。所以他接着阿合马的话说："不过太子最近也很喜爱珠宝玉石。"

"是吗？"一听这话阿合马好像有一个新发现，"我这里倒是收藏有一些珠宝玉石，哪一天我给殿下献上几颗。"

"是啊，我们几个新到的侍卫，就是想讨殿下欢心，正发愁上哪里给他寻摸几颗好宝珠呢。"

"是嘛，我是西域人，好的宝石都产自西域，我给他寻觅寻觅。"

"那就要拜谢丞相了，听说您这里收藏的都是绝顶好货。有的恐怕还是天下第一绝无仅有的吧。"

"嗯，是，……"他答应半截，突然觉得哪里不对，话锋一转说："是啊，凡是我有的，最好的宝珠，我都献给圣上了。咱做臣下的哪能私自藏宝啊。"

王著微微一笑："我虽然新来，但是听说往年有个西域商人匿赞马丁带来一颗宝珠，说是他花大价钱从卢克索买来，是举世无双的宝珠，要献给皇上……"

没等王著说完，阿合马就说："那个西域珠宝商是个大骗子，他送的珠宝全是假货。还偷税漏税，那一年让我逮住了，把他关在狱中，一定要他缴纳罚金，可是不知怎么让廉希宪和耶律铸两人给他放了。这家伙一出去，就夹着尾巴滚回他的老家波斯去了。谁跟你说的这话啊？"阿合马两眼紧紧盯视着王著。这时王著才感到阿合马的眼光就像两把刀子刺人心扉。王著轻声说，是在宫里几个侍卫说起天下的宝珠来偶然说起的。

"嗯"，阿合马两眼的凶光收敛了，语气也缓和了，说："朝里有人就说我贪污了那颗宝珠，其实根本没有什么宝珠，都是匿赞马丁造谣生事。天下是皇上的天下，宝物也应该都是皇上的宝物，咱做臣子的绝不能做对不起皇上的事情。"

王著领教了阿合马的奸猾，知道再问不出什么结果就起身告辞。阿合马说："我记下了。你是千户王著，回去替我问殿下好，告诉他过些天，我一定会找到上好宝珠敬献给他。"王著诺诺答应，就起身离去，阿合马却叫住王著和他随从，这时阿府的侍应拿过两个华丽纸袋交给王著和他的随从，随从看看王著，王著不解，疑问地望着阿合马。阿合马说："千户官职不大，薪饷不多，你们天天辛苦劳累不易，这几个跑路钱你们拿去喝杯酒吧。"随从就要接过，王著说："谢谢相爷，这钱下官绝不敢收。回去跟殿下没法交代。"

"我给你的一点酒钱，算不了什么，不必回去跟殿下说啊。"

王著说："不说，也是有，在下新来乍到，实在不敢犯错，要给您给殿下，让他再发给我们好了。"他对随从说："走，快走！"

阿合马眼看王著昂首挺胸带着随从离去，从鼻子哼了两声。

34

机会来临

王著回到东宫，向崔澍汇报了去阿合马府上的经过。崔澍说："我一猜，这个老滑头准不会承认，这种人你不抓住他的手腕，他就死不认账，毫无办法。"王著说："唯一的办法是叫匿赞马丁跟阿合马当面对质。"崔澍来回踱步，摇摇头，"办法倒是好办法，但是谁来叫他们对质？要是对质时阿合马死不承认，反说匿赞马丁是诬赖，你怎么办？一个是当朝宰相，一个是外来商人，你信谁？不好办？"

王著说："到阿合马家翻腾一遍，不信没结果。"

崔澍说："是，谁下令搜查丞相府？为什么？就为一颗珠子？皇上会下这令吗？"

王著恨恨地说："早晚会查出来。"

"是呀，你就把去阿府经过如实跟殿下汇报，看看殿下有什么主意，或者皇上怎么个主见吧。"

王著随即到真金那里汇报了情况。真金听了说："嗯，我就把你去的情况跟父皇讲说，他竟然还要送给你礼金，他这是想干什么，买通我的侍卫，哼。我看他早就居心不良，我听说他还把金经贵的孪生小弟金纬贵逮去，剥了皮，他要干什么？是不是他看金纬贵跟我相貌相似就大下狠手？"

王著小心问："我师兄把他兄弟遇害的事都跟您说了？"

真金说："是呀，阿合马手里欠多少人命啊，可叹我父皇竟然只看他保障军需和能征敛赋税，只怕他贪心不足把父皇的江山篡夺了去。"

王著说："那就干脆把阿合马除掉！"

真金又叹口气，"我何尝不想早一天铲除这个隐患，可是没有机会，父皇给他撑腰，没有办法啊。"王著默默地想，你们没有办法，不是不能走正当渠道吗，他是歪门邪道，咱就针锋相对也给他来个旁门左道，先把他除掉再说，想着想着，不由得他就脱口而出："干掉他，干掉他！"真金愣愣地望着王著："你说什么？干掉他？谁干？谁敢？不那么容易呀。"他隔了一会儿说："我怎么也得要去上都汇报此事，顺便帮父皇巡视一下北疆，慰劳慰劳那些一直在北边守卫的将士。我不想带好多人去了，你跟我去不去？"

王著本来想说"听殿下吩咐"，忽然灵机一动，他问"金经贵还跟您去吗？"真金想了想，"这又不是去打仗，是去父皇那里，他跟着倒不方便……"真金一挥手说："对了，你也不要去，崔总管也不要去，你们都在东宫还好好'侍奉'着金经贵，万一要有什么事，也好出来拦挡，就叫焦而荣跟随我好了。"

王著回到住处，找到焦而荣，把真金要带焦而荣去上都向忽必烈汇报查问宝珠的事情，并要巡边去慰劳边疆守军的事情说了。焦而荣问："怎么不带你去？"王著说："不是还有一个真金在宫里吗，都走了谁照应啊。"焦而荣觉得也是，总不能把金经贵自己撂在东宫没人管，一露馅就麻烦了。

王著紧接着说的话把焦而荣吓了一大跳，同时也为自己不能参与感到遗憾。

原来王著在真金说要到上都去汇报、巡边慰问时，他在脑海里就立即出现一个想法。他想趁真金和忽必烈都不在大都刺杀阿合马！紧接着他把自己的设想一点点跟焦而荣商量，焦而荣听着直拍手叫好，他用拳头捶打着王著，"亏你想得出，我算服你了。真可惜我不能直接参加，亲眼看你杀死阿合马。"

王著嘱咐焦而荣一定要在上都紧紧跟随真金殿下，在北边巡视，一定要多走走，不要马上回来以便给他充足时间准备。焦而荣掐指算了算刚过年不到一个月时间，他们在北边走一圈也得差不多两个月时间，所以他要王著在开春一定掐好时间行动。

过完年真金回上都去见父皇，并且要去边疆慰劳将士，大都就留下阿合马丞相独揽朝政，他是乐不得真金快快离开。所以在真金离开大都那一天，阿合马亲自率领当朝文武百官去送行。真金走后，阿合马简直把元朝当成了他自家的天下，说一不二专横跋扈。阿合马独揽大权也不是一天两天了，朝中大臣奸邪的都抱阿合马的大腿，把他当成靠山，正义的则敢怒不敢言，因为阿合马的残暴，杀害无辜，他们已经看得太多了。大家都默默地等待着，等待着不知哪一天，当他恶贯满盈之时自有上天来惩罚他。他们相信善有善报，恶有恶报，不是不报，时候未到。

王著在送走真金以后就开始了他谋划已久的行动。他首先跟崔澍打了招呼，表明他要处决阿合马的决心。崔澍表示坚决支持。王著又告诉崔澍，刺杀阿合马虽然他可以保证必定成功，但是由于阿合马是忽必烈皇上的心腹大臣，皇上绝不会束手不管，因此他们就可能被捕被杀。王著说他是抱着一死锄奸的决心，不知崔澍可有准备，要是觉得还有后顾之忧就不要参加行动。崔澍两眼盯视着王著，大声说："兄弟，你把我崔澍看成什么人？哥哥难道是贪生怕死之徒？告诉你，你大概不知道我们崔家父子兄弟自从金亡跟随忽必烈皇上南征北战，出生入死，没有一个孬种。俺爹是登莱二州汉军都元帅，俺哥哥都在军队里各有战功。你在征战海都战役里因功授奖被封千户，我也是一样，只不过咱俩不在一个军队。你在新兵招募时跟随和礼霍孙到达真金太子殿下，我却是一直在忽必烈帐前效力，由于忽必烈皇上疼爱真金殿下，才特

命我到他帐下总管护卫之事。你作战机智勇猛被真金殿下看中，还是我建议殿下把你调到他身边的。因为我知道你家在山东。我也是出身山东，咱们原本就是老乡啊。大丈夫在世就当是堂堂男儿，从我跨上战马那一天，早就把生死置之度外。阿合马弄权误国，我早有心替皇上铲除此害，可是我一人形单力薄，我怕万一行动不利反而会连累他人。我也一直在等待时机。那一天听你说有锄奸之心，别提我多高兴。你比我好的是能联络江湖好汉，而且有勇有谋，我早就等你说行动的这一天了。要怎么做，你怎么吩咐我就怎么干，你别看在宫里我是总管，但是这次行动，我全凭你调遣。"

听了崔澍一番言谈王著深深感动，他激动地抱着崔澍，有些哽咽地说："总管，不，老哥哥，你比我年长，又有家室之累，不像我一条单身汉，我本不愿把您拉进来，可是有些事情我一个人真的干不来，我这里替天下被阿合马迫害人向您致谢。"说着他跪在地上给崔澍叩了俩头。崔澍慌忙把王著扶了起来，深情地说："好兄弟，我们此举不图名不图利，无人主使，无人强迫，全是我们自愿，为的是为天下百姓除害，为的是为圣上和殿下除害，为的是让这个新朝能够长治久安，所以我们愿意以性命相许。"

王著于是跟崔澍说："朝中仇恨阿合马的正直大臣不少，但是我们不能把他们全牵扯进来，因为除掉阿合马一批奸贼，国事还需要这些正义大臣去打理。但是我们行动还必须有朝中大臣支援，我和我联系的一些人都和朝中大臣直接说不上话，只有您能以东宫护卫总管的身份假借太子殿下的名义去跟他们联络最合适。"崔澍问去联络谁，王著说："对我们行动有关系，最要紧的是执掌军权的枢密府，我知道张易这个大臣还不属于阿合马一党，为人正直，是否能够去联络张易参加行动？"崔澍想了想，对王著说："咱们都是宫里人，跟朝中大臣没有直接联系。平时没有关系，现在猛然去跟人讲，要除杀当朝宰相，还不把人家吓一跳。弄不好人家别以为你是阿合马派去试探的，他再去给阿合马通风报信，岂不坏了我们的计划。所以我想不事先联络，等到行动关节，需要找谁咱再说，那时候就是他们怀疑也好，去转告阿合马也罢，都来不及了。"

王著同意崔澍的分析和意见，他叫崔澍看看还有没有可以再联系的人，这几天让崔澍也找那些人透透风。然后他就跟师兄金经贵去商议了。

金经贵一听王著准备刺杀阿合马，猛地把王著一把抱住，拍着王著的肩膀喊着："我可等到这一天了，我可要给我兄弟报仇了，快跟哥哥说说到底哪一天怎么行动。"王著从金经贵怀里挣脱出来，"嘘"了一声，说："师兄，别喊啊！"

金经贵像小孩子似的，做了个鬼脸，吐了吐舌头，拉开屋门，向外面看了看，于是拉住王著的手臂，让王著跟他挨近坐着，压低嗓音说："说吧。"

王著问："说什么？"

金经贵说："就说哪一天，怎么干，叫我干啥？"

王著说："师兄，你想好了吗？"

"什么想好了？"

"万一杀了阿合马你也跑不了……"

"大不了不就是个死吗，杀了阿合马就是哥哥死了也认了，我总算为我兄弟报仇了。"

王著看着金经贵，说："到时候很可能会有一场死战，师兄要自我保重，那时候大家谁也顾不上保护你这个太子喽。"

金经贵哈哈一笑："我让你们保护个蛋，到时候我非得亲手杀死几个阿合马的王八羔子才解恨。他们剥了我兄弟的皮，我非得挖出他们的心，看看他们长的还是人心吗。"金经贵越说越有气，非得追问哪一天行动。王著只得跟金经贵说："快了，我还得赶紧去联系人，人都联系好了，大家都不后悔，就定日子一起行动。"

金经贵说："去找谁，是不去太行山，我去！"

王著劝说金经贵越到行动前越要稳住神，不要慌。告诉他现在他的太子替身的身份哪也不能去。金经贵无奈，可怜兮兮地说："师弟，那你就尽快联系，快点行动！"

王著跟身边两个主要帮手商量好了，叫他们做好了牺牲的准备，他松了一口气。转天他就去到了王六甲那里。这一次他直接进了院子，六甲的小孙子竟然还认识他。他刚一进院，眼尖的小孩子就喊起来："爷爷，那个来买你泥人的叔叔又来了。"

王六甲闻声从屋里出来，一看是王著，高兴地把王著让进屋。王著进屋一看就被屋里沿墙陈列的一个个大大小小各种各样的五彩泥人吸引住了。小孙子也从院子里跟进屋里，主动向王著介绍："叔叔，这都是我爷爷亲手捏的，你看多好看，你多买几个给你的儿子，他一准喜欢得了不得。"王六甲对小孙子说："别淘气，爷爷跟叔叔有事说。"

"哼，这个叔叔一来就有事，是不又去馆子里，爷爷要去，一定带我去！"

看着六甲叔的孙子天真可爱的模样，王著真有点不忍心把六甲叔扯进锄奸的行列，害怕万一有个闪失……

王六甲哄着小孙子："好好，带你去，带你去，我的小孙孙真是好久没有下馆子了。不过你现在先去奶奶那屋里找天立姨姨玩，一会儿我叫你，去吧，乖。"小孩子痛快答应着跑出去了。

王六甲这才叫王著坐下，说："你来得正好，铜锤已经铸造好，你快看看满意吗？"说着王六甲从一个桌子的柜门里拿出一个红布包，他把红布包打开，一个金黄灿烂的铜锤出现在王著眼前。王著接在手里，掂了掂分量，觉得还行，就往袍袖里一揣，正好拢住。他对王六甲说："嗯，挺好，比我师傅那把木锤有分量。"接着他问六甲叔要多少钱。王六甲说："你还跟我提钱吗？这事不用你管。"王著不好意思，"真的六甲叔，你看我来得匆忙，都没给孩子带点东西、带个玩意啥的，这样，这几个钱您就当替我给小孙孙买点吃的玩的吧。"说着他把几张至元钞票放在桌上。王六甲要去拿回还给王著，王著拦住他，说："六甲叔，我给你说点正事，您把天立也叫来吧。"

"叫天立过来？"

"嗯。"

"你打算叫他两人见面啦？"

"快啦，我先跟她说说。"

王六甲出去一会儿就把王天立领了进来。

王天立穿着一身棉衣，梳着当时流行样式的发髻，打扮得完全是一个青年媳妇的模样，只是脸色缺乏红润，神色显得很是忧郁。六甲叔给天立介绍说："天立，这就是高枫的要好朋友……"没等王六甲说完，王天立看到王著立即笑着说："呀，原来是总把到了，啥风把您吹到这里来了？"

王六甲不明白："什么总把？"

王天立说："我们到军队里时候，和礼霍孙将军就这么给我们介绍的啊。"

王六甲拍着自己的脑门说："咳，我都糊涂了，你们本来就认识啊。"

王天立说："我们何止认识，这是我们的大恩人，没有他帮助，我们怎么能从军队里脱身啊。"

王著连忙摆手："快别这么说。谁知道你俩跑回京城又遭受这么多磨难。"

王天立问："总把，我听六甲叔说你去太行见过俺那个没良心的花和尚了？"

"天立姑娘，你别说高枫没良心，他也是时刻没忘记你……"

"没忘记我……可是就是不见我，也不教我去找他。"说着两眼又止不住涌出两行泪水，她赶紧掏出手帕来擦。

王著说："你别怪她，因为我们有大事要办，是我不教他跟你相见，怕的是给你带来性命之忧。"

"怕什么，我这辈子跟高枫是生在一起死在一起，他上东我决不去西，他上北我绝不去南！"

王著看天立态度坚决，就跟她讲他正策划要刺杀奸贼阿合马，为天下受他迫害的人报仇。高枫哥哥要跟他一起行动，而且是主要联络人，高枫说刺杀阿合马之后就跟天立会合。同时王著告诉王天立，刺杀阿合马是一件惊天动地的大事，弄不好很可能就会命丧黄泉。所以他要来知会王天立，是要跟高枫一起行动，冒性命危险；还是就此打住，跟高枫各走自己的阳关道。这时候好好想想还来得及。

王天立不等王著把话说完，就抢着说，高枫到哪她就到哪，生就一起生，死就一起死，她没有第二条路好走。

王著很佩服王天立的决断，心想不愧是个巾帼英雄。他对王天立说："既然，你这么决定，我替你们高兴。现在你就去收拾收拾，我们马上奔太行，我带你去会见高枫。"

"真的吗？"王天立不相信自己的耳朵，追问一句："现在就去？"

"现在。"王著再次肯定说。

王天立兴奋地搂住王六甲的脖子，高兴得像个孩子似的喊着："六甲叔，我终于等到这一天啦。"她撒开手。"我赶紧去收拾，兄弟等会儿，我回来咱就走！"

王天立离开后，王著就跟王六甲细说了一下他的计划，六甲边听边说："我记下了，你放心，你走了我就去串联，然后等你的人来告知行动时间。"

35

侠 义 相 聚

　　王著带着王天立到了太行山寨，只有卫义和高枫在，王天立见了高枫不管不顾扑上去就搂住了说："你真狠心呀。"王著忙给卫义介绍："这是高枫的夫人王天立。"

　　当下高枫也情不自禁地搂住王天立说："我也想你啊，不是没办法吗？"他轻轻跟王天立耳语。

　　高枫抬头看见卫义疑惑的目光，随即把王天立的帽子摘下，露出发髻，"大哥，她是女的，你不用疑惑，天立一向喜欢女扮男装，因为从小她父亲就把她当儿子养。"

　　卫义笑笑，"原来是女中豪杰。"

　　王天立这时才松开高枫，双手抱拳向卫义施礼，说："大哥原谅天立失礼，实在是我们分离太久，我以为我再也见不到他了。"说着俩眼圈一红，不由得又哭了。高枫赶紧劝慰着。卫义马上吩咐喽啰准备给王著、天立接风。然后对高枫说："你们夫妻久别，难得相会，你俩自去诉说离情好了，我跟王贤弟说会儿话。"高枫乐不得领着王天立走开了。

　　王著跟着卫义到了他的房间，对卫义说明了刺杀阿合马的计划就要实施，希望卫义尽快招回几个头目——贾交、雷宏、凌凤，给他们部署行动任务。他说到时候他要调高枫跟他走，并且要他

去联络寺院的几个和尚……

听着王著为刺杀阿合马设计的计划，卫义觉得考虑周详，符合情理，天衣无缝，计划一定会成功。阿合马这一次肯定在劫难逃。他叫王著放心，这些时日他们联络的江湖义士，大家都表示愿意同仇敌忾尽心竭力去完成这一桩惊天动地的义举。他们保证在近期聚集，随时听从王著的部署安排。

在太行山寨呆了两天，观看了山寨的营地，检阅了山寨的武装力量，虽然在王著看来那些人行军打仗不一定能够对阵杀敌，但是他们中有的人武功根底还是不错的。所以他向卫义提出给他几十人，再从山东、山西其他山寨，由首领们去挑选一二十人，要求就是有一定武功，又肯于牺牲、自愿锄奸、听从指挥，到时候由高枫亲自带领跟他同行。卫义都一一答应了。

回到京城，王著一连几天跟崔澍商议行动步骤，最后他俩商定行动时间在三月十八日。离行动时间还有半个多月，王著写了一封密信到平安客栈交给了连老板，嘱咐他速速派人交给卫义寨主。信上他要求卫义把他所要的五十个江湖好汉由高枫和孙石栋带领，在三月十六日申时准时到达肃清门十里外大胜桥，到时有人前去接应。另外再集合四百人分四路在三月十七日一早分别到北城健德门、安贞门，东城光熙门、崇仁门外二十里左右进行防卫，卫义、贾交、雷宏、凌风各领一队百人。确保京城以外的人马在十七日十八日不要进京。就是皇上那边从上都派人送公文也要拦截两天。这几天城里城外的联络就由平安客栈的连天英负责。

王著把信交给连老板以后，迅速赶到王六甲那里，告诉他在三月十八日一早聚集城里民众去皇城那里呐喊助威，男女老少人数多少不拘。能够帮助义士行动的就各尽其所能。也许会有一场恶战，到时候发生什么情况很难预料。王著让王六甲到时候见机行事。聚集那么多市民干什么事，王著嘱咐王六甲谁问也只回答："到时候就知道了。"王六甲要求亲自参加刺杀行动，王著说他已经安排妥当。他告诉王六甲带领城里那些民众呐喊助威也就够了。到时候想方设法保障义士们的安全，及时救助援手就看那些民众的了。

外围部署停当，三月十六那天王著只身到了肃清门外的大胜桥，等了没有一会儿，就见一支都是短打扮的五十人的队伍疾步而来。领头的正是高枫和孙石栋。王天立紧紧跟随在高枫的身边。

高枫老远看见站在桥头的王著，一挥手，叫队伍放慢脚步。王著迎了上去，队伍停下了。孙石栋急步上前搂住王著说："三弟，可想你了，谢谢兄弟干这桩大事想着哥哥。"王著拍拍孙石栋的肩膀，没有说话，然后他跳上路边一块石头上，面冲全体好汉大声说："兄弟们，在行动前我跟大伙说几句：我们这次行动，不是打家劫舍，不是杀富济贫，也不是搜罗金银珠宝，也不是报个人私仇，我们这次行动对我们每个人可能都没有一点好处，没有人奖赏，没有人分你钱财，也没有女人酬劳……"他停了一会儿，扫视着每一个人，他看着大伙都静静地听他讲，就接着说："我们，这次行动就是要铲除当今最大的奸佞阿合马。你们都知道他是当今丞相，他独霸朝政，大权独揽，卖官鬻爵，贪污受贿，侵吞赋税，陷害异己，为所欲为，他住的跟皇宫一样奢华，他豢养着几百人的打手，他的大小老婆就有三四百人，他的鹰爪遍布天下，他的几十个子侄占据了王朝各个部门，眼看着马上就要成为阿合马的天下。但是他是个杀人不眨眼的魔鬼，他是个害人精，我们此行就是要为国家除奸，为民除害。我们不是为自己得到什么好处，甚至此行我们还会献出自己宝贵的生命。但是为了天下人，我们无怨无悔，所以我们要勇往直前。兄弟们，也许前面就是刀山火海，但是我们是堂堂男儿，我们就是要奋勇向前。你们说阿合马这样的奸贼该不该杀？"

"该杀！该杀！该杀！"初春寂静的田野响起一片嘹亮的喊声。

喊声稍停，王著放低声音说："不过，兄弟们，你们在跟我往

前走以前请再考虑，你是不是下定了决心，现在回头，离开还来得及，一旦你们跟我走进城，就没有后退之路了。"

孙石栋第一个喊起来："三弟，你啰嗦什么，我们这些人从第一天入江湖，就知道踏上不归路，谁不是被逼无奈，谁也不会走这条路。他妈的我们穷人的命值几个钱，大不了二十年后，老子又托生出一条好汉，我们山东的跟我来的，没有一个是孬种，三弟，你就放心吧。"

高枫说："兄弟，俺们山西来的也不是厾包蛋。锄奸杀贪本来就是我们的使命，我们山西几个寨的兄弟来以前都已经歃血盟誓，不杀掉阿合马绝不回还。"

王天立带头呼喊起来："不杀掉阿合马绝不回还！"五十条好汉都跟着呐喊起来。

王著看到群情激愤，没有人犹豫打退堂鼓，他于是吩咐高枫、孙石栋带队跟他走。路上他问高枫卫寨主他们四路人是否出发。高枫告诉王著，卫义他们四个头领已经分别带着自己的人奔赴不同的地点。他们祝咱们一举成功，锄奸顺利。王著对江湖好汉讲义气重然诺甚是佩服，心想到了健德门外崔澍和金经贵他们带人也应该过来会合了。约会的地点定在了城外的鉴真庙。

王著领路，带着高枫、孙石栋一队好汉，从城西转到城北，到了鉴真庙，在庙外的两个土阜前休息，春日的阳光明媚，虽然已近黄昏，阳光照在人身上还是暖洋洋，好汉们从太行山出来走了四五天路，大多已经疲乏，有的靠着高高的土台，有的跳到土台上边，仨仨两两说说笑笑，有的闭目养神。高枫问王著："啥时候进城？上哪弄点水喝，搞点吃的？"孙石栋说："兵马未动，粮草先行，三弟在军队带兵打仗，这点事他会不知道？和尚，别着急，听着就是。"

王著何尝没有想到，上百人集会，吃住都要安排。那在外围的四百人，就由卫义他们几个头领自己想法解决，这几十人可就

得他管了。他琢磨着自己的安排不会出问题。趁大家休息，王著回到大路，向大都城方向瞭望，高枫和孙石栋紧跟其后，孙石栋眼尖，顺手一指，只见有二三十人一个马队过来。王著望着，猜想是不是崔澍征集的人马？马队显然也看见了大路旁庙宇前的土台左右的好汉。高枫和孙石栋都有点紧张，问王著："什么人？是不是冲我们来的？"

只见马队里突然冲出一匹马，飞快向王著他们跑来。王著估计是自己人，高枫和孙石栋却手握刀枪严阵以待。骑马人却是个蒙面人，他到王著面前，腾地跳下马，高枫和孙石栋立即拔出刀枪，土台的人也都紧张地望向这里。只见那人把面罩一摘，王著立即跟那人击掌，喊道："师兄，顺利吗？"随即给高枫、孙石栋彼此做了介绍。孙石栋说："原来是老乡啊，'北海双鹰'，知道知道，想不到在这里相会，你们怎么来了？"王著打断孙石栋拉家常的问话，对金经贵说："你快说崔总管那里顺利吗？"

"顺利，顺利，大伙都恨透了那个阿合马，一听说要除掉这个坏蛋，每个知道消息的人都争先恐后要参加，总管从侍卫里选定了十几个人，他的朋友闻讯，有功夫的都来参战，我们一共来了二十六个人，加上有个连老板送信，说是高和尚联系的城里寺庙有五个僧人也跟来了，那就是三十一个人。"高枫听说他联系的僧人也到了非常高兴。他就要上前去迎接那几个佛门弟子。那都是以前他在凤林寺结交的，家里受尽阿合马爪牙的迫害，无奈出家的人。所以他们很说得来。因为高枫到了太行山，这次行动他就叫人送信给他们，让他们跟平安客栈连老板联系。他们还真来了。

他们正说着，马队已经到达，王著迎上前跟崔澍领队一一介绍高枫、孙石栋。崔澍对王著说："马车上带来了十坛好酒、鸡肉、牛肉、大肉还有大饼馒头，是让弟兄们就在野地里吃还是进庙里去？"

王著说："我看就不麻烦庙宇的出家人了吧。"

高枫说："出家人最好善，我看这里是药王菩萨的道场，俺们进去也好求求菩萨保佑，我进去说，你们稍等。"

高枫进入寺院，到了大殿，向净眼如来和净藏如来也就是药王和药上两菩萨行了礼，然后跟住持见了面，请他打开山门，方便众人到庙内歇息。住持早就听沙弥报告说山门外来了一伙人，好像是强盗，住持很是紧张，不知这伙人要干什么，可是他们又不进庙来，只在庙外的土台那里随意坐卧，好像又没有什么恶意。住持叫庙里的全体和尚，也就是十几个人，都不要歇息，静静观察外面这伙人。谁想竟然只来了一个人，还竟然是出家人。这人规规矩矩恭恭敬敬对如来佛行礼敬香，然后他提出让那些人进庙里歇息。住持不能不答应，因为不答应，他们打进来也阻挡不住。只是进得庙来要做啥呢？住持满心狐疑地问了一句。

高枫双手合十说："阿弥陀佛，什么也不要做，他们只是路过，你们给他们烧点开水喝就行了。"

高枫去后，崔澍跟王著商议，他的意见还是不去这佛门圣地得好，因为这些人都是江湖好汉或是行伍勇士，一向放荡不羁，让他们进庙里万一触犯清规对大家都不好，再说吃的又都是荤腥，更不能亵渎人家神灵。这些人风餐露宿也习惯了，大伙吃完就动身，何必要进庙里，要是吃完了，还有时间，大伙要愿意去拜拜佛祖，求神灵庇护保佑我们行动成功也未尝不可，不过一定要跟大伙说清楚，进得庙里就要遵守庙规，不得放肆。两人意见统一，于是就地叫孙石栋发放酒肉，壮士们一个个都毫无怨言。王著在心里默念：我的可敬可爱的勇士们，你们一定要吃饱吃好，明天再慰劳你们一天，然后就会是一场生死搏斗，请上苍，请佛祖，请神明保佑你们能够平安吧。

高枫回到土台跟王著、崔澍讲述了他去联系的情况，说住持同意大伙进庙里歇息。王著也把他跟崔澍商量的意思告诉了高枫，就不一起进庙里了，对于僧人给煮水，王著表示一定要给庙里留

些费用。崔澍说晚给不如早给，于是王著拿出两张至元钞叫高枫送去，然后把那几个凤林寺来的僧人叫到跟前给他们布置了明天进城的任务。

在药王庙歇息了有两个时辰，天上一轮明月升起时，这一行八十多人开始向城里进发，直奔健德门。他们没有走多远，在路上碰见迎面一支队伍，原来是卫义领着他的一百弟兄向健德门外开进，要扼守南北通道。王著当即决定将金经贵交给卫义保护，让金经贵还穿上真金的服装，装扮成太子模样，万一南北有官员经过，他可以加以支应。王著告诉卫义过去药王庙前面不远就是荒山口，他们就在这一带守候，最迟明天夜里就应该见分晓，十八日一早你们便可返回山寨。

然后，王著嘱咐金经贵跟卫义一起撤离，再不要回京城。如果不愿意跟卫义去太行山就尽快回家去侍奉渔阳真隐师父，并顺便替他问候照料他师父通天寨主，有空就到他家看看王松跟老夫人。王著说："这辈子师父对我的恩情，师伯和你们两位师兄对我的情谊，我也许报答不了，但是我心里永远感激你们。此番就是我死了，也值了。我对得起天地良心，对得起生养我的父母和教训我的师父。"金经贵听王著说的好像是诀别赠言，心里甚是难受。但是不善言谈的他只能紧紧再紧紧握住王著的手，摇摆着说："师弟保重，我的仇就拜托你替我报了，你的家我一定替你照应好。"师兄弟两人不能再多说，洒泪而别。

王著、崔澍、高枫、孙石栋趁着月光奔向健德门，到了城下，护城河上的吊桥已经拉起，城门已经紧闭，这是城防的规矩：入夜，城门禁止通行。

王著一队人马到了城下，守城的兵士早已发现，城楼上守卫的士兵看他们走近护城河，就向他们喊话："干什么的，夜里城门不能开启，赶快回去！"王著功底深厚，嗓门也大，立即回答："快打开城门，皇太子连夜回城，赶着做佛事，叫你们城门门尉或

者副尉出来，验视我们的牌符，快点下来！"

门尉没有遇到过这种事情，但是凡有象牙圆符的，夜里可以出入城门，这个规矩他是知道的。听守门士兵报告有一队人马要进城，手里持有圆符，他不敢怠慢，叫士兵放下吊桥，叫王著一个人先过去验证符牌。王著带着符牌走过吊桥，吊桥马上拉了起来。

城门开开，王著走进，告诉门尉他们是先遣部队，来做准备工作，真金太子就在后边，最迟明天早上过来。门尉验看了王著出示的牌符，他只能放人进城。于是打开城门，放下吊桥，八十多人的队伍鱼贯而过。进城之后依照约定，王著带领这一干人马就先到了平安客栈，有连老板接待他们临时安歇。

36

一锤敲定

　　大队人马在平安客栈歇息了，王著嘱咐连老板明天的伙食一定安排得能多丰盛就多丰盛，然后他掏出身上所有的金钱全部交给连天英，说："我的钱全在这里，不够的话，您老就给补贴吧。"连老板甚为感动，他颤抖着手接过去，自言自语说："天底下竟有这样的侠义之人，阿合马你不倒，老天也不答应啊。"然后他对王著说："您放心，我一定安排好伙食。其实您不放钱，卫寨主也嘱咐过了：无条件照您说的做。"看着壮士们一个个都安排好歇息了，王著才跟崔澍、高枫、孙石栋又把转天的行动计划讲说了一遍，直到半夜王著才躺下。

　　转天一大早王著就叫醒了同来的僧人，按照王著的指示，凤林寺的两个僧人披上袈裟，乔装打扮成西番僧人的模样，吃过早餐就到了中书省要求接见。值班官吏把两个僧人让进屋内，询问他们从哪里来，到中书省要办什么事。两个僧人按照王著教给的话语说，他们是从上都来，真金太子要回大都做法事，要求中书官员做好准备迎接，并要准备好做法事的一应物品。官员问太子何时到达，他们回答当天晚上到达，所以他们提前来告知。当值官吏不能做主，就让两个僧人喝茶稍候，他去请示该怎么准备。

　　官吏想这是太子宫内之事，就应该问问东宫府总管高觿。高

觸字彦解，也是忽必烈护卫出身，不久前才被忽必烈派到真金身边为太子府修建监工，并任职工部侍郎都总管太子府事。高觸接到中书省官员派人来询问太子当日返都城做佛事的事情，他一头雾水，说没有接到通知，到底怎么回事，他就跟着来人到了中书省。因为高觸管理太子府，一般往来太子府的人员他都有印象，可是眼前这两个西番僧，他却不认识。于是他用西番语问两个僧人：“皇太子和国师八思巴，现在到了什么地方？”这两个僧人对西番语一窍不通，只能你看我我看你。高觸看他们不懂番语，就改用汉语询问，两个人还是摇头。高觸心中起疑，叫中书把这两个僧人看管起来，加以审问。可是左审右审，两个僧人就是一句话，“我们只管传信，其他一概不知。”中书无奈，高觸也无奈，但是他只能以无做有，告诉中书先准备着香火蜡烛。他回到东宫越想这事情越蹊跷，但是不明所以，就跟尚书张九思、忙兀儿商议做两种准备，先通知宫内官兵，以备不测。

两个僧人走后，王著叫崔澍饭后就可以去到枢密院了。崔澍对于中书省、枢密府都是轻车熟路，他到了枢密府径直去找主事官张易。张易认识崔澍，就问：“总管来枢密府有何公干？”崔澍说：“在下是奉太子旨意，今晚太子要回府做佛事，为了安全，请你派兵保卫。”张易说：“嗯，这事理当卑职来做，责无旁贷。我即刻就安排指挥使颜义领兵去东宫，总管放心勿念。”然后他小声问崔澍：“果真太子就是单单赶来做佛事吗？”

“当然，太子殿下一向嫉恶如仇，一心向善。”

“嗯，是的，不过大恶不除，善举难为啊。”

“是，所以太子要做一大善事，为天下除大恶而来。”

“哦，那卑职更应该竭尽全力保卫殿下，助殿下善行圆满。”

崔澍莞尔一笑，临行回头对张易说：“大人，您就等好消息吧。”

张易也对崔澍笑笑。说：“总管回去对太子说张易全力支持殿下!"

王著送走崔澍以后，嘱咐高枫、孙石栋照顾好客栈的义士，绝对不要让他们自行上街。连老板在客栈大门已经挂上了"本店客满"的告示牌。"一切行动等我回来。"高枫、孙石栋连声答应。

王著安排完几个人的任务，他从客栈出来就直奔阿合马府邸。管家巴乌拉认的是王著，知道他奉真金太子之命来传信给丞相，就连忙汇报。阿合马慵慵懒懒，都日到中午了还在温柔乡里哪。听说真金派人传信，他也不敢怠慢，因为是他亲自送真金去上都的，他不知道这会儿真金有什么事情派人来传话给他？他穿好衣裳，到了厅堂，一看王著，笑嘻嘻说："千户官啊，你叫王……王……"王著忙说："我叫王著，字子明。"

阿合马点着头，"对，对，王著，王著，好，我给你钱都不要，尽职尽责的小伙子。"他接过仆人送上的茶水，呷了一口，懒洋洋地问："这么早，有什么事情来禀报啊？"王著不慌不忙地回答："秉相爷，太子殿下，今晚回宫，他要我先来传告，凡在京官员，今晚都要聚会宫前，太子有要事传告。"

"什么，什么，太子殿下，今晚回宫，有要事传告，什么事啊？"

"小的并不知晓。"

"是啊，你是不知晓，你要知晓了就不只是千户了。"

阿合马把茶碗交给仆役，说："好吧，你信传到了，辛苦了，我会叫全体在京官员傍晚到东宫门前等候太子殿下到来。"

王著走后阿合马迅即派遣亲信右司郎中脱欢察儿带领几个骑士出城，去探听虚实，他告诉脱欢察儿看到真金殿下的踪迹马上返回禀告。

脱欢察儿不敢怠慢，当时已是日昳时分，就怕太子晡时到达，所以他们接到阿合马命令立即打马急奔，出得北城门一路疾驰，过了鉴真寺，又骑了一段，远远望见一队人马。脱欢察儿心想，真金太子还真的回宫来了，那要丞相赶紧迎接才是。但是他们张望了一番，几个骑士总又觉得不像太子殿下，因为仪仗旗帜都没有啊。骑士的议论让脱欢察儿也很疑惑，于是他们商定再近前去看看。

卫义、金经贵也发现从大道上来了六七个骑士，金经贵说："这是什么人？"

"管他什么人，反正不能轻易让他们通过。"

"好像是朝廷中人。"金经贵说："他们的衣着打扮不是寻常百姓，也不是武林中人。"

卫义说："那就更不能放过，先拦住，问明白。"

他们商定好，就由金经贵上马在前，卫义等人在马上蜂拥其后。脱欢察儿刚刚骑到近前，卫义就大声喝问："尔等是何人，见了太子殿下竟敢不下马施礼拜见？"

脱欢察儿跟他的骑士说："还真是真金太子，不过怎么连个仪仗都没有？"他的同行还没有答话，卫义厉声吆喝："还不赶快下马！"脱欢察儿见过真金，他向金经贵注视了一眼，觉得没错，只好跳下马，跪在地上，其他几个骑士也跟着下马跪地。脱欢察儿低着头说："请殿下息怒，末将是奉丞相阿合马之命来查探虚实，现在已知殿下就要到达城下，请允许末将速速回城禀报，以便丞相做好迎接准备。"

卫义一听是阿合马派遣来的探子，他一挥手，身边的一些好汉立即一拥上前，没等脱欢察儿明白过来，他们几个骑士已经魂归九天了。

杀死了脱欢察儿，卫义跟金经贵说："兄弟，我看你不能跟我们在一起了。看来阿合马老奸巨猾，他对王著的行动已经心生怀疑，所以你这个假太子还必须露面才行。你身上不是还有宫里的符牌吗，我再安排几个人跟你一起回城，把他们几个人的衣服扒下，拿上他们的腰牌，你们正好扮作他们几个丞相府的人，回去立即找王著兄弟，说明情况。王著他们此时还在平安客栈，这几个弟兄都认得连老板，让他们带路，你们赶紧走。"

金经贵觉得卫义说的在理，等着太行山寨那几个人换好衣服行头，他们一路急奔健德门，门尉刚刚看到这几个人出城知道他们是丞相府的人，见他们又急急火火返回也不敢阻拦，大白天盘查也不紧。金经贵他们几人就顺利地到达了平安客栈。王著一见金经贵到来，很愕然，等来人把事情经过一说，王著觉得卫义大哥考虑得还更周详。为大事考虑就不能完全照顾师兄的安危了，于是就决定让金经贵跟他们一起行动。

晚饭后王著集合队伍向东宫进发，几十个人在平安客栈的大院子里挤得满满的，王著站在院子里一个磨盘上，说："大家歇了一天，连老板给大家准备了京城最好的饮食，现在我们就要正式奔赴目的地东宫。如果顺利三更时分我们就会完成此行使命。此行的危险我已经跟大家说过，现在临行，我再嘱咐各位，一旦发生冲突各位兄弟不要管我，你们自己保命第一，不要恋战，互相救护，能逃就逃，城里民众也会援手，你们各奔东西，四散分开，奔回山寨和家乡，现在出发。"这一队人马松松散散，因为毕竟不是受过训练的军队兵士，但是一个个却斗志昂扬，他们的目的都很明确，此行就是为国除奸为民除害而来。

东宫那里高觿早已集合好官兵严阵以待，每人都手持弓，身背箭，腰挎刀，高度戒备，随时准备应对宫外来的突袭。傍晚高觿巡视发现枢密府张易也到达东宫，而且他领着一支队伍驻足宫外，好像也在守候来敌。高觿便走到宫外跟张易打招呼，询问他带兵来东宫何意。张易却神秘兮兮地跟他说："你不用问，到了夜半你自然明白。"

"我明白什么？"

张易还是说："到时候你自然会知道。"

高觿不高兴了，你枢密府自有你调兵权力，可这是太子府，

没来由你在我这里摆兵布阵干什么，你有什么企图？

张易看高觿生气，还有些着急，就在高觿耳边小声说："皇太子今夜来诛杀阿合马也。"高觿猛然一惊："什么？真金殿下果真要来？"

张易点头，"果真要来。"

高觿说："我怎么一点消息都不知道？"

张易小声说："机密不可泄露，你等等便知。"

高觿还是将信将疑回到了东宫院里，不敢懈怠。

阿合马那里专等脱欢察儿回来传信，可是久等不来，无奈，他只好传令，在京各部官员在傍晚一律到东宫南门前集合，迎候真金太子，听候传达圣意。各部官员接到通知，不敢怠慢，纷纷赶至集合地点。

王著带领队伍，提着灯笼，点着火把，举着旗帜，走在城里的大街上。他发现往日寂静的街道，也有一些人在匆匆赶路，他知道那是王六甲在召集民众声援他们。到达东宫时，已经是接近二鼓时候。高觿在宫里听到宫外的人马声嘶，登高一望，眼见烛笼仪仗直奔宫门而来。他赶紧和张九思一起赶到西门，正听门外有人呼叫："开门开门，殿下回宫了！"

高觿对张九思说："以前殿下回宫，都是由完泽跟赛羊两个人在前引路，你听我叫他们两人，如果答应，就开门，如果没有他们应答，这宫门先不能够开。"张九思说："是。"高觿隔着大门大声呼叫："完泽！赛羊！你们来了吗？"他一连呼叫了几遍，没人应答。于是高觿大声喝问："皇太子平日里从不走此门，今天为何要从此门进宫？"

王著闻听，是他们从西边走来就直奔东宫西门而来了，况且阿合马他们也没在这里守候，看来是走错了，他叫队伍迅速沿着宫墙向南门进发。高觿和张九思在宫里也迅速调集宫内卫士官兵转向南门。

王著一队人马到达南门，只见京城官员已经聚集在那里。王著一干人骑马的全部下马，只有金经贵以太子身份坐在马上，好似在指挥调遣，围成圆阵，然后他一挥鞭，崔澍总管喊道："传中书省官员参见！"

于是阿合马带着中书省官员从东宫南门前向金经贵马头前走来。然后一起跪下高呼："参见皇太子殿下！"

金经贵看到仇人就在面前，那可真是分外眼红，他立即大声责问："阿合马，你可知罪？"阿合马听声辨音觉得好像不对，他正要起身抬头观望，王著已经走到他身边，拉着他的袍袖说："大人这边来。"阿合马看是王著，毫无防备，还想问王著什么，王著即趁其不备从袖中褪出铜锤，怀着满腔愤怒，用尽全身力气猛地砸向阿合马的后脑，当即阿合马脑浆迸流，一声不吭倒在地上，一命呜呼了。王著看着阿合马的尸体，把铜锤扔在阿合马身边，掏出手帕擦了擦手，冲地上吐了口吐沫，回身向队伍走去。

队伍那里崔澍接着把阿合马在中书省的得力干将左丞郝桢拉出，高枫一刀将他毙命。然后抓住了右丞张惠……站在远处的枢密院、御史台、留守司的一个个官员看到了这个突然出现的场景，都瞠目结舌不知怎么回事。

正在这时东宫的高觿和张九思带着队伍到达南门，听到了有人在一个个传呼中书省官员，当他们开开南门正影影绰绰看到了阿合马和左丞郝桢被砸被杀的情景。于是高觿对张九思说："这是一伙反贼呀，赶紧抓住他们别让他们跑喽。"于是张九思大喊："兵士们抓贼啊！"一声令下，宫中的那些官兵卫士就像饿虎扑食一样，向王著一干人扑过来。王著他们虽然有精神准备，但是这些人大多数终究没有作战经验，又听得王著在那里高呼："大家快撤！"一刹那，王著的队伍就成了人自为战，而高觿预先叫兵士准备下的弓箭纷纷射出，金经贵因为在马上，目标最明显也就成了乱箭齐发的第一个牺牲品。高枫看官兵数量太多不能抵挡，就拉着王著要一起逃跑。王著对王天立说："快点拉着你的夫君走，晚了就走不掉了，我是不会走的。"王天立听了就生生把高枫拽走了。王著又叫崔澍快走，崔澍笑笑，"阿合马已死，我心愿已了，生又如何，死又如何？贤弟，今生交你一个朋友，足矣。"说完他竟然自刎而死。孙石栋眼看官兵个个骁勇，觉得阿合马已死，再恋战也无必要，就带着他的人赶紧脱逃，这些人真的是各顾各，有跟官兵对打的，有跑的，有跑掉的，也有跑不掉被杀死的。东宫南门外乱成一片。

张易眼看当下发生的变故，是他想到的，也是他没想到的，颜义看着东宫的官兵去追杀王著一伙，就问张易："大人，我们怎么做？"张易说："你赶紧带兵回府，这里的事情我们不参与。"

官员们看着眼前的拼杀大多不知所措，只有几个武将加入了战斗行列。王著这些人大多有一定武功根底，除了被杀死的，其他人很快就从东宫门前消失了。兵士们追赶到大街上，却见好多民众熙熙攘攘，那些人们高喊：阿合马死了，阿合马死了，快快庆贺吧，明天吃饺子，吃面条，这是大喜大喜呀！那些跑出来的义士好汉趁着夜幕很快混杂在民众中间，兵士分不清该捕捉谁，慢慢也就散去，回到了东宫门前。

东宫门前地上血泊里躺着十几具尸体，王著被绑在宫前大树上，他依旧昂首挺胸，对着围拢的官员们，仰面朝天，哈哈大笑。

37

举国欢庆

京城发生了如此重大变故，当朝丞相竟然被人锤杀，凶手主犯竟然是东宫侍卫千户，更让人始料不及的是他竟然行凶后不逃不离，原地不动，挺胸就捕，并且说他此举必然令全国上下大快人心，皇上明白过来也会对他大加赞赏。所有官员都不知该怎样面对此事。只能先把王著和其他几个被捕捉的凶犯暂时关押起来。高觿与中丞也先帖木儿连夜快马加鞭去到忽必烈所在地察罕脑儿，汇报此事。忽必烈闻听，立时火冒三丈，这还了得！马上移驾返回上都，立即命令跟相威一起审过阿合马的枢密副使孛罗，曾跟真金在西线作战的将军，已升职为司徒的和礼霍孙，还有参政阿里等人跟高觿、也先帖木儿急回大都，抓捕逃亡人犯，审理案件。

茫茫人海哪里去抓，孛罗他们一方面详细询问在场官员，一方面在全城发出紧急告示，悬赏捉拿十七日夜间参与击杀丞相阿合马的凶犯。

这个举动等于向全社会公布了阿合马已死的消息。原来不知阿合马已死的人全都知道了。立时全城轰动，家家户户像过大年一样，从十八日中午开始，人们自发地聚会庆贺，几乎所有酒店的酒那一天全部售光，一天之间满大街唱开了一首首不知谁做的歌曲：

　　不读书有权，不识字有钱，不晓事倒有人夸荐。老
天只怨怎心偏，贤和愚无分辨。折挫英雄，消磨良善，
越聪明越运蹇……

　　叹我大元，奸佞专权。卖官鬻爵贪税款，惹民怒神
怨。官法滥，刑法重，人何以堪？侠义英雄，为民除奸，
人心大快，拍手欢……

　　民众的欢呼和官府的追捕同时在一个城市展开着，高枫和王
天立那一晚乘乱从东宫逃离现场就回到了王六甲那里。六甲的老
婆一直没有睡，担心丈夫的安危。看到王天立回来，她非常高兴。
问到底发生什么事情啦。王天立说王著兄弟把阿合马锤死了，
高枫杀了郝桢……六甲老婆吓得赶紧用手捂住了脸，叫道："娘
哎……"她从手指缝里偷窥高枫，也不是狰狞凶煞神那般可怕，
这才说："杀了就完了？……"

　　王天立说："婶子，你还想怎样？剥了他们的皮呀？"

　　"不，不……"六甲老婆不知该说什么。

　　王天立说："婶子，他们作恶多端，早就该杀。"

　　六甲老婆说："是，是，不过，不过……"

　　高枫说："婶子，你别怕，我们过了今夜，马上就离开，现在
城门关着我们出不去。"

　　"啊，哦，好，好……"

　　正说着王六甲回到家，进门就对老婆说："这回好了，他奶
奶，阿合马这个混蛋终于被杀死了。王著那孩子还真有本事……"
说着一进里屋看到高枫和王天立，问："你俩在这，王著呢，他
在哪？"

　　于是高枫和王天立给王六甲讲述了刚才发生的事情经过。王
六甲听完沉默不语，他在心中为英雄的无畏赞叹不已，同时对英

雄的牺牲也悲痛不已。好一会儿他望着眼前两个年轻人，想到官府一定不会善罢甘休，明天全城一定会严加搜查，自己家里也不是安全处所。他想怎么办？

高枫好像是猜到了王六甲的心思，说："六甲叔，我们就今晚，避一避，明天一早出城去。山西以前我跟雷宏跑生意的地方，怎么也可以落脚，您就放心吧。"王天立也说："六甲叔，我，还有高枫给您和您一家添了不少麻烦，您的大恩大德我们今生今世也报答不完。我们永远会记住您。"他拉了一把高枫，说："来，咱俩就这机会给六甲叔六甲婶叩个头谢恩吧。"

高枫乖乖地跟王天立一起并排跪在地上叩起头来。王六甲和他老婆赶紧搀扶，说："你们这是做啥，茫茫人海，咱们相识是缘。"他跟高枫说："你跟翠花缘尽，结识天立也是缘，我只愿明天你们平平安安离开京城，在山西找到安身之地，天不早了，你俩赶紧迷糊一觉，天亮一开城门别耽搁，马上就走。"

想不到高枫王天立转天一早挺顺当出了肃清门，王六甲把他们送出城又谆谆嘱咐了一番，才挥泪告别。高枫和王天立就像出笼的鸟儿一样，脚步很轻快地沿着高粱河向西走去。一路上王天立憧憬着两人未来的日子，就像小孩子缠磨大人一样，时不时摸摸高枫的脸，挎着高枫的胳膊，口里还哼着小调：

> 东边路西边路，五里路十里路，走一步盼一步，霎时间天也暮，云也暮，回首满地生烟雾。看前程，兀的不山无数水无数。哥哥哎，看看妹妹的情也无数。

空旷的原野任凭两个年轻人嬉笑浪漫，不知走了多少路，两人也觉得累了，走到一个村镇，刚好有一个小客栈。两人便都觉得困乏劳累不已，他们觉得逃离了京城，平安大吉了，进了客栈两人吃了点饭，就呼呼睡了起来。不知睡到什么时候了，只听得

客栈院子里一阵骚乱，高枫和王天立立即惊醒，从窗孔一望，竟是官兵搜查。高枫对天立说："不好，赶紧穿衣，追兵来了！不能让他们把我们堵在屋里。"

两人穿好衣裳，走到院里，想偷偷溜着墙根跑出客栈。可是一个官兵眼尖，立即拦住他们，喝问："你俩什么人？站住！"天立心虚，没有想好应答竟然从腰间拔出刀来想硬闯出门。这一拔刀，官兵可就急了，也猜到了他们可能就是要追捕的人，所以立即四五个人一起拔刀向王天立劈砍。高枫一看不得不抽刀拼杀，立刻小客栈的院子成了厮杀的战地。要是一对一，这些官兵绝不是高枫和王天立的对手，但是官兵一个小分队有二十几个人，而且他们早有准备，这边挥刀砍杀，那边又有人搭弓射箭，王天立究竟眼不够活，步法不够灵动，所以她马上被官兵射中，紧跟着头部中了两刀，立即倒地不起。高枫一看天立受伤，他马上扑上前把天立抱在怀里，天立笑了笑："枫哥，我还是没有命陪你走下去，你，你自己多保重吧。"说完就闭上了双眼。高枫摇晃着怀里的天立，大声呼唤着："天立，你醒醒啊！"但是天立却从此永远长眠不醒了。官兵们蜂拥上前把高枫捆绑起来，高枫对站在院里几乎吓傻的客栈老板大声说："请你替我把姑娘好好安葬，我这里先拜谢老板了。"说着他要给客栈老板跪下叩头。可是他被官兵捆绑着，架持着，身子跪不下去。老板看着被捆绑的高枫，好像知道他的意思，挥挥手，意思是叫他放心。官兵则生拉硬拽把高枫拖出了院子，高枫还依依不舍回头望着倒在血泊里的王天立，止不住英雄泪双流。他在心里默念：天立，好姑娘，我的好老婆，是我对不住你，是我害了你呀，阳间我不能跟你做夫妻，到阴间地府我再好好跟你恩爱吧。

高枫被捆绑在马上带回了京城。

孛罗、和礼霍孙、阿里一起审查案情。有高鸐、张九思和颜义的报告，他们得知张易在整个事件中也有重大嫌疑，因为他们手握圣命特权，不管张易以前有多大功劳，现在官职也不在他们以下，他们还是把张易给拘捕了。

这期间和礼霍孙得知杀死阿合马的主谋是王著和高和尚甚为惊异，在他印象中，王著可是一个好军官，在西征战役中立下过不少功劳，所以真金殿下才看中他，他怎么会成为凶犯？而且还是主凶！再说高和尚，他不是在西征海都大战前就被海都的密探给毒死了吗？怎么又活了，也成了凶手。所以在三人审案时，依照孛罗、阿里的意思是无需再审，只要他们承认杀害丞相，立即把他们处死，报告皇上交差就了事。这跟忽必烈派他审阿合马时态度一样，他不想给自己找麻烦，害怕越审事情越多。但是和礼霍孙却坚持要问明白，孛罗、阿里也没办法拒绝和礼霍孙的意见。

先从张易审起。张易回答很简单，他对杀阿合马的事情以为是奉圣旨行事，又是来人告诉太子殿下亲自来除害，他不能不发兵表示支持，至于为何当时不帮助捕杀凶手，张易说他没有接到命令，他自己不好做主，只好不参与，因为他自己也迷迷糊糊。审判人又问他对于阿合马被杀，怎么看，张易却大声说："杀得好，早该杀。"三个审问官异口同声问为什么，于是张易就讲述了他所知道的阿合马的一系列卖官鬻爵、结党营私、排斥异己、吞吃国税、包庇子侄、欺压百姓等等丑恶行径。而且说这些丑行朝中官员尽人皆知，不过没人敢说罢了。"我还以为皇上知道了，特命太子来诛杀阿合马呢，难道对于阿合马的作为你们列位就没有听闻吗？"

三个主审官互相望望，和礼霍孙说："张大人现在是问你。"张易说："每人心里都有一本账，不过就是看你敢说不敢说罢了，我告诉你们王著锤杀阿合马，杀得好，是为国除奸，为民除害，这是大好事。"阿里说："你别管阿合马丞相做了什么，怎么不对，那也是有皇上给他定罪，王著这种行为就是以下犯上，私自杀人，即当以命偿罪。"张易望着这个蒙古官员，摇摇头苦笑笑，不再说话。

当审问高枫时问他为什么要参加杀害丞相的行动，高枫怒不可遏叙说了他的亲身遭遇，最后说："为什么，就因为我要报仇！"和礼霍孙则问他在征讨海都时候，他怎么被毒死，又怎么活了？高枫哈哈笑着说："我的大好人将军，您不知道我是怎样到你军队里去的呀。"说着他就讲述了他之所以到军队是阿合马要陷害太子殿下的一个大阴谋，听着高枫的讲述，三个主审官都不由得倒吸一口冷气。

待到审问王著，王著则把他知道的官场崔斌被害、秦长卿被害、焦而荣妻子被害，以及"北海双鹰"、太行山五虎被害，甚至还把人在阿合马家打死剥皮，还有阿合马侵吞匿赞马丁给皇上贡物，诬陷廉希宪、伯颜等等一些列事情滔滔不绝述说，然后反问："你们说这个阿合马该杀不该杀？"

和礼霍孙不禁替王著惋惜地说："该杀不该杀，不是由你说了算，你这叫擅自杀害朝中大臣，死罪难逃啊。"王著冷冷地说："大人们，是非自有公道，就算我王著此举莽撞，但是我无怨无悔，听凭你们处置就是，你们也该听听民众百姓是怎样说，怎样看的。"

但是主审官们是奉了忽必烈要严办肇事凶手绝不宽恕的圣旨而来，所以尽管他们心里不是滋味，尤其和礼霍孙更是于心不忍，但是他们还是判处张易、王著、高枫一干人死刑。

至元十九年三月壬午日午后，蓝天白云，阳光灿烂，大都闹市严加警戒，为了杀一儆百，公开行刑。张易、高枫、王著，还有八个一起被捕的义士，一行十一人，被押送到临时刑场。临刑，监斩官问他们还有什么话要说。

张易慨然长叹："想不到我张易一心辅佐圣上，忠心耿耿，到头来还是死在圣上的旨意里，古人说伴君如伴虎，此言良是！"

高枫却粲然一笑："人生如死，死如生，生生死死全是空，劝人为善莫为恶，恶贯满盈到地狱也会受严惩，我来世上走一遭，阿弥陀佛，本是空。"

王著则面对所有在场的人大声呼喊："我王著自幼受慈父良师教诲：人生在世当忠君报国死而后已，我王著没有辜负慈父良师的期望，我问心无愧。今天我为天下除一大害，死而无恨。他日必有为我书写此事者！史官必定会还我一个公道。"

听着几个人的临终留言，民众一片唏嘘，看到是一个个义士为民除害丧失生命，刑场民众哭成一片，有的人已经泣不成声，甚至昏厥过去，"王著死得冤啊"，"张大人死得冤啊"，"高和尚死得冤啊"，"义士们死得冤啊"的呼声此起彼伏。而刚才还是蓝天白云，刹那间则乌云密布，一阵阵狂风卷来一片片乌云，霎时倾盆大雨夹着冰雹突然降落下来。监斩官刽子手完成他们的使命纷纷离去，人群中王六甲则带着王一阳、梁才鸣、杨琼，还有段洪刚等一伙人，不顾狂风暴雨赶忙把十一个义士的尸体收敛起来，他们找来车辆，把十一人遗体运到肃清门外。

风停了，雨过天晴，王六甲他们在高粱河畔一座山梁下垒砌一座坟墓，埋葬了王著等人后，梁才鸣回家偷偷精心雕刻了一块石碑，等到机会准备竖立在墓前。

孛罗等人处理完这桩凶杀案，三个审判官回到上都向忽必烈汇报，忽必烈听到孛罗三人讲述着那些凶犯的供词竟然指责出、揭露出阿合马那么多丑行罪恶，忽必烈不由得大为震怒，拍着桌子喊："竟是这样，原来这样！王著杀阿合马，该杀！该杀！"怒气冲冲的忽必烈下令扒开阿合马坟墓，刨棺戮尸，以示他对阿合马的憎恨之情，并且下令抄没阿合马家财，追究阿合马子侄朋党罪恶。

孛罗、和礼霍孙、阿里接了这道圣旨立即返回大都，和礼霍孙心想，王著啊，王著啊，还有张易张大人、崔澍总管、高和尚一帮义士，你们地下有知也可以含笑九泉得到安慰了。他主动把

忽必烈的命令写成告示，叫手下人在街上张贴。人们闻知对阿合马的坟墓要扒开，刨棺戮尸，都雀跃欢呼，那一天人们像赶庙会一样络绎不绝纷纷走到大都城外西南原来金朝中都城的通玄门外，在那里一处旷野，阿合马的墓地已经扒开，棺材起出后，奉命开棺的人，拿起凿子榔头就砸起来撬起来，他们实在是对棺材里这个人恨死了，活着是不能碰他，现在奉皇上之命分解他的尸首也足可以发泄胸中的愤恨了。棺材撬开了，裹着一身白布的阿合马的尸体被拽了出来，人们群情激奋，戮尸手挥刀将阿合马的头颅砍下，众人一片欢呼。纷纷向阿合马的尸体扔掷石头，不知从哪里出来的恶狗，一只两只三只五只争抢上前就撕扯阿合马的衣衫，进而撕下尸体的皮肉，一块块疯咬。还有人喊着狗的名字："飞虎，咬脑袋，咬胸脯，今天让你吃个够。"又有个人喊："花豹子，加劲咬啊，撕啊，这个害人精满肚子都是老百姓的油水，撕开他肚子喝！"人群中不时爆发出开心的大笑、欢乐的掌声。

在大都，在全国，一场逮捕追杀阿合马那些为非作歹的子侄忽辛、黑的丁等人，管家巴乌拉和护卫打手哈喇鲁、阿拉丁等人的行动在紧张进行，奉忽必烈之命将阿合马满门抄斩，家资全部充公。大都城再一次全城沸腾，家家户户举杯庆贺，酒店的酒再一次被一抢而空。

这期间有两件事，忽必烈在听汇报时特别关注，一件事是在抄没阿合马家资财时发现了一颗光彩照人的宝珠，那的确是举世无双的。看着那颗耀眼的宝珠，站在忽必烈身旁的伯颜当即指出那就应该是匿赞马丁原先献给皇上的宝珠，却让阿合马匿藏起来据为己有。忽必烈欣赏着那颗宝珠，喃喃地说："难得匿赞马丁一片诚心，却被阿合马冤枉关押，我却对这个阿合马那么信任，我看他的心真是被狗吃了。"伯颜说："真是被狗吃了。"忽必烈继续欣赏着那颗光灿夺目的宝珠，问："匿赞马丁现在在哪？"伯颜说："因为圣上叫真金殿下去阿合马那里查问宝珠下落，阿合马拒不承认有这颗宝珠，所以没法证明，匿赞马丁只好跟着商队回家乡了，不过他的朋友尼可洛之子马可·波罗还在这里，因为他机敏伶俐有才干，圣上不是要任命他去扬州任职吗，现在还没有走哪，有事可以教他转告。"忽必烈想了想说："那就告诉匿赞马丁，朕感谢他的献宝，欢迎他再来东土，朕一定会接见他答谢他。"伯颜回答他一定将圣上的口谕传达给马可·波罗，让他转告匿赞马丁。

还有一件事，是和礼霍孙禀报的，让忽必烈火冒三丈，那就是在阿合马的小妾引住的屋里搜出两个匣柜，里面竟然是两张人皮，有一个阉人专门掌管那匣柜的钥匙。审问那个阉人和引住，问他们是哪个人的人皮，两人都说不知道，但是每旬都要引住将人皮置于神座之上念诵咒语，好像为阿合马诅咒某人。同时在引住那里还搜得绢画，画上画的是数重骑兵围聚一座帷帐，骑兵全都箭在弦上，与持刀剑者一起指向帷帐里面的什么人。那帷帐似乎就像是圣上的行军大帐。引住还说一个占卜者曾给阿合马测算，说他将来必然得掌天下。忽必烈没有听完就拍着桌子高喊："反了他了，这个狗杂种，王著叫他一锤毙命，真是便宜他了，不听了，不听了，把那什么阉人、引住、画画的、占卜的，一律处死剥皮喂狗！"

从上都传来这样的消息真是人心大快，不仅大都，大河上下、大江南北，举国朝野得知阿合马这个第一大贪、第一大奸，被杀死了，并且把他家资财全部抄没收归国库，他的子侄爪牙也全都正法，凡依附于他的那些大小官吏都被撤职查办，全国上下那才叫一片欢腾。

在这种形势下梁才智把他打磨好的石碑拿了出来，由王六甲、王一阳、杨琼、段洪刚一伙老哥们通知了平安客栈的连天英，联系了太山四虎和逃回山东的孙石栋带着王松一伙人，为王著、张易、高枫死难的义士立碑，他们在不高的坟丘前埋下银灰色花岗岩的墓碑，碑面镌刻着"大都侠义之士墓"七个正楷大字。落款

是至元十九年三月庚寅大都民众立。碑阴镌刻着"堂堂男儿，浩气长存"八个隶书大字。将墓碑立好，王六甲、卫义为首虔诚地上香，众人一齐叩首，他们共同高呼：你们是堂堂男儿，侠义之士，愿你们浩气长存，在天之灵安息！

缅怀英烈

王著、高和尚、崔澍一伙人经过苦心孤诣设计，联合朝野众人，终于把奸贼阿合马除掉，全国民众皆大欢喜，对于王著的英雄壮举一片喝彩。而对王著自幼便熟悉的王恽，当时正在山东西道提刑按察副使任上，接到上司命令追查阿合马余党的消息，他自是不遗余力，不长时间就将山东西道阿合马余党肃清干净。然而消停下来，其官升南台侍御史时，思量王著其人其事，他不由得无限感慨，怎么也抑制不住思念之情，于是顺手写下一首诗《义侠行》：

君不见，北风萧萧易水寒，荆轲西去不复还。狂图只与蝥蛛靡，至今恨骨埋秦关。又不见豫让义所激，漆身吞炭人不识。劂躯止酬一己恩，三制裹衣竟何益。超今冠古无与侔，堂堂义列王青州。午年辰月丁丑夜，汉允策秘通神谋。春坊代作鲁两观，卯魄已谑曾夷犹。袖中金锤斩马剑，谈笑馘取奸臣头。九重天子为动色，刀命拨出巅崖幽。陂陀燕血济时雨，一洗六合妖氛收。丈夫百年等一死，死得其所鸿毛輏。我知精诚耿不灭，白虹贯日霜横秋。潮头不作子胥怒，地下当与龙逢游。长

歌落笔增慨慷，觉我发竖寒飕飕。灯前山鬼忽悲啸，铁面御史君其羞。

此诗写成后，他自己反复吟诵，之后补写了《序言》：

予为王著作《剑歌行》，继更曰《义侠》。或询其所以，因为之解曰：彼恶贯盈，祸及天下，大臣当言天吏，得以显戮。而著处心积虑，一旦以计杀之，快则快矣，终非正理。夫以匹夫之微，窃杀生之柄，岂非暴豪邪，不谓之侠可乎？然大奸大恶，凡民罔不憝。又以春秋法论，乱臣贼子，人人得而诛之，不以义与之可乎？

又且以游侠言，古今若是者不数人，如让之报己私，轲之劂躯无成，较以此举，出于寻常万万也。凡人临小利害，尚且顾父母、念妻子，虑一发不当，且致后患。著之心，孰谓不及此哉？然所以略不顾藉者，正以义激于衷，而奋捐一身为轻，为天下除害为重。足见天之降衷，仁人义士，有不得自私而已者，此著之心也。何以明之？事既露，著不去，自缚诣司败，以至临命，气不少挫，而视死如归，诚杀身成名，季路仇牧，死而不悔者也。故以《剑歌行》易而为《义侠》云。

著，字子明。益都人。少沈毅，有胆气，轻财重义，不屑小节。尝为吏不乐，去而从军。后与妖僧高比行，假千夫长，归有此举，死年二十九。时至元十九年壬午岁三月十七日丁丑夜也。

诗歌一开始在山东官吏间流传，渐渐就流传到民间，传到益都。孙石栋光知道写得好，但是不完全懂，就请贾交给他讲解。他才明白王恽是说过往的刺客游侠，像荆轲刺秦王啦，豫让吞炭啦，都比不上王著，是说王著精神不灭，可以与伍子胥、关龙逢相比肩，是难得的义侠。因为他对王著思念不已，所以他才写下这首《义侠行》，作为他思念的寄托。孙石栋说咱不会写诗，但是咱也可以表达咱对王著兄弟的思念。贾交问孙石栋怎么纪念，孙石栋说咱益都官民读到此诗，勾起相思，就纷纷到王著家慰问，咱为了缅怀这个家乡的"小孟尝"，为了纪念家乡的这个"堂堂男儿"，何不在在云门建立一幢"义士堂"。贾交说好主意，他去跟卫义头领说说，不能教你一家出资出人，我们也算一份。谁知这个消息一出，益都民众纷纷自愿捐资，他们说"小孟尝"为俺家乡做了那么多好事，帮了那么多人，最后又为咱民众除去了一大祸害。俺怎么也得表示表示，都要尽自己的一点心意。工程说干就干，贾交和孙石栋又去专门请大都的王六甲制作了王著的五彩塑像，杨琼闻信主动给大堂门口制作了一对貔貅。"义士堂"建成之后，每逢年节和王著忌日乡民都来祭拜上香。那是后话。

当"义士堂"建筑之时，益都一位乡贤就写了一篇《王子明传》，他怕写得不好，就托人把文章送给王恽审阅。王恽看后，很受感动，立即挥笔写了批语《王子明传赞》：

> 古人称：杀身易，成事难。虽然，事有大小，公私之间，如不有己私，专以公心除天下之害，此其尤为难能而可重。唐代宗以万乘之权，群公卿之谋，至取一家奴，宛转畏懦，不敢明言，竟以盗归之，而观著之节，可谓壮矣。

一时在山东王著成为家家户户念叨的人物。锤杀阿合马是震惊天下大事，所以不仅大都、山东缅怀王著，在其他地域，人们也都对王著那些义侠赞佩不已。

马可·波罗在上都听说王著一个小小千户竟敢、竟能锤杀丞相阿合马，惊奇不已。这事给他留下了深刻印象。当时南宋平定急需人才，经伯颜举荐忽必烈就让马可·波罗去扬州任职总管，协助治理政务。马可·波罗从大都出发南下，路经真定，那是史天泽的故乡，虽然史天泽已经故去，但是南来北往的官员路过，总要到史府去拜访，凭吊一代名将。马可·波罗也不例外。在那里他又遇到一个奇人，就是侯克中。这个侯克中自幼失明，却自学成才，通易经、会诗文，还能写曲写戏，元曲四大家之一的白朴是他最要好的朋友，两人一起长大。当马可·波罗在史府盘桓时，侯克中恰巧也在，听说他从大都来，就问他知道不知道大都发生的一件大事。马可·波罗一听就知道他是问王著杀阿合马的事情，说："知道，我虽然当时没在大都，但是他们的事情我在上都伯颜元帅那里听到许多。"别看侯克中是个盲人，可是他对天下事却无比关心，就拉着马可·波罗，非要马可·波罗给他讲讲到底是怎么情况。马可·波罗也非常愿意跟各地人交朋友，就把他知道的听说的一股脑儿全说给侯克中听。侯克中已是快六十岁的人，感情还是非常冲动，听着讲述，一会儿喊："怎么这样?"一会儿叫："险啊，险啊!"一会儿拍手叫："好，好!"到后来竟从座位上忍不住站起身，拍着马可·波罗的肩膀说："该杀，该杀!"弄得马可·波罗惊愕不已。要不是预先有人给马可·波罗介绍侯克中多才多艺，他说不定会以为侯克中头脑有毛病。不管怎样，听完马可·波罗讲述，侯克中激动不已，立即找史府管家索要纸笔，他要他们立即记下他激情之下想就的一首诗。马可·波罗也很惊奇，这人太有才了，说做诗马上就能来啊。史府的人却不以为奇，因为侯克中是史府的常客，跟史公子都是好友。所以听侯克中一说，立即把纸笔准备好，说："侯先生，您就说，我马上记。"只听侯克中高声说："我的这首诗就叫《挽义士王千户》，你听好。"于是他一手扶着椅子靠背，一手在空中比划，大声朗诵他刚刚从心底流出的诗句：

亿万生灵沸鼎中，当时争敢炫英雄。

天枢自合长居北，蝲蛛谁教不在东。

袖里有权除大恶，笔头无力写奇功。

九原若见诸轲辈，应愧斯人死至公！

侯克中念诵完，不远处有个人高声叫好，侯克中听声辨认，马上说："九公子回来了？你究竟何时南下？"

原来叫好的是史天泽第九子史樟。因为他看不惯官场行径，所以尽管他有多次为官机会，他都推辞，尤其看到阿合马当权，不少官员都是趋炎附势，献媚拍马，毫无气节，再看他父兄那么忠心耿耿为皇上卖命，竟然也受到怀疑。所以他就无心做官，一心钻研道家经典，因此跟侯克中最说得来。而且史樟跟街市书会歌儿舞女混得很熟，经常为他们写曲作歌编戏，这一点跟侯克中也十分相合。他们经常在一起说诗论戏。不过南宋平定，史樟听说关汉卿他们都去了扬州，白朴也要南下，所以他也要去苏杭学学南曲。侯克中一来眼睛不好，二来也无心南游，所以他来就是看看好友何时动身，顺便再打听打听王著的事情，不想无意间撞上了马可·波罗。马可·波罗听说史樟要南下，正好结伴而行，三人就又坐到一起，聊起了彼此都感兴趣的话题，当然少不了马可·波罗再对史樟讲一遍他在大都、上都听说的事件经过。

管家把侯克中的诗重新誊写一遍后，交给史樟看有无写错的字，史樟看了说"很好，'九原若见诸轲辈，应愧斯人死至公！'我真是对王著这个人深深佩服，我们也恨阿合马，朝中也有一些人士恨极了阿合马，可是大家就是躲、躲，顶多不合作，不理睬，就没有王著这胆识，这气魄，一心为公，铲除邪恶！看来人们都应该好好向人家这个满身侠义一心为国的千户官学啊。"

侯克中说："哼，我眼睛要是不失明，我要在京都，我就得跟着王著去干。"

史樟笑着说："侯哥，你会武功吗，你一个读书人手无缚鸡之力，你怎么去干？"

侯克中反驳说："我是一个书生，可是书生也有刚强懦弱之别。王著不也是书生出身吗，要在有心，方是堂堂男儿……"

马可·波罗听着侯克中、史樟的谈话，心中更增加几分对王著的敬意。所以后来他回到家乡威尼斯，因为参加当地的战争被俘入狱，在狱中他回忆在东土的经历，对自己的狱友还兴致勃勃讲述了王著刺杀阿合马的事件，表现了他对王著、高和尚等人的怀念和敬仰之情。他的讲述被人记录下来，后来出版，就是那部鼎鼎大名的《马可·波罗游记》。不过由于记录人对马可·波罗讲述的事件并不了解，加进了他自己的想象和理解，把事件写得在细节上跟事实有所出入。但是毕竟由于这部游记使欧洲以至全世界都知道了这件事，知道了王著。

"王著为天下除害，今死矣，异日必有为我书其事者。"

王著，你此言早就应验，七百多年来人们也一直没有忘记你，以后人们也会永远缅怀你。你和你的侠义之士是地地道道的堂堂男儿！你们青史有名永垂不朽！

后记

二十世纪七十年代末中华大地发生了又一场巨大变革——被称为"十年动乱"的文化大革命结束了，风行一时的"读书无用论"被否定了，"唯出身论"的枷锁也被打破了，"知识就是力量"又被人们唱响。高考恢复了，改革开放的号角吹响了，下乡的知青继续读书的梦想可以实现了。我这个昔日的"政审不合格"无权进入大学的"高材生"，就在"困难时期"进入中学当了教师，不幸在"文革"期间却因教授俄语，在高中时期跟苏联大学生有通信来往，被人检举"里通外国"，是"苏修特务"；还因写长篇小说被人检举说内容是宣扬"人性论"，是"黄色小说"，被当做"反革命"，批斗，下放到农村……七十年代末，那时的我，一个两个孩子的父亲，已近不惑之年，背着沉重的政治包袱，却要跟年轻人一起实现我的读书梦。我要乘上最后一班车！

终于，苍天不负有心人，我凭借自学的扎实功夫和顽强毅力，考上重点大学的研究生！

我知道这个学习机会来得是多么不易，我知道我比我的高中同学，步入大学之门晚了几乎二十年，即使一天当做两天用，那还有十年的差距，所以我必须拼命学，往前赶。还是老天眷顾，阴差阳错我投到了山东大学名师袁世硕门下。师父领进门修行在个人。在元代文学荒芜的研究领域——散曲研究，我找到了自己的方向。那些元曲家的遭遇，每一个人都令人心酸，时代使然，人不能跟命争，又必须跟命争。我怀着深深的敬畏写出一篇篇一部部关于元曲家的研究文字。同时我对这些元曲家生活的时代背景也进行了深入探讨，在这当中我发现有两个人物应该让世人有更多了解。第一个就是大元朝的建立者忽必烈，尽管《元史》有他的传记，但那是过去时代的文人所写，今天我们应该怎样认识，怎样评价，理当由当代人来加以评说。于是就有了《帝国之梦——忽必烈全传》。书稿完成，出版不易，拖了四五年才得以问世，图书市场上的《忽必烈传》也已经出了好几种，正好大家可以比照来读。不过有读者评说拙作的文学性是最强的。

在研读忽必烈的相关材料时，我注意到一个特别人物那就是义士王著（字子明）。他竟然把忽必烈宠幸的丞相，当朝第一权臣阿合马杀死。这是一桩惊天动地的大事件，《元史》不止一处记录了这个事件。有意思的是，《元史》并没有给王著立传，却记录了王著临刑说的话："王著为天下除害，今死矣，异日必有为我书其事者。"经查，尔后确有人书写其事，但是都过于简略、干瘪，给人印象不深。古来荆轲、豫让、聂政、专诸者流，千百年来他们的事迹几乎已家喻户晓。王著的行为不在他们之下，境界甚或比他们更高，却至今不为人所熟知，当时我就想应该为王著立传。

我长期从事元代文学研究，接触元代史料颇多，看到元人王恽在他的《秋涧集》所收《王子明赞》中说道："古人称：杀身易，成事难。虽然，事有大小，公私之间，如不有己私，专以公心除天下之害，此其成尤为难能而可重。"我对王著其人不由得更从心底生出一种敬重之情。大公无私，舍一身而为天下除害，这是何等高尚之人。这比那些受雇于人，或为私仇，或为报恩而行刺的游侠们的思想境界岂不更高一筹。

尽管国有国法，王著的行为并不是无可非议，但是"乱臣贼子，人人得而诛之"也不是没有道理。当"官逼民反，民不得不反"的时候，法也就只能退居二位。阿合马早就被有识之士指为秦时赵高、汉时董卓，这本是一个祸国殃民的权奸、巨贪、禄蠹，是一只恶虎，可是满朝文武却无有人敢触动他，反而一个个被他陷害、啮咬。王著勇于挺身而出为天下打虎除害，他的行为是可歌可泣的英雄豪杰的行为。王著的出现为中国古代游侠列传增添了新的光彩。

在完成《帝国之梦——忽必烈全传》一书后，我就开始尽力搜集有关王著的资料。但是年代久远，只搜寻到一些零星文字，无法写出史传。我想古来荆轲、豫让、聂政等游侠所以大名鼎鼎，广为人知，不就是因为有人将他们的事迹编成故事才得以流传众口吗？所以我何不用文学笔法来写写王著和他的朋友，这就有了小说《大都义侠》的设想。我想我必须完成一部"七实三虚"的历史侠义小说。

但是从设想到动笔断断续续算来已有十几年，到今天才完成，除却关于王著的第一手资料难觅外，还因为没退休前单位工作任务繁重，还有一些研究课题，还要完成一些著述，主编一些丛书、辞书、文集等等，实在腾不出时间来写小说。《大都义侠》的写作就只能暂时搁置。退休了应该可以自由支配时间了，不料身体透支，精神一放松，疾病立即暴发，心脏先后五次手术，胆摘除，连续两年骨折，连续六年跟阎王爷打交道，最后阎王爷大概看我阳间事情没有干完，这才撒手，放我还家继续干活儿。于是我抓紧把《门岿文集》六卷编撰完成出版，回头才得空来续完《大都义侠》的残稿。在这同时我还要赶紧完成《中国当代散曲大典》，为后世描画出比较完整的当代散曲研究和创作的全貌。

人一生，只要想干事，事情总也干不完，尽力而为就是，只要自己觉得无愧于世，尽全力书写了属于你的那个"人"字就好。王著虽然只有短短人生，但他是无愧于时、无愧于世的一个大写的"人"，因而千秋万代的人们都会记得他。所以我要给他和他的侠义朋友们写出这样一部书。我也是在尽心尽力来做"人"啊。

最后说一句，这是一本小说，小说就有虚构，但是其内容写的又是史实，所以历史人物、历史事件、历史场景皆不允许胡乱编造。因此小说中的重要人物和事件在《元史》或元人文献都有记载可查。这是本小说的一个特点。欢迎读者阅后对此书提出批评。